한국 근대서사문학의 근대성 탐구

The Modernity of Early Modern Korean Narrative Literature

한국 근대서사문학의
근대성 탐구

The Modernity of Early Modern Korean Narrative Literature

이병철 지음

글로벌콘텐츠

드리는 글

우리 민족의 근대화 과정은 새로운 터전으로 옮겨가는 발생기와 성장기의 혼재를 겪어야 했다. 토인비의 언급처럼 '자기결정'을 해야 하는 역사적 결단이 요구되었기에, 창조력의 상실은 기존 문명 (조선의 몰락과 신분제의 붕괴)의 해체를 가속화하기에 이른다. 허나 그 속에서 또 다른 창조적 개체들 혹은 소수 집단들의 도전을 통한 근대 계몽의 도화선을 찾고자 한다면 계몽지식인들의 모습을 상기하게 한다.

이러한 노력의 가치가 큰 것이냐, 미미한 것이냐의 차원을 떠나 근대라는 시공간은 자연환경으로부터 또는 사회적인 여건으로부터 중대한 도전을 통해 일궈낸 능동적 행위의 응전이었다는 사실에 가치를 두고 싶다. 여기서 자연적 환경이란 제국주의와 열강의 식민주의 확대라는 거스를 수 없는 막강한 조건 속에서 국내의 다층적 변모라는 사회 개혁을 포함한 우리 민족의 역사적 실재 공간이 아닐 수 없다.

근대 서구 지성사의 계몽 정신에 입각해 19세기에서 20세기 초 조선 사회에서 발견되는 근대화를 접근하는 데 있어 구심점이 된 계몽주의에 대한 고착된 시각은 일정 면의 수정과 보완이라는 첨가가 불가피하다고 판단된다. 여기서 수정과 보완, 고착된 시각이라는 지적은 우리 민족의 근대화의 특수성을 이해하는 데 또는 그 방향을 파악하는 데 보수적 진화론에 규준을 지나치게 강조한 탓이라 여겨진다.

근대 계몽지식인들의 담론 생산을 언론 매체를 중심으로 지향 가치를 분석한다 할지라도 그 관심 영역은 결론적으로 말해 상당히 포괄적이라는 사실이 드러난다. 국가의 위기의식과 외교문제, 사회, 종교, 문화 등의 다양한 현상과 현실을 직시한 사안들을 가치관 또는 가치 창출이라는 근거 아래 폭넓은 문제의식을 생산해 냈기 때문이다.

한국 근대서사문학은 이러한 시공간의 토대와 변혁 속에서 근대 국문신문의 창간을 근저로 서사 텍스트의 다양한 출현이 표면화되었다. 국문체는 다양한 언어 형식의 내적 분화를 통해 서사 양식 내에서 담론 공간의 새로운 질서를 구현한다. 이러한 과정은 국문체가 지니고 있는 언어공동체의 성격뿐 아니라 서사 양식의 담론적 특성, 그리고 서사 양식을 통해 추구했던 이념적 가치 추구와도 관련된다.

연구의 출발은 근대서사문학의 형성과 의미 구현을 담론 공간의 속성에 근거하여, 새로운 글쓰기로서의 근대문학의 서사 양식 분화와 소통 과정을 구명하는 것에 있다. 이에 그동안 소설문학사의 용어 문제나 장르 문제, 소설 양식의 변이나 계승에 관한 고찰을 지양하고 근대서사문학 연구 영역에 있어 새로운 시선을 확보하는 방편으로, 담론 구조와 서사 양식의 본질 탐색을 기대해 본다.

아울러 이 연구서를 집필하기까지 많은 논의와 제언을 아끼지 않은 학회 문학연구위원회와 동료 교수들께 감사드리며, 한 권의 책으로 흔쾌히 엮어 주신 글로벌콘텐츠 양정섭 이사님께도 고마움을 전한다.

2015년 3월의 끝자락 일신서재에서 저자 씀.

차례

제1장

한국 근대서사문학의 접근 문제

1. 논의의 출발과 사적 각론

한국 사회가 근대 사회로 나아가기 위한 19세기 후반으로부터 20세기 초반의 시기는 극심한 혼란과 변혁을 겪었던 시대였기에, 이 시기를 바라보는 학계의 관점 또한 다양한 시각이 있음을 발견할 수 있다. 식민지시대 이래로 학계에서는 갑오개혁(1894)으로부터 3·1운동(1919)까지의 기간을 흔히 '개화기'로 지칭해 왔다. 그런데 최원식은 이 시기 가운데 을사보호조약(1905)으로부터 한일합방(1910)의 기간을 특정하여 '애국계몽기'로 지칭하였으며, 장효현은 기간을 소급하여 갑오민중항쟁(1894)으로부터 한일합방(1910)까지의 기간을 '애국계몽기'로 설정한 바 있다.[1]

임형택은 1894년을 기점으로 하여 1910년까지의 시기를 '근대계몽기'로 지칭하였으며, 이어 고미숙도 임형택의 명칭을 수용하면서 이 시기 계몽담론의 심층에 작동하는 '새로운 인식론적 배치'에 주목하면서 '근대계몽기' 명칭의 의미를 설명하였다. 그리고 권영민은 '개화계몽시대'라는 용어를 사용하여 19세기 중반으로부터 1910년까지의 시공간을 조명하고자 했다.[2] 여기서 문학사의 시대 구분에서 고려해야 하는 시대적 개념과 문학의 본질 개념을 생각하지 않을 수 없다. 아울러 근대라는 시기와 계몽(개명)이라는 성격의 역사적, 사회적 측면을 검토하지 않을 수 없는 일[3]이다.

한국 사회는 근대적 변혁 과정에서 보수와 진보, 수구와 개화의 대립적 갈등을 겪어야 했다. 그 과정에서 대내외적으로 반봉건과 반외세 운동을 주축으로 하는 계몽운동에서 대두된 혁신과 변화가 한국 근대화 과정에 녹아 있음을 부인할 수 없다. 본고의 논의 범주

---

1) 최원식, 「제국주의와 토착자본」, 『한국 근대 소설사론』, 창작과비평사, 1986; 장효현, 「애국계몽기 창작 고전소설의 한 양상」, 『정신문화연구』 41, 한국정신문화연구원, 1990; 「근대 전환기 고전소설 수용의 역사성」, 『근대 전환기의 언어와 문학』, 고려대학교 민족문화연구소, 1991.

2) 임형택, 「20세기 초 신·구학의 교체와 실학: 근대계몽기에 대한 학술사적 인식」, 『민족문학사연구』 9호, 민족문학사연구소, 1996; 고미숙, 「근대계몽기, 그 생성과 변이의 공간에 대한 몇 가지 단상」, 『민족문학사연구』 14, 민족문학사연구소, 1999; 권영민, 『서사 양식과 담론의 근대성』, 서울대학교출판부, 1999.

3) 이와 관련해 고미숙은 사실 '근대계몽기'라는 시기가 놀라운 것은 외부적 충격에 대해 짧은 시간에 그토록 능동적으로 반응할 수 있었던 그 불가해한 활력에 있다고 한다. 이 시기의 인문학적 역능은 실로 탁월하여 역사, 지리, 수학, 물리학 등 서구가 몇 백 년에 걸쳐 형성한 사유 체제를 마치 블랙홀처럼 빨아들이고 있음을 설명한다. 근대계몽기가 지닌 기념비적인 성격은 무엇보다 이 역동적 파토스 자체에 있는 것일 터, 그것은 결코 정치, 경제 등 물적 토대의 발전과는 전혀 조응하지 않는 돌출적 국면이라 말한다. 요컨대 근대계몽기는 근대성에 대한 계보학적 탐사를 가능하게 해주면서도 근대의 '외부' 곧 탈근대를 향한 능동적 사유를 가능케 해주는 서로 상이해 보이지만 공존 가능한 두 가지 지층을 동시에 기니고 있는 연대라 할 수 있다. 고미숙, 위의 논문, 111~112쪽.

인 1890년대부터 1910년까지를 아우르는 시기는 교육 분야를 기점으로 하는 신교육, 신학문을 통한 능동적 사유와 사회 전반의 자생적인 계몽운동이 수반되었기에, '근대계몽기'의 지칭은 온당하다고 본다. 학계에서 일찍부터 사용되어 온 '개화' 및 '개화사상'의 개념은 다소 차이가 있는 것이 사실이다. 개화기의 시기나 특성과 관련해 시기적으로 선행되고 포괄적 논의를 제공한 것은 이광린이다. 그는 개화사상이 당시 한국 사회 전반을 지배했음[4]을 전제하면서, 그 사상과 내용을 다음과 같이 제시하고 있다.

첫 단계는 1870년대로서, 개화는 곧 개국과 같은 개념으로서 조선의 '지적 계몽성'을 추구하는 과정이다. 두 번째 단계는 1880년대로서, 외국 기술의 도입을 통한 '부국강병(富國强兵)의 발로'라 할 수 있다. 세 번째 단계는 1890년대와 1900년대로서, '국가의 독립과 국민의 권리'를 주장했던 시기다. 1890년대부터 1900년대는 독립협회(1896)의 활동이 가장 두드러진 시기였기에 근대화의 발판이 되었다는 것은 부인할 수 없는 사실이다. 더욱이 독립협회의 결성은 정치적 개혁 운동의 출발인 동시에 근대적 민권 사상의 맹아를 점하고 있으며, 최초 국문 신문으로 본격적인 민간 신문의 길을 열었던 독립신문의 탄생과도 맞닿아 있다. 이러한 활동은 민족의 독립과 민권 신장에 자양분으로 국민국가로의 구심점이 되기에 충분했다.

1870년대를 기점으로 하여 1910년대로 이어져 온 초기 '개화기'라는 다소 넓은 시기적 탐구는 이광린의 논의에서 지적된 바 있지만, '지적 계몽성(1870년대) → 기술 도입을 통한 부국강병(1880년대) → 국가의 독립과 국민의 권리(1890년대와 1900년대)' 등의 일련 과정

---

4) 이광린, 『한국 개화사 연구』, 일조각, 1968, 19~20쪽.

과 그 역동성을 포함하고5) 있다. 다시 말해 식민지 상황에서의 애국을 포함한 구시대의 봉건적 의식에서 탈피하려는 근대 지향의 계몽적 성격을 동시에 품어낸 이른바 '근대'로의 능동적 지향을 볼 수 있는 것이다. 하지만 이광린도 이처럼 개화의 '근대적 성격'이나 '계몽성'을 언급하면서도 정작 명칭만은 그대로 '개화'라는 말을 사용하고 있어 그 내재적 자율성의 확대나 발전론적 심화, 확충을 살피는 차원에서 보완이 불가피해 보인다.

근대라는 시기 변화와 흐름은 인류의 대 문명과 문화의 흥망성쇠와 관련한 토인비의 관점을 떠올리게 한다. "자연환경으로부터 또는 사회적인 여건으로부터 받는 중대한 도전에 응전하는 데서 하나의 문화는 시작된다. '자기결정'을 해야 할 문화의 차후 창조적인 성장은 창조적인 개체들 혹은 소수의 집단들에 달린 것이다. 문명의 해체는 창조적인 스스로의 편에서 창조력을 상실함으로써 '자기결정을 실패한 데서 기인된다.' 해체기가 오면 일정한 사회의 집단들은 문화의 쇠퇴를 나타낸다. 즉 창조적인 소수는 지배적인 소수가 된다. (…중략…) 문명은 성장하는 동안 물리적인 여건과 사회적인 환경으로부터 더 많은 도전을 받고 창조적으로 맞선다. 발생기와 성장기에 있는 문명은 도전의 자극을 마련하는 '새로운 터전으로' 옮겨 갈 것"6)이다.

우리 민족의 근대화 과정은 새로운 터전으로 옮겨가는 발생기와

---

5) 황정현은 『신소설 연구』에서 1876년 개항부터 을사보호조약이 체결된 1905년까지를 개화기로 보고 이 시기 가운데 1905년에서 1910년의 기간을 최원식의 논의를 수용해 애국계몽기로 지칭한 바 있다. 최원식, 앞의 책, 1986; 황정현, 『신소설 연구』, 집문당, 1997.

6) 그레이스(Grace) E. 케언스(Cairns), 이성기 역, 『역사철학: 역사 순환론 속에서의 동양과 서양의 만남』, 대원사, 1990, 392~294쪽.

성장기의 혼재를 겪어야 했다. 토인비의 언급처럼 '자기결정'을 해야 하는 역사적 결단을 요구하지만 창조력의 상실은 기존 문명(조선왕조의 몰락과 신분제의 붕괴)의 해체를 가속화하기에 이른다. 허나 그 속에서 또 다른 창조적 개체들 혹은 소수 집단들의 도전을 통해 근대 계몽의 도화선을 찾고자 한다면 계몽지식인들의 모습을 상기하게 한다. 이러한 노력의 가치가 큰 것이냐 미미한 것이냐의 차원을 떠나 근대계몽기는 무엇보다 자연환경으로부터 또는 사회적인 여건으로부터 중대한 도전을 통해 다름 아닌 능동적 도전의 응전이었다는 사실에 가치를 두고 싶다. 여기서 자연적 환경이란 우리 민족이 제국주의와 열강의 식민주의 확대라는 거스를 수 없는 막강한 조건 속에서 국내의 다층적 변모라는 사회 개혁을 포함한 역사적 실재가 아닐 수 없다.

사회적 차원의 국민 계몽과 민족 국가로의 의식적 변화가 축적되면서 근대 신문을 기초로 구획된 공적 효용의 담론7) 창출은 국민국가로의 발판을 도모하기에 이른다. 신문이라는 근대적 매체로서의 공적 효용 공간8)은 "모든 사회에서 창출되는 담론은 대단히 연속성

---

7) 이와 관련한 미셀 푸코의 경우 모든 언술의 보편적 영역으로의 담론과 어떤 하나의 특징적인 언술의 집합체로서의 담론을 비롯해 다양한 언술에 대한 규제방법으로서의 담론을 포함한다. 이처럼 담론(discourse)은 매우 다양할 수 있지만 본고는 일반적 의미로 이야기를 말하는 방법, 즉 언설(言說)과 담론 자체의 뜻으로 말하기와 글쓰기를 포함한 의미로 상정한다. 따라서 이러한 담론은 언설의 주체가 세계를 드러내고 이해하는 과정으로써, 어떤 가치와 신념을 드러내는 서술 방식의 의미까지를 포획할 수 있을 것이다. Michael Foucault, *The Archaeology of Knowledge*(trans. Sheridan Smith and A.M. Tavistock, London, 1972), p. 80.

8) 하버마스(Habermas)의 공론장(Public sphere)은 사회생활의 영역 속에서의 공론이 형성될 수 있는 공간적 의미다. 공론 창출 능력을 지닌 시민들이 아무런 제약 없이 집회 결사의 자유, 의사 표현의 자유, 출판의 자유 등을 보장 받아 다양한 일반적 관심에 대해 협의 할 수 있는 상호 교류를 말한다. 특히 근대계몽기 신문사의 측면은 계몽지식인들의 사회적 차원의 참여와 이해의 양식으로 하버마스가 지적한 공론의

을 지닌다. 의사소통에서 말하는 담론들, 발음되자마자 사라지는 담론들, 담론들을 형성하고 변형시키고 담론들에 대해서 말하고 있는 다수의 새로운 언화행위들을 발생시키는 담론들, 즉 그 형성 작용을 넘어서 형성 작용 이상으로 끊임없이 말해지고 말해진 채로 남아 있고 다시 말해지는 담론들이 있다."[9]라고 할 만큼 지속적 담론의 창출 영역[10]이었다. 따라서 그 담론의 다양한 의식이 또 다른 새로운 사상의 계몽담론을 생산하고 이어오며, 가감되기도 하는 성장과 변화를 이끌게 되는 것이다.

근대계몽기 신문을 통해 형성된 논설이라는 새로운 글쓰기 영역의 창출은 작자에게만 허용된 일방향의 의식 토로가 아니었다. 그

한 형태가 된다. 이와 관련한 공적영역, 공공의 영역으로 공론 담론의 장을 설명한 논의는 다음을 참고한다. 하버마스, 이진우 역, 『현대성의 철학적 담론』, 문예출판사, 1994; 여건종, 「공공영역」, 『현대 비평과 이론』 가을·겨울, 한신문화사, 1996, 290쪽; 「공공영역의 수사학」, 『안과 밖』 2호, 창작과비평사, 1997, 17쪽; 양진오, 『한국 소설의 형성』, 국학자료원, 1998, 32~36쪽; 정선태, 『개화기 신문 논설의 서사 수용 양상』, 소명출판, 1999, 22~27쪽; 김동식, 「한국의 근대적 문학 개념 형성 과정 연구」, 서울대학교 박사논문, 1999, 20쪽; 김석봉, 『신소설의 대중성 연구』, 역락, 2005, 58~62쪽.

9) 사라 밀즈, 김부용 역, 『담론』, 인간사랑, 2001, 105~106쪽.

10) 홍순애는 이른바 근대계몽기를 연설의 시대로 명명하고 새로운 공론의 소통이 시도되고 그 형성을 위한 기획과 확대가 이루어진 시대적 성격을 지적한 바 있다. 그에 따르면 "장소나 공간에 구애됨이 없이 거리, 전용 연설장, 공원, 학교 운동장, 예배당, 사찰, 마당, 다락, 대청 등에서 빈번하게 연설회가 열렸고 이러한 연설회는 새로운 문명과 지식, 계몽의 담론을 전달하는 역할과 이로 인한 공적인 역할을 생산하는 미디어의 역할을 자임했다고 할 수 있다. 연설은 윤치호와 서재필에 의해 도입된 이래 학문의 일종으로 또는 민중을 위한 정치운동의 일환으로 수용되었고 연설회는 계층과 신분, 나이에 관계없이 당대의 담론을 논의하는 개방적인 공공적 의사소통의 장이었다. 연설회의 '청자'는 다수의 익명의 존재인 구경꾼에서 특별한 목적을 위해 일정한 공간을 찾는 '청중'으로 호명되었고 이들은 공론 형성에 참여하는 적극적인 근대적 공동체였다. 또한 연설회를 통해 근대적 시공간이 구획되었고 언어가 균질화되는 계기"가 되었다고 말한다. 홍순애, 『한국 근대 문학과 알레고리』, 제이앤씨, 2009, 348~349쪽.

글을 읽는 독자는 물론이고 논설을 어떤 경로로든지 접하게 되고 듣게 되는 국민 모두에게 공개된 상호 공론의 가치가 기획된다는 점에서 변별성이 있다. 담론은 사회적 실천 과정에서 지식을 형성하는 방식으로, 그 지식에는 권력 관계와 주체성의 종류들이 내재해 있다. 새로운 담론 창출은 바로 새로운 사회관계의 지평을 여는 것이기에 이를 통해 기존의 사회관계를 변화 시키는 계기11)가 마련된다. 근대계몽기 저널리즘이 근대 커뮤니케이션을 주도한 물적 기제였다는 사실은 담론 생산 주체들의 계몽관이나 사상적 성격을 이해하는 문제와도 대응한다.

따라서 담론의 접근 논의에서 가장 큰 관심은 사회를 어떻게 변혁할 수 있는가에 있으며, 그러한 점에서 한 시대의 주요한 쟁점을 둘러싼 담론은 그러한 문제의 변화와 바람을 드러낸다고12) 할 수 있다. 근대 신문의 논설이나 논설란을 주목해야 하는 근저가 여기에 있다고 본다. 대내외적 격랑을 헤쳐 나가야 했던 계몽지식인들의 지향은 국민국가를 향한 계몽담론의 기획으로 논설란을 통해 투영되었음은 주지의 사실이다. 그리고 이러한 의식의 과정은 새로운 정보 전달이나 근대 사상을 소개하는 차원을 넘어, 논설의 논변 효과를 도모하기 위한 서사 활용이라는 새로운 글쓰기 변화의 담론 창출을 발견하게 된다.

이러한 의식지향의 전신은 19세기 중엽 근대화의 추동인 정치, 사회적 변혁으로 이어지는 니힐리즘의 개혁적 관점과도 잇닿아 있

---

11) 문소정, 「한국 여성운동과 모성담론의 정치학」, 『모성의 담론과 현실』, 나남출판, 1999, 71~72쪽.
12) 조은·이정옥·조주현, 『근대 가족의 변모와 여성문제』, 서울대학교출판부, 2001, 8~10쪽.

다.13) 중세의 봉건적 질서나 도덕적 가치 이념, 혹은 기존의 모든 권위와 제도를 부정하는 탈가치화의 재조명이 일어났다는 맥락에서 혁명적 운동의 추진력을 투사하는 근대적 정신을 축출하게 한다. 신문의 일대 흥기를 가져왔던 근대계몽기는 신문학의 발아기인 동시에 전문적 문인이 없었으므로, 언론인은 기자로서 담론의 기획과 논설의 창출자로서 그리고 신문 제작을 기반으로 하는 신소설의 개척자로서 다층적이고 다면적인 역할의 지적 활동을 보였다.

정진석14)의 언급을 참고해 보면 "신문학 발아기에는 전문적인 문인이 없었으므로 언론인은 신소설의 개척자"였던 것이다. 이때는 문인이 생활의 방편으로 신문사에 근무했다기보다는 언론인이 신문 제작을 통해 신문학 운동을 전개했다는 것이 더 적절하다고 본다. 그러므로 기자는 전문 직종으로 분화된 언론인으로서 기자를 의미하지 않는다. 이 시기 기자는 당대의 현실과 사건을 관찰하고 그 내용을 집필하는 기록자 내지 집필자로 이해되고 있으며, 산문 형식이나 운문 형식의 창작자로 외연 확대가 가능하다. 이는 또한

---

13) 근대 니힐리즘(Nihilism)의 관점이 중세적 가치의 탈가치화를 주장하는 형태로 정치, 사회적 운동 개념으로 전환되는 것은 1848~1849년의 유럽에서 일어난 혁명을 겪으면서였다. 1848~1849년 유럽에 거의 전 지역을 휩쓸었던 혁명과 반혁명의 소용돌이는 유럽의 구질서를 붕괴시켰다. 구질서에 대한 부정은 니힐리즘이 역사에 본격적으로 개입할 수 있는 여건을 조성하였다. 이러한 맥락에서 헤르만 바게너(Hermann Wagener)는 니힐리즘에 대한 하나의 사전적 정의를 내렸다. "니힐리즘이란 '아니오'라고 말하는 것을 최고의 지혜로 여기는 관점이며, 무(無)를 모든 것보다 우위에 놓는 부정"의 정신이다. 현실적 변화를 열망했던 사람들이 보기에 니힐리즘은 중세적 질서로부터 근대적 질서로 혁명적인 이행을 이룩하는 데 필요한 정치, 사회적 운동을 추동하고 자연과학이 산업화 혁명을 일으킴으로써 가능하였다. 이 과정에서 기존의 가치들의 탈가치화가 필연적으로 일어났고 이러한 맥락에서 니힐리즘은 근대 혁명운동의 추진력을 제공한다. 김영한 엮음, 『서양의 지적운동』 II(3쇄), 지식산업사, 1999, 714~718쪽.

14) 정진석, 『인물 한국 언론사』, 나남출판, 1995, 219쪽.

사회 제반 영역이 분화되지 않은 시대적 특징과도 관련이 있다.

신문사에 재직하면서 이러한 소설가의 역할을 담당한 이들15)은 이인직(국민신보, 만세보 주필가로서 작가)과 이해조(제국신문 기자로서 작가)를 비롯해 최찬식(반도시론사 기자로서 작가), 윤백남, 이상협, 선우일, 조중환 등이 있으며, 민족주의적 사상이 보다 고취된 신채호(대한매일신보 주필가로서 작가), 박은식(황성신문, 대한매일신보의 주필가로서 작가), 장지연(시사총보, 황성신문 주필가로서 작가) 등이 있었다. 장지연은 시사총보와 황성신문을 주관하기도 했는데 그는 '시일야방성대곡'16)의 글이 빌미가 되어 황성신문이 폐간되는 일까지 일어

---

15) 『대한매일신보』에는 〈향로방문의생이라〉, 〈소경과 안즘방이문답〉, 〈이태리아마치전〉, 〈청루의녀전〉, 〈거부오해〉, 〈수군제일위인이순신〉, 〈동국도결최도통〉, 〈세계역사〉 등의 소설이 연재되었고 『만세보』에는 최초의 신소설로 평가되는 〈혈의 루〉나 〈귀의 성〉 등이 이인직에 의해 저술되었다. 『제국신문』은 무서명 소설인 〈고목화〉와 〈빈상설〉 등이 연재되었는데 이것은 '기자-소설가'에 의해 서술되었다는 것에 의미가 있다. 이인직의 〈혈의 루〉가 『만세보』에 연재되기 10년 전 『한성신보』에 수록된 작품들은 저자 표시가 없이 소설이라는 표제 아래 수록 되었다. 그와 관련한 내용은 아래를 참고하고, 특히 이재선(『한국 개화기 소설 연구』, 일조각, 1972)에 의해 제기된 '개화기 소설은 대개 그 신문사에 재직하는 기자들에 의해 씌어졌다'는 언급은 사실 이러한 현실 속에서 결코 등한시 할 수 없는 말이다.

〈나파륜전(拿破崙傳)〉, 1895.11.7~1896.1.26; 〈조부인전(趙婦人傳)〉, 1896.5.19~7.10; 〈신진사문답기(申進士問答記)〉, 1896.1.12~8.27; 〈기문전(紀文傳)〉, 1896.8.29~9.4; 〈곽어사전(郭御使傳)〉, 1896.9.5~10.28; 〈몽유역대제왕연(夢遊歷代帝王宴)〉, 1896. 10.26~12.24; 〈이소저전(李小姐傳)〉, 1896.10.30~11.3; 〈성세기몽(醒世奇夢)〉, 1896. 11.6~11.18; 〈미국신대통령전(美國新大統領傳)〉, 1896.11.12~11.24; 〈김씨전(金氏傳)〉, 1896.12.4~12.14; 〈이씨전(李氏傳)〉, 1896.12.28~1897.1.17; 〈무하옹문답(無何翁問答)〉, 1897.1.22~2.15; 〈목동애전(木東涯傳)〉, 1902.12.7~1903.2.3; 〈경국미담(經國美談)〉, 1904.10.4~11.2.

16) 근대계몽기 반식민주의 운동에 의미는 일본 제국주의에 대한 저항이 침략에 대한 단순한 반동이 아니라 인간 삶의 본질적 차원에 대한 요구라는 점을 강조한다. 일본의 조선에 대한 식민지 정책은 명치시대에 근거한 문명론과 인종론에 근거하지만 조선보호론이라는 것 자체가 한낱 명분에 불과한 거짓 논리라는 사실은 명백한 역사적 진실이다. 그들이 조선으로부터 철저하게 착취한 자료적 근거의 실상과 조선을 향한 노예적 차별화 정책에서 그 내용은 여실히 증명된다. 그러므로 이러한 제국

나자 1906년부터는 대한매일신보의 주필로 활동하기도 한다. 그만큼 이 시기 이들의 지향과 논조는 정치, 사회적으로 큰 파급을 주도했다고 볼 수 있다.

근대 저널리즘의 산물인 신문의 체제를 볼 때, 정부의 소식과 행정의 일들을 담아내는 관보란과 외국의 소식을 전하는 외국소식란, 그리고 신문물의 소식이나 기업의 제품들, 출간된 책과 사전 등을 홍보하는 광고란이 있었다. 이 광고란을 통해 소개되는 외국에서 들여온 약국의 신약은 국민 생활의 편리를 제공하기도 하였다. 하지만 실상 신문의 체제는 또렷한 기준의 개개 난들이 고유의 영역으로 분할된 상태를 보이지 않는다. 이러한 구성 체계는 근대 신문이 민족적 차원의 국민 계몽을 최고의 목적으로 삼았기에 그때의 기획에 따라 뒤섞임 내지 지면을 초과하는 유연한 연출이 가능했던 것으로 판단된다.

그런데 신문의 이러한 실재적 지향 속에 새로운 글쓰기 모색의 변화 가능성을 발견할 수 있는 지면은 기서나 잡보, 논설란을 주목할 수 있다. 기서는 기이하고 다양한 소식에서부터 소위 신문사에 전해오는 각종 이야기나 편지, 또는 자유 투고된 기사까지 모두 소개되었으며, 심지어는 꿈의 이야기를 소개하는 경우도 있었다. 이러한 편제 상황은 기서와 잡보가 서로 그 성격을 공유하는 몫이기도 하다. 잡보는 온갖 소식을 전한다는 잡다함과 다양성을 확보할

주의의 만행과 야만성의 패행이 비판으로 강조된 것이다. 장지연의 〈시일야방성대곡〉과 같은 논설에서도 드러나듯, 일제의 제국주의적 지배 논리에 대한 한국인의 저항은 인류적 공동체를 지향하는 인간 해방의 통합적인 주장으로 집약될 수 있다. 결국 한국을 대륙병참기지화로 이용하기 위한 그들의 만행뿐이었다. 따라서 한국인의 불행은 모두 일본의 한국 식민지화에서 기인한 것임을 알아야 한다. 야마베 겐타로, 최혜주 역, 『일본의 식민지 조선통치 해부』, 어문학사, 2011.

수 있는 명칭 자체가 흥미를 끌기도 한다. 그리고 이런 잡보의 명칭부터가 명확한 사실 게재만을 전제로 하지 않기 때문에 기서와 함께 허구의 개입 내지 도입을 가능하게 했다.17)

특히 근대계몽기 주목되는 신문의 논설은 '論'과 '說'의 결합을 근저로 하기에 우회적 표현이나 우의적 허구의 문학적 개입과 서사적 화소를 가능하게 한다. 물론 4장을 통해 그 조명을 시도하겠지만 요약하자면 '論'은 '논의＋변론'으로 사리의 옳고 그름을 진술(주장)하는 적극성을 전제로 하고 있음이다. '說'은 '이야기＋우의'의 결합적 면모로 서사 투영의 문학적 가능성을 열어 놓고 있다. 더욱이 논설은 신문의 제 일면 첫머리를 장식하기에 그 논변의 주제 의식이나 주장 내용도 메인마스트의 위엄을 지녔을 것이다.

이렇게 신문을 토대로 축적된 서사 양식에 대한 장르적 관심은 신문학의 형성을 논의하는 과정에서 전광용에 의해 신소설이라는 용어의 개념과 장르적 성격을 고찰하면서 본격화된다. 이른바 이야기책으로 일컫는 고전소설과 서구적 소설의 체제를 갖추어 가는 현대소설의 과도기적 단계로 신소설을 규정하고 있다. 이후 신소설의 시각을 이전 단계의 구소설적 잔영으로서 존재 가치를 구명한 송민호의 견해와 개화기 소설의 양식적 성격이나 미학적 요소를 기반으로 한 이재선의 고찰18)이 논의에 확대를 가져왔다.

---

17) 최현식, 「근대계몽기 서사문학에서 민족국가의 상상력과 매체의 상관성: 매일신문을 중심으로」, 『한국 근대 서사 양식의 발생 및 전개와 매체의 역할』, 소명출판, 2005, 123~126쪽; 이근화, 「근대계몽기 단형 서사물의 특성 연구: 개화기 신문 논설과 근대 서사 양식의 연계성을 중심으로」, 『근대계몽기 단형 서사문학 연구』, 소명출판, 2005, 306~308쪽.

18) 전광용은 1950년대 후반부터 신소설에 대한 논의를 『사상계』에 연재하였고, 「한국 소설 발달사下」, 『한국 문화사 대계』 V(고려대민족문화연구소, 1967)를 발간하였다. 이것은 후에 『신소설 연구』(새문사, 1986)로 종합적 논의를 내놓았다. 또한 송민

아울러 1970년대 말과 1980년대에 들어와 김중하는 토론체소설의 용어와 관련해, 조남현은 장르 혼합과 상호 간섭에 의한 변이형태를, 조동일은 조선조 영웅소설의 서사적 전통과 연속성의 견해를 제시한다. 이후 1990년대에 이르러서는 김교봉·설성경에 의해 전통사회로부터 누적된 근대 전환기의 배척과 수용적 입장에서 전환기 소설의 면모를 찾아내 분류하였고 황정현은 신소설의 정론적 형상화와 서사적 형상화를 통한 근대 의식의 고찰로 다양한 서사 양식의 시각19)을 제공하였다.

이와는 다른 관점에서 근대 문학의 출발을 구한말 신문 논설을 토대로 서사적 특질을 밝히려 한 것은 김영민에 의해서다. 그는『한국 근대 소설사』20)를 통해 근대 문학사의 기원적 관점에서 서사체

호는『한국 개화기 소설의 사적 연구』(일지사, 1975), 이재선은『한국 개화기 소설 연구』(일조각, 1972)에 이어,『한국 단편소설 연구』(일조각, 1975)와『한국 현대 소설사』(홍성사, 1979)를 내놓으며 근대계몽기 소설의 이해를 시도했다.

19) 김중하,「개화기 토론체 소설 연구」,『전광용 박사 회갑기념논총』, 서울대학교출판부, 1979;「개화기 소설의 문학사적 연구」,『부산대학교인문논고』25집, 부산대학교, 1984; 조남현,『한국 현대 소설 연구』, 민음사, 1987; 조동일,『신소설의 문학적 성격』, 서울대출판부, 1983; 김교봉·설성경,『근대 전환기 소설 연구』, 국학자료원, 1991; 황정현,『신소설 연구』, 집문당, 1997; 설성경,『신소설 연구』, 새문사, 2005.

20) 김영민은『한국 근대 소설사』를 통해 근대적 서사 양식의 모습을 논의하는 과정에서 '서사적 논설'과 '논설적 서사'로 대별하고 이후 4장 근대 소설의 정착을 통해 서사 중심 신소설, 논설 중심 신소설 등의 분류를 시도한 바 있다. 물론 신소설의 원형 가운데 한 부분을 근대 신문들 속에서 형성된 서사들을 통해 찾는 것은 문제될 것이 없다. 이러한 논의의 출발에서 발전적 차원의 문제를 제언해 본다면, 근대 신문들 곧 논설란에 게재된 일군의 서사들을 논설적 서사와 서사적 논설로 구분하고 이를 다시 논설 중심 신소설, 서사 중심 신소설의 용어로 개념화했다는 것에 문제점을 노출시킨다. 논설은 과거에 존재하지 않았던 새로운 양식으로 근대계몽기 신문을 통해 새롭게 형성된 것이다. 더욱이 이러한 서사 양식은 전통적 야담 형식이나 한문 단편의 전(傳)과 설(說), 록(錄), 기(記) 등 조선조 단형의 서사 양식과 상호 혼재된 모습을 발견할 수 있기에 문제적 논의를 유발할 수 있다. 논설적 사나나 서사적 논설을 기초로 문학적 양식을 이끌 때, 주지하다시피 서사적인 글이 모두 문학적 성격을 구비하고 있는 것은 아니다. 그리고 문장 기술의 한 방편으로써 수사학적

양식의 연구 기반 확장과 단절의 차원을 극복한 것으로 평가할 수 있다. 더욱이 근대적 소설(novel)의 개념을 신문이라는 새로운 매체와 역사적 환경 속에서 서사 장르의 글쓰기를 토대로 발전을 모색한 점은 근대 문학사 연구에 큰 제언이 되었다고 본다.

정선태[21])는 김영민의 시각을 받아들여 '서사적 논설'과 '서사–문학적 논설'을 구분하여 사용하고 있다. 전자는 "서사적 성격을 띤 논설 일반을 지칭"하며, 후자는 "서사적 성격과 문학적 성격을 동시에 지니고 있는 것"을 언급할 경우에 쓰고 있는 것이다. 하지만 후자에서 지칭한 이 같은 맥락의 용어 사용은 변별성보다는 오히려 혼란을 가져 올 우려가 있다. 온전히 서사성을 갖추었다면 다시 말해 '서사적 성격'과 '문학적 성격'을 동시에 충족한다면 그것은 하나의 텍스트 개념으로 소설 범주에 속해야 마땅한 일이다. 그러나 이것은 모두 '논설'이라는 명칭으로 또는 '논설란'을 통해서 발견된 것이기에, 하나의 '서사'라는 관점의 단언적 지칭이나 분류로 명명한 점은 텍스트 내에서 혼란을 가중시킬 소지가 충분해 보인다. 아울러 변별성에 있어서도 김영민의 용어 개념과 차별성을 발견할 수 없다고 판단된다.

『한국 근대 소설사의 시각』을 통해 한기형[22])은 김영민의 논의와

영역의 기술 방식도 고려해야 한다. 수사학은 언어 구사적 차원에서 설득력 있는 표현을 위해 효과적인 문장 구성을 토대로 언어를 사용하고 있다. 한편으로 의론(議論) 자체, 즉 진실성과 상관없이 수사만으로 사람의 마음을 끌려는 성향을 수반하기도 한다. 따라서 근대 서사 문학의 개념과 성격을 규명하는 과정에서, 바로 문학 양식의 장르적 분류 형태로 대별하는 데는 또 다른 논의의 일면을 안고 있음을 알아야 한다. 김영민, 『한국 근대 소설사』, 솔, 1997.

21) 정선태, 「개화기 신문 논설의 서사 수용 양상에 관한 연구」, 서울대학교 박사논문, 1999;『개화기 신문 논설의 서사 수용 양상』, 소명출판, 1999.
22) 한기형, 『한국 근대 소설사의 시각』, 소명출판, 1999.

달리 단편 서사들(김영민에 의해 서사적 논설이나 논설적 서사로 지칭된 것)은 신소설의 창작 담당 층이 견지했던 사유 기반과 미적 특성이 상이할 뿐 아니라 양식의 선택 원리 또한 변별되기에 동일한 선형 계보 안에 놓기 어렵다는 입장이다. 이에 '시사토론체 단편, 우의체 단편, 기사체 단편, 풍자 단편' 등의 네 가지를 유형화하여 양식적 기반을 제공한 바 있다. 그리고 김찬기[23]는 근대계몽기 전(傳) 양식의 전변과 유형적 특성을 논의하는 과정에서 이 시기 전(傳)은 스스로 근대적 변이의 과정을 통하여 1920년대 근대 역사소설의 원류적 기반이 구축되었다고 전제한다.

즉, 근대계몽기 양식 재편에서 이른바 '논설적 서사 → 신소설 → 근대소설'의 한 지점이 있었다면 '사실지향적 전(傳) → 허구지향적 전(傳) → 근대역사소설'의 지점도 분명히 존재했음을 주장하면서 전(傳)을 기반으로, 이 두 선형을 포섭하는 지형도를 그리려 했다. 이상의 정선태와 한기영, 김찬기는 김영민의 논의를 수용과 차별성을 견지하는 입장에서 근대계몽기 신문 논설의 분석적 시각을 확대하고 서사와 관련한 외적 자료들을 토대로 실제적 접근을 시도했다는 점에서 그 의미가 발견된다. 허나 다른 시각에서 견주어 보면 전대 문학사의 원류를 기반으로 근대의 상정된 틀을 만들고 그 유형을 정형화하려는 일군의 체제 중심적 논의에서 오는 한계도 지닐 수 있음은 아쉬움이라 하겠다.

신소설의 내재된 담론을 아우르며 당대 서사 양식의 존재와 담론에 대한 다양한 논의의 성과[24]도 있었다. 또한 문학 개념의 형성

---

23) 김찬기, 『한국 근대 문학과 전통』, 국학자료원, 2002; 『한국 근대 소설의 형성과 전(傳)』, 소명출판, 2004.
24) 심보선, 「1905~1910년 소설의 담론적 구성과 그 성격에 대한 사회학적 연구」,

과정에 대한 연구로 구조화된 자기 발생적 체계라는 관점에서 근대
계몽기 문학을 정치제도의 영역 안에서 밝히고자 한 김동식[25]의
논의를 포함해 이들은 문학의 전반적 특질을 규명함에 있어 그 외
연적 확장을 가져왔다고 할 수 있다. 아울러 근대계몽기 문학의 독
자적 성격을 문학 담론의 인식과 변이(전통적 '文' 개념과 근대적 '文'
개념이 해체되고 편성되는)에 주목하고 근대적 장르로서 소설이 정착
되는 과정을 탐구한 고미숙과 권보드래[26]의 논의도 같은 시기 제기
된다.

한편 김석봉은 근대계몽기 다수의 담론을 통해 서사 진행이나 지
연, 도식성을 문화적 관점과 사회학적 차원에서 신소설의 대중화
형성을 조명한[27] 바 있다. 이와는 다른 시각에서 문한별은 '신소설'
의 양식 개념의 문제에만 초점을 두지 않고 '소설'의 양식화 가능성
에 대한 기초적 재정립을 시도한다. 이른바 '사실'과 '허구' 개념의
재정립과 형성을 토대로 근대 소설의 전통적 기반의 면모[28]를 찾고

서울대학교 석사논문, 1997; 강병조, 「신소설과 개화 담론의 대응 양상 연구」, 서울
대학교 석사논문, 1999; 권영민, 『서사 양식과 담론의 근대성』(앞의 책).

25) 김동식, 「한국의 근대적 문학 개념 형성 과정 연구」, 서울대학교 박사논문, 1999.

26) 고미숙, 『비평기계』, 소명출판, 2000; 권보드래, 『한국 근대 소설의 기원』, 소명출
판, 2000.

27) 김석봉, 앞의 책.

28) 전통적 문학 양식의 변모 양상은 후대로 갈수록 상호 교류와 수용을 통하여 '小說'
이라는 새로운 양식을 형성하기 시작하였다. 근대계몽기에 이르러 이와 같은 전통
문학 양식들은 특정한 서사 양식, 즉 새롭게 정립되기 시작한 '小說'이라는 틀 안으
로 흡수되어 수용과 배제의 과정을 거치게 되었다. 따라서 근대계몽기의 '허구적
서사물'들은 이와 같은 전통적 문학 양식의 기반 아래 있었으며, 그 기반을 지닌
채 서구 문학의 영향권 속으로 들어갔음을 말한다. 이러한 과정에서 기존 양식은
변형과 수용, 배제의 과정을 겪게 되었다는 지적이다. 문한별, 「한국 근대 소설 양식
의 형성 과정 연구: 전통 문학 양식의 수용과 대립을 중심으로」, 고려대학교 박사논
문, 2007, 55쪽.

자 한 그의 논의는 앞서 언급한 김찬기와 같은 견지에서 근대 소설의 전통 계승에 대한 양식 기반의 지형도를 선명하게 했다.

이처럼 근대계몽기 신문에서 발견되는 서사 형태와 관련해 선행 연구자들의 관심은 주로 서사 양식의 장르적 고찰이나 서사 양식 자체의 장르 교섭과 변화 형태에 집중적인 연구가 이루어졌음을 부인할 수 없다. 더욱이 근대 신문들 속에서 발견되는 단형 서사들의 군들29)은 전통적 글쓰기, 혹은 전대의 전통적 문학 형태를 통해 변이나 새로운 생성의 틀 짜기가 초기 연구자들에 의해 성과를 거두었다고 볼 수 있다. 그러한 까닭에 이와 관련한 연구가 지금까지도 끊이지 않고 있는 것이 현실이다. 그러나 사실 이러한 맥락의 논의는 서사를 포함한 다양한 논설을 이미 재단된 하나의 문학적 장르 용어로 빠르게 귀속시키려는 느낌마저 지울 수 없다.

하지만 당시에 신문들을 통해 구현되는 서사 형태의 올바른 접근은 시대적 특수성을 아우른 글쓴이의 욕구와 독자와의 관계 속에서 형성된 논설이라는 텍스트 자체의 미세한 접근이 필요하고 본다. 이것은 근대계몽기의 시대적 욕구가 신문 매체를 통해 담론이 왜, 어떻게, 서사를 효과적으로 활용했느냐의 물음이 구체화되어야 할 몫이기 때문이다. 초기 신문들은 처음부터 논설에 서사를 활용하여

---

29) 김영민(『한국 근대 소설사』, 1997)에 의해 '서사적 논설', '논설적 서사'로 제기된 이후 정선태(『개화기 신문 논설의 서사 수용 양상』, 1999)는 '서사적 논설'을 김영민에게서 취하고 '논설적 서사' 대신 '서사-문학적 논설'을 만들어 적용했다. 한기형(『한국 근대 소설사의 시각』, 1999)은 단편 서사로, 김윤규(『개화기 단형 서사 문학의 이해』, 2000)는 단형 서사로, 그리고 황정현(『매일신문 소재 단형 서사 문학 연구』, 2005)은 '논설 위주의 단형 서사 문학', '서사 위주의 단형 서사 문학'으로 사용한다. 어느새 신문에서 발견되는, 그것도 논설란을 중심으로(논설이 상당수를 차지하고 있는 현실에서) 기술된 논설 속 단형의 서사들이 재론의 보완을 거쳐야 함에도 불구하고 하나의 '문학'적 장르가 된듯하여 후속 논의에 혼란마저 우려된다.

담론을 전개하지 않았다. 더욱이 서사가 있느냐, 없느냐에 따라 같은 주제를 전달하는 논설일지라도 그 표현의 차이는 현격하게 나타난다. 특히 신문 논설은 대중을 고려하지 않을 수 없었기에 대중의 계몽과 호응, 또는 담론 표현의 다양성에도 기여했음을 부인할 수 없는 까닭이다.

앞으로 논의 과정에서 각 장의 전반적인 각론을 좀 더 제시하겠으나 주요 연구 성과를 살필 때 논의의 몇 가지 아쉬움이 남는다.[30] 근대에 생성된 서사를 중심으로 텍스트의 존재 구현을 고찰할 때, 전대의 상정된 유형 안에서 그 특질을 찾으려는 이해의 인색함과 융통성이 확보되지 못한 느낌을 지울 수 없다. 이것은 근대라는 역사적 시기에 집중된 서사 형태의 포획을 어렵게 할 수도 있다. 신문이라는 근대 매체를 통해 형성된 논설이라는 담론 텍스트는 목적성이 표면화된 시대적 욕구인 동시에 글쓴이의 욕망이 공존하는 공간 영역임은 주지의 사실이다.

이에 그 속에서 생산되고 활용된 서사의 올바른 접근은 시대적

---

30) 근대계몽기 서사문학 연구에 있어 텍스트의 확대를 위한 노력이 전혀 없었던 것은 아니며, 아울러 근대 소설사적 연구나 문학사론, 양식론 등의 사적 유형 논의도 계속 제기 되었다. 그 대표적 논의는 다음과 같다. 신동욱, 「신소설에 반영된 서구 문화 수용의 형태」, 『동서문화』 4, 계명대학교 동서문화연구소, 1970; 박일용, 「개화기 서사문학의 일연구」, 『관악어문연구』 5집, 서울대학교 국어국문과, 1980; 홍일식, 『개화기 문학 사상 연구』, 열화당, 1980; 윤홍로, 「개화기 진화론과 문학 사상」, 『동양학』 16, 단국대학교출판부, 1986; 권영민, 「애국계몽운동과 민족문학의 인식」, 『한국 민족 문학론 연구』, 민음사, 1988; 김주현, 「개화기 토론체 양식 연구」, 서울대학교 석사논문, 1989; 조남현, 「개화기 소설의 생성과 전개: 한국 현대 소설사」(연재 2회), 『소설과 사상』 10호(봄), 고려원, 1995; 양문규, 「신소설을 통해 본 개혁파의 변혁 주체로서의 한계」, 『변혁 주체와 한국 문학』, 역사비평사, 1990; 『한국 근대 소설사 연구』, 국학자료원, 1994; 한원영, 『한국 개화기 신문 연재 소설 연구』, 일지사, 1990; 고영학, 『개화기 소설의 구조 연구』, 청운, 2001; 최원식, 『한국 계몽주의 문학사론』, 소명출판, 2002.

특수성을 아우른 글쓴이의 욕망과 독자와의 관계 속에서 형성된 텍스트 자체의 전제적 구획이 필요하다. 따라서 담론 자체의 미세한 접근이 요구되는 것이다. 논설이라는 글쓰기 양식은 처음부터 서사를 활용한 담론을 전개하지 않았다. 더욱이 서사의 분량이 많고 적음을 떠나 또 그 양식의 변이와 결합의 장르 개념을 떠나 왜 논설이라는 담론이 서사를 어떻게 활용했느냐의 물음에 관심이 모아져야 할 몫이다. 특히 대중을 고려하지 않을 수 없기에 대중을 향한 근대 계몽교육의 기획과 민족의 현실적 특수성이 확보돼야 하고 전략적 글쓰기 차원에서 계몽담론의 지향 의식과 표현 가치도 재정립의 의미 조망이 요구된다는 토대에서 논의의 필요성이 제기되는 것이다.

2. 접근 방법과 자료의 범주

근대 미디어로서의 신문은 두 가지 계보를 발견할 수 있다. 하나는 정치적 논의나 정부 비판, 경제 정보를 중심으로 발달한 저널리즘으로서 독자층은 주로 부르주아 시민계급이었다. 이 신문은 문자 문화에 입각하여 지식인이나 경제인이 정치나 시장에 대하여 새로운 정보를 편지로 왕래했던 커뮤니케이션의 연장선에 있었다. 다른 하나는 이것보다 오래된 중세 이래 민중 구술적인 커뮤니케이션의 연장선에 놓을 수 있는 저널리즘으로서 인쇄술의 발달과 함께 이러한 구술 문화가 활자문화로 바뀌면서 성립된 신문이다.[31] 후자의 경우 독자층이 부르주아 계급에 국한하지 않고 노동자 계급이나 다

---

31) 요시미 슌야, 안미라 역, 『미디어 문화론』(2쇄), 커뮤니케이션북스, 2007, 98쪽.

양한 서민을 포함하는 광범위한 민중 계층의 섭렵이 이루어졌다.

좀 더 구체적으로 말하자면, 이러한 근저는 근대 신문의 특질과 형성을 이해하는 관점에서 그 배경을 살펴 볼 필요가 있다. 19세기 영국의 일요신문이 성장한 과정을 주목하면 대중 저널리즘의 배경적 기반에 명확히 접근할 수 있다. 영국에 일요신문은 1820년대 이후로 부르주아 중심의 정치에 관심을 둔 일간신문과는 전혀 다른 성격이 발견된다. 일요신문의 독자층은 부르주아보다는 노동자계급을 기반으로 하기에, 그 내용은 정치적인 논의보다 발라드(ballads: 민간에서 전해 내려오는 이야기), 달력, 살인과 같은 사건, 사형집행 등 통속문학의 연장선에서 볼 수 있는 기사들로 채워지고 있었다.

오랜 역사를 가지고 있는 이러한 통속문학의 분야는 19세기의 일요신문을 통해 구술문화 속에 익숙해져 있던 민중의 관심을 인쇄문화의 대중 저널리즘인 신문으로 흡수하게 된 것이다. 이러한 근대 신문의 확대와 호응 과정을 진단해 볼 때 근대 신문을 근저로 하는 정치, 사회적 담론뿐 아니라 이야기 화소의 무한한 서사 창작과 생산이 개방되고 전파되는 가능성의 공간 영역이 소위 근대 신문이었다. 그 까닭에 신문을 통해 축적된 근대 서사 활용과 구현의 면모를 적출하는 것은 당시 사상을 보다 효과적으로 표출하기 위한 방편으로, 문학적 글쓰기의 서사 전략을 이해하는 촉매가 되는 일이다. 그리고 이것은 지극히 대중성을 담보하는 일이기에 변모하는 상황에 따라 새로운 가치관을 제시하고 국민 참여와 계몽을 이끌고자 했던 계몽지식인들의 지적운동과 지향성이 노출되기도 하는 것이다.

근대 서구 지성사의 계몽 정신에 입각해 20세기 초 조선 사회에서 발견되는 근대화를 접근하는 데 있어 구심점이 된 계몽주의의 고착된 시각32)은 일정 면의 수정과 보완이라는 첨가가 불가피하다고 판단된다. 위의 수정과 보완, 고착된 시각이라는 지적은 우리 민족의 근대화의 특수성을 이해하는 데 또는 그 방향을 파악하는 데 보수적 진화론에 규준을 지나치게 강조한 탓이라 여겨진다. 근대 계몽지식인들의 담론 생산을 언론 매체를 중심으로 지향 가치를 분석한다 할지라도 그 관심 영역은 결론적으로 말해 상당히 포괄적이라는 사실이 드러난다. 국가의 위기의식과 외교문제, 종교, 사회, 문화 등의 다양한 현상과 현실을 직시한 사안들을 가치관 또는 가치 창출이라는 근거 아래 폭넓은 문제의식을 생산해 냈기 때문이다.

특히 이 시기 사회사상은 크게 두 가지 가치 지향을 발견하게 되는데 하나는 자주독립 사상이고 다른 하나는 계몽자강 사상이라 할 수 있다.[33] 이 두 가지 지향 가치의 구획 성격은 일본이나 중국에 비해 근대로의 개방이 시기적으로 늦어졌다는 점과 주체적(일본의 강압) 취택이 주어지지 못했음으로 인해 국내외 전반에 걸쳐 혼란과 위기의 격랑이 어느 나라보다 극심했다는 사실에 그 이유가 있다. 그리고 국지적인 측면에서도 열강의 틈바구니에 위치해 있는 지리적 조건은 우리 민족의 의지적 지표를 흔들고 중압감을 가중시켰다.

이러한 실재적 상황과 정세가 바로 우리 민족의 근대화라는 바탕에 어두움을 투사하고 있는 현실적 특수성의 몫이다. 그럼에도 불구하고 "계몽주의적 관점에서 개인의 고려, 주체의 정립에 흔적을 발견할 수 없다", "인적, 물적 토대 마련에만 관심 논의가 집중", "독립적인 인격체 누락", "교육계몽도 마찬가지 국권주의적인 인격 형

---

32) 김석봉, 앞의 책.
33) 김민환, 『개화기 민족지의 사회사상』, 나남출판, 1988.

성",34) "개개인의 권리는 없고, 국가적 유기체의 한계",35) "국가의 목표에 의해 휴머니즘 상실"36) 등의 평가는 지나칠 만큼 가혹한 느낌마저 들게 한다.

일련의 이러한 조망이 사실 무근은 아니겠으나 그 저변에 미약하지만 결코 적지 않은 지향의 발돋움을 모색하고 구하는 것은 또 다른 근대의 가치 창출이 아닐 수 없는 일이다. 전제적, 거시적 평가 속에서는 근대 우리 민족의 국지적, 역사적, 국내외적 실재의 특수성을 제대로 볼 수 없게 한다. 사실 근대의 시기적 혼재와 어두움 속에서도 개개의 인격 형성이나 남녀평등에 기반 한 여성의 주체성 확립과 권리 신장의 지향을 볼 수 있다. 그리고 신분타파에 의한 개인의 인권 추구와 교육계몽의 평등성 차원의 기획 등 담론 창출에 대한 노력의 일면을 발견할 수 있기도 하다. 따라서 일단의 혹평은 자칫 균형감의 상실로 이어질 수 있으며 이러한 지향의 노력이 부각되지 못하고 사장될 우려마저 낳고 있는 것이다.

그런데 이 같은 혹평의 근저에는 사회 진화론과 국가 유기체설에 전제한 수용의 틀이 중심축을 이룬다. 근대라는 전환기 서구적 지향의 국면을 지나치게 확대37)한 출발에서 파생된 민족의 결여 태나

---

34) 김석봉, 앞의 책, 48~51쪽.

35) 노인화, 「애국계몽운동」, 『한국사』 12, 한길사, 1995.

36) 전복희, 『사회 진화론과 국가사상』, 한울아카데미, 1996.

37) 근대성이라는 것이 서구의 역사적 뿌리를 두고 있으며, 이러한 기원은 서구가 세계의 정치, 경제, 문화를 지배하게 되었다고 생각한다. 그 지배로 인해 서구의 독특한 문화 발전과 삶의 방식을 보편적으로 타당한 것이라고 주장하는 담론의 위치를 구축하게 되었다는 의식을 포함한다. 근대성은 서구의 사회, 문화적 경험에 적용될 수 있으므로 이러한 개별적 이야기가 인류 역사의 일반적 국면이라고 주장함으로써 세계적 정당성을 요구할 뿐이다. 이러한 의식의 팽배는 근대와 전통 간의 단순한 이분법이 만들어지며 서구적 경험은 그 담론의 특권을 얻게 되었다고 판단한다. 서로 다른 비서구적 문화와 역사, 사회 구조를 말살하여 결국 동양은 부정적인 것으

미완이라는 시선 고정38)이 아닐 수 없고 사회학적 이론과 생존 논리의 개념으로 담론을 포획하고 대응한 결과라 여겨진다. 어떠한 철학적 사유체계나 특정 이데올로기라 할지라도 그 자체만으로 존재 가치나 대응 원리가 온전하게 설명될 수는 없는 일이다. 모든 이데올로기는 이데올로기로서의 한계를 지니고 있으며 그 불완전성이 바로 이데올로기의 숙명이 아닐 수 없어 보인다.

이제 이와 같은 민족적 특수성을 재고하여 근대계몽기 생산되고 확장된 국문 신문들 속에서 논설과 논설란39)을 중심으로 계몽담론의 기획 방향과 그 특성을 고찰하고자 한다. 이에 담론이 담아내는 시대적 가치 구현과 관련해 글쓴이의 전달 욕망과 독자와의 관계 속에서 계몽담론의 다양한 텍스트를 통해 논의의 폭을 확장하고 당

로 서구의 나쁜 타자라는 부정적 시선으로 평가 된다. 근대성은 서구 문화의 특성이고 전통은 서구 문화를 제외한 '나머지'의 문화적 결핍을 정의하는 것이다. 문화적 차이를 동질화시키며 질을 저하시키고 동시에 침묵시킨다. 이분법 때문에 복합성, 함축성, 동시성, 시간성을 다루지 못하게 되는 것이다. 이에 이분법은 정적이고 단선적이다. 몰시간적이고 탈맥락화된 형식과 구체적으로 발현, 각인된 과정과의 관계에 고정되어 일반화되어 간다(Adamm 1996: 141). 존 톰린슨(John Tomlinson), 김승현·정영희 공역, 『세계화와 문화』, 나남출판, 2004, 95~98쪽.

38) 김석봉, 앞의 책, 54~55쪽; 조르주 캉길렘(Georges Canguilehm), 이광래 역, 『정상과 병리』, 한길사, 1996, 2부 1장 참고.

39) 근대 신문들은 오늘날의 신문과는 달리 각 지면에 관한 체제 구획이 일정하지 않은 유연성의 기획을 볼 수 있다. 그나마 가장 정형화된 欄이 '論說欄'이다. 신문에서 '論說'은 제 일면 첫머리를 장식하기에 그 논변의 주장 내용은 신문사의 변별된 의식과 주의 주장이 취택에 의해 녹아나는 欄이라 볼 수 있다. 그런데 그 欄을 살펴보면 논설이 실리는 모습도 다양하게 발견된다. 논설이라고 처음부터 명명하여 글이 실리는 경우나, 논설이라고 명시하고 거기에 제목을 더하여 제시되는 경우나, 확실히 논설이 제시되는 제 일면 첫머리 논설란에 제목만 제시되는 경우나, 또는 논설란에 제목조차도 없이 내용이 바로 시작되는 경우도 모두 논설의 내용임을 알 수 있다. 심지어는 논설란이 아닌 경우에도 논설의 기사가 늘어나거나 그때그때 신문사의 발행 사정에 따라 논설로 분류할 수 있는 글들이 잡보나 기서란을 통해서도 그 지면을 할애하여 실리는 양상을 보인다.

대의 인식 틀 속에서 담론이 지닌 자질과 이념적 함의를 도출할 것이다. 따라서 연구대상 시기와 자료의 범주 설정은 1896년(독립신문의 창간)부터 한일합병(대한매일신보의 폐간)까지의 시기를 아우르는 국문신문(국문체와 국한문혼용체를 포함)을 통해 게재된 논설과 논설란을 중심으로 수록된 계몽담론을 텍스트로 설정한다.

이 시기는 최초 민간 주도의 한글전용 신문인 독립신문(1896.4.7)의 창간을 필두로 뒤를 이은 최초 일간지인 매일신문(1898.4.9)이 발행되기도 하는 시기다. 그리고 제국신문(1898.8.10), 황성신문(1898.9.5), 대한매일신보(1904.7.18) 등이 연이어 발행된 시기로 국문신문 발간에 일대 흥기를 맞기도 한다. 근대계몽기 논설에서 구현된 담론의 서사 관련 자료들은 그 양이 상당한 수준에 와 있다. 특히 한글전용 신문들의 논설을 토대로 다양한 의미 구현과 소통 공간을 이해하는 방편으로 국문신문의 담론이 서사 활용 차원에서 그 전개의 면모를 방증하는 자료적 가치를 지니기도 하는 것이다.

자료의 순서는 연도순으로 표기는 원문을 그대로 따르되 먼저 저자 이름을 표기했다. 필명이나 호만 표기되어 있는 경우도 원문을 그대로 따랐다. 원 자료의 제목이 없는 부분은 본문 첫 문장의 4~5어절 이상을 그대로 사용하여 작품명으로 밝혔고 '#'을 앞에 표시했다. 따라서 '#'표시가 없는 것은 원작의 작품명이다. 또한 원문에서 명백한 오류글자는 그 뒤에 '[ ]'으로 제시했고 해독이 곤란한 상태의 글자는 '○'으로 표시했다. 서사 자료의 목록은 다음과 같다.

① 『독립신문』 [#죠션 님군을 위ᄒ고 빅셩을 ᄉ랑ᄒᄂᆫ, 1896.4.25; #목슈가 헌 집을 고치랴면 셕은 기동과 셕가릭를, 1896.5.23; #유지각ᄒᆫ 사름의 집에 엇던 사름이, 1897.1.30; #일젼에 엇더ᄒᆫ 대한 신ᄉ ᄒ나

이, 1898.1.8; #엇던 유지각흔 친구에 글을, 1898.2.19; #일빅륙십륙년 전 이월 이십이일에, 1898.2.22; #엇던 유지각흔 친구가, 1898.3.29; 장수와 난쟁이, 1898.7.20; 시스문답, 1898.10.28~29; 병뎡의리, 1898. 11.23; 엇던 친구의 편지, 1898.11.24; 상목지 문답, 1898.12.2; 공동회 에 뒤흔 문답, 1898.12.28; 쳥국형편 문답, 1899.1.11; 힝셰문답, 1899. 1.23; 외국 사름과 문답, 1899.1.31; 신구 문답, 1899.3.10; 지미잇는 문답, 1899.4.15~17; 경향문답, 1899.5.10; 외양 죠혼 은궤, 1899.6.9; 개고리도 잇쇼, 1899.6.12; 주미잇는 문답, 1899.6.20; 량인 문답, 1899.7.6; 일쟝츈몽, 1899.7.7; 모긔쟝군의 수젹, 1899.8.11; #외국 학 문에 고명흔 션비 흐나이, 1899.10.12; #대한에 유디흔 션비 흐나이, 1899.10.16; #대한 엇던 관인이, 1899.10.26; #덕국 지샹 비스막쎄는, 1899.10.31; #사름이 허흔즉 쑴이 만코, 189911.1; #어느 시골 구친 [친구] 흐나이 셔울 올나, 1899.11.2; #일젼에 셔양 어느 친구가, 1899. 11.24; #셔울 북촌 사는 엇던 친구 흐나이, 1899.11.27.]

② 『매일신문』 [#동도산협 등에, 흔 대촌이, 1898.4.20; #어늬 고을 원 흐나히 일젼에, 1898.6.13; #이젼에 흔 노인이 도량이 너그럽고, 1898. 7.21; #근릭에 긔우당이라 흐는 사름이, 1898.7.22; #근일에 돈암란화 (遯菴爛話)라 흐는 글을, 1898.7.23; #심산 궁곡에 나무가 여러 만 쥬, 1898.7.25; #양주 짜헤 흔 사름이 년젼브터, 1898.7.27; #엇더흔 친구 의 문답을, 1898.7.28; #신진학이라 흐는 사룰은, 1898.7.29; #창희가 망망흐야 큰 물결이, 1898.8.15; #동촌 락산 밋히 거가 흐나히, 1898. 8.31; #북촌 사는 사름 흐느이, 1898.9.20; 호토상탄 여우와 토끼가 셔르 싱키다, 1898.9.23; #웃더흔 사름 흐느히 스물샹에, 1898.9.29; #남산 아릭 어느 친구를 차자갓더니, 1898.11.9; #누옥싱이 상두에

골한 잠이, 1898.11.29; #무른 무슴 일을 영위ᄒ던지, 1898.12.1; #샹목ᄌ란 사름이 어듸를 가다가, 1898.12.13; #광안싱이라는 사름이 산천을 유람타가, 1989.12.14; #이젼에 ᄒ 사름이 학질노 대단이 알아, 1898.12.15; #어옹과 초부 두 사름이 산슈간에셔, 1898.12.22; #이젼에 무슈옹이라 ᄒᄂ 사름 ᄒ나히, 1898. 12.29; #관물옹이라 ᄒᄂ 사름이 잇ᄂ듸, 1899.1.11; #녯젹에 셔양 어늬 나라에, 1899.1.26~27; #긱이 말ᄒ야 굴ᄋ듸 지금, 1899.2.8; #엇더ᄒ 시름 ᄒ나히 졍월 쵸싱에, 1899.2.21~25; #근일에 엇더ᄒ 친구 ᄒ나히 우연히, 1899.3.1; #녯젹에 소년 남ᄌ 두 샤름이, 1899.3.15; #남편 동리에 ᄒ 귀먹은 사름이, 1899.3.16; #봄바람이 긱챵을 부니 나그네 ᄭᅮ미, 1899.3.20; #한긱이 잇셔 령남으로 좃차와, 1899.3.26~27; #녯젹에 졔나라 사름이들에 갓다, 1899.3.28.]

③ 『제국신문』 [#이젼 파사국에 유명ᄒ 님군이, 1898.9.30; 어리셕은 사름들의 문답, 1898.11.26; #엇던 ᄌ상 ᄒ 분이 말ᄒ여 왈, 1898.11.29; #동방에 ᄒ 오괴ᄒ 션비가 잇시니, 1898.12.16~17; #향일에 엇더ᄒ 션비 륙칠 인이, 1898.12.22; #일젼에 엇더ᄒ 친구가 셔로 슈작ᄒᄂ, 1898.12.24; #옛던 크[큰] 동리 둘이 잇스되, 1899.3.13; #반가군 상인 ᄎᆫ이라 ᄒᄂ ᄯ에, 1899.3.15; #최샹샤 산일 션싱은 본릭, 1899.4.12; #엇던 학쟈님 ᄒ 분이, 1899.4.26; #텬하의 유명ᄒ 의원이, 1899.5.1; #엇던 친구가 편지 ᄒ 쟝을, 1899.5.5; 당파, 1899.5.20; 아라스 젼 님군 피득황뎨의 ᄉ젹, 1899.10.12; #엇더ᄒ 션비가 셔로 이약기를 ᄒᄂ대, 1899.10.23; #지셩으로 허물을 곤치면 화가 복이 된다고, 1899.10.24; 뎍국ᄉ람 득뇌사의 ᄉ젹, 1899.10.25; #엇더ᄒ 션비가 ᄌ칭 관물쟈라 ᄒ고, 1899.10.27; #녯젹에 엇던 사름이 밀감 오릭 묵히ᄂ,

1899.10.28; #청국에 흔 션빅가 잇으니 셩명은 거동궤라, 1899.11.1; #엇던 유지흔 션빅가 텬하 강산을, 1899.11.15; #남양에 유지흔 션빅가 본샤에 투셔, 1899.11.22; #샤회 상에 이상흔 친구가 잇스니, 1899.11.29; #녯젹 은나라 탕군님 째에 닐곱 히, 1899.12.7; #어느 낭긕 흔 분이 텬하 강산을, 1900.1.6; #엇던 사름 둘이 서로 맛나 슈쟉ㅎ는대, 1900.2.16; #녯젹에 우리나라에 유명흔 직샹, 1900.2.20; #우리나라 사름은 무삼 일을 ㅎ던지, 1900.2.24~26; #엇든 친구들이 모여 안ㅈ 세샹 물졍을, 1900.3.2; #학식이 유명흔 모모인들이 흔 곳에, 1900.3.16; #구라파와 아세아 지경에 토이긔라, 1900.3.20; #녯젹 륙국 시졀에 졍곽군이라 ㅎ는, 1900.3.22; #신라츙신 박제샹의 츙졀이 가히 후세, 1900.3.23; #가긔의 흥다반ㅎ는 토끼타령은 사름마다, 1900.3.30; #유명흔 실과 동산 ㅎ나히 잇스니, 1900.3.31; #어느 친구 흔 분이 어늬 외국, 1900.5.7; #세샹에 긔이흔 일도 허다흘 즁에, 1900.5.9; 여창화병(旅窓話病), 1900.6.11~13; #일젼에 슈삼 친구가 즉반ㅎ야 삼계동, 1900.6.19; #근일 일긔는 틱한흔딕 풍일이 ᄉ오나와, 1900.6.28; #근일 한긔가 틱심ㅎ야 근심이 젹지, 1900.7.11; #근일에 뮤료긕 슈삼 인이 우연이, 1900.9.13; #청국 강유위란 사름의 본명은 조이(祖詒)오, 1900.10.27; #억던 시골 친구와 셔울 친구가, 1900.12.17~19; #이젼에 셔양 사람 ㅎ나히 셥라국, 1901.1.14; #아셰아 대륙에 흔 병 든 사름이 잇으니, 1901.1.17; #쇽담에 닐ㅇ기를 대쟝부의 흔번 허락은, 1901.1.23; #향일에 셔양 친구 ㅎ나을 맛나니, 1901.1.31; #만약 누구던지 뭇기를 사름의게 뎨일, 1901.2.2; #희졈은 찬 하늘에 셜월이 광명ㅎ고, 1901.2.4; #녯글에 글ㅇ딕 네게셔 나온 쟈는, 1901.2.6; #밍즈ㅣ 글ㅇ샤딕 우희셔 됴화ㅎ는 쟈ㅣ, 1901.2.9; #대개 사름의 이목구비와 ᄉ지빅톄가, 1901.2.12~13; #녯글에 글ㅇ딕 군즈는 ᄆ음을 속이

34

지 아닌다, 1901.2.14; #신라국 주비왕 시절에 유명훈 도사 후나히, 1901.2.16; #사룸이 셰상에 나매 빈하고 부훈 것과, 1901.2.28; #혹이 말ᄒᆞ기를 근일 도적이 대치훈 것이, 1901.3.6; #셔양 사룸 녯말에 ᄀᆞ ᄋᆞ디 리치에 합당치, 1901.3.12; #동셔양을 물론ᄒᆞ고 이 셰계의 문면 훈, 1901.3.13; #셔울 친구 ᄒᆞ나이 어느 시골 사룸으로, 19013.22; #광 대훈 우휴간에 허다훈 나라들이, 1901.3.23; #텬디지간 만물지중에 사룸이 가쟝, 1901.3.26; #녯글에 ᄀᆞ ᄋᆞ디 춤ᄂᆞᆫ 거시 덕이된다, 1901. 3.29; #밍ᄌᆞㅣ ᄀᆞ ᄋᆞ샤디 그 외모룰 보건디, 1901.4.1; #금화봉 아래에 훈 션비가 잇스되, 1901.4.5; #우리 셰샹 사룸들이 미양 말ᄒᆞ기룰, 1901.4.11; #엇던 션비 ᄒᆞ나히 잇스되 ᄌᆞ품이, 1901.4.16; #녯젹 셔양 어ᄂᆞ 나라 지샹 훈 분이, 1901.5.23; #이젼에 훈 로인이 잇ᄂᆞᆫ디 도량 이, 1901.6.11; #사룸의 힝실 중에 데일 됴치 못훈 거슨, 1901.7.26; #근일에 닉포 소문을 들은 즉, 1901.7.27; #근일 일긔ᄂᆞᆫ 침침ᄒᆞ고 풍 우ᄂᆞᆫ, 1903.6.3; 량인문답, 1904.11.24~25; 됴혼일 모본ᄒᆞᆫ 거시 복이 됨이라, 1906.1.5; 나라에 고용 노릇ᄒᆞᆫ 쟈의 본밧을 일, 1906.1.20; #금일은 비 축축오니 이젼 우수은, 1906.7.12~16; #엇던 시골 호반 일 명이, 1906.7.17~23; 아라스 혁명당의 공교훈 계교, 1906.7.24~25; #평양 감영에 한 사룸이 잇스니, 1906.7.28~8.7; #한 사룸이 잇으니 셩명은 허치만이라, 1906.8.9~11; #령남 안동 짜에 김 씨 한 분이, 1906.9.18; #평양 외셩 짜에 한 션비가 잇스니, 1906.9.19~21; #경상 남도 문경군에 한 션비가 잇스니, 1906.9.22~10.6; 졍긔급인(正己及 人), 1906.10.9~12; 보응소소(報應昭昭), 1906.10.17~18; 견마충의(犬 馬忠義), 1906.10.19~20; 살신셩인(殺身成仁), 1906.10.22~11.3; 지능 보가(智能保家), 1906.11.17; 동물론(動物論), 1906.11.20~21; 몽중유 람, 1907.1.26; 허생전(許生傳), 1907.3.20~4.19; 혈(血)의 누(淚)[下篇],

1907.5.17~6.1; 고목화(枯木花), 1907.6.5~10.4; 빈상설(鬢上雪), 1907. 10.5~미확인.]

④ 『대한매일신보』[젹션여경녹, 1905.8.11~29; 주희진(朱希眞), 서강월(西江月), 1905.9.1~9; 갑을우담(甲乙耦談), 1905.10.27; 우시싱, 향긱담화, 1905.10.29~11.7; 산인설몽(山人說夢), 1905.11.5; 소경과 안즘방이 문답, 1905.11.17~12.13; 의틱리국아마치젼, 1905.12.14~21; 鄕老로訪방問문醫의生싱이라, 1905.12.21~1906.2.2; 淵齋송先生傳, 1906. 2.3; 靑쳥樓루義의女녀傳젼, 1906.2.6~18; 車거夫부誤오解히, 1906.2. 20~3.7; 時시事사問문答답, 1906.3.8~4.12; 우허자(吁噓子), 몽등천문(夢登天門), 1906.5.27~29; 삼불지문답(三不知問答), 1906.9.11; 지원막신(至冤莫伸), 1906.10.10~11; 죽헌생(竹軒生), 갑을문답(甲乙問答), 1906.10.20~23; 북곽거사(北郭居士), 호가인형담(狐假人形談), 1906. 11.2; 몽유생(夢遊生), 시사문답(時事問答), 1907.4.24; 라란부인전 근세뎨일 녀즁 영웅(국문본), 1907.5.23~7.6(미완성); 국치전(국문본), 1907.7.9~1908.6.9; 한일인문답(韓日人問答)국한문본, 1907.7.10; 노구해(老嫗解)국한문본, 1907.9.7; 동경유학생(술)[東京留學生(述)], 독미국실업가로-씨젼(讀美國實業家로-씨傳)국한문본, 1907.9.7~17; #일본유몽유생(日本留夢遊生), 신석이 사량에 추의가 완연이라(晨夕이 乍凉에 秋意가 宛然이라)국한문본, 1907.9.26; 흑룡강의 녀쟝군(국문본), 1907.9.27; 동경류학싱, 범잡는 말(국문본), 1907.10.6~8; 우수산인○○(友殊山人○○), 초공설(梢工說)국한문본, 1907.11.16; 벼슬 구ᄒᆞᄂᆞᆫ 쟈여(국문본), 1907.12.12; 기정갑을(旗亭甲乙)국한문본, 1907. 12.15~17; 완고점고(頑固點考)국한문본, 1907.12.29; 육축쟁공(六畜爭功)국한문본, 1908.1.29; 김시언, 로쇼문답(국문본), 1908.2.13~14;

노소문답(老小問答)국한문본, 1908.3.3; #북촌에 로인들이 모혀안져(국문본), 1908.3.3; 서호자(西湖子), 서호문답(西湖問答)국한문본, 1908.3.5~18; 죽ᄉ싱, 몽즁ᄉ(국문본), 1908.3.8; 가담일속(街談一束)국한문본, 1908.3.22; 관물생(觀物生), 호와 묘의 문답(狐와 猫의 問答)국한문본, 1908.3.24; 여호와 고양이의 문답(국문본), 1908.3.27; 동청산인 역(冬靑山人 譯), 제일장 아황관중의 인귀(第一章 俄皇官中의 人鬼)국한문본, 1908.3.29~4.5; 이희당주인 역(二喜堂主人 譯), 제이장 비사맥의 랑패(第二章 俾斯麥의 狼狽)국한문본, 1908.4.7~16; 동리자 역(東籬子 譯), 제삼장 백사선(第三章 白絲線)국한문본, 1908.4.17~28; 갈파완몽(喝破頑夢)국한문본, 1908.4.17; 노인수작(老人酬酢)국한문본, 1908.4.22; 심청생 역(心靑生 譯), 제사장 미이견의 애국유년회(第四章 美利堅의 愛國幼年會)국한문본, 1908.4.29~5.1; 금협산인(錦頰산人), 수군제일위인 이순신(水軍第一偉人 李舜臣)국한문본, 1908.5.2~8.18; 기남주지일완고생(記南州之一頑固生)국한문본, 1908.6.9; 남방의 흔 완고싱의 일을 긔록홈(국문본), 1908.6.9; 금협산인, 슈군의 뎨일 거록흔 인물 리슌신젼(국문본), 1908.6.11~10.24; 회기ᄒᄂ 쟈는 방셕홈을 엇ᄂᄂ니라(국문본), 1908.6.18; #동창에 둘이 빗쳐 밤이거즌(국문본), 1908.7.21; 성상설전(城上舌戰)국한문본, 1908.7.29; 완고와 신진의 문답(국문본), 1908.7.29; 허다고인지죄악심판(許多古人之罪惡審判)국한문본, 1908.8.8; 허다흔 녯 사름의 죄악을 심판홈(국문본), 1908.8.8; 양소년문답(兩少年問答)국한문본, 1908.8.26; 몽답화정(夢踏花亭)국한문본, 1908.9.4; #오동츄야 둘 밝은듸 몸이 곤뇌ᄒᆞ야(국문본), 1908.9.4; 갑을문답(甲乙問答)국한문본, 1908.9.10; 산운자(山雲子), 미래한반도문답(未來韓半島問答)국한문본, 1908.9.18; 산운ᄌ, 한국의 쟝릭(국문본), 1908.9.18; 대감과 진사(大監과 進賜)국한문본, 1908.9.24;

황국단풍 됴흔 집에 두 사룸이(국문본), 1908.9.24; 덕국 소덕몽, 매국노(나라파는 놈)국문본, 1908.10.25~1909.7.14(미완성); 실업계실패자의 가련화(實業界失敗者의 可憐話)국한문본, 1908.11.5; 실업계에 실패흔 쟈의 가련흔 담화(국문본), 1908.11.5; 답객문(答客問)국한문본, 1908.11.18; 긱창문답(국문본), 1908.11.18; #긔쟈ㅣ 즁부 엇던 방곡을 지나다가(국문본), 1908.12.10~11; 예산래인의 언을 기흠(禮山來人의 言을 記흠)국한문본, 1909.1.6; 속담으로 경향양객의 어를 촬록함(俗談으로 京鄕兩客의 語를 撮錄함)국한문본, 1909.1.12; 학계의 비관적 담화를 기흠(學界의 悲觀的 談話를 記흠)국한문본, 1909.1.21; 학계에 비참흔 말을 긔록흠(국문본), 1909.1.21; 금슈의 말(국문본), 1909.5.2; 배설공의 략전(裵說公의 畧傳)국한문본, 1909.5.7~8; 금수설(禽獸說)국한문본, 1909.5.9; 양계동맹(兩戒同盟)국한문본, 1909.5.25; #뎌 셔산에 히 걸치고 져녁 연긔(국문본), 1909.6.26; 서남유객의 담(西南遊客의 談)국한문본, 1909.6.29; 디구셩 미린몽(국문본), 1909.7.15~8.10; 보경조요(寶鏡照妖)국한문본, 1909.7.20; #동방에 위인도라 ᄒᆞᄂᆞᆫ 셤이(국문본), 1909.7.20; 문맹구제(蚊虻驅除)국한문본, 1909.7.22~24; 긱객언(記客言)국한문본, 1909.7.25; 양구일망(兩狗壹蟒)국한문본, 1909.7.25; 긱의 말을 긔록흠(국문본), 1909.7.25; #화긔동에 엇던 개 ᄒᆞ나가(국문본), 1909.7.25; 보응(국문본), 1909.8.11~9.7; #가을ㅅ비ᄂᆞᆫ 긔이고 가을ㅅ밤은(국문본), 1909.9.8; 쇄언(瑣言)국한문본, 1909.9.8; 미국독립ㅅ(국문본), 1909.9.11~1910.3.5; 완인완몽(頑人頑夢)국한문본, 1909.9.25; 아속생(啞俗生), 승서상힐(蠅鼠相詰)국한문본, 1909.10.23; #아쇽싱, 인천항구 쥐무리들 제 지조을(국문본), 1909.10.23; 병문기희(屛門技戱)국한문본, 1909.11.12; #샹풍은 쇼슬ᄒᆞ고 슐등은 도요ᄒᆞᄃᆡ(국문본), 1909.11.12; 서도연해의 어장(西道沿海의

漁場)국한문본, 1909.11.14; 산림측량에 대한 일탄(山林測量에 對ᄒᆞᆫ 一嘆)국한문본, 1909.11.16; #검심(劍心), 옛젹에 一小兒가 有ᄒᆞ니(국한문본), 1909.11.21; 검심(劍心), 상복연/재맹아(喪服莚/再盲兒)국한문본, 1909.11.23; #검심(劍心), 헌 누더기 감발ᄒᆞᆫ 소곰장사(국한문본), 1909.11.24; #검심(劍心), 서인이 오주를 쳐음 발현ᄒᆞᆯ(西人이 澳洲를 쳐음 發現ᄒᆞᆯ)국한문본, 1909.11.25; 검심(劍心), 유슈운/한석봉(柳슈雲/韓石峰)국한문본, 1909.11.26; #검심(劍心), 지나고설부에 운ᄒᆞ엿스되(支那古說부에 云ᄒᆞ엿스되)국한문본, 1909.11.27; 검심(劍心), 위인의 두각(偉人의 頭角)국한문본, 1909.11.28; 검심(劍心), 철인의 면목(哲人의 面目)국한문본, 1909.11.30; 검심(劍心), 노예공부/협잡교육(奴隷工夫/挾雜敎育)국한문본, 1901.12.3; 검심(劍心), 고담(古談)국한문본, 1909.12.4; 검심(劍心), 일심심 산촌에 일완고 학구가 잇다(一深深 山村에 一頑固 學究가 잇다)국한문본, 1909.12.5; 금협산인(錦頰山人), 동국거걸 최도통(東國巨傑 崔都統)국한문본, 1909.12.5~1910.5.27; 검심(劍心), 강감찬과 가부이(姜邯贊과 加富爾)국한문본, 1909.12.14; 검(劍)[검심(劍心)], 병문군과 대통령(屛門軍과 大統領)국한문본, 1909.12.16; #검심(劍心), 파립서가 년이십팔에 법경파리에 유ᄒᆞᆯ 시(巴립西가 年이十八에 法京巴里에 遊ᄒᆞᆯ시)국한문본, 1909.12.23; 사회등(社會燈)국한문본, 1910.1.18; #밤은 드러 삼경되여 ᄉᆞ면이 젹젹ᄒᆞ고(국문본), 1910.1.18; 방포신법(防砲神法)국한문본, 1910.1.23; #동창이 발가오미 보관문을 턱턱 열어노코(국문본), 1910.1.25; 금협산인, 동국에 뎨일 영걸 최도통전(국문본), 1910.3.6~5.26; 은인청오학생담몽(隱儿聽五學生談夢)국한문본, 1910.3.8; 안셕을 의지ᄒᆞ여 다셧 학싱의 쑴니약이 ᄒᆞᄂᆞᆫ 말을 듯ᄂᆞᆫ다(국문본), 1910.3.8; 정관생(正冠生), 이하재담(李下才談)국한문본, 1910.3.9; #지난 겨울 밍렬ᄒᆞᆫ 바

름에 병드럿던(국문본), 1910.3.9; 옥랑젼(국문본), 1910.8.16~8.28.][40]

　매체 발달사적인 측면에서 근대계몽기는 근대적 인쇄술을 사용한 신문이라는 새로운 매체가 등장했다는 점에서 역사적으로 주목할 만하다. 새로운 매체 출현은 조금씩 사회의 한 모습을 담아내고 점차 대중적 참여를 이끌어 사회제도의 하나로 정착해 가면서 새로운 의사소통의 양식이 형성되고 사회적 차원의 담론을 창출하게 된다. 이에 따라 그 사회 전반에 구석구석의 내막을 파헤쳐 적지 않은 변화와 개혁의 바람을 이끌어 근대적 시공간의 재배치를 가능하게 한다. 물론 그 변화는 시대적 위기 상황에 따라 국가적 우국심을 고취하기도 하고 사회적 욕구를 민중과 소통하는 과정에서 정치적 참여의 파토스를 불러일으키는 행위로까지 이어진다. 이것은 미디어를 매개로한 사회·문화적 다층을 구획하는 또는 발산을 유도하여 민중의 열망을 공유하는 밀착된 일체화의 참여적 성격[41]을 띤다.

　2장은 한국 근대계몽기 담론의 형성과 그 특성을 토대로 국문운동의 전개 과정과 당시 신문 인식의 확대와 차별성을 고찰하고자 한다. 이 과정은 한글신문의 담론 형성과 가치 구현의 의미를 조망

---

40) 이러한 1차 자료의 수집 성과는 연세대학교 '근대한국학연구소'에서 2003년에 발행한 김영민·구장률·이유미, 『근대계몽기 단형 서사문학 자료전집』(상·하), 소명출판, 2003과 연세대학교 근대한국학연구소, 『한국 근대 서사 양식의 발생 및 전개와 매체의 역할』, 소명출판, 2005의 부록 '근대 초기 서사 자료 총목록'이 선행 업적으로 기초를 이루고 있다. 하지만 이러한 자료는 1895년부터 1919년 3·1운동까지 신문과 잡지에 게재된 단형 서사들을 대상으로 논설은 물론 소설, 잡보, 기서, 편편기담, 야담, 등을 모두 포괄하여 단형의 서사들로 구분할 수 있는 글들을 수록한 것이기에, 본 연구의 출발과는 자료의 시기 범주나 대상 설정에 있어서도 차이가 존재함을 밝힌다.

41) 월터 옹(Walter J. Ong), 이기우·임명진 역, 『구술문화와 문자문화』, 문예출판사, 1995, 74쪽.

하고 국문 지향 담론의 철학적 이념을 찾고자 하는 것이다. 또한 그 속에서 발견할 수 있는 독자의 다양한 신문 인식과 접촉 양상을 제시하고 근대 저널리즘의 역할과 위상을 구명하고자 함에 있다.

3장은 계몽담론의 확대와 재인식의 논의 부분이다. 풍속 통제[42] 는 국민의 일상과 풍습의 면면을 정부적 차원의 지도와 계도의 형태로 관리하는 것을 의미한다. 1900년대를 전후한 시기에 일본의 풍속개량담론과 문화개량운동은 근대계몽기 한국의 계몽담론과 풍속담론 사이에 일방적인 영향 관계로 설명할 수 없는 낙차가 존재한다. 여기서는 무엇보다 우리 민족의 근대라는 시공간 속에서 선행 연구자들에게 있어 한계로 평가되었던 민족적 계몽의 현실 모습이나 교육계몽의 기획 차원에서 개인적, 주체적 정립의 부재와 결여 태를 지양하는 일면적 모습을 구하고 제언할 것이다. 이것은 개인을 위한 주체적 참여 의식의 실천적 모색과 근대 우리 민족의 교육계몽의 현실적 실체를 파악하는 동시에 서양과는 다른 우리 민족이 지닌 근대적 특수성을 이해하는 과정이 될 것으로 본다. 그리고 이러한 노력의 한 성과로 당시 풍속 계몽담론의 여러 시선과 다면적 지향 가치를 함께 논의하겠다.

4장은 계몽담론의 서사화를 논의함에 있어 논설과 서사의 관계 양상을 계몽담론의 정론성과 서사성의 공존을 전제로, 그 서술적 특성을 구명하는 과정이 될 것이다. 이에 먼저, 논(論)과 설(說)의 의미 조망을 시도하고 논설의 글쓰기 차원에서의 서사 인식의 모습을

---

42) 권명아, 「풍속 통제와 일상에 대한 국가 관리」, 『민족문학사연구』 33, 민족문학사
   연구소, 2007; 문경연, 「한국 근대 연극 형성 과정의 풍속 통제와 오락 담론 고찰:
   근대 초기 공공오락 기관으로서의 극장을 중심으로」, 『국어국문학』 151, 국어국문
   학회, 2009.

살펴고자 한다. 김영민(『한국 근대 소설사』, 1997)에 의해 확립된 '서사적 논설'이나 '논설적 서사'의 단편 서사들의 중심은 다름 아닌 논설에 있음을 알아야 한다. 즉 논설에서의 서사 활용이 어떻게 결합하고 구현되는가에 따라, 그 텍스트 자체가 지향하는 가치 창출과 담론 구조도 현저하기 때문이다. 주지하다시피 논설은 신문이라는 근대 매체에 제 일면을 장식하고 있는 신문의 얼굴과 같다. 오늘날 저널리즘의 관점에서도 그 명맥과 활동 지면은 왕성하게 살아 있다. 그러므로 논설과 논설란을 통해 구현된 일군의 계몽담론을 텍스트 자체의 의미 구현과 서술 구조를 토대로, 서사의 전략적 활용이라는 글쓰기 차원에서 그 가치를 포섭하는 작업은 의미 있는 일이라 생각한다. 그리고 서사의 필요성 인식이라는 관점에서 글쓴이의 전략적 서사 활용이 논설 속 논변을 중심으로, 어떻게 활용되고 또한 그 의미 구현과 양식적 배치는 어떠한가를 다음 5장을 통해 제시할 것이다.

따라서 5장은 근대 신문의 논설과 논설란을 통해 구현된 소위 직언적 설득에 충실한 계몽담론을 전략적 서사 활용의 차원에서 논설 텍스트를 기초로 계몽담론의 논변 기술을 구명하는 과정이 될 것으로 본다. 근대는 각종 신문을 매개로 발표된 서사 형식을 활용한 계몽담론들의 다양한 양태가 발견되는 시기다. 이에 논변의 의미 구현을 근저로 그 함의를 밝히고 선행 연구의 사적 검토를 분석하여 계몽담론의 서사 구현에 재인식을 도모할 것이다. 아울러 논설 장르의 목적 지향에서 오는 언술의 재구성(표현성)에 대하여, 서사의 활용이 어떻게 담론에 영향을 주는가의 문제를 보다 텍스트의 구조와 내용에 충실할 수 있도록 역사적, 사회적 영역에서 그 면면을 포섭해 보겠다.

제2장

담론의 근대성과 국문운동

1. 담론 공간의 확산과 근대성

19세기 후반 한국 사회의 변화 과정에서 근대로의 진로를 가장 상징적으로 드러내는 역사적 사건은 1876년(강화도조약) 개항에 의한 문호개방이라 할 수 있다. 하지만 한국인에게 있어 개항은 당시 외세의 압력과 강요에 의해 이루어진 것으로 주체적 진로의 취택은 아니었다. 그러므로 개항 이후 밀려드는 외세의 힘을 막아내지 못한 것은 어쩌면 당연한 결과였다. 따라서 조선은 침략적 외세의 위협 앞에 국가와 민족을 스스로 지켜낼 수 있는 주체적 역량을 확립하지 못한 채 혼란을 거듭해야 했다.

돌이켜 보면 조선 후기의 실상은 18세기 이후 이미 북학파들에 의해 제기된 해외통상의 중요성을 저버리고 중국을 거쳐 들어오던 서구의 신문물마저 양이(洋夷)라 하여 외면한 것은 널리 알려진 사실이다. 더욱이 천주교를 서학(西學)이라 지칭해 탄압하면서 집권층의 쇄국은 권력의 옹호에만 집착하고 있어 국가나 사회 전반의 걸친 변화의 바람을 읽어내지 못했다. 특히 1866년(병인양요)과 5년 이후 1871년(신미양요)에 두 차례의 연이은 문호 개방과 통상요구를 주체적으로 수용하지 못함으로써, 결국 고종13년(1876) 조선은 일본의 강압에 굴복하고 개항을 서둘러야 했던 것이다.

이렇게 조선은 근대계몽기라는 다양하고 복잡한 시대적 상황을 자율적 개국으로 이끌 수 없었다. 하지만 국가의 정치적 사회적 혼란 속에서도 체제 변혁의 새로운 가능성을 보여준 것이 있는데, 바로 1894년에 일어난 '동학농민운동'과 '갑오개혁'이라 할 수 있다. 동학농민운동이 주목되는 이유는 이 운동을 통해 제기된 여러 가지 담론의 개혁성 때문일 것이다. '東學'이란 말은 글자 그대로 '西學'에 대응하는 말이 된다. 그래서 운동의 개혁 기조도 침략적인 외세에 항거하고 그들을 배척함은 물론이요, 지배 계층의 횡포에 저항하여 봉건적 사회 체제를 변혁하고자 했던 자주적 사유 체계에서 찾을 수 있다.

실상 동학농민운동을 통해 혁명적 주체로 등장한 농민 계층은 조선 사회를 지탱해 온 기층세력(基層勢力)의 기반으로서 실제적 생산력을 지니고 있었음에도 불구하고 그들은 정치적으로 또는 사회·문화적으로 모든 담론의 공간으로부터 철저히 소외되어 제 목소리를 낼 수 없었다. 하지만 동학의 이념이 되었던 '人乃天'은 인간의 존재를 하늘과 연결시켜 놓음으로써 개인의 존엄과 신성한 권리를 평등이라는 개념으로 투시하게 했다.

이것은 엄격한 신분적 계급 사회에 묶여 있던 조선의 평민들에게 자기 주체에 대한 새로운 혁명적 인식을 가능하게 한 것이다. 그리고 정치·사회적 담론 공간에 새로운 주체로서 근대 계몽의 담론 기반과 기층세력의 개혁운동에 대한 이념적 토대를 제공하게 되었다. 특히 동학농민운동의 수습 과정에서 촉발된 이른바 같은 시기에 갑오개혁은 정치·사회적 개혁의 중심으로 평가할 만하다. 결과적으로 볼 때 정치적인 면에서 내각제도가 성립되어 전제적 군주제의 약화를 가져 왔고 사회적으로는 반상의 계급타파와 공사노비의 폐지, 과부개가 허용 등, 재래의 폐습[1])을 개혁해 왔다.

더욱이 1894년 7월 19일 의정부 학부아문(學部衙門)에서 국문 표기법 규정과 국문 교과서의 편집을 담당하는 편집국을 신설하고 국가 차원의 혁신적인 어문정책[2])을 시도하게 된다. 같은 해 11월 21일에 고종의 칙령이 발표되고 칙령 제1호 공문식(公文式)이 공포되어 정부의 공문서에 해당되는 법률 칙령을 모두 국문으로 발표하고 한문을 곁들여 쓰거나 국한문을 혼용하여 적도록 하였다. 따라서 이전까지 공문서에 쓰이지 못했던 한글이 한자와 함께 사용됨으로써 국문의 지위를 일시에 격상시켰고 한글에 대한 인식을 공고히

---

1) 유병기·주명준, 『한국사』, 양문출판사, 1982, 269~270쪽.
2) 갑오개혁과 함께 1896년 새로운 교육을 위한 제도적 정비가 이루어진다. 1895년 고종의 칙령으로 발표된 홍범 14조에서 근대 교육의 필요성을 강조하고 그 실시 방법을 규정하는 등의 조치를 통해 교육조서를 발표하여 소학교 교원을 양성하는 한성사범학교(1895.5.1)를 개교한다. 이것은 이후 한국 최초의 근대적 관립교원 양성학교로 그 의미를 지니게 된다. 그리고 전국에 걸쳐 관공립의 소학교를 설립하기에 이른다. 특히 이러한 시기를 틈타 기독교의 선교 활동을 중심으로 하는 사설 교육기관은 이보다 앞서 이미 전국으로 확대되고 있었다. 그 실례가 배재학당(1885)과 이화학당(1886)이다. 이러한 국내의 분위기는 1900년대로 이어지면서 사립 중등 교육기관으로 양정의숙(1905)과 휘문의숙(1906)이 개교한다. 이렇게 근대에 대두된 새로운 교육운동은 변화하는 세계 속에서 민족을 돌아보고 그 안에서 자신의 주체와 새로운 학문의 각성을 통해 가치의 창출을 가능하게 한다. 이러한 자구 노력은 지적 충족과 학문 추구의 강한 설득력을 부여하게 되었다.

하는 계기가 되었다. 이것은 국가적 차원의 공적인 문체 변혁과 국민에게 있어 문자 생활과 문학 활동의 새로운 변화를 가능하게 하는 의미를 제공한다.

아울러 갑오개혁을 통해 학사(學事)를 담당하던 예조(禮曹)가 폐지됨에 따라 전통적인 한학에 의존하여 관료를 선발하던 과거제도를 폐지하고 신식 교육을 실시하게 된다. 이른바 『전고국조례(銓考局條例)』(1894.7.12)를 반포하여 국가에서 실시하는 보통시험에 국문을 정식과목으로 선정한다. 이 시기에 맞대어 특히 대중을 독자층으로 하는 국문 신문이나 잡지, 그리고 교과용 도서나 외국 문물을 소개하는 서적 등에 국문 간행이 대거 이루어진다. 물론 이러한 사회 변혁은 지속적인 정부 차원의 행정 지원과 관심을 기반으로 하는 일이겠으나 결과적으로는 국문을 해독하는 계층의 확대를 가져왔으며 국문 사용이 일반화되는 기회를 마련하게 된 셈이다.

한편 이러한 시기 독립협회는 1896년 결성된 정치적 개혁 운동으로, 앞서 언급한 동학농민운동과 함께 주목되는 또 하나의 민중적 운동이라 할 수 있다. 대외적으로 자주독립과 대내적으로는 근대적 민권 사상에 기초한 개혁을 시도하면서 서재필(徐載弼), 이상재(李商在), 윤치호(尹致昊) 등을 중심으로 구국운동을 전개한다. 곧 외세에 영합하여 혼미만을 거듭하고 있는 정부를 비판하고 열강의 침략 행위를 규탄하면서 근대적 정치 이념과 사회적 실천의 새로운 가능성을 제시하기에 이른 것이다. 이렇게 독립협회를 통해 새로운 정치·사회적 실천 가능성을 엿볼 수 있었던 것은 독립신문의 기반 아래 만민공동회라는 대중적 정치 집회를 도모함으로써 그 주장이 가능했다고 본다.

독립신문은 누구나 쉽게 읽어 구독하고 참여할 수 있도록 국문을 매개로 했기에, 실상 우리의 현실은 물론 정보와 지식을 공유할 수 있는 대중 참여의 촉매 기능을 수행했다. 실제로 독립신문이 국문체를 수용한 후에 그리스도신문(1897.4.1.), 협성회회보(1898.1.1), 매일신문(1898.4.9), 제국신문(1898.8.10), 경향신문(1906.10.19) 등이 국문으로 창간되기에 이른다.3) 독립신문 창간의 요체는 무엇보다 중국 한문이 아닌 조선의 글로서 국문의 독자성과 고유성을 명분화한 문자 독립에 있다는 점이다. 아울러 한글의 띄어쓰기를 처음으로 규범화함으로써 실용성과 활용성의 길을 열었다는 것과 중화주의를 몰아붙이고 한글에 대한 새로운 인식을 시도한 것은 큰 의미가 아닐 수 없다. 저널리즘의 관점에서도 독립신문은 국문 신문의 출발과 민간 신문의 필두로서 사회적 또는 정치적 담론을 대중(국민)에게 분배와 확산의 가능성을 점화했기에, 공공 영역의 독자층을 확보한 가치도 발견할 수 있다.

제국주의 세력이 점차 강화되는 상황에서 계몽지식인들은 신문

---

3) 이와 관련해 창간 당시는 『대한황성신문』(1898)이 국문체를 수용하였다가 황성신문으로 개제하면서 국한문체를 수용하였고 『대한매일신보』(1904)는 창간 당시부터 국문체로 출발하였으나 1905년 8월 15일부터는 국한문혼용체를 사용했으며 이후 1907년 5월 23일부터는 국문판 『대한매일신보』를 별도로 발간하기도 한다. 즉 두 문체의 병존을 실시한 것이다. 그리고 『만세보』(1906)는 한자에 국문을 병기한 부속 국문체 형태의 국한문혼용체를 수용하였고 『대한민보』(1909)의 경우도 국한문체를 수용하였다. 이렇게 국문체와 국한문혼용의 절충적인 형태가 나타난 것과 관련해 권영민은 문자 생활에 있어 지배적인 위치를 차지하고 있던 한문의 정보 기능이나 문화적 역할이 현저하게 축소되고 국문의 활용 범위가 널리 확대된 점은 부정할 수 없는 사실이라 말한다. 하지만 국문만을 전용하고자 했을 때, 상대적으로 한문을 중심으로 했던 지배층의 문자 생활을 갑작스레 국문으로 변혁시키기 어려운 한계가 또한 드러나게 된다. 더욱이 국문체 자체의 언어적 규범도 제대로 확립되어 있지 못했던 점도 국문체의 사회적 확대에 장애가 되었을 것이다. 따라서 이러한 현실적 어려움 때문에 국문의 높아진 위상과 관심에도 불구하고 국문체와 한문체의 절충적인 형태로 국한문체의 모습이 대두되기 시작했다고 한다. 권영민, 『서사양식과 담론의 근대성』, 서울대학교출판부, 1999, 41~42쪽.

이라는 공공의 영역을 통해 공동체 이익을 표명하는 담론을 제출하여 국가의 나아갈 시대적 진리를 모색하고 있었다. 이런 점에서 신문은 실재 세계의 공론화를 만들어 낸다. 실재 세계는 말 그대로 눈앞에 펼쳐지는 현실의 존재 모습, 곧 현실적 시공간의 세계다. 실재 세계는 역사적 사실과 사회적 사실이 축적되어 엮어진 공간이기에 인간들의 행위를 우위로 하는 관념과 가치관의 실현 현장을 총칭하는 세계라 할 수 있다. 따라서 신문은 상대적으로 자율적이고 합리적인 담론의 토론 공간을 지향할 수 있다.

어떤 시대의 한 담론이 또는 담론들이 어떤 조건들을 바탕으로 형성되었고 이들이 시대가 바뀜에 따라 어떤 조건들을 바탕으로 변화된 창출[4]을 보이는가는 그 담론의 인식적 차원에서나 의미 구현의 창출[5]에서나 담론의 이해 근거를 제공한다. 근대라는 시기 계몽 담론의 의미 구획이 절실했던 이유는 민족이 나아갈 새로운 역사적 현실 이념의 고취와 사회의 다층적 문제에 대한 통로를 찾고자하는 의식에 기초한다. 그리고 이것은 기존의 유교적 이념의 가치 지향이 더 이상 유효한 사회적 실재로서 기능할 수 없다는 인식적 차원

---

4) 미셸 푸코, 이정우 해설, 『담론의 질서』, 새길, 1993, 85쪽.
5) 실상 담론은 문장보다 더 큰 언어적 진술을 가리킨다. 담론의 개념은 언어학과는 별도로 미셸 푸코의 저작을 통해 발전되었다. 그는 담론이란 용어를 통해 언어와 우리 사회에서의 권력체계, 사회 제도, 그리고 지식인의 역할 등에 관계된 사유의 방식을 효과적으로 바꾸어 놓았다. 담론들은 사회적, 역사적, 제도적 구성체의 산물이고 그 의미는 이러한 제도화된 담론에 의해 산출되는 것이다. 어느 사회이건 담론의 생산은 상당수의 절차에 의해 통제, 선별, 조직, 재분배 되는데 이 과정의 세 원칙은 금지, 분할과 배척, 진위의 대립인 것이다. 다이안 맥도넬, 임상훈 역, 『담론이란 무엇인가』, 한울출판사, 1992; 폴 보베, 「담론」, 프랭크 랜트리키아·토마스 맥로린 공편, 정정호 외 공역, 『문학 연구를 위한 비평 용어』, 한신문화사, 1994; 미셸 푸코, 이정우 역, 『지식의 고고학』, 민음사, 1992; 미셸 푸코, 이정우 해설, 위의 책, 96~97쪽.

을 넘어서는 보다 현실적 차원의 민족적 국가적 위기의식이 배어있다. 민족의 운명이 제약을 받는 상황에서 오히려 역사에 대한 관심은 폭발적으로 상승6)하게 되었다는 점에서 근대는 가히 역사의 르네상스라 부를 만하다.

예컨대 『황성신문』(1898.9.5~1910.9.14)은 창간에서 폐간에 이르기까지 근대 신문 가운데 가장 오랜 기간 발간되었다. 『황성신문』은 유학자 계층을 주류로 계몽하기 위한 신문인데 역사 기사나 논설, 사론을 적지 않게 실었다.7) 논설 '독사관견'(1904.6.13)은 외세에 의존하던 국가도 실리적 외교를 잘하게 된다면 온전히 국권을 유지할수 있다는 주장의 내용을 개진하고 있다. 이집트의 경우 내정 실패로 영국의 속국이 되었으나 세르비아는 내정과 외교에 성공하여 외세 의존 상황에서도 독립을 유지할 수 있었다는 것이다. 그리고 1905년에는 '독법국혁신사'(8.26)와 '독애급근세사'(10.7)의 외국사기 글이 독후감 형식으로 게재되기도 한다.

널리 알려진 대로 근대계몽기에 이르러 국가적 민족적 위기가 점차 고조되면서 이 위기를 타개하고 국가의 독립과 발전을 도모하려는 선각자와 지식인들의 노력이 사회 각 분야에서 일기 시작했다. 특히 국권과 민권운동으로, 민족주의 운동은 사실상 국권을 침탈당

---

6) 양진오, 『한국 소설의 형성』, 국학자료원, 1998, 56~57쪽.

7) 『황성신문』 외에 『한성신보』나 『대한매일신보』에 연재되었거나 기고된 형태의 사론을 정리해 제시하면 다음과 같다. 〈영국사요〉(1896.1~5), 〈태서신사〉(1897.5), 〈중동전기 상·하〉(1899.3), 〈미국독립사〉(1896.6), 〈파란말년전사〉(1899.10), 〈법국혁신전사〉(1900.6), 〈일로전기〉(1904.6), 〈애급근세사〉(1904.6)와 『대한매일신보』는 〈만국력사〉(1905.9.1~3), 〈파란말년사〉(1905.10.20~12.1), 〈동국사략〉(1906.6), 〈법란서신사〉(1907.7.25), 〈중등만국사〉(1907), 〈비율빈전사〉(1907), 〈일본사기〉(1907. 12.7), 〈나팔륜사〉(1908. 2), 〈세계식민사〉(1908.2). 아울러 『한성신보』의 서사목록 자료는 김영민, 『한국 근대 소설의 형성 과정』, 소명출판, 2005, 327쪽부터 기초 자료를 참조 바람. 양진오, 위의 책, 57~59쪽.

한 1905년[8] 이후부터 사회 각 분야에서 더욱 강경한 성향을 띠며 변모[9]해 갔다. 이른바 역사를 존중하자는 존사(尊史) 경향은 사상적으로는 민족주의의 확산과 심화로 대두되는데 이러한 의식을 방증하는 당시의 한 자료를 살펴보기로 한다.

① 歷史가 何物이관대 其 功效의 神聖함이 若此한가. 曰 歷史者는 其國國民의 變遷消長한 實跡이니 歷史가 有하면 其國이 必興하나니라. 國이 有하매 歷史가 必有하리니, 强國뿐 아니라 弱國도 歷史가 有할지어늘 수에 言하되 曰 歷史가 有하면 其國이 必興이라 함은 何謂요 (…중략…) 邦國이 許多하매 歷史도 許多하여 英國史, 俄國史 等이 有하지마

---

8) 실상 1905년 11월 17일 한일협상조약(을사조약)을 강제하여 불평등하게 체결된 그 해는 정부의 국내외적인 정치적 노력이 있었다. 그 만큼 민족의 문제와 국가의 문제는 하루가 다르게 파국과 혼란의 격변을 예고하고 있었다. 따라서 당시 지식인들은 민족적 차원의 봉기와 각성을 통해 대중(국민)을 향한 인식 계도를 이끄는 방편으로 애국과 민족의 국민 계몽담론을 신문 매체를 기반으로 구획하고 있었다. 이러한 당시(1905) 극변 상황을 이해하기 위해 국내 정치사의 모습을 제시하면 다음과 같다. 경성 부근의 치안경찰권을 일본헌병대가 장악(1.10), '워싱턴포스트'지에 일본의 한국 침략과 만행을 폭로하는 이승만(李承晩)의 인터뷰 기사 게재(1.15), 화폐조례(貨幣條例) 공포, 일본화폐의 유통을 공인함(1.18), 경무청(警務廳) 고문으로 마루야마 시게토시(丸山重俊)가 취임(1.20)하고 고등경찰제 실시(1.28), 일본 독도를 강탈, 죽도(竹島)라고 하고 도근현(島根縣)에 편입(2.22), 황제, 러시아에 일본 견제를 호소하는 밀서(密書)를 상해의 러시아 소장(少將) 멧시노에게 전달(3.25), 일본공사, 주외한국공사(駐外韓國公使)를 소환 요구(4.10), 군대감축(軍隊減縮) 실시(4.13), 주영공사서리(駐英公使署理) 이한응(李漢應) 영국에서 자결(5.12), 황제의 밀사, 윤병구(尹炳求), 이승만(李承晩), 루스벨트대통령에게 독립청원서(獨立請願書) 전달(7.6), 의병장 원용팔(元容八), 충청도 영춘(永春), 강원도 영월 일대에서 기병함(7.20), 친일 일진회(一進會), 외교권의 대일위탁(對日委託)을 주장(11.3), 일본 특사 이토 히로부미(伊藤博文) 내한(11.9), 한일협약안(韓日協約案)을 조선 황제에게 제출(11.15), 외부대신(外部大臣) 박제순(朴齊純)에게 협약체결을 강제하여 요구(11.16), 박제순(朴齊純) 등, 일본공사 하야시 곤스케(林權助)와 한일협상조약(을사조약) 조인(11.17), 참정대신(參政大臣) 한규설(韓圭卨), 한일협상조약의 폐기를 상소(11.20), 황제, 황실고문(皇室顧問) 헐버트에게 을사조약의 무효를 만방에 선포토록 지령(11.26).

9) 문성숙, 『개화기 소설론 연구』, 새문사, 1994, 59쪽.

는 然이나 外國史를 讀함은 知彼知己하여 競爭을 資할 而已니 愛國心을 傍助함은 能하나 愛國心을 主動함은 不能할지라. 故로 玆에 云한 歷史는 本國史만 指함이오 萬象이 複雜하게 歷史도 複雜하여 宗敎史, 文學史 等이 有하지마는 此等 各史는 知識을 發達하여 國家의 獻할 而已니 愛國心을 贊成함은 能하나 愛國心을 孕造함은 不能할지라 故로 慈에 云한 歷史는 本國 政治史만 指함이니.10)

② 此는 求進求退의 異效로다 强은 不可라 ᄒ야 惟弱을 是務ᄒ며 大는 不可라 ᄒ야 惟小를 是欲흠으로 他國을 稱ᄒ민 必曰 小國弱國이라 ᄒ야 卑辭增幣로 國防을 作ᄒ며 談經賦詩로 軍備를 代ᄒ야 (…중략…) 嗚呼라 土地의 大로 其國이 大흠이 아니며 兵民의 衆으로 其國이 强흠이 아니라 惟自强自 大者가 有ᄒ면 其國이 强大ᄒ느니 賢哉라. 乙支文德主義여 乙支文德主義는 何主義오. 曰 此卽 帝國主義니라.11)

일본으로부터 통감정치를 받게 되면서 역사적인 시공의 차이는 있지만 외세의 도전에 대한 응답으로써 민족주의적 저항을 내용으로 하는 역사의 수용은 긴요한 사항12)으로 대두되었다. 역사에 대한 인식이 우리에게 실제적인 중요성을 갖고 있다면 그 이유는 대부분의 경우 우리 시대에는 적용할 수 없는 상이한 조건 속에서 시행착오를 거쳐 이겨내고 존재했던 행위의 근저를 역사라는 시공간에서 읽어내기 위함이라 본다. 우리가 오늘날 지니고 있는 가치와 이념, 이상이라 할 수 있는 동일하거나 유사하거나 혹은 대립되는

---

10) 신채호, 『단재 신채호 전집』(하), 형설출판사, 1975, 72~73쪽.
11) 신채호, 『을지문덕』, 광학서포, 1908, 30~31쪽.
12) 성현자, 『신소설에 미친 만청소설의 영향』, 정음사, 1985, 64쪽.

가치와 이념, 또는 그들의 이상을 위해 투쟁했던 면모를 확인13)할 수 있기 때문이다.

위의 지문 ①은 신채호 '역사와 애국심의 관계'다. 신채호에 따르면, 역사를 기록하는 자는 그 국가와 국민의 변천성쇠한 실재의 자취를 담아내기에 역사의 존재 가치는 곧 그 국가를 반드시 흥하게 할 것이라 말한다. 물론 나라마다 자국의 역사도 있고 또한 그것을 알아야 지피지기를 취할 수 있으나 무엇보다 먼저, 역사는 자국의 역사(歷史는 本國史만 指함이오/歷史는 本國 政治史만 指함이니)를 적극적으로 읽어나가야 한다는 주장이 그의 속내다. 그렇다면 신채호가 그러한 판단에 이르게 된 근거는 무엇에 있는가.

지문을 기초로 정리하자면, 이른바 애국심의 '主動'과 '孕造'를 위해 국사의 고취를 주장하는 것이다. 곧 '國史'는 '愛國心'이라는 가치 판단의 등가를 적용14)하고 있음이다. 이런 차원에서 신채호가 〈을

---

13) 우리는 현재나 미래의 인간 공동체의 존재와 구조에 중요성을 갖거나 영향을 미치는 사람들의 모습을 알아보기 위해 역사에 대한 관심을 기울인다. 그리하여 그러한 인간들의 행위, 동기, 추구한 목적을 '역사'라는 場에서 이해한다. 뤼시엥 골드만, 김현·조광희 공역, 『인문과학과 철학』, 문학과지성사, 1980, 33쪽.

14) 그런데 역사를 존중하자는 주장이 단지 신채호 개인에 의해서만 행해진 것은 아니었다. 『대한매일신보』를 비롯한 당대의 신문들은 외국의 역사나 국사를 소개하면서 역사 존중의 분위기를 고취했는데, 그 분위기는 국사 교과서에 반영되기도 한다. 학부에서는 〈조선역사〉(국한문혼용), 〈조선역대사략〉(한문), 〈조선약사〉(국한문혼용) 등의 역사 교과서를 편찬하였다. 이 역사 교과서의 의의는 중화사관을 극복하고 민족사관을 수립하고자 했던 의지의 행보였다는 것이다. 특히 〈조선약사〉는 왕조의 변천에 대해서는 요점만 밝히면서 각종 제도와 사회생활에 비중을 두어 서술하고 있으며, 소개되는 인물도 종래와 같은 성리학자 위주가 아닌 국가 공신들이 중심이었다. 먼저, 1905년에는 〈대동역사〉(최경환, 정교), 〈역사집략〉(김택영) 등 두 권의 역사서가 간행된다. 1906년에는 〈대동역사략〉(국민교육회), 〈신정동국역사〉(장지연, 원영의, 유근), 〈동국사략〉(현채) 등이 뒤를 이어 간행되기에 이른다. 그리고 1908년부터 1910년까지는 〈대한역사〉(헐버트, 오성근), 〈초등본국역사〉(유근), 〈초등대한역사〉(조종만), 〈초등대한역사〉(정인호), 〈초등대한역사〉(박정동), 〈초등본국역사〉(흥사단), 〈초등본국역사〉(안종화), 〈신찬초등역사〉(유근)가 연이은 발행을

지문덕(乙支文德)〉에서 제국주의를 애국과 계몽의 발로로 그 외연을 확대해 계몽담론을 표명한 것은 민족의 누란지세의 상황과 무관할 수 없는 일이라 본다. ②의 지문을 통해 읽어낼 수 있듯 신채호는 나라가 쇠약해 지는 원인을 강함은 좋지 않다고 하여, 오히려 약함을 주무하고 큰 것 또한 불가하다 하여 소(强은 不可라 ᄒ야 惟弱을 是務ᄒ며 大ᄂ 不可라 ᄒ야 惟小를 是欲흠으로)를 취하는 '求退'의 자세와 마음에서 찾았다.

이것은 오래된 관행처럼 폐습과도 같은 허약한 '文治的(經書談論＋詩賦談論)' 발상을 붙좇아 왔기에 종국에는 민족의 후퇴와 나약을 가져오게 했다는 지적이다. 부언하자면, '談經賦詩'로 '軍備'를 대신하였기에 국가를 부국과 강병에 이르지 못하게 하였고 마침내 '强大'의 기상을 백성들로 하여금 배우고 취하지 못하게 하는 형편에 이르게 되었다고 말한다. 따라서 이제는 강대가 현재(强大ᄒᄂ니 賢哉라.)인 까닭에 '을지문덕주의'를 취하는 기상이 필요하다는 주장이다. '乙支文德主義'는 '自强自大者'의 원천이고 이것은 '帝國主義'와 맥을 같이한다는 기상이다. 여기서 그 문맥적 함의를 전제해 본다면 제국주의는 과거 우리 민족이 만주와 요동을 호령하던 기상의 '復活'이며 민족 기백을 고취하는 '驀進'의 표현이라 하겠다.

① 우리가 독닙신문을 오늘 처음으로 출판ᄒᄂᆫ디 조션 속에 잇는 닉외

맞는다. 1895년 이후에 간행된 역사저술은 거의 교과서로 편찬된 것이 주류를 이루고 있는데, 이 역사저술은 역사 방법론 면에서 한계를 지니고 있음도 발견된다. 오랫동안 중화사관에 묶여 있던 전통 사서를 극복해간 노력은 괄목할 일이지만 영웅사관이나 국가주의에 지나치게 머물고 있음이 노출된다는 점은 못내 아쉬움으로 남는다. 조동걸·한영우·박찬승, 『한국의 역사가와 역사학』(하), 창작과비평사, 1994, 19쪽.

국 인민의게 우리 쥬의를 미리 말씀ᄒ여 아시게 ᄒ노라 우리는 첫지 편벽 되지 아니ᄒ고로 무슴 당에도 상관이 업고 샹하귀쳔을 달니 디 졉아니 ᄒ고 모도 죠션 사름으로만 알고 죠션만 위ᄒ며 공평이 인민 의게 말홀 터인디 우리가 셔울 빅셩만 위홀 게 아니라 죠션 젼국 인 민을 위ᄒ여 무슴 일이든지 디언ᄒ여 주랴홈 졍부에셔 ᄒ시는 일을 빅셩의게 젼홀터이요 빅셩의 졍셰을 졍부에 젼홀터이니 만일 빅셩이 졍부 일을 자셰이 알고 졍부에셔 빅셩에 일을 자셰이 아시면 피츠에 유익ᄒ 일만히 잇슬터이요 불평ᄒ 므음과 의심ᄒ는 싱각이 업셔질 터이옴 우리가 이 신문 츌판 ᄒ기는 취리ᄒ랴ᄂ게 아닌고로 갑슬 헐 허도록 ᄒ엿고 모도 언문 으로 쓰기는 남녀 샹하귀쳔이 모도 보게홈 이요 ᄯ 귀졀을 쎄여 쓰기는 알어 보기 쉽도록 홈이라 우리는 바른 디로만 신문을 홀터인고로 졍부 관원이라도 잘못ᄒ는이 잇스면 우리 가 말홀터이요 탐관오리 들을 알면 셰샹에 그 사름의 힝젹을 폐일터 이요 ᄉᄉ빅셩이라도 무법ᄒ 일ᄒ는 사름은 우리가 차져 신문에 셜 명홀터이옴.

② 우리 신문이 한문은 아니 쓰고 다만 국문으로만 쓰는거슨 샹하귀쳔 이 다보게 홈이라 ᄯ 국문을 이러케 귀졀을 쎄여 쓴 즉 아모라도 이 신문 보기가 쉽고 신문 속에 잇는 말을 자셰이 알어 보게 홈이라 각 국에셔는 사름들이 남녀 무론ᄒ고 본국 국문을 몬저 빅화 능통ᄒ 후 에야 외국 글을 빅오는 법인디 죠션셔는 죠션 국문은 아니 빅오드리 도 한문만 공부 ᄒ는 까둙에 국문을 잘아는 사름이 드물미라 죠션 국문ᄒ고 한문ᄒ고 비교ᄒ여 보면 죠션 국문이 한문보다 얼마가 나 흔거시 무어신고ᄒ니 첫지는 빅호기가 쉬흔이 됴흔 글이요 둘지는 이글이 죠션글이니 죠션 인민 들이 알어셔 빅ᄉ을 한문디신 국문으

로 써야 샹하귀쳔이 모도보고 알어 보기가 쉬흘터이라 한문만 늘 써 버릇ᄒ고 국문은 폐흔 까ᄃᆰ에 국문으로 쓴건 죠션 인민이 도로혀 잘 아러보지 못ᄒ고 한문을 잘 알아보니 그게 엇지 한심치 아니ᄒ리요 ᄯᅩ 국문을 알아보기가 어려운건 다름이 아니라 쳣지ᄂᆞᆫ 말마ᄃᆡ을 쎄 이지 아니ᄒ고 그져 줄줄ᄂᆡ려 쓰ᄂᆞᆫ 까ᄃᆰ에 글ᄌᆞ가 우희 부터ᄂᆞᆫ지 아 ᄅᆡ 부터ᄂᆞᆫ지 몰나셔 몃 번 일거 본 후에야 글ᄌᆞ가 어ᄃᆡ부터ᄂᆞᆫ지 비로 소 알고 일그니 국문으로 쓴 편지 흔쟝을 보자ᄒ면 한문으로 쓴 것보 다 더ᄃᆡ 보고 ᄯᅩ 그나마 국문을 자조아니 쓰ᄂᆞᆫ 고로 셔툴어셔 잘못 봄이라 그런고로 졍부에셔 ᄂᆡ리ᄂᆞᆫ 명녕과 국가 문젹을 한문으로만 쓴즉 한문 못ᄒᄂᆞᆫ 인민은 나모 말만 듯고 무슴 명녕인쥴 알고 이편이 친이 그 글을 못 보니 그 사름은 무단이 병신이 됨이라 한문 못 ᄒ다 고 그 사름이 무식흔 사름이 아니라 국문만 잘 ᄒ고 다른 물졍과 학 문이 잇스면 그 사름은 한문만 ᄒ고 다른 물졍과 학문이 업ᄂᆞᆫ 사름 보다 유식ᄒ고 놉흔 사름이 되ᄂᆞᆫ 법이라 죠션 부인네도 국문을 잘ᄒ 고 각싀 물졍과 학문을 ᄇᆡ화 소견이 놉고 ᄒᆡᆼ실이 졍직ᄒ면 무론 빈부 귀쳔 간에 그 부인이 한문은 잘 ᄒ고도 다른것 몰ᄋᆞᄂᆞᆫ 귀죡 남ᄌᆞ보다 놉흔 사름이 되ᄂᆞᆫ 법이라 우리 신문은 빈부귀쳔을 다름업시 이 신문 을 보고 외국 물졍과 ᄂᆡ지 ᄉ졍을 알게 ᄒ랴ᄂᆞᆫ 쯧시니 남녀노소 샹하 귀쳔 간에 우리 신문을 ᄒ로 걸너 몃 ᄃᆞᆯ간 보면 새 지각과 새 학문이 싱길걸 미리 아노라.15)

위의 예문 ①, ②는 1896년 창간한 독립신문 논설이다. 내용을 둘 로 나누어 구분한 것은 좀 더 의미를 구체화하여 변별하고자 함이

---

15) 『독립신문』(1896.4.7).

다. ①은 독립신문이 추구한 기본적 편집 태도에 해당되는 내용으로 그들이 지향하는 사회적 이념과 가치를 잘 드러내고 있다. 위의 내용을 토대로 볼 때 독립신문의 독자 설정은 조선에 있는 내외국인을 대상으로 포함하기에 범국민적 범세계적 지향을 표명한다. 따라서 우리(신문사)의 주장을 미리 밝혀 알게 할 것이며, 당파를 초월하여 편벽됨 없이 상하귀천을 가리지 않고 궁극적으로는 조선의 인민을 위해 공평하게 말할 것을 명백히 하고 있다.

더욱이 신문 발행을 통해 이익을 취함이 아니므로 값을 저렴(대중성의 포섭)하게 하고 백성의 사사로운 일로부터 정부 관원의 잘못이나 탐관오리에 이르기까지 소상히 밝혀 부정함을 폐하고자 하는 간행 취지가 발견된다. 독립신문의 이 같은 창간 취지에 더하여 관심을 끄는 몫은 국문담론의 과감한 표명에 있다. "정부에셔 니리는 명녕과 국가 문젹을 한문으로만 쓴즉 한문 못ᄒᆞᆫ 인민은 나모 말만 듯고 무슴 명녕인줄 알고 이편이 친이 그 글을 못 보니 그 사름은 무단이 병신이 됨이라 한문 못 ᄒᆞᆫ다고 그 사름이 무식ᄒᆞᆫ 사름이 아니라"는 내용에서 지식인들이나 지배 세력의 전유물로 인식되었던 정보와 지식을 대중과 공유하기 위한 독립신문의 공식적인 담론 공론화의 국민 포섭 의지를 확인하게 된다. 이러한 관점에서 국문의 빠른 낭독과 독해를 위해 독립신문이 띄어쓰기를 최초로 규범화하여 국문담론 창출에 적용한 사례는 국문을 지향한 혁신적 글쓰기 개혁에 다름없는 것이다.

주지하듯 ②를 통해 전개된 국문 전용이라는 혁신적 편집 태도의 창출 가치는 국문이 한문보다 편리하고 우수하다는 이른바 국문의 독자성16)을 한문 배제 논리와 맞세워 배치했다는 사실이다. 이것은 국민, 곧 대중 참여의 담론 공간을 전제로 하고 처음으로 국문담론의 논리를 구체화한 괄목할 일이 아닐 수 없다. 황성신문의 기자(1905)였고 대한매일신문의 주필가(1906년부터)로 활동한 신채호의 담론을 통해서도 이와 같은 국문의 가치 지향을 발견하게 된다. "我國風氣가 漢土와 逈異ᄒ니 華風을 苟同홈이 不可라 ᄒ심은 國粹保全에 大主義이시거늘 幾白年庸奴拙婢가 此家事를 誤ᄒ야 小國二字로 自卑ᄒ얏도다 然則今日에 坐ᄒ야 尙且國文을 漢文보다 輕視ᄒᄂ 者有ᄒ면 是亦韓人이라 云홀가"[17] 하여 스스로 국문을 한문보다 경시함으로써 '小國二字'로 낮추었고 더욱이 국문을 한문의 노예로 취급하는 사람들은 '韓人'이 될 수 없음을 주창한 신채호의 주체적 국문 의식을 확인할 수 있는 대목이다. 이렇게 국자로서의 국문 인식 개혁은 담론 공간 속에 국민 포섭의 의지를 더욱 공고히 할 뿐 아니라 공공 담론의 창출과 담론 영역의 확산을 불러오고 있었다.

---

16) 물론 국문은 국한문체와 국문 범주에서 그 활용의 차이와 계층적 수용의 차원에서 논의가 필요한 몫이기도 하다. 이에 다음 장을 통해 그 내용을 제시하겠다. 이와 관련한 대표적 선행 연구는 다음을 참고한다. 이기문, 『개화기의 국문 연구』, 일조각, 1973; 김윤식, 『한국 근대 문학 양식 논고』, 아세아문화사, 1980; 임형택, 「근대 계몽기 국한문체의 발전과 한문의 위상」, 『민족문학사연구』 14, 민족문학사연구소, 1999; 권보드래, 『한국 근대 소설의 기원』, 소명출판, 2000; 김찬기, 『한국 근대 소설의 형성과 전』, 소명출판, 2004; 황호덕, 『근대 네이션과 그 표상들』, 소명출판, 2005; 이병근, 「근대 국어학의 형성에 관련된 국어관」, 『한국 근대 초기의 언어와 문학』, 서울대학교출판부, 2005; 권영민, 『국문 글쓰기의 재탄생』, 서울대학교출판부, 2006; 정선태, 「근대 계몽기의 번역론과 번역의 사상」, 『근대어·근대매체·근대문학』, 성균관대학교 대동문화연구원, 2006.

17) 신채호, 『대한매일신보』(국한문의 경중), 1908.3.19.

2. 국문운동의 이념과 담론 공간

외세에 저항하는 한국 신문의 전통을 확립하는 데 선구적 역할18)을 맡은 신문으로 평가되는 『매일신문』(1898.4.9)은 『독립신문』(1896.4.7)의 뒤를 이은 최초 일간지의 의미를 지닌다. 이전의 조선 사회에는 일반 백성들에게 최근 국내외의 공공문제나 새로운 사건에 대해 정기적으로 날마다 그 소식을 전달하는 매체가 존재하지 않았다.

이 신문의 발간을 기점으로 민간 일간지의 확대가 열리는데 같은 해에 제국신문과 황성신문의 등장은 국민들에게 시대적 위기의식을 전달하고 한글의 전용(專用)이 곧 문명개국의 토대로 개명(開明)의 출발점이라는 의식을 표명한다. 이렇게 국민에게 국내외 시세(時勢) 정보를 습득하게 하고 국민을 계몽하는 중심 매체로 본격적인 신문의 역할을 수행하게 된 것은 실상 매일신문과 제국신문이 순한글을 황성신문이 국한문혼용을 추구했기에 가능했다.

본디 국문을 우리 나라 셰종대왕띄옵셔 지으샤 국민 남녀의 편리히 쓰기를 쥬장ㅎ심이니 후셰를 기리 싱각ㅎ신 션왕의 유틱이 진실로 무궁ㅎ신지라 빅셩이 되어 셩은을 사모ㅎ는 도리로만 말ㅎ여도 이 글(한글)을 공경ㅎ야 만드러 쓰는 것이 맛당ㅎ거늘 하물며 이곳치 편리흔 거슬 지금것 폐ㅎ엿던 모양이니 엇지 이셕지 안으리오 (…중략…) 무식흔 빅셩들을 삽시간에 알아듯게 흘 싱각들은 아니ㅎ고 뎌곳치 어려운 한문을 공부ㅎ야 십여 년을 종샤흔 후에야 비로소 문리를 씨다르면 큰 션빈라

---

18) 최기영, 『대한 제국기 신문 연구』, 일조각, 1991, 12~22쪽. 매일신문과 협성회회보의 관계, 매일신문의 발간과정, 제국신문과의 관계 등에 대해서는 정진석, 『한국 언론사』, 나남, 1990, 172~177쪽 참고.

고도 칭ᄒ며 학즈라고도 칭ᄒ나 실상인 즉 셩인의 말삼은 궁리치 아니
ᄒ고 한문만 공부ᄒ니 경셔를 익는 션비들도 셩인의 본의는 다 일허 바
린진라 (…중략…) 세계에 새로 발명ᄒ 학문으로 말ᄒ지라도 나라히 긔
명ᄒ다 칭ᄒᄂ 것슨 다만 글 일근 사름 몃쳔 몃만 명으로만 인연ᄒ야
ᄒᄂ 말이 아니라 전국에 남녀로소와 상하귀쳔을 통계ᄒ야 비교ᄒ 연후
에 혹 문명국이라 반 긔화국이라 야만국이라 칭ᄒᄂ법이기로 덕국 ᄀ흔
나라에는 남녀간 오륙 세 된 아희가 학교에 다니지 아니ᄒ면 슌검이 잡
아다가 억지로 학교에 넛코 그 부모를 벌 씨우는 법이 잇스니 이런 법이
다 그 나라를 문명케 ᄒ려홈이라.[19]

대한 사름들이 누구던지 으히 째부터 쳥국 ᄉ긔만 외오고 졍작 본국
ᄉ긔는 보고 듯는 것이 업스니 이 닐은 바 놈의 집 보학은 모를 것이
업스되 졔 됴상의 리력은 알지 못ᄒᄂ 격이라 님군의게 츙셩ᄒ고 나라를
ᄉ랑ᄒᄂ 의리가 어느 곳으로 좃차 나리오 그런 고로 향곡에 여간 식ᄌᄒ
는 우밍들은 지금도 오히려 쳥국을 ᄉ모ᄒ야 언필칭 대국이라 ᄒ며 서로
탄식ᄒᄂ 말이 우리 나라는 어느 째던지 대국셔 도아 쥬어야 셔양 각국에
슈치를 면ᄒ리라 ᄒ야 쳥국 군ᄉ 나오기를 쥬야로 옹츅ᄒ니 이것이 다른
연고가 아니라 그 사름들의 이문목견이 다만 쳥국 ᄉ긔 뿐인고로 사름마
다 싱각ᄒ기를 세계에 뎨일 광대ᄒ 나라이 쳥국이요, 뎨일 부강ᄒ 나라이
쳥국으로만 아는 신닭인즉 엇지 한심치가 아니리오 (…중략…) 갑오경장
ᄒ 이후에 학부에셔 인민 교육ᄒ기를 힘쓰는 관인들이 우리 나라 ᄉ긔를
긔간ᄒ야 민간에 반포한 것이 잇셧스니 그 고명ᄒ 식견을 치하지 안는
것은 아니로되 오히려 측권이 간략ᄒ야 우리 나라 오빅 여년 동안에 셩군

---

19) 『매일신문』(논설), 1898.6.17.

명왕의 거륵ᄒ신 정치와 츙신렬ᄉ의 탁월ᄒ 졀의를 쇼샹이 긔지치 못ᄒ야 죡히 당셰 인민의 츙의를 격발키 어려온즉 당셰의 유지ᄒ신 쳠군ᄌ들은 아모됴록 진심 갈력ᄒ야 본국 이젼 ᄉ긔는 더 확쟝ᄒ야 인심을 쟝려ᄒ고 교육샹 각항 학문을 실디로 슝샹ᄒ야 한문의 허문만 슝샹ᄒᄂ 폐단을 업시ᄒ면 긔명샹에 크게 유익ᄒᆯ 듯.[20]

우리나라가 문명개국의 지위에 오르지 못한 것은 백성들이 한글을 전용하지 못한 것과 한문을 숭상하는 지배계층이 식자층으로서의 의무를 방기(放棄)했기 때문이라 말한다. 한글은 선왕께서 후세를 기리 생각하여 국민 남녀가 편리하게 쓰고자 함에 그 목적이 있는 것인데 하물며 이 같은 선왕의 뜻과 편리한 우리말을 폐하고 말았으니, 애석할 따름으로 개명은 점점 멀어진다는 것이 이들의 생각이다.

이것은 부강한 나라의 백성들이 자국의 문자를 익히고 이를 통해 새로운 학문을 배워 문명국의 지위를 얻은 것처럼, 우리 백성들도 국문(한글)을 제대로 배우고 익혀 많은 사람들이 새로운 지식을 받아들일 수 있어야 한다는 것이다. 결국 한글은 개명의 출발점이며, 진정한 문명개국의 토대로 다수 국민이 쉽고 편리한 문자를 통해 국내외 정세를 인식하고 올바른 판단을 내릴 수 있어야 함을 강조하고 있다.

실상 조선의 식자들은 성인의 말씀을 궁리(窮理)하고 사물의 이치와 좋은 도리를 발견하여 다양한 지식과 정보를 백성들에게 밝히 알게 함으로써 국가의 위기와 현실을 바르게 이해할 수 있도록 기

---

20) 『제국신문』(논설), 1900.1.17.

반을 제공해야 했다. 하지만 그러한 의무를 저버린 채 어려운 한문만 숭상한 까닭으로, 더욱이 온 백성과 공유하지 못하고 성인의 본의는 다 잃어버려 이렇듯 미개한 지경에 처하게 되었다는 것이 신문의 냉정한 시각이다.

아울러 이러한 의식의 연장선에서 부녀자의 계몽을 내세우며 1898년 8월 10일에 창간된 제국신문의 입장도 주목할 만하다. "한글 → 개명(開明), 한문 → 허문(虛文)"이라는 대응 가치는 한문 숭상을 고집하는 몽매하고 답보적인 식자층에게 경계의 일침을 꼬집는 잠언이 아닐 수 없었고, 한글 사용의 의의에서 한층 진일보 한 문자의 자주적 세계 인식에 발로라 하겠다. '한문(漢文)＝허문(虛文)'이라는 현실 인식은 곧 개명의 유익이고 출발점이 되었던 것이다.

특히 제국신문에서 "향곡에 여간 식조호는 우밍들"이라 칭한 식자들은 화이사상(華夷思想)에 빠져 시대의 실천궁행을 찾을 수 없고 시세의 변화와 형편을 망각하여, 자국의 사기(史記)나 문장에는 관심 밖의 일로 돌아보지 않았다. 따라서 이러한 현실을 벗어나기 위해 조선조 오백여 년 동안 성군명왕(聖君名王)의 본이 되는 정치와 충신열사(忠臣烈士)의 탁월한 절의를 소상히 밝혀, 사기와 현실적 상황을 백성들이 바르게 인식할 수 있어야 한다는 것을 강조하고 있다.

위의 예문에서 놓치지 말아야 할 것은 이른바 주체적인 지식의 획득을 확장하여 고른 학문의 교육과 온당한 백성의 충의를 격동케 하고자 한글이 곧 제 위치를 찾고 국문으로서의 역할을 다해야 한다는 사실이다. 이러한 현실 인식이야 말로 국문이 중심이 되어 교육과 시세(時勢) 정보를 전달하고 수용해야 한다는 점에서, 국문을 향한 말라붙은 편견을 걷어내는 주체적 지식 교육에 출발이 되는 것이다.

대져 세계렬국이 각기 졔 나라 국문과 국어(나라방언)로 졔 나라 졍신을 완젼케 ᄒᆞᄂᆞ 긔초를 삼는 것이어늘 오직 한국은 졔 나라 국문을 ᄇᆞ리고 타국의 한문을 슝상홈으로 졔 나라 말ᄭᅡ지 일허ᄇᆞ린 쟈가 만흐니 엇지 능히 졔 나라 졍신을 보존ᄒᆞ리오 그 국문을 ᄇᆞ리고 한문을 슝상ᄒᆞᆫ 폐막을 대강 말ᄒᆞ랴면 여러 가지라 한 가지ᄂᆞᆫ 국문을 비호지 안코 한문만 비홈으로 말과 글이 흔글 ᄀᆞᆺ지 못ᄒᆞ야 공부ᄒᆞᄂᆞᄃᆡ 심히 어려우니 만일 평ᄉᆡᆼ 젼문가이 아니면 사름마다 비호지 못ᄒᆞᄂᆞᆫ고로 국민의 보통지식을 긔발ᄒᆞᄂᆞᆫ 길이 심히 좁고 ᄯᅩ 한 가지ᄂᆞᆫ 비호기 쉽고 쓰기편ᄒᆞᆫ 국문은 ᄇᆞ리고 비호기 어렵고 쓰기 불편ᄒᆞᆫ 한문을 괴로히 공부홈으로 쳥츈브터 장을치고 빅슈가 되도록 경셔를 궁리ᄒᆞ되 혜두가 더옥 막혀가고 실효가 더옥 업서져셔 졔 집안의 경졔도 ᄒᆞ기어렵거든 엇지 부국강병홀 능력이 잇스리오 지식이 막히고 실업이 쇠ᄒᆞ고 렴치가 업셔진 거시 다 일노 말미암이오 ᄯᅩ 한 가지ᄂᆞᆫ 졔 나라 국문은 쳔히 녁이며 경히 녁이고 남의 나라 한문은 귀히 녁이며 즁히 녁이ᄂᆞᆫ고로 졔 나라를 졔가 업수히 보고 남의 나라를 쳐다보ᄂᆞᆫ 노예의 셩품을 양셩ᄒᆞ고 독립의 명의ᄂᆞᆫ 도모지 아지도 못ᄒᆞ니 엇지 독립ᄉᆞ샹이 잇스리오.[21]

위에서 볼 수 있듯이 『대한매일신보』 국문신보발간에 대한 내용을 살펴보면 국문의 역할은 그 의미가 더욱 확장된 개념으로 체계화되고 있음을 알 수 있다. 다시 말해 견고한 국문의 철학적 이념을 확고히 하고 있다는 점에서 주목할 만하다. 이 인용문에 따르면 우리가 국문을 버리고 한문을 숭상하는 못된 병통 곧 없애기 어려운 폐단으로, 폐막(弊瘼)을 자세히 기술하고 있는데 그 속에서 국문 인

---

21) 『대한매일신보』(국문신보발간), 1907.5.23.

식의 재정립을 발견할 수 있다는 점은 고무적인 일이 아닐 수 없다. 국문의 위상을 올곧게 세우는 길로, 국가의 위기 속에서도 나라방언을 아우르는 모국어를 찾아 그 의미를 확장하고 새로운 국문의 철학적 이념과 가치를 강조하고 있다는 사실에 그 의미는 실로 크다 하겠다. 이와 관련한 내용을 요약해 보면 세 가지로 제시할 수 있다.

첫째, 국문과 국어(나라방언)＝국어국문 ⇒ 정신(精神)

둘째, 국문과 국어(나라방언)＝국어국문 ⇒ 부국강병(富國强兵)

셋째, 국문과 국어(나라방언)＝국어국문 ⇒ 독립국가(獨立國家)

이미 세계열국(世界列國)들은 자국의 언어를 중심으로 제 나라 정신(精神)을 온전케 하는 기초를 삼고 있음에도 우리는 한문의 허상(전문적인 한문학자가 아니면 사람마다 배우기 어렵고 매우 오랜 세월이 소요된다.)만을 좇아 오히려 무지를 자초(自招)함은 물론 정신을 온전하게 하는 기초도 세우지 못했다는 인식에서 기인한다.

국문이 곧 나라의 정신이라는 개념은 제 나라의 말을 버리고 한문만을 숭상해 제 나라의 말까지 잃어버린 자가 많으니 그들이 어찌 제 나라의 온전한 정신을 보전하겠는가라는 일종에 설의법적 당위의 반문이 아닐 수 없다. 따라서 국문을 온전히 배우는 것이 우리의 정신을 곧추세우는 길이고 말과 글을 같게 하여 국민의 보통지식을 개발하는 근저가 된다는 것이다.

다음으로 제시하는 것은 국문의 사용이야말로 실효(實效)에 근거한 부국강병(富國强兵)의 길이라는 실용성에 바탕을 둔 내용인데 국문과 한문이 대립되어 보다 극명한 설득을 이끌고 있다. 우리나라는 청춘(靑春)부터 장(帳)을 치고 백수(白首)가 다 되도록 경서(經書)를 궁리하여 혜두(慧竇)는 막혀가고 실효가 더욱 없어 한 집안의 경제는 더욱 어렵게 되는데, 그 이유는 배우기 쉽고 쓰기 편리한 우리의 국문을 버렸기 때문이라는 논리적 견해다.

결국 이러한 상황은 국문과는 대조적으로, 배우기 어렵고 쓰기 불편한 한문만을 괴로이 궁구한 탓에 자신의 일신과 가정을 등한시하게 되어 집안의 경제도 위태롭게 하였으며 자신의 청춘도 모두 낭비해 버리는 결과를 초래하게 되었다. 더욱이 이로 인해 지식이 막혀 염치(청렴하고 깨끗하여 부끄러움을 아는 미덕)를 저버리고 더불어 나누는 소통이 결여되어 실업(實業) 또한 쇠퇴하게 되고 끝내 국가의 부국강병에 길은 멀어지게 된다는 것이 이들의 진단이다.

끝으로 위 글은 제 나라를 스스로 업신여기고 남의 나라만을 추앙하는 노예 성품을 양성하게 된 원인으로, 나라의 국문을 사사로이 천(賤)하게 경(輕)하게 여긴 탓이라 말한다. 따라서 이러한 노예 성품은 독립의 명의(明義)를 도무지 알지 못하게 하여 독립사상의 고취를 상실하게 만든다. 결국 국문은 곧 국가 개념으로 국치민욕(國恥民辱)에서 벗어나는 독립국가의 근본이라 밝히고 있다. 국문이 국자(國字)로서 온 국민이 귀(貴)하게 중(重)하게 여겨 국문의 개념과 가치를 바르게 인식하고 그 위상을 바로 세우는 것이 나라를 바로 찾는 길임을 역설한 것이다.

그런데 이러한 국문의 새로운 이념과 가치 창출은 당시 사회적 역사적 현실과 관련해 보아도 그리 낯선 행보는 아니었다. 대한매일신보를 통해 국문신보발간사(1907.5.23)를 발표하던 즈음에 앞서 1월 29일 김광제(金光濟), 서상돈(徐相敦) 등에 의해 대구에서 국채보상운동이 촉발되어 국가적 위기 상황에 대한 현실인식과 함께 국민의 반일의식이 분출되고 있었다. 대한매일신보 잡보(1907) 2월 21일 국채보상운동 취지서22)와 관련해 보면 국문에 대한 이러한 인식의 발로와 가지 지향은 그 명맥이 맞닿아 있음을 발견하게 된다.

요컨대 국채보상운동이 "정신적 충의 → 경제적 구국 → 독립국가"의 인식을 근저로 한다면 위에서 제시한 국문의 회복은 "정신 → 부국강병 → 독립국가"라는 공통대응의 의식을 찾을 수 있다는 사실이다. 말하자면 국채보상운동이 독립 국가를 위한 정신적 충의,

---

22) 대한매일신보 국채보상운동의 취지서를 요약해 보면 "지금 우리들은 정신을 새로이 하고 충의를 떨칠 때이니, 국채 1천 3백만 원은 우리나라 존망에 직결된 것이다. 이것을 갚으면 나라가 보존되고 갚지 못하면 나라가 망함은 필연적인 사실이나, 지금 국고에서는 도저히 갚을 능력이 없으며 만일 나라가 못 갚는다면 그 때는 이미 3천리 강토는 내 나라 내 민족의 소유가 못될 것이다. 국토가 한 번 없어진다면 다시는 찾을 길이 없을 뿐만 아니라, 어찌 베트남 등의 나라와 같이 되지 않을 수 있겠는가. 그런데 이를 갚을 길이 있으니 수고롭지 않고 손해 보지 않고 재물을 모으는 방법이 있다. 2천만 인민들이 3개월 동안 흡연을 금지하고, 그 대금으로 한 사람에게 매달 20전씩 거둔다면 1천 3백만원을 모을 수 있을 것이다. 만일 그 액수가 다 차지 못하는 일이 있더라도, 응당 지원해서 일원, 십원, 백원, 천원을 특별 출연하는 사람도 있을 것이다"(1907.2.21). 국채보상연합회의소(國債報償聯合會議所) 조직에 의해 5월 중까지 발표된 모금 총액은 231만 989원 13전에 이른다. 물론 전체 빚을 고려한다면 부족하다 할 수 있으나, 3개월 정도의 짧은 기간과 일제치하 우리 국민의 경제 수준을 생각해 보면 오히려 매우 놀라운 성과가 아닐 수 없다. 환기해 보면, 대한제국의 외교권을 박탈한 일본이 대한제국에 반강제적인 차관을 제공하였으나 대한제국은 차관을 갚을 능력이 없었다. 사실상 일본이 대한제국에 제공한 차관은 일본이 한국에서의 지배권을 강화하는데 이용되었고 1907년에 이르러 결국 1300만원에 달했던 것이다. 차관 제공도 이와 같은 식민 지배를 공고히 하려는 의도로 일제의 치밀한 침략적 야욕에서 시작된 것이다. 또한 그 일환으로 1905년 일본은 이미 재정고문(메가타/目賀田鍾太郞)을 보내 화폐정리 사업을 빌미로 대한제국의 은행들을 일본 은행에 종속하여 경제권을 장악함은 물론 조선의 경제를 일본에 예속하는 절차를 밟아 나갔다. 이 운동은 대한제국의 재정이 일본에 완전히 장악된 상황에서 빚을 갚는 것이 현실적으로 어려울 뿐 아니라 빚을 갚더라도 국권 회복이 불가능하다는 사실을 인식하지 못한 아쉬움이 남는다. 아울러 국채를 갚는데 일조한 사람은 대부분 일반 백성들이었고 상위계층의 부유층 참여 의지가 부족했다는 점은 한계라 하겠다. 하지만 무엇보다 국민 스스로의 힘으로 국채를 갚으려 했던 정신적 충의에 발로인 경제구국운동으로의 의미는 진실로 큰 울림이 아닐 수 없다.

경제적 구국을 위한 촉구였다면, 당시 국문의 회복 역시 독립 국가를 위한 정신이며, 부국강병의 요체임을 읽어낼 수 있다는 것이다.

정부가 한문을 배격하고 사회, 문화적 차원에 국문이라는 하나의 언어를 기반으로 국문체의 제도적 기반을 조성하게 된 것은 민족이라는 개념을 상정하면서 본격화되었다. 즉, 민족어의 논의 문제가 국어국문운동이 부각될 수 있었던 논리적 근거의 바탕을 제공한 것이다. '국어-언어학', '국문-문자학'의 언어문자 공동체 인식의 시도라는 측면에서 문체변혁운동의 성격을 규정할 수 있다. 19세기 말부터 전개된 국어국문운동은 지식과 정보의 대중화를 가능하게 함으로써 담론 가운데 신·구 계층의 고른 포섭을 목표로 하는 계몽담론을 실현하기에 이른다. 특히 민족어로서의 국어와 민족의 문자로서의 국문에 독자성을 강조함으로써 언문일체의 이상을 가능하게 하고 민족적 정체성을 대변하는 긴요한 징표가 되었다.

당시 국문에 대한 초기 연구 기반을 확보한 것은 지석영인데 그는『국문론』(1896),『신정국문』(1905),『언문』(1909) 등을 통해 국문의 이론적 기반을 제공했다. 이후 국어국문운동의 선구적 역할은 주시경으로 평가된다. 주시경에 의해『대한국어문법』(1906),『국어문전음학』(1908),『국어문법』(1910),『말의 소리』(1914) 등 다양한 저술이 뒤를 이어 국문의 새로운 길을 열어 놓았다. 더욱이 이러한 노력에 힘입어 정부 차원의 변화도 있었다. 실상 국어국문에 대한 연구 기반과 사회적 실천운동은 독립신문사 안에 설립된 조선 어학연구회인 국문동식회(1896)로부터 발아되었다. 1907년에는 학부 안에 국문연구소를 두어 국가적 차원의 국어국문 연구를 실시하게 되는데, 독립협회의 중심인물인 윤치호를 비롯해 주시경, 이능화, 권보상, 이종일, 어윤적 등이 이를 담당했다.

말과 글이 업스면 어찌 그 뜻을 서로 通호며 그 뜻을 서로 通호지 못호면 어찌 그 人民이 서로 聯호여 이런 社會가 成樣되리오. 이러므로 말과 글은 한 社會가 組織되는 根本이요, 經營의 意思를 發表호여 그 人民을 聯絡케 호고 動作케 호는 機關이라 (…중략…) 이런즉 人民을 가르쳐 그 社會를 保存호며 發達케 호고자 호는 이야 그 말과 글을 닥지 아니호고 엇지 되기를 바르리오.[23)

인민이 뜻을 구현하고 그 뜻을 서로 나눔으로서 사회가 온전히 형성되고 성장하는 힘이 우리의 말과 글에 있다는 언급이다. 그러므로 말과 글은 인민을 서로 잇대어 행동(人民을 聯絡케 호고 動作케 호는)하게 하는 사회 조직의 구성과 경영의 원천이 되는 것이다. 아울러 주시경은 '국어와 국문의 필요'[24)라는 글을 통해 다음과 같은 논의를 이어간다.

이 디구샹 륙디가 텬연으로 구획되어 그 구역 안에 사는 흔 썰기 인종이 그 풍토의 품부흔 토음에 뎍당흔 말을 지어 쓰고 또 그 말 음의 뎍당흔 글을 지어쓰는 것이니 이러므로 흔 나라에 특별흔 말과 글이 잇는 거슨 곳 그 나라가 이 셰상에 텬연으로 흔 목 ㅈ쥬국 되는 표요 그 말과 그 글을 쓰는 인민은 곳 그 나라에 속호여 흔 단톄되는 표라.

각 민족의 언어라는 것은 자연발생적 차원의 천명에 의한 구획으로 형성됨을 말하고 있다. 따라서 말과 글은 인종공동체와 지역공

---

23) 주시경, 『대한국어 문법』(대한국어문법 발문), 1906; 국어학회 편, 『국어학 자료선집』 5권, 일조각, 1993, 239~240쪽 참고.
24) 주시경, 『서우』(국어와 국문의 필요) 제2호, 1907.1.

동체의 통합(그 구역 안에 사는 흔 썰기 인종이 그 풍토의 품부흔 토음에)으로 형성된 민족의 특수한 언어공동체라는 유개념을 확실히 하고 있다. 이것은 국어의 민족적 독립성과 특수성을 강조한 국가 존속과 발전에 징표를 부여한 인식인 것이다.

이러한 과정에서 1905년을 전후하여 한문을 통해 학문을 익히고 사회의 계몽운동을 주도했던 지식인으로서 박은식, 장지연, 신채호 등은 모두 국문 사용의 타당성을 강조하였다. 이들은 특히 자신이 배워온 한문을 부정하고 국문의 가치와 중요성을 역설하여 국문의 관심을 부흥시켰다. 박은식은 '학규신론(흥학설)'에서 나라의 운명이 교화로써 이루어지고 교화의 융성이 학식에서 비롯되는데, 그 학식을 도모하기 위해서는 누구나 쉽게 배우고 익힐 수 있는 국문 교육의 실용과 편리의 견지25)에서 중요성을 강조한다. 그는 또한 모든 한문 서적에 국문번역의 필요성을 지적하고 있는데 이 같은 의식의 근저는 무엇보다 시급한 국문의 보급과 교육만이 일반 국민을 온전히 하나로 계도할 수 있다는 판단에서 기인한 것이다.

장지연은 이와 관련한 연장선에서 '국문 관계론'26)을 통해 국문의 관심을 피력했는데 한문의 폐해와 언어 문자의 독립적 특성, 그리고 국문 사용의 필요성이 그것이었다. 그의 문자에 대한 의식은 각기 그 나라의 말과 소리에 따라 형성된 것임을 말하고 있다. 이에 각국의 말과 글이 독특한 것은 그 습속의 차이에서 오는 필연적 현상으로 이해한다. 따라서 인간의 언어는 무궁하고 사물의 이치가

---

25) 박은식, 「흥학설(興學說)」, 『학규신론(學規新論)』, 박문사, 1904; 단국대학교 동양학연구소 편, 『박은식전서(朴殷植全書)』 中, 단국대학교 출판부, 1975에 수록된 내용을 참고.

26) 장지연, 『위암문고 전(韋菴文稿 全)』, 국사편찬위원회, 탐구당, 1971, 229쪽.

모두 다르기에 하나의 문자를 만들어 국가의 언어를 일치해야 한다는 언어관에 기인한다. 장지연에게 있어 글의 존재 가치는 그 나라의 완전한 독립에 초석을 다지는 필요충분조건의 항수다.

1894년에 이미 황제의 칙령에 의해 국문을 중심으로 하는 공문서 표기를 규정했음에도 불구하고 1900년대로 이어지면서 변화의 모습이 일어난다. 그것은 다름 아닌 국한문체의 수용 일면이 대두된 일이다. 이러한 움직임은 이후 관보 3990호(1908.2.6)에 의해 "各 官廳의 公文書類는 一切히 國漢文을 交用ᄒ고 純國文이나 吏讀나 外國文字의 不得홈/外國 官廳으로 接受ᄒ 公文에 關ᄒ야만 原文으로 正式 處辨을 經ᄒ되 譯本을 添附ᄒ야 存케홈"이라 하여, 정부 공문서에 국한문체의 수용을 공식화하기도 하고 교과용 도서의 출판에도 국한문체가 큰 호응을 얻기도 한다.

언어의 환경적 측면을 고려해 볼 때 국문체와 국한문체의 선택은 단순히 표기 문제에 국한된 언어의 결정만을 의미하지 않기에 복잡한 사회·문화적 배경을 토대로 좀 더 다양한 시선의 접근을 필요로 한다. 위에서 언급한 것처럼, 이전 시대는 한문을 사용했던 배경에서 한문의 쇠퇴와 함께 국문의 대두와 발전이 이루어졌다. 그 변화의 모색 과정에서 국한문체는 현실문제의 대안적 방편으로 확대되고 있음은 주지의 사실이다. 국한문의 수용이 공식화한 것은 분명한 일이나, 국한문은 유학자(儒學者)와 부유(婦孺)의 양측을 겨냥한 계몽적 성향을 동시에 지닌다. 갑오개혁 이후 국문체를 습득한 신문, 잡지가 있기는 했지만 대부분의 인쇄 매체는 기본적으로 국한문을 채택하고 있었다. 이러한 사실은 현실적 수용 문제와 국문체와의 보완적 배분의 차원으로서 국한문의 위치가 확인됨을 의미한다. 상대적으로 국한문이 한문과 국문 사이의 틈을 매개하는 중간 단계로서 과도기적 성격의 문제[27]라는 진단도 제기된 바 있다. 하지만 국한문의 수용은 오히려 계몽지식인들의 이념 구현과 사회 각 계층의 정보와 지식, 그리고 담론 욕구를 충족하고자 했던 독자적 특질을 지닌 문체라는 관점이 설득력을 지닌다. 더욱이 국문과 국한문의 현실적 취택을 통해 백성을 하나로 결집하고자 했던 근대 국민국가를 향한 의지가 맞닿아 나타난 결과물[28]이 아닐 수 없다.

다만 이제 각 신문과 잡지를 볼지라도 태반이나 한문으로만 치우고 본국문은 몃ᄌ가 되지못ᄒ니 뎌 한문에 병이된 쟈로 ᄒ여곰 보면 흔번 웃지 아니홀가 굴ᄋ되 이ᄂ 지난 시뒤에 부득이 ᄒ야 쓰는 것이니 현금 우리 대한 전국에 샹등인물이라 ᄒᄂ 쟈ᄂ 태반이나 모다 한문에 병이 든쟈- 아닌가 만일 한문을 ᄇ리고 슌젼히 국문만 쓰면 뎌희ᄂ 또 흔번 보기도 슬혀ᄒ이 시국 대셰ᄂ 도모지 알지 못ᄒ고 한문이나 낡고 공산에서 셰월을 보내리니 엇지 가셕지 아니리오 그런고로 오늘날 신문잡지에 국한문을 셕거쓰ᄂ 거슨 부득이흔 일이라 ᄒ노라.[29]

국한문체의 이러한 현실 반영 차원은 국문만 쓰면 보기를 싫어하

---

27) 권영민, 『서사 양식과 담론의 근대성』(앞의 책), 46~48쪽.

28) 19세기 언문일치와 관련한 논의에 있어 구어와 문어의 일치가 문제라기보다 글쓰기와 읽기를 가능하게 하는 공통된 언어 규칙과 용법을 규정하는 일이 일차적 문제였다는 판단이다. 이러한 논의를 감안한다면 언문일치의 대상으로서 국문체만을 한정할 수 없게 한다. 즉 언문일치의 전면적 모습은 국한문체를 포섭하는 의미를 상정할 수 있는 것이다. 김동식, 「한국의 근대적 문학 개념 형성 과정 연구」, 서울대학교 박사논문, 1999; 노연숙, 「개화 계몽기 국어국문운동의 전개와 양상: 언문일치를 둘러싼 논쟁을 중심으로」, 『한국문화』 40집, 서울대학교 규장각 한국학연구원, 2007, 64~65쪽.

29) 『대한매일신문』(논설란의 수록된 '긔셔'), '국어와 국문의 독립론(습두싱)', 1908. 8.30.

고 한문이나 읽으며 헛되이 세월만(한문이나 낡고 공산에셔 셰월을 보내리니) 보내는 당시 보수적 한문 지식층을 포섭30)하려는 의미를 확인할 수 있다.

권보드래의 논의에서도 이 같은 시선을 발견할 수 있으며, 특히 독립신문, 매일신문은 순국문을 택했고 부녀자를 독자로 표명한 제국신문의 표기 역시 국문체를 선택한 것은 잘 알려진 일이다. 1898년에 창간되어 1910년 강제 폐간될 때까지 가장 긴 수명을 구가한 황성신문의 표기는 국한문이었다. 최고의 발행 부수를 자랑했다는 대한매일신보는 1904년 발행 시에 순국문을 택했으나 1905년 8월 재발행에 들어가면서 국한문을 기본 표기로 채택하기에 이른다. 더욱이 황성신문은 국한문체가 가장 많은 독자를 확보할 수 있는 표기법이라 주장31)하였고 1900년대 말에 가면 유일한 국민신문이었던 제국신문조차 국한문체로 바뀌리라는 소문도 있었다. 교과서의 표기 역시 절대 다수가 국한문이었으니, 이렇듯 새로운 인쇄 매체는 점차 국한문을 중심으로 구축되고32) 있는 상황이었다. 한마디로 국한문의 기획은 지식의 상층과 하층을 모두 포획한 현실적 기제로서 계몽담론의 수행 언어였고 근대 새로운 국민 형성이라는 목적과

---

30) 당시 국한문은 (관립한성) 영어학교 입학시험 과목으로 "國漢文讀書及作文, 『황성신문』(학원모집광고), 1907.4.3"이 통용되었을 정도로 폭넓은 수요층을 가지고 있었으며, 지식인에게 한문보다 진보적인 그리고 수입된 신학문의 개념어를 전달하는데 국문보다 유리한 문체로 인식되었다. 실용적인 서구의 학문이나 문물의 소개, 수입된 서적의 낯선 개념어 전달이 비교적 용이한 국한문으로 재빠르게 번역되었고 낮은 계층에 이르기까지 두루 볼 수 있도록 다시 국문체로 번역하는 일도 있었음을 알 수 있다. 노연숙, 앞의 논문, 65쪽.

31) 이러한 사실과 관련해 이응호는 황성신문이 국한문체로 쓰인 것은 지식층의 횡포이며, 오히려 言文二致를 조장했다고 비판한다. 이응호, 『개화기의 한글 운동사』, 성청사, 1975, 220쪽.

32) 권보드래, 『한국 근대 소설의 기원』, 소명출판, 2000, 136~137쪽.

문체로서의 독자성을 확보한 자리매김을 발견할 수 있게 한다.[33]

임형택[34]은 국문체와 함께 근대적 표기 체제로서 국한문체의 모습을 재론하고 국문체와 상보적 관계를 이루며 당대의 수사학을 풍부하게 했던 문체로서의 위치를 조명했다. 그런데 한문을 전용했던 전통적 한학자인 매천 황현은 당시 국한문을 놓고 "是時京中官報及外道文移 皆眞諺相錯以綴字句 盖效本文法也(이때 서울의 관보나 외도의 문서는 모두 진언을 섞어서 자구를 만들어 썼는데 이것은 일본의 문법을 모방한 것이다)".[35] 국문과 한문을 섞어 쓴 소위 일본 문법을 본뜬 것이라 하여 부정적 입장을 밝힌다. 황현의 이러한 비판적 견지는 국한문의 언어적 기능성에 대한 이해를 도모하기보다 이면의 위기의식이 배어남을 읽을 수 있다. 곧 일본의 세력이 점차 정치적 확대를 가져와 민족을 잠식해가던 억압적 현실에 비판 의식이 녹아난 발로로 봐야 할 것이다.

언어 사회학적 관점에서 볼 때 언어의 생명력 유무는 무엇보다 사회적 대중성을 전제로 한다. 따라서 어떠한 언어도 대중으로부터

---

33) 이러한 결과를 읽어낼 수 있는 논의로, 국한문체와 순국문체가 전이가 아닌 배분(황호덕)이라는 시각이 제언되어 국한문체의 의미 부여가 증대되고 있다. 국문체는 일상 현실을 있는 그대로 반영할 수 있는 언문일치의 이상 실현(권영민)이며, 문법의 통일 및 사전의 편찬과 함께 새로운 근대 국민 창출에 일조(정선태)했다. 아울러 이 시기 국어는 애국계몽과 맞물려 국가적 차원의 언어적 특수성(이병근)이 강조되었다. 황호덕, 『근대 네이션과 그 표상들』, 소명출판, 2005, 461쪽; 권영민, 『국문 글쓰기의 재탄생』, 서울대학교출판부, 2006, 39쪽; 정선태, 「근대계몽기의 번역론과 번역의 사상」, 『근대어·근대매체·근대문학』, 성균관대학교 대동문화연구원, 2006, 48쪽; 정선태, 『근대 어두움을 응시하는 고양이의 시선: 번역·문학·사상』, 소명출판, 2006, 23쪽; 이병근, 「근대 국어학의 형성에 관련된 국어관」, 『한국 근대 초기의 언어와 문학』, 서울대학교출판부, 2005, 28쪽.

34) 임형택, 「근대계몽기 국한문체의 발전과 한문의 위상」, 『민족문학사연구』 14, 민족문학사연구소, 1999, 19~20쪽.

35) 黃玹, 『梅泉野錄』 卷2 高宗31年 甲午年(1894).

호응을 얻는데 실패한다면 그 언어는 활어(活語)가 아닌 사어(死語)가 되는 것이다. 나라의 정책적인 계획조어에 의해 생성된 언어일지라도 사어가 되는 이유가 여기에 있다. 국문에서 국한문으로의 병행 또는 모색이라 할 수 있는 기획은 절대적 가치 준거로 한글 사용만을 언문일치로 삼아 왔음을 전제한다. 따라서 국문의 지향은 사회 계층에 다양한 언어 층위의 특수성과 그들의 욕구를 읽어내기 위한[36] 완급 조절이 필요했다는 생각을 지울 수 없다. 여기에는 근대라는 시기적 위기의식 속에 민족의 개혁과 계몽이라는 시급한 난제 앞에 그 까닭이 있겠으나 무조건 국문을 민족문(民族文)으로 대치하려는 시각이 국문의 불완전한 일면[37]을 상대적으로 노출시켰다고 여겨진다.

① 夫 邦國之獨立은 惟在自强之如何耳라 我韓이 從前 不講於自强之術ᄒᆞ여
   人民 自錮於愚昧ᄒᆞ고 國力이 自趣衰敗ᄒᆞ야 遂至於今日之艱棘ᄒᆞ야 竟

---

36) "그회[국문연구회]를 설시ᄒᆞᆫ 이후 쟝쟝ᄒᆞᆫ 일쥬년의 일월을 지내도록 그 연구ᄒᆞ여 엇은 바 과연 무엇인고 우리ᄂᆞᆫ 제공이 국문을 연구ᄒᆞ여 흔가지 무슴 교수ᄒᆞᄂᆞᆫᄃᆡ 유익ᄒᆞᆫ 칙ᄌᆞ이나 혹 ᄌᆞ뎐을 찬술ᄒᆞᄂᆞᆫ가 ᄒᆞ엿더니 이제 그 연구ᄒᆞᄂᆞᆫ 바를 드른즉 흔히 실샹 소용에 무익ᄒᆞ고 시셰에 뎍당치 못ᄒᆞᆯ일이로다 (…중략…) 쟝황ᄒᆞ고 지리ᄒᆞ게 셰월만 허송ᄒᆞᄂᆞᆫ도다." 초기의 국문연구는 이렇게 실천성이 없는 허황한 이론을 좇아 비판이 제기되기도 하였다. 『대한매일신보』(논설), '국문연구회 위원제씨에게 권고흠', 1908.11.14.

37) 국문체를 공식적인 문체로 가다듬기 위해서 주시경의 경우 아래 아(·)를 폐기하자는 논의를 펼치기도 했고 이에 반하여 지석영의 경우는 아래 아를 두고 '='이라는 문자를 쓰자는 논의를 선보이기도 했다. 이러한 일련의 시도는 그 결과를 떠나 언문을 보다 정립된 문체로서 끝없이 발전시키고자 했던 욕망, 즉 국문에 대한 높은 기대치와 그들이 늘 순국문체만큼 뛰어난 문체는 없다고 자부하면서도 끝없이 개선하고자 했던 순국문체의 불완전함을 노출시키고 있다. 여기서 국문체가 완전한 문체가 아니라는 점은 일반적인 국문논의의 정법과도 같은 구도, 즉 한문체에서 국한문으로, 국한문체에서 국문체라는 점진적인 발전 단계에 균열을 불러일으키는 일이다. 노연숙, 앞의 논문, 60쪽.

被外人之保護호니 此皆不致意於自强之道故也라 尙此因循玩게호여 不思奮勵自强之術이면 終底於滅亡乃已니 奚但今日而止哉아[38]

② 近聞혼즉 學部에서 國文研究所 設호고 國文을 硏究혼다 호니 何等 特異 思想 有혼지는 知치 못호거니와 我의 愚見으로 其 淵源 來歷을 究之已甚호는대 歲月만 虛費호는 것이 必要치 아니 호니 但其 風俗에 言語와 時代에 語音을 入道에 博採호여 純然혼 京城 土語로 名詞와 形容詞 等類를 區別호여 國語字典一部를 編成호여 全國 人民으로 호여금 全一혼 國文과 國語를 用케호되 其 文字의 高低와 淸濁은 前人의 講定한 者가 已有호니 可히 取用홀 것이요 新히 怪癖혼 說 倂起호여 人의 耳目만 眩亂케 홈이 不可혼가 호노라[39]

③ 今日에 通用하는 文體는 名 비록 國漢文 倂用이나 其實은 純 漢文에 國文으로 懸吐혼 것에 지는지 못호는 거시라 今에 餘가 主張호는 거슨 이것과는 名同實異호니 무어시뇨 固有名詞나 漢文에서 온 名詞 形容詞 動詞 등 國文으로 쓰지 못혼 것만 아직 漢文으로 쓰고 그 밧근 모다 國文으로 호쟈 홈이라 이거슨 實로 窮策이라고 홀 수 잇깃스나 그러나 엇지호리오 경우가 이러호고 쏘 事勢가 이러호니 맛은 업스나 먹기는 먹어야 살지 아니 호깃는가 이럿케 호면 著者 讀者 兩便으로 利益이 잇스니 넓히 닑히움과 理解키 쉬운 것과 國文에 鍊熟호야 國文을 愛尊호게 호는 것이 讀者의 便의 利益이오 著作호기 容易홈과 思想의 發表의 自由로움과 複雜혼 思想을 仔細히 發表홀 슈 잇슴이 著者 便의 利益

---

38) 『대한자강회월보』(1906.7).
39) 『대한매일신보』(1908.3.1).

이며 ᄯ로혀 國文의 勢力이 오를지니 國家의 大幸일지라[40]

위의 내용에서 볼 수 있는 것처럼 ①은 한문에 국문으로 토를 달아 놓은 수준으로 한문 위주의 국한문이며, 한문 투를 벗어나지 못한 상태라 할 수 있다. 그러나 이러한 한문 우위의 국한문은 점차 ②의 지문과 같은 수준으로 변화하여 널리 사용되고 있다. 물론 이 같은 국한문체의 표기 방식이 일상의 언어를 그대로 구현하는 것이 아니기에 여전히 한문 투의 표현이 그대로 남아 있는 것은 사실이다. 따라서 국한문체는 실상의 언어 현상을 제대로 반영하지 못하고[41] 일상적 언어생활의 토대는 오히려 국문을 통해 성장하고 있었다. "~하라, ~하노라, ~함이라, ~이라, ~하겠는가, ~일지라." 등의 문장 종결은 화자의 감정이나 견해를 직접적으로 드러내어 주관적 견해나 의지를 분명히 표출할 수 있게 하는 장점을 지닌다. 이렇게 청자나 독자로 하여금 정서적 감흥과 행동 변화를 유발할 수 있는 적절성이 수렴되고 있다는 점에서 국한문은 설명이나 설득의 문체로서 근대계몽기 신문의 논설 양식과 의미 구현에 자연스럽게 정착되고 있었다. 지문 ③은 국어의 통사구조에 기초한 국문과 한자를 혼용하는 방식으로 그 구조가 점차 바뀌고 있음과 국문 문장이 부분적으로 한자로 표기되는 방식에 다양한 형태를 드러낸다.

③의 내용적 언급에서도 알 수 있듯이 표의문자인 한자의 성격을 고려해 고유명사나 한문에서 온 명사, 형용사, 동사 등 국문으로 쓰지 못하는 것을 한문으로 쓰고 그 외는 모두 국문으로 표기하자는

---

40) 이광수, 『황성신문: 今日 我韓 用文에 對ᄒ야』(1910.7.27).
41) 권영민, 『서사 양식과 담론의 근대성』(앞의 책), 46쪽.

견해다. 이것은 실로 이광수의 언급처럼 궁책(이거슨 實로 窮策이라고 홀 수 잇깃스나 그러나 엇지ᄒ리오 경우가 이러ᄒ고 또 事勢가 이러ᄒ니 맞은 업스나 먹기는 먹어야 살지 아니 ᄒ깃는가)이라 할 수 있겠으나 이 광수의 이러한 방안 제시가 국문을 부정하는 것은 아니었다. 국문으로는 신지식의 유입에 저해가 된다는 판단의 시의적 급급함(今日의 我韓은 新知識을 輸入홈이 汲汲ᄒ 석에 解키 어렵게 純 國文으로만 쓰고 보면 新知識의 輸入에 沮害가 되깃슴으로)이 있었기에, 국한문의 기능성을 통해 근대계몽기 새로운 사상과 지식을 공유하고자 했던 것이다.

국한문체는 초기에 한문 구에 국문으로 토를 달아 놓는 ①에서, 점차 ②와 ③으로의 변화를 통해 이전의 한문체를 벗어나 국문체를 수용하는 과정을 이해하게 한다. 이러한 사실로 볼 때, 근대계몽기는 이전 시대에 비해 국문에 대한 새로운 자각과 주체성을 확립하는 공식적 확대 과정으로써 국문 지향에 기초한 사회·문화적 담론의 참여 혹은 확장을 읽어 낼 수 있다. 그리고 이 과정에서 국한문의 자리매김은 지식층의 사상을 대변하고 지식층을 또 하나의 대중 독자로 이끌기 위한 문체 의식의 반영과 근대 지식 전달의 기능적 욕구를 충족하고자 했던 의미 구현을 엿볼 수 있다.

제3장

국민국가의 수립과 새로운 글쓰기로서의 문학

1. 국민국가로의 문명 기획

근대계몽기 계몽담론 속에서 찾을 수 있는 풍속의 시선은 당대의 역사적 현실에서는 많은 문제점을 노출시킨 인습의 모습이라는 차원에서 그 출발을 찾을 수 있다. 즉, 낡고 얽매인 비현실적 상태라는 점에서 계몽을 통해 개명해야 할 시각을 견지하고 있는 것이다. 그리고 이것은 서구 문명국의 처지를 입지로 한다는 것에서 타자의 시선을1) 노출시킨다.

---

1) 이형대는 실상 문명의 함의는 근대계몽기 안에서도 시기와 매체에 따라 달랐던 것으로 보고된다는 견해와 함께 길진숙의 논의를 제시하고 있다. 1986년에서 1899년 사이에 발행된『독립신문』과『매일신보』에서의 문명은 주로 서양에서 실현되고 있는 제도, 문물, 행위 그 하나하나를 지칭하는 것으로 이런 표상 속에는 서양 자체를 혹은 서양의 전부를 문명으로 바라보는 인식이 작동하고 있었다고 한다. 서양 : 문명/

하지만 놓치지 말아야 할 사실은 자국의 자생적 움직임이라는 역학적 면모다. 여기서 자생적 움직이란 근대 계몽지식인들의 책임감을 넘어선 사명감과도 같은 의식지향을 일컫는 것으로 근대 국민국가로 나아가기 위한 근대 국민의식의 고취라는 차원에서 철저한 현실인식 없이는 불가능한 것이라 판단된다. 근대 계몽지식인들의 이러한 움직임의 근저는 국가적 위기의식 속에 애국(독립국가의 건설)의 함의를 발견할 수 있지만 주목할 것은 앞서 언급한 것처럼 타자의 시선을 노출시켰다는 한계적 평가 속에서 주체적 자아 형성이라는 기획의 일면을 발견할 수 있다는 사실이다.

따라서 구시대적으로 낡은 것, 미개한 것, 저급한 것으로 치부되던 전통문화의 와해에서 오는 서구문화의 이식 또는 동경이라는 평가에서 시선을 달리한 견지를 말하고 싶다. 이를테면 예로부터 그 사회에 전해 오는 생활 습관 또는 그 시대의 유행과 풍습이 곧 풍속이기에 풍속은 생활 습관이나 풍습을 포함하는 개념이 된다. 이에 전적으로 전통문화와는 등가의 위치에 있지 않다. 보편적 견지에서 전통문화라는 명명을 상정한다면 적어도 그 요건으로 현재성과 객관성, 그리고 비판성의 확보가 필요하다고 본다. 풍속이나 전통은 모두 과거로부터 이어 온 것이지만 차이는 분명히 존재하고 있다. 곧 현재의 문화 창조에 이바지할 수 없고 비판적 수용과 객관적 인

동양 : 야만의 이분법적 인식 아래, 문명화의 위계상 1등 국은 영, 미, 불, 독 등이며 일본은 2등의 개화 국으로 대한은 3등의 반개화국으로 규정지어졌다고 한다. 이러한 관점에서 문명화의 길이란 서양학문의 교육과 습속의 수용을 통해 서구의 정신과 문물을 하루라도 빨리 성취하려는 측면이었다고 말한다. 이형대, 「풍속 개량 담론을 통해 본 근대계몽 가사의 욕망과 문명의 시선」, 『고전과 해석』 창간호, 고전문학한문학연구학회, 2006, 9쪽; 길진숙, 「독립신문·매일신문에 수용된 문명: 야만담론의 의미 층위」, 『근대계몽기 지식 개념의 수용과 그 변용』, 소명출판, 2005, 73~95쪽 참고.

식이 결여된 것은 전통이라 부를 수 없기에 풍속과의 변별이 필요하게 된다.

근대 계몽지식인들의 문명 시선은[2] 소위 전통문화의 와해나 개조, 또는 수정의 차원이 아닌 풍속 계몽담론의 지속적 유포를 통하여 근대 국민국가의 주체인 국민의 근대적 의식 고취를 기획하고 있었던 것이다. 물론 이러한 취지는 앞서 언급한 것처럼 계몽지식인들의 현실인식 하에서 이루어졌음을 전제한다. 책임감을 넘어선 사명감은 철저한 현실인식에서 나오기 때문에 다면적 시선을 담아낼 수 있었다. 따라서 이들의 시선은 우리가 선대의 전통문화라고 여겨왔던 것일지라도 당시 근대성이라고 할 수 있는 현재성에 위배된다면 단호히 계몽의 차원에서 혁신과 변화가 절실하다는 가치 판단도 주저하지 않았다. 이에 무조건적, 맹목적 서구 모방과 지향의 일면적 고찰은 보완이 불가피하다.

이와 관련한 내용은 아래서 살펴보겠지만 그 면모는 이렇게 요약된다. 주체적 자아형성을 출발로 일명 새 가정운동이라고 명명할 수 있는 가정의 개혁과 그리고 사회, 정부 차원으로 확대하여 구애됨 없이 다면적이고 세세한 영역에서 논의를 제시하고 있다. 근대 국민국가의 지향을 위한 국민계몽의 시급한 현실 문제를 계몽지식인들

---

2) 근대로 이행하는 과정에서 동서양의 제국주의 팽배와 식민지화 과정에는 기본적으로 제국주의 국가와 식민지역 사이에 현저한 힘의 차이가 존재하고 또한 그 차이에 의존하게 된다. 그러므로 식민 재배나 간섭의 본질이 협력이나 타협에 있음을 강조하며, 실재의 강제력을 감추는 행위가 드러난다. 19세기 많은 비유럽 지역의 사람들이 서양을 모델로 근대화를 추구한 것은 사실이나 그들의 근본적인 목적은 자국을 근대화함으로써 서양의 제국주의적 침탈에 대항하려는 것이었지 제국주의에 무조건 협력하려는 것이 아니었다. 물론 그 가운데 일부의 집단이나 계층의 협력이 나타날 수는 있으나 그것이 본질적인 성격은 아니다. 이러한 본질의 성격을 놓치게 되면 근대 계몽지식인들의 서구 지향적 모습을 오독할 우려가 있다. 강철구, 『역사와 이데올로기』, 용의숲, 2004, 405~408쪽.

은 신문이라는 매체를 매개로 소통을 시도하고 촉구했던 것이다. 그 다양한 기제 가운데 하나가 이른바 풍속계몽 담론이다. 그러면 잠시 여기서 풍속을 바라보는 문명의 시선을 확인할 필요가 있다. 독립신문에 실린 논설이나 대한매일신보의 논설란에 실린 기서는 계몽 대상으로서의 당시 풍속을 바라보는 시선에 이해를 제공한다.

① 그 싱각들이 죠금도 업는 식닭은 대한이 몃 百년을 두고 나려오며 이샹흔 풍쇽이 잇는디 첫지 반샹의 분별이오 둘지는 남녀의 추등이라. (…중략…) 당쵸에 글ᄋ치기를 반샹남녀 물론ᄒ고 셰사에 무셔온 것은 올흔것으로믄 알게 ᄒ엿슬디경이면 (여성의 경우)남의게 의지홀 싱각도 업고 (상인의 경우)남의게 압뎨도 아니 밧아슬터이니 신문 보시는 이들은 이런 아습을 황연이 끼다라 졔각기 긔운을 비양ᄒ야 국민이 일톄로 나라를 보존ᄒ기를 힘쓸지어다.[3]

② 동양 풍쇽과 셔양 풍쇽에 대단히 다른 것이 잇스니 셔양에는 셔울이나 시골이나 영쟝ᄒ는 북망산이 잇서 그 사름이 죽고 보면 반다시 북망산으로 가 영쟝ᄒ되 박가 곗히 리가도 뭇고 리가 곗히 김가도 뭇거늘 대한 풍쇽은 그럿치 아니ᄒ야 ᄌ긔 산소 국니에 타인의 입쟝홈을 막을쑨 아니라 비록 일가 사름이라도 홈의 영쟝ᄒ기를 엄금ᄒ고 권력 잇는 관인의 집은 산소 국니를 십여리식 겸령ᄒ야 (…중략…) 슬푸다 대한 풍쇽의 괴이홈이여 만약 이ᄀ치 몃 빅년을 지날진디 (…중략…) 빈쳔흔 빅셩은 며어도 뭇칠 싸이 업슬지라 엇지 죽긴늘 어렵지 아니리요.[4]

---

3) 『독립신문』(사름은 일반, 논설), 1899.4.26.

③ 빅성은 쩟쩟흔 셩품이 업고 풍속은 뎡흔 습관이 업셔셔 빅성의 셩품은 물과 곳고 풍속의 습관은 바름과 곳흐니 물은 인도흐는 듸로 흐르고 빅셩은 고르치는 듸로 화흐며 바름은 부는 듸로 통흐고 습관은 보는 듸로 변흐느니라 그러흐나 뇌슈에 박힌 습관은 졸디에 변흐기 어려운 거시라 무릇 사름은 차면 더운거슬 싱각흐고 주리면 음식을 싱각흐느니 그런고로 셩인이 졍치를 베풀 째에 그 어렵고 쉬운 거슬 헤아리며 리흐고 해로온 거슬 슯혀셔 위엄으로 다스리고 문화로 인도흐면 빅셩이 주연 화흐여 국가가 문명흐고 인민이 긔명흐리니.5)

위의 ①은 몇 백 년을 이어 온 '이상한 풍속'이라는 명칭 하에 개혁과 계몽의 대상으로서 반상의 구별과 남녀차등을 풍속의 영역으로 구획지어 논지를 이끌고 있는 논설이다. ②의 논설 역시 과도한 산소치례의 허상을 버려야 할 풍속으로 제시하고 개인적, 사회적 차원으로나 범국가적 입장에서도 개혁이 필요하다는 견지를 드러낸다. 그리고 ③은 풍속의 속성과 관련해 그 내용을 발견할 수 있는 부분이다. 풍속의 습관과 백성의 성품은 통하고 또한 변화 가능한 것이기에, 고정된 실체가 아니며 가르치는 대로 이끌 수 있다는 견해다.

만약 이러한 계몽의 개혁이 성공한다면 인민의 개명이나 국가의 문명함은 명백한 것이므로 근대 국민국가의 초석이 될 수 있을 것이다. 어쩌면 이것은 국가적 차원에서 계획과 추진이 선행되어야 할 몫일 수 있다. 허나 국가의 처지가 이 역할을 자주적으로 이끌기

---

4) 『독립신문』(죽어도 어려온 일, 논설), 1899.6.14.
5) 『대한매일신보』(긔셔), 1909.9.10.

어려운 현실에서, 근대 계몽지식인들은 조선의 현실을 분명히 직시하고 있었기에 이러한 풍속 계몽담론을 공공연하게 펼칠 수 있었다고 본다.

우리의 현실 모습도 서양을 모델로 근대화의 논리를 추구한 점을 부정할 수 없으나 물론 이러한 시대적 상황이 비단 조선의 현실 문제만이 아니며, 18세기부터 더욱 본격화된 전 세계적인 동향의 추세로 근대화의 모형이 서구적 지배논리나 물질문명에 중심이 되었던 흐름에 맞닿아 있다. 계몽지식인들의 근본적인 목적은 무엇보다 전통과 변별되는 또는 근대화로 나아가기 위해 계몽, 개혁해야 할 풍속을 토대로 자국민의 근대화 기획의 기반을 도모하고자 했다. 외세의 제국주의적 침탈에 대항하고 개명된 국가로의 대등한 위치에 올곧게 설 수 있는 국민국가를 건설하는 것에 있었다. 따라서 서구 지향적 타자의 말라붙은 시선으로 변별력 없는 수용, 추종, 이식, 동경, 전통질서의 와해나 배척 등의 일면적 고찰은 계몽담론의 본질적 이면을 흐리게 할 수 있다고 생각한다.

① 사람이란 거슨 학문이 업슬소록 허흔 거슬 밋고 리치 업는 일을 브라는 거시라 그런고로 무당과 판슈와 션앙당과 풍슈와 즁과 긱싁 이런 무리들이 빅셩을 속이고 돈을 쎄시며 므음이 약흔 녀인네와 허흔 거슬 밋는 사나희들을 아혹히 유인ᄒ야 직물을 브리고 악귀를 위ᄒ게 ᄒ니 그거슨 다름이 아니라 사름들이 몰나셔 이러케 속는거시오 (…중략…) 그런즉 무당과 판슈와 다른 요사시런 거슬 밋는 사름들이 즈긔 므음 속에 즈긔 므음으로 그 악귀를 ᄆᆞᆫ드러 가지고 얼마 후에 그 악귀의 종이되야 늘 드려 즈긔 므음 속에 잇는 악귀를 밋고 두려워ᄒ라 흔즉 그 사름 역시 ᄎᄎ 그 악귀를 므음 속에 쟉만 ᄒ야 얼마

82

아니 되여 그 악귀의 종이 쏘 되니 히마다 이러케 종 되는사름이 죠선에 몇 천명이라 악귀의 종이되거드면 히는 무엇신고 하니 첫지 마음이 악하여지니 정직하고 올흔 일을 결단하기 어렵고 둘지는 악귀를 디졉 하량으로 지물을 만히 버리니 그 지물을 가지고 가난흔 사름을 구제 한다든지 병원을 지여 병든 스람을 치료 한다든지 학교를 지여 사름을 교휵 한다든지 그러치 안하면 그 지물을 가지고 쟝수를 하야 국 중에 돈이 만히 드러 오게 한다든지 (…중략…) 주긔가 주긔 마음 속에 악귀를 만드러 가지고 그거슬 인연하야 업는 병을 공연이 만들고 업는 두려움을 공연이 만들며 업는 독가비를 잇는것 갓치 아는고로 춤 독가비가 잇는걸노 싱각하고 사름이 나무나 돌이나 쇠나 그런걸노 귀신이라고 만드러 노코 돈을 드리며 몸을 나추워 졀을 하며 두려워 하니 만일 귀신이 춤 잇슬것 갓하면 엇지 사름이 아모 물건으로나 만드럿다고 귀신이 될 묘리가 잇스며 쏘 사름이 능히 귀신이나 부쳐를 만드러 춤귀신이나 부쳐가 될터이면 그 귀신이나 그 부쳐는 곳 사름만 못흔 물건이라 물건은 무엇시던지 사름만 못흔 시닭에 언제든지 물건이 사름 담에 보는거시라 (…중략…) 죠선 인민도 추추이 허무하고 요수흔 무당과 판슈와 중과 풍슈들을 밋지말고 리치 잇는 정직흔 마음이 싱겨 올코춤 착하고 의 잇고 신 잇고 회셩 잇는 일을 실샹으로 힝하면 다민 주긔의게만 유죠 흘쑨 아니라 전국에 큰 리가 잇스리라 우리가 무당과 판슈와 중과 풍슈를 지금 칙망 하는거시 아니라 모로는 고로 (…중략…) 산리라 하는거슨 더구나 허무흔 일인고로 길계 말 아니하나 구산하는 시닭에 시비와 원망과 무리흔 숑수가 만히 잇사니 산리란게 업는 줄만 알면 이런 폐단이 업슬터이니 다만 우리가 오날 말하기는 산리란거슨 청국 사름의 허흔 싱각으로 만든 일이니 이런거슬 밋을 지경이면 죠선도 청국 모양이 되리라 후일에

그자셔흔 리치와 외국 산쇼 쓰는 법을 말 흐리라.6)

② 놈의 나라는 사름이 셋만 모화셔 흔 동리에 살아도 첫지 흐는 일이
치도를 흐는법인디 그 리는 무엇신고 흐니 길이 죠커드면 동리가 졍
흐게 되니 인민이 병이 젹게 날터이요 길이 평평흐면 사름과 우마가
쉽게 다닐터이니 물건 운젼 흐기가 힘이 덜 드는지라 힘히 덜 든즉
태가가 젹어지니 물가도 격어질지라 물가가 젹으면 사는 사름이 더
잇는 법이니 물건을 만히판즉 쟝ᄉ 흐는 사람의게 리가더 잇는법이
요 우션 물가가 싼즉 가난 흔 빅셩들이 쏠과 나물과 실과를 가지고
쟝에 가던지 셔울을 오드릭도 일즈가 만히 되지 안흐니 부비가 젹게
들터이라 그런즉 길 고치는 거시 부국 흐는 근본이 되고 쏘 빅셩의게
병이 업셔지는 방칙이니.7)

위의 지문 ①은 당시 상당한 사회문제로 대두되었던 무속과 미신
타파, 산리(山理)의 폐단을 지적하고 있는 내용이고 ②는 국가 차원
의 치도(治道)에 관한 필요성, 곧 도로나 길닦이를 언급하고 있는
논설 부문이다. 이러한 판단의 근저 의식은 결과적으로 국민을 중
심에 두고 부국민(富國民)으로 나아가기 위한 구제를 아우른 문명
개혁에 의도를 읽어낼 수 있다. 그리고 이러한 문제의 진단 결과는
허한 정신에서 오는 것인데 결국 이 허한 정신은 학문 습득이 없기
때문이며, 청국(淸國) 의식의 허한 생각에서 기인한 것으로 판단한
다. 이에 오늘날 그러한 풍속의 폐단을 개혁하지 못한다면 후일 조

---

6) 『독립신문』(논설), 1896.5.7.
7) 『독립신문』(논설), 1896.5.9.

선도 청국의 형세가 될 것이라는 대응 논리다.

①, ②는 풍속 개혁운동의 일종으로 사회적, 국가적 차원에 이해의 폭을 제공한다. 지문 ①의 내용을 따라가 보자면 조선에서는 해마다 몇 천 명씩 악귀에 종이 되는 심각한 수준에 사회적 문제를 발견할 수 있다. 그 까닭에 정직하고 옳은 일을 결단하기 어렵게 되고 집집마다 악귀를 대접하기 위해 많은 재물을 낭비하여 사회적으로나 국가적으로 손실이 크다는 것이다. 여기서 잠시 해마다 몇 천 명에 이르는 사람들이 이런 몹쓸 폐단에 휩싸이는 과정을 요약해 본다면 내용은 이렇다.

자신이 스스로 허하여 마음속에 악귀의 존재를 만들어 숭배하고 이제 만든 악귀로 인해 그 악귀의 종이 되고 다른 사람들에게도 악귀의 존재를 전하며, 그들도 결국 악귀를 두려워하게 된다. 이에 그 사람 역시 악귀를 믿어 자신의 마음속에 장만하고 또 스스로 악귀의 종이 된다는 것이다. 마치 그 과정이 종교의 포교처럼, 열병처럼, 조선의 말기적 시대의 어둡고 불안한 현실이 그대로 반영된 듯 심각한 사회문제로 부각 되고 있었다.

그렇다면 당시 이렇게 돈을 빼앗고 백성의 마음을 온통 두려움 속에서 혼미하게 만드는 존재로 제시된 원인의 근원은 과연 무엇이었을까. 다시 말해 이러한 현실문제의 원인 제공자로서 사회적 폐단으로 지적하고 있는 것은 다름 아닌 무당과 판수, 성황당과 풍수, 그리고 중(스님)이다. 논설을 참고하자면 이제 풍수는 얽매이지도 말아야 할 비논리적 가치이기에 이들 무당과 판수, 중은 차차 허무하고 요사한 존재 의미로 더 이상 근대 문명국가의 건설을 감당하고 그 이치를 구현할 수 없다는 것이 이들의 요체다.

국가적 위기를 타개하고 사회적 차원의 이익을 위해서라도 학문을 통해 실상을 깨달아야 함을 분명히 하고 있다.8) 아울러 이러한 풍속담론의 이치는 무당이나 판수, 중과 풍수 자체를 책망하는 것에 그 목적이 있기보다는(아마도 신문이라는 공공성을 고려하지 않을 수 없기에 어떤 특정 집단만을 부정한다는 시각에서 균형을 유지한 듯) 사회의 현실적 이익과 국가적 이익을 도모하는 차원에 취지9)를 밝히고 있다. 이에 학문 계몽을 바탕으로 사회적 차원의 병통을 치유하

---

8) 이와 관련해 문한별의 논의를 참고해 본다. 『독립신문』의 논설과 잡보란에는 근대 문학의 형성과정 가운데 근대적 개념의 소설로 전개되기 이전 상태인 서사성이 가미된 논설 30여 편이 실려 있다. 그 중 문답체 단형서사 22편 가운데 개화의 당위성이나 계몽과 교육문제에 초점이 맞추어져 있는 작품은 10편 정도라고 한다. 이 글들의 주제는 정치와 외교문제 등을 포함해 비교적 다양하다. 주로 '신문물의 소개, 풍속 교정, 신문물 장려, 구습 타파' 등이 그것이다. 이와 같은 문한별의 논의를 토대로, 필자는 두 가지를 더 첨기하고자 한다. 먼저 문답 형식의 자료다. 필자가 확인한 『독립신문』 논설란의 "죠선 님군을 위호고 빅셩을 ᄉ랑ᄒᄂ"(1896.4.25)과 잡보에 수록된 "유지각흔 사름의 집에 엇던 사름이 와셔"(1897.1.30)의 문답 형식 자료를 포함한다면 문한별이 제시한 문답 형식의 자료는 22편에서 24편으로 확대되어야 한다. 또 한 가지는 위의 지문 ①에서 말하는 '학문'에 관한 의미다. 여기서 학문은 근대 신문물 수용의 차원이나 사회적 부조리를 알자라는 수준을 넘어 체계적인 '학교 교육의 육성'을 강조하고 있다. 부언하자면 『독립신문』은 체계적인 교육의 과정을 직시하고 이를 통해 신문물의 수용은 물론 과학과 군사, 세계의 정치와 사회체계 등 국가와 사회에 대한 다양한 지적영역의 교육적 의미를 아우르고 있다는 사실이다. 특히 앞서 제시한 논설(1896.4.25)은 구라파의 학교 교육의 체계를 바탕으로 중국과 일본을 냉정히 비교하고 학문 수립의 출발로 학교 교육의 의미를 구체화하고 있어 그들의 학문적 지향으로서 학교 교육의 위치와 필요성을 이해하는 단초를 제공한다. 위의 문한별과 관련한 자료는 문한별, 『한국 근대소설 양식론』, 태학사, 2010, 279·285·289쪽 참고.

9) 일례로 『독립신문』 잡보(1897.3.4)를 참고해 보면, 독립신문이 공공지로서 보도의 균형 유지를 위한 노력을 엿볼 수 있다. 서구적 근대화의 입장에 서있던 독립신문이 천주교적 교리를 무리하게 드러내 지지하지 않고 또 우리의 전통문화라 할 수 있는 분묘문화의 훼손에 대해서는 여과 없이 균형 있는 비판적 기사를 수록하고 있는 일면이 그러하다. "(…중략…) 향촌 빅셩들이 텬쥬교에 닙교ᄒ야 ᄌ칭 셩교라ᄒ고 관장을 멸시ᄒ며 혹 남의 분묘를 늑굴ᄒ며 셩군 쟉당ᄒ야 협잡ᄒᄂ 폐가 종종 잇다 ᄒ니 분탄흘 일이 여러 가지라. (…중략…) 교를 아니ᄒᄂ 사름들은 그러흔 잡유를 보고 교를 비방ᄒ니 젼교ᄒᄂ 외국 교샤들이 별노히 쥬의ᄒ야 교우라도 범법ᄒ면 고호를 말지어다."

자는 계몽지식인들의 풍속 계몽을 통한 일종의 실리(實利)적 모색이
아닐 수 없다.

특히 이와 같은 연장선에서 사회적 차원의 또 다른 풍속 계몽의
모습은 산리(山理)의 허무한 현실 가치를 깨달아야 한다는 지적에
있다. 여기서 산리의 근저라 할 수 있는 것은 바로 묏자리의 내룡(來
龍:풍수에 있어 종산으로부터 내려오는 내맥의 산줄기)과 방향, 위치에
따라 재앙과 복이 좌우된다는 것을 의미한다. 하지만 이러한 태도
의 근원을 살펴보면 청국의 허한 생각에 기인하기에 이런 의식을
계속 추구하게 되면 종국에는 조선 역시 청국의 형상을 닮아가게
될 것은 자명한 사실이었다.

더욱이 국내적으로는 산리를 위해 백성들이 구산하는 과정에서
많은 시비와 원망, 무리한 송사가 빈번하여 사회적으로나 국가적으
로나 이익을 도모할 수 없다는 위기의식이 팽배했다. 그 개혁의 출
발이 곧 비과학적 이치에 허무를 깨달아야 한다는 판단이다. 또한
이러한 구산은 재력과 권세에 따라 토지 소유의 불균형을 초래하여
상대적 소외는 물론 권세나 재력이 없으면 후일 부모의 분묘까지도
걱정해야 하는 현실에 이르게 했다. "자긔 산소 국늬에 타인의 입장
흠을 막을뿐 아니라 비록 일가 사름이라도 흠씌 영장ᄒ기를 엄금ᄒ
고 권력 잇는 관인의 집은 산소 국늬를 십여리식 졈령ᄒ야."(독립신
문 논설, 1899.6.14)의 내용은 이러한 문제점이 잘 드러나 있다. 그리
고 이에 대체는 서구의 산소 쓰는 합리적 풍속을 소개함으로써 그
대안을 찾고자 하는 의식적 모색에서 당시 풍습 개혁의 지향성을
이해하는 일례를 제공하기도 한다.

2. 개명을 향한 여성의 재발견

근대계몽기 교육계몽으로 명명할 수 있는 계몽의 내포적 의미 구현은 서구의 발전과는 변별된 우리 민족의 근대적 특수성을 찾을 수 있다. 근대 지식인들의 계몽적 사고는 근대적 국민국가를 수립하기 위한 정립에 집중 되었기에, 다수의 대중이 근대 선진문물을 습득하고 구시대적 의식에서 벗어나 실용적 방식을 지닐 수 있도록 하는 것에 있었다.

따라서 교육을 기초로 비교적 짧은 기간 내에 국민국가 수립을 위한 인적자원의 확보를 포함하는 물적 토대를 마련할 수 있는가의 문제가 논의로 집중되었다. 물론 새롭고 선진화된 근대 문물을 필요에 의해 수용하는 상황에서 수용주체의 판단에 따른 주체적 입장의 수용이나 수용대상을 위한 내적 준거의 기제와 연관된 문제의식은 상대적으로 미비할 수밖에 없었다.

그것은 기존에 가치 체계로 유지되었던 전통적 가치 판단의 기준이 시대와 현실적 상황에 뒤떨어지는 것으로 인식되었던 상태에서 극복 대상이나 부정적 모습으로10) 그려질 수밖에 없는 것이었다.

---

10) 외부 문물 수용에 근거한 사회 개조의 경향이 강한 시기에 있어 '선택과 배제'의 대상은 선명하게 구분되는 것이 일반적이다. 따라서 중층화된 내적 모순이 그 한계를 드러내고 있는 20세기 초반 조선 사회에서 '새로운 것은 선한 것이며 과거의 것은 악한 것'이라는 단선적인 논리가 힘을 얻게 되는 것은 당연한 결과라고 할 수 있다. 외적인 것, 새로운 것은 무조건적인 선택의 대상으로 간주되며 전통적인 것, 내재적인 것은 배제의 대상으로 상정된다. 따라서 옛 것은 모두 부정적인 양상을 띠는 것으로 간주될 수밖에 없으며 새로운 제도, 새로운 규범만이 조선의 미래를 보장해 줄 수 있을 것이라는 이분법적인 도식을 강화할 수밖에 없는 것이다. 이는 조선의 상황이 인류 보편의 발전 과정에 필요한 요소가 누락된 비정상적인 것이며, 병리적인 상태에 놓여 있다는 진단으로 이어지게 된다. 여기서 정상적이라는 개념과 병리적, 비정상적이라는 개념이 실재로 일탈적인 것을 지칭하는 측면과 아울러

이 시기 지식인들의 관심 영역은 국가 차원의 외교 문제에서 국내의 사회적 사건과 가치관 정립에 이르기까지 폭넓은 논의와 담론을 제공해 왔다.

언론매체를 중심으로 가치 지향의 의미 구조를 분석한 김민환[11]의 논의를 참고해 보면 근대의 사회사상은 대외적 상황에 대응하여 자주적 국권을 수호하고자 하는 자주 독립사상과 개화를 통해 자강을 실현하고자 하는 개화 자강사상으로, 그 기본 목표를 설정하고 있다는 견해다. 자주 개발을 위한 서구문화의 수용이나 정치적 개화 자강의 모색, 경제 기반의 확보 등 사회 각 부문에 따른 개혁과 변화의 지향은 모두 근대적 국민국가의 수립이라는 단일한 가치를 드러낸다는 것이 특징적이다. 이러한 판단은 사회적 개화 자강을 위해서 가치 체계와 사회 제도의 변화가 필요하다는 점이 두드러지게 부각되었음에도 불구하고 민권신장의 도모나 국민의 가치 지향과 개인을 고려한 주체적 교육의 노력이 자칫 사장될 우려를 안고

역사화된 규범적인 것으로부터 벗어남이라는 사실에 대한 견해는 Georges Canguilehm, 이광래 역, 『정상과 병리』, 한길사, 1996, 2부 1장의 내용 참고. 김석봉, 『신소설의 대중성 연구』, 역락, 2005, 50쪽.

11) 자주독립을 실현하기 위한 수단으로서 동양 삼국 공영론, 중립 외교론, 자주 개발론, 서구 문화 수용론을 제시하고 있으며, 전반적으로 대외 문제보다는 국내적 문제에 보다 높은 관심을 보였다. 정치적 개화 자강을 위한 수단으로 민권신장, 의회정치, 법치주의, 행정개혁 등을 주장하였으며 경제적 자강을 위한 수단으로 경제 기반 확립, 산업 진흥을 강조하고 있다. 아울러 경제 기반 확보를 위해서 기초 통계 조사의 필요성과 재정과 세정 제도의 확립, 화폐나 금융 제도의 확립을 중요한 사안으로 제기하고 있으며 농업과 어업을 기반으로 한 상업, 제조업, 광업 등을 산업진흥의 방안으로 제시하고 있다. 요컨대 자주 독립보다는 개화자강을 더 비중 있게 강조하고 있는 모습을 파악할 수 있으며 사회적 개화자강을 위해서는 가치 체계와 사회제도의 변화가 필요하다는 것을 강조하였다. 이와 같이 사회 각 분야에 걸친 다양한 관심은 근대적 국민국가의 실현이라는 원리 안에서 자강과 자주 독립의 가치를 지향하고 있는 것이다. 김민환, 『개화기 민족지의 사회사상』, 나남출판, 1988, 47~48쪽.

있는 것이다.

계몽이란 우리가 마땅히 스스로 책임져야 할 미성년 상태로부터 벗어나는 것이다. 미성년 상태란 다른 사람의 지도 없이는 자신의 지성을 사용할 수 없는 상태이다. 이 미성년 상태의 책임을 마땅히 스스로 져야 하는 것은 이 미성년의 원인이 지성의 결핍에 있는 것이 아니라 다른 사람의 지도 없이도 지성을 사용할 수 있는 결단과 용기의 결핍에 있을 경우이다. 그러므로 '과감히 알려고 하라. 네 지성을 사용할 용기를 가져라.' 하는 것이 계몽의 표어이다.[12]

서양의 지성사를 토대로 정의할 수 있는 계몽의 핵심을 칸트(Kant)의 언급을 토대로 정리해 보면 "스스로 책임져야 할", "다른 사람의 지도 없이", "자신의 지성을 사용할 수 없는", "마땅히 스스로 가져야 하는" 등의 언급에서 보다 분명히 확인할 수 있다. 그것은 자신의 지성을 사용함에 있어 스스로의 주체성에 기반 하는 실천적 지성의 행동 촉구를 의미한다.

계몽은 무지의 상태에서 지성의 추구로 나아가는 것이기에 무엇보다 핵심은 '주체성의 확립'과 더불어 지성을 과감히 실현 할 수 있는 '실천적 행동'에 있다는 것이다. 이러한 개인의 결단과 용기가 사회의 진보를 향한 의지로, 또는 스스로의 판단이 계몽을 통한 사회의 변화를 이끌 수 있다는 의지가 서양 지성사를 토대로 파악될 수 있는 요소다.

그런데 근대계몽기 조선 사회에서 발견되는 계몽적 태도에서 개

---

12) Immanuel Kant, 이한우 편역, 「계몽이란 무엇인가에 대한 답변」, 『칸트의 역사 철학』, 서광사, 1992, 13쪽.

인에 대한 고려나 주체의 정립에 대한 고민의 흔적을 발견하기란 쉽지 않다는[13] 선행 연구자들의 일견은 시각을 달리할 필요가 있다. 적어도 두 가지 측면에서 새로운 이해가 모색되어야 한다고 본다. 하나는 근대계몽기 출발점에서부터 우리 계몽지식인들의 목표 지향점이 서양의 지성사와 달랐다는 차원이며, 다른 하나는 조선이 처한 그런 시대적 상황 속에서 서양과 다른 계몽지식인들의 계몽 기획은 오히려 우리 민족이 지닌 근대계몽기 특수성의 면모를 담아내고 있다는 접근에서다.

사실 근대 계몽지식인들의 의식은 교육을 근저로 하는 근대 국민 국가를 수립하기 위한 방법론적 접근에 집중되었기에 광의적 영역으로, 제도적 차원에서의 의견 수렴과 지향이 많았다. 따라서 상대적으로 개인적, 주체적 정립을 중심으로 하는 협의적 차원의 계몽 담론이 전면에 부각될 수 없었을 것이다. 하지만 전면에 부각될 수 없었다는 사실이, 개인에 대한 고려나 주체의 정립에 대한 고민의 흔적(시도)을 발견할 수 없다는 의미를 뜻하진 않는다. 이러한 본질적 측면의 변별된 출발은 오히려 우리 민족이 처한 근대계몽기 현실적 특수성과 교육 계몽담론의 의미 구현을 이해하는 과정이라 판단된다.

① 우리가 오늘날 이 불샹흔 녀편네들을 위ㅎ야 죠션 인민의게 말ㅎ노라
　녀편네가 사나희보다 조곰도 나진 인싱이 아닌되 사나희들이 쳔되ㅎ

13) 정창렬, 「근대적 국민국가 인식과 내셔널리즘의 성립과정」, 『한국사』 11, 한길사, 1995. 이러한 선행연구의 접근 태도에서 관찰할 수 있는 것은 정치나 사회적 변화의 추이만을 주요 사항으로 염두해 둔 것이기에 이를 단선적으로 수용하여 문학사 논의에 적용하는 것은 무리가 따른다고 판단된다. 김석봉, 앞의 책, 47~49쪽과 노인화 「애국계몽운동」, 『한국사』 12, 한길사, 1995 참고.

는 거슨 다름이 아니라 사나희들이 문명 기화가 못 되야 리치와 인정은 싱각지 안코 다만 주긔의 팔심만 밋고 압제ᄒ랴ᄂᆞᆫ 거시니 엇지 야만에셔 다름이 잇ᄉ리요 (…중략…) 녀편네가 쇼년에 과부가 되면 기가 ᄒ여도 무방ᄒ고 샤니희도 쇼년에 샹쳐ᄒ면 후취 ᄒᄂᆞᆫ거시 맛당ᄒ니라 죠션 부인네들도 ᄎᄎᆞ 학문이 놉하지고 지식이 널너지면 부인의 권리가 사나희 권리와 ᄀᆞᆺᄒᆞᆫ 줄을 알고 무리ᄒᆞᆫ 사나희들을 졔어ᄒᄂᆞᆫ 방법을 알니라 그러키에 우리ᄂᆞᆫ 부인네들의 권ᄒᄂᆞ니 아모쪼록 학문을 놉히비화 사나희들 보다 힝실도 더 놉고 지식도 더 널펴 부인의 권리를 찻고 어리셕고 무리ᄒᆞᆫ 사나희들을 교휵ᄒᆞ기를 ᄇᆞ라노라.14)

②-㉠ 정부에셔 학교를 지여 인민을 교휵 ᄒᄂᆞᆫ거시 정부에 뎨일 쇼즁ᄒᆞᆫ 직무요 다른 일은 아즉 못 ᄒᆞ드릭도 정부에셔 인민 교휵은 ᄒ여야 ᄒᆯ거시라 나라히 지금은 이러케 약ᄒ고 빅셩이 어두워 만ᄉ가 ᄂᆞᆷ의 나라만 못 ᄒ고 ᄂᆞᆷ의 나라에 업수히 넉임을 밧으나 죠션도 인민을 교육만 ᄒ면 외국과 ᄀᆞᆺ치 될지라 지금 쟝셩ᄒᆞᆫ 사ᄅᆷ들을 무론 남녀ᄒ고 교휵을 식히랴고 ᄒ면 믹우 어렵거니와 자식들을 ᄂᆞᆷ의 나라 ᄋᆞ히들 ᄀᆞᆺ치 교육을 식혀야 그 ᄋᆞ히들이 자라셔 ᄂᆞᆷ의 나라 사ᄅᆷ ᄀᆞᆺ치 될 터이니 그ᄯᅢ나 죠션도 ᄂᆞᆷ의 나라 ᄀᆞᆺ치 되기를 ᄇᆞ랄터이라.

②-㉡ 정부에셔 학교 몃츨 지금 시쟉ᄒ야 ᄋᆞ히들을 ᄀᆞ로치나 계집 ᄋᆞ히 ᄀᆞ로치ᄂᆞᆫ 학교ᄂᆞᆫ 업스니 정부에셔 빅셩의 ᄌᆞ식들을 교휵 ᄒᆯ째 엇지 남녀가 층등이 잇게 ᄒ리요 계집 ᄋᆞ히들은 죠션 ᄋᆞ히가 아니며 죠션 인민의 ᄌᆞ식 되기ᄂᆞᆫ 일반이어ᄂᆞᆯ 오라비ᄂᆞᆫ 정부 학교에 가셔 공부ᄒ

---

14) 『독립신문』(논설), 1896.4.21.

는 권이 잇스되 불샹흔 계집 ᄋ희ᄂᆞᆫ 집에 가두워 노코 ᄀᆞ르치ᄂᆞᆫ 거슨 다만 사나희의게 죵 노릇 홀 직무만 ᄀᆞ르치니 우리ᄂᆞᆫ 그 계집 ᄋ희들을 위ᄒᆞ야 분히 넉이노라 졍부에셔 사나히 ᄋ희들을 위ᄒᆞ야 학교 ᄒᆞ나를 짓거 드면 계집 ᄋ희들을 위ᄒᆞ셔 ᄯᅩ ᄒᆞ나를 짓ᄂᆞᆫ거시 맛당흔 일이니 원컨되 졍부에셔 몬져 죠션 인민 싱각 ᄒᆞ기를 공평 이ᄌᆞ만 가지고 ᄒᆞ고 남녀노쇼 샹하빈부 분간 업시 흔 법률노만 다스리를 기ㅂ라노라.

②-ⓒ 사나희 ᄋ희들은 자라면 관인과 학ᄉᆞ와 샹고와 농민이 될 터이요 계집 ᄋ희ᄂᆞᆫ 자라거든면 이 사름들의 안히가 될터이니 그 안히가 남편 만콤 학문이 잇고 지식이 잇스면 집안 일이 잘 될터이요 ᄯᅩ 그 부인네들이 ᄌᆞ식을 낫커든면 그 ᄌᆞ식 기르ᄂᆞᆫ 법과 ᄀᆞ르치ᄂᆞᆫ 방칙을 알터이니 그 ᄌᆞ식들이 츙실홀터이요 학교에 가기 젼에 어미의 손에 교휵을 만히 밧을터이라 그런즉 녀인네 직무가 사나희 직무 보다 쇼즁ᄒᆞ기가 덜 ᄒᆞ지 아니 ᄒᆞ고 나라 후싱을 빅양 ᄒᆞᄂᆞᆫ 권이 모도 녀인네의게 잇슨즉 엇지 그 녀인네들을 사나희 보다 쳔되 ᄒᆞ며 교휵 ᄒᆞᄂᆞᆫ 되도 등분이 잇게 ᄒᆞ리요.[15]

③ 나라이 진보되야 가ᄂᆞᆫ지 안 가ᄂᆞᆫ지 쳣지 보이ᄂᆞᆫ 거슨 그 나라 사름들이 ᄌᆞ긔들의 빅셩된 권리를 차지랴고 ᄒᆞᄂᆞᆫ 거시라 우리가 빅셩이라고 말 ᄒᆞᄂᆞᆫ 거슨 다만 벼슬 아니 ᄒᆞᄂᆞᆫ 사름만 가지고 말 ᄒᆞᄂᆞᆫ 거시 아니라 누구던지 그 나라에 사ᄂᆞᆫ 사름은 모도 그 나라 빅셩이라. 빅셩마다 얼마큼 하ᄂᆞᆷ님이 주신 권리가 잇ᄂᆞᆫ되 그 권리ᄂᆞᆫ 아모라도 쎗지

---

15) 『독립신문』(논셜), 1896.5.12.

못 ᄒᄂᆞᆫ 권리요 그 권리를 가지고 빅셩이 빅셩 노릇슬 잘 ᄒᆞ여야 그 나라 님군의 권리가 놉하지고 젼국 디톄가 놉하지ᄂᆞᆫ 법이라.16)

④ 특별(特別)히 모(母)된 자(者)ᄂᆞᆫ 소아(小兒) 교육(敎育)에 일층(一層) 중요(重要)ᄒᆞᆫ 지위(地位)에 처(處)ᄒᆞ얏다 위(謂)ᄒᆞᆯ지니 (…중략…) 가 정교육(家庭敎育)의 중요(重要)ᄒᆞᆫ 것은 다론(多論)을 부대(不待)하고 명료(明瞭)ᄒᆞᆫ 자니 차가정(此家庭)에 교육(敎育)을 완성(完美)코져ᄒᆞ 면 불가불(不可不) 차(此)에 주무(主務)되ᄂᆞᆫ 여자(女子)의 교육(敎育) 을 급(急)히 발달(發達)ᄒᆞ야 현모양처(賢母良妻)를 조성(造成)홈에 재 (在)하도다.17)

⑤ 세계(世界)가 문명(文明)에 점진(漸進)홈에 가정교육(家庭敎育)의 필 요(必要)를 창(唱)ᄒᆞᄂᆞᆫ 소ᄅᆡ 심(甚)히 성(盛)ᄒᆞ도다 (…중략…) 차(此) 유아(幼兒)로 언(言)ᄒᆞ면 아(我) 국민(國民)의 일분자(一分子)라 장래 (將來) 사회(社會)를 조직(組織)ᄒᆞᆯ홀 추요(樞要)의 민자(民子)됨을 광 의(廣義)로 해석(解釋)ᄒᆞ여 ᄯᅩᄒᆞᆫ 부인(婦人)이 국가(國家)에 대(對)ᄒᆞᆫ 일대의무(一大義務)ᄂᆞᆫ 소아(小兒)의 교육(敎育)을 완전(完全)히 홈에 재(在)홈을 자오(自悟)ᄒᆞ야.18)

주체성을 지닌 개인으로서 교육을 토대로 국민을 양성하기 위한 국민국가의 기반을 시도하고자 했던 근대 계몽지식인들의 계몽 영역에서, 앞서 지적한 것처럼 서구 지성사의 지향적 일면을 전혀 찾을

---

16) 『독립신문』(논설), 1897.3.9.

17) 장계택, 「家庭敎育」, 『太極學報』 2, 1906.9.

18) 오석유, 「家庭敎育」, 『太極學報』 6, 1907.1.

수 없다거나 시도되지 않았음을 의미하진 않는다. 그러므로 근대 계몽지식인들의 이러한 기획 일면을 찾는 것은 근대 교육계몽의 시야를 확보하는 차원에서나 계몽담론의 결여 태를 되메우는 노력에서나 그 의미가 확보되는 일이라 본다. 이것은 다름 아닌 칸트(Kant)의 언급처럼 서구 계몽의 핵심이라 할 수 있는 '스스로의 주체성을 통한 실천적 지성의 행동 촉구'에 대한 시도나 의미 구현의 면모를 발견할 수 있기 때문이다.

계몽지식인들은 국가적 위기 상황의 원인을 국민 교육의 부재에서 찾았기에 교육의 중요성을 고취하는 담론 배양에 일찍부터 힘을 실었다. 그런데 교육적 목표의 근저가 실상 조선의 현실 상황과 무관할 수는 없는 일이었다. 교육적 기획 범주에 '자주'와 '자강'이라는 이념의 결합과 배치가 자립적 국민국가 추진에 기인하여 교육계몽담론에 투영되었다는 것은 도리어 우리 민족의 근대적 특성이 아닐 수 없다.

따라서 비교적 짧은 시기에 목표를 달성하기 위한 효과적 방편은 무엇보다 정부를 주도로 하는 국가적 차원의 교육적 기반 조성과 국민의 교육 개명(開明)의 열정을 고취시키는 형태로 이끌어내는 것이 용이할 수밖에 없었다. 이에 교육을 통해 확립하고자 하는 국민국가의 모형도 국가적 차원의 목표를 계획하고 개인의 교육적 독려와 평등을 촉구하는 언술의 형태가 빈번했다.

더욱이 이러한 과정에서도 주체성 확립에 기여하는 하나의 인격체를 구현하고자 했던 개인적 차원의 인격을 지향한 모습도 발견할 수 있음에 주목해야 한다. 이것은 국가적 차원의 국민국가의 계몽 기획이 국가적 입장만을 오직 우위에 두어 가치 있는 것으로 보고 인간, 즉 인격체로서의 개인은 몰각한 채 국민을 국민국가 건설에 하나의 도구로써(가치 없는 것으로) 치부해 버렸다는 판단19)을 보완하는 방편으로 균형적 시각이 될 수 있음이다.

그리고 근대 우리 민족의 계몽운동에 대한 바른 이해의 차원에서도 보다 세밀한 접근의 시선을 제공할 것으로 본다. 위의 지문은 그러한 일면을 확인 할 수 있어 제시해 보겠다. ⓛ은 여인의 주체성 정립과 관련한 내용인데 결론적으로, 여성과 남성을 수직적 관계가 아닌 수평적 대등 관계로 이해의 폭을 재정립하고 있다는 점에 주목할 필요가 있다. 논의의 대전제는 무엇보다 여성이 남성에 비해 조금도 그 지위가 낮지 않기 때문에 여성의 권리 역시 동등해야 한다는 것이다.

이에 남성의 모습은 문명개화가 못되어 아내(여성)를 대하는 이치와 인정을 모르는 까닭에 자신의 팔 힘만 믿고 강제로 여인을 압제하려는 무지한 존재로 파악되고 있다. 그러므로 여인의 교육(ㅊㅊ 학문이 높아지고 지식이 널너지면)적 의의는 이러한 남성들보다 행실이 더 높기에 지식을 더 확충하여 남성들과 대등한 여성의 권리를 찾는 것에 있다는 논리다. 곧, 여성의 역할은 어리석고 무리(無理)한 남성들을 교휵(敎恤)하는 위치에까지 그 지위가 확대되고 있음을 알 수 있다.

---

19) 국가주의적 교육관이 중심이 되었으며 교육을 통해 확립하고자 한 인간상도 국권주의적인 인간 형성의 단계에 머무르고 있을 뿐 완성된 인격체를 갖춘 인간상을 지향하는 것은 아니었다. 당대의 계몽지식인들이 정치적으로 개개인의 기초를 둔 국가가 아니라 국권이 우선되는 국가체계를 구상하고 있었던 만큼 교육에서도 피교육자가 하나의 독립된 인격체로서가 아니라 국가라는 유기체를 이루는 구성 요소로 인식되는 한계를 보이고 있는 것이다. 그 결과 교육이 국가의 목표를 위한 수단이 되고 인간의 휴머니즘을 위한 교육은 부차적인 것으로 전락할 수밖에 없었다는 일단의 진단 평가다. 노인화, 앞의 책과 전복희, 『사회 진화론과 국가사상』, 한울아카데미, 1996, 154쪽 참고.

여기에 더하여 남녀평등을 넘어 교육적 수단을 전제로 하는 여성의 전통적 가치 질서의 변혁과 사회적 차원에 주체성 확립의 주장도 언급되고 있었다. 남자와 동등한 권리의 하나로 여인의 개가(改嫁) 허용에 관한 제안이 그것이다. 개가의 불균형 역시 여성 평등의 위해물로 보았기에 근대 계몽지식인들은 교육을 전제로 포섭해야 하는 영역으로서, 남녀개가의 동등한 권리를 바르게 인식하고 동시에 사회적 측면의 변화가 수반되어야 할 몫으로 평가하고 있다.

실상 조선에 뿌리 깊이 고착된 남존여비의 인식 속에서 이와 같은 여인의 주체성 정립을 위한 교육적 지향의 성토는 기존의 전통적 가치 질서에서는 찾아보기 힘든 체제 개혁의 능동적 사유가 아닐 수 없다. 공공연하게 그것도 신문지면을 통해 남녀평등을 바탕으로 주체적 여성으로의 계몽적 담론 창출은 실천적 지성의 각성과 행동을 촉구하는 대목이라 본다.

지문 ②의 ㉠과 ㉡, ㉢은 나누어 제시했지만 하나의 논설기사다. 교육의 기초 위에 정부를 포함한 각 계층의 자기 발견과 직무(의무)를 구별하여 기술하고 있어 제시해 보고자 한다. 먼저 ㉠은 정부차원의 직무를 언급하고 있는 부분이다. 국민국가를 위한 핵심 요소로 백성 개개인(아이들, 장성한 사람, 남녀를 포괄하는)을 무지의 단계에서 벗어나게 하는 차원에 '학교' 건설의 일대 책무를 정부의 최우선적 과제로 판단하고 있다.

교육을 근저로 이 같은 국민국가를 향한 계몽운동은 큰 틀에서 본다면 국권신장(빅셩이 어두워 만ᄾ가 늠의 나라만 못 ᄒ고 늠의 나라에 업수히 넉임을 밧으나 죠선도 인민을 교육만 ᄒ면 외국과 ᄀᆞᆺ치 될지라)이라는 문제와 맞닿아 있음을 알 수 있다. 허나 그 주장의 이면적 함의의 기초는 인민(백성) 개개인의 무지를 불식시킬 수 있을 때 가능성이 열리는 일이다. 곧 개인의 능력신장 확대는 국권신장으로 이어지는 첩경으로써, 백성들에게 교육적 평등에 관한 현실적 의미 부여와 배움의 막중한 소임을 촉구하고 있는 것이다.

ⓒ은 특히 조선 인민의 공평(평등) 이치를 언급하는 부분인데 남성과 여성의 층등(層等)을 두지 않기 위해 무엇보다 아이들 때부터 교육을 아우른 편향된 시책이 없어야 함을 강조하고 있다. 정부에서 지금 학교 몇을 세웠으나 여자아이들을 교육하는 학교는 없으니, 이러한 상황에서는 세월이 흐를수록 교육적 틈이 더욱 벌어질 수밖에 없는 이치다. 따라서 조선 인민의 지위나 교육적 공평을 도모하고자 한다면, 남자아이를 위해 학교 하나를 건립할 때 여자아이를 위해서도 학교 하나를 세우는 것이 온당하기에 정부 차원의 법률적 제도 변화와 확충을 촉구하고 있는 것이다.

더불어 남녀노소는 물론 한가지로 상하빈부의 경계를 허물어 교육의 평등과 교육기관의 공평을 제공하는 것이 이른바 "층등 없는 공평의 실현"이라는 논지를 이끌고 있다. 교육을 통해 각 계층의 주체적 실력 양성의 노력과 지향은 근대계몽기 우리 민족의 교육계몽에 성격을 살필 수 있는 현실적 근거를 제공했다고 판단된다.

ⓒ은 여성이라는 대상의 교육계몽의 초점이 개인의 능력 신장과 함께 가정교육의 영역까지 확대되고 있음을 알 수 있다. 이는 일차적으로 여성의 주체적, 개인적 차원의 교육 실현이 선행되어야 하는 까닭에 교육에 등분(等分)이 있을 수 없다는 여성의 주체적 확립에 근거한 논리라 하겠다. 그리고 가정이라는 공간 내에서의 교육적 의미와 가치가 새롭게 조명되고 있는 것이다.

이 시기 이렇게 유아교육(그 부인네들이 주식을 낫커드면 그 주식 기르는 법과 고르치는 방칙을 알터이니 그 주식들이 츙실홀터이요 학교에 가기 전에 어미의 손에 교휵을 만히 밧을터이라 그런즉 녀인네 직무가 사나희 직무 보다 쇼즁ᄒ기가 덜 ᄒ지 아니 ᄒ고 나라 후싱을 빅양 ᄒᄂ 권이모도 녀인네의게 잇슨즉)의 주장을 통한 가정교육의 중요성 인식은 여성 스스로의 주체적 지식 신장과 확대를 기반으로 모색되는 것이었다. 아울러 한 여성으로서, 개인적 차원을 넘어 국가적 차원에 이르기까지 여성의 교육적 가치와 역할을 피력하고 있음이 드러난다.

지문 ③은 백성의 실천적 각성을 통한 권리 인식의 의미를 다루고 있는 내용이다. 여기서 말하는 권리의 의식 함양과 실천적 추구는 그 정당성이 신성한 의미를 지니고 있기에(빅셩마다 얼마큼 하ᄂ님이 주신 권리가 잇ᄂ듸 그 권리ᄂ 아모라도 셋지 못 ᄒᄂ 권리요) 권리는 마땅히 백성 개개인의 정당하고도 명백한 당위적 권한이 되는 것임을 알 수 있다.

또한 그 나라의 진보(進步)를 가늠하는 척도로써 백성의 권리 추구는 임금의 권리를 높이는 일이고 전국 백성 개개인의 지체를 높이는 출발이 된다고 주장 한다. 이와 같이 근대 계몽지식인들은 교육을 근저로 하는 권리의 실천적 의미 구현과 가치 추구의 일면을 발견할 수 있다. 그리고 여성이라는 계층과 개인의 주체성 지향은 실천적 지성의 행동 촉구에 대한 일환으로, 근대계몽기 우리 민족의 계몽적 성격을 읽을 수 있는 몫이라 본다.

④와 ⑤의 지문은 근대 가정교육의 위상과 존재 의미를 이해하는 중요한 언급을 발견할 수 있어 함께 제시해 본 것이다. 개인을 기초로 형성된 가정은 사회 구성을 위한 기본 단위로 사회 존속의 유지와 국가 존속의 근거를 제공한다. 이러한 의미 맥락은 점층적 기술을 통해 다음과 같이 강조되고 있음을 알 수 있다. 먼저 소아(유아)교육의 필요성을 통해 유아에 대한 새로운 인식을 제공한다.

유아의 개념은 국민의 일부자(一分子)로 장래 사회 조직 형성에 운명을 가늠할 핵심적 요체라는 의미 규정이 그것이다. 다음은 이러한 소아교육을 이루기 위해서 불가불(不可不) 선행되어야 할 급선무가 바로 여성의 교육을 급히 발달시켜 완성해야 함을 지적하고 있다. 그 이유는 여성이 소아교육의 중요한 위치에 있음과 한 가정을 완성하는 주무(主務)의 권(權)이 모두 여성에게 있기 때문이다.

이것이 국가에 대한 여성의 일대의무(一大義務)라는 견해인데 그러한 과정에서 언급되는 발언이 있으니 곧 '현모양처(賢母良妻)'라는 말이다. 이러한 맥락의 논리 과정을 제시해 보면 '소아 교육의 필요성 → 한 가정을 완성하는 주체로서 여성교육의 중요성 → 국가에 대한 일대 의무로서 여성의 교육적 의미부여'로 그 전개 과정을 요약할 수 있겠다.

그런데 이 시기 '어진 어머니로서 착한 아내'라는 뜻에 현모양처의 일반적 의미 개념으로는 위 지문 ④와 ⑤의 의미 구현을 제대로 파악할 수 없다고 판단된다. 적어도 지문을 통해 드러나는 내용은 현모양처의 유개념 범주에 확대가 불가피하다. 따라서 여기에는 유아교육을 통해 사회의 구성단위인 한 가정을 유지 존속하는 의미와 사회의 조직을 온전케 하고 국가에 대한 여성의 주체적 일대 의무를 완수해야 하는 의미로서 현모양처의 개념 포섭이 필요한 것이다.

혹여 여성의 교육을 사전적 개념에 한정지어 "현모양처를 육성하는 본질적 추구로 전락했다든지.", "사회나 국가 존속을 위한 도구로 여성교육이 제한되었다든지.", "여성의 교육적 지향과 면모는 고려되지 않은 채 여성교육은 자녀를 양육하는데 필요한 지식을 습득하는 수준에서 한정되었다는 판단." 등의 단선적 대응이나 진단은 전체 내용의 의미 조망을 고려할 때 온전히 극복되어야 할 몫이라 본다.

요컨대 위와 같은 일련의 의혹들[20]은 앞서 제시한 ①~⑤의 지문을 통해 살펴 본 바, 이 시기 여성을 독립된 인격체로 사고하여 그들의 주체성 정립을 시도하고 남녀 지위를 재조명한 주장들이 부각되지 못한 결과라 본다. 아울러 미래 세대를 육성하기 위한 방편으로 국가에 대한 일대 의무로서 여성의 소아교육에 역할만이 지나치게 인식된 결과라 할 것이다. 따라서 두 문제는 오히려 독립된 존재로서 여성에게 주체적으로 대등하게 요구되고 제시된 근대 우리 민족의 여성 교육에 본질적 면모를 지니고 있다는 사실과 변별된 평가가 이루어져야 한다.

3. 가정운동과 혼인풍속 지도

새 가정운동과 혼인풍속으로 명명할 수 있는 계몽담론 속에는 근대 계몽지식인들의 하나의 지향점을 발견하게 된다. 가정이 사회를 유지 존속하게 하는 최소의 집단으로서 관심의 대상인 동시에 계몽과 개혁의 출발점에 서 있다는 점이다. 그러기에 여성은 전통사회

---

20) 개화기는 전통적인 가정교육의 관점과 크게 달라진 것이 없고 국가의 맥락 속에 가정 자체의 독립성은 상실되었다는 판단에서 여성교육의 협소하고 피동적인 접근 진단이 그것이다. 또한 개화기에 강조된 여성 교육의 중요성은 본질적으로 현모양처를 육성하는 데에 관심의 초점이 놓여 있었다. 결과적으로 여성의 교육은 자녀를 양육하는데 필요한 기본적인 지식을 습득하는 수준에서 제한되고 있었으며, 그 제한적인 교육 과정마저 결혼을 기점으로 사실상 종료되는 것을 당연하게 받아들이는 상황이 벌어지고 있다는 평가다. 홍일표, 「주체 형성의 장의 변화: 가족에서 학교로」, 김진균·정근식 공편, 『근대 주체와 식민지 규율 권력』, 문화과학사, 2003, 7장과 김석봉 앞의 책, 61쪽 참조.

의 구획된 위치에서 가정 구성의 중심 존재로서 그 위상과 인식에 있어 자리매김이 필요한 것은 당연한 것이다. 그런데 이러한 계몽 담론과 개혁은 광범위한 정부의 주도나 간섭으로 이루어지지 않았으며, 계몽지식인들의 지속적인 계몽담론의 생성과 유포를 통해 자생적 움직임을 보였다.

대내지향에서 대외지향적 전략으로 전환시기였던 근대의 시기적 한계를 고려해야 하겠지만 어쩌면 정부의 정책과 뜻을 전하고 이해시켜야 하는 정부의 대언자로서 또는 백성의 실상을 낱낱이 고발하고 정부에게 알려줄 수 있는 민의의 대변자로서 계몽지식인들의 위치를 규정할 수 있는 대목이라 본다. 물론 그 방법적 도구는 신문매체였음을 부정할 수 없다. 사회의 유지 존속을 위한 가정이라는 영역의 관심에서 출발한 계몽담론이 국민국가의 수렴 과정에서 우리가 자칫 놓쳐버릴 수 있는 이면적 본질을 발견해야 한다.

'가정 → 사회 → 국가주의'라는 점층적 지향 과정은 '신 가정상의 모색 → 개명된 사회 → 문명화된 근대 국가건설'로 대응될 수 있는 기획코드 속에서 근본 바탕은 언제나 '백성'이었다는 사실이다. 근대로의 노정 속에 국가주의의 수렴 속에 때로는 흐려질 수 있는 백성의 존재, 곧 개인적 차원의 존재 인식을 위한 담론의 발산을 읽어내는 일은 풍속 계몽 개혁의 바른 시각을 제공할 것이다. 대한매일신보를 중심으로 당시 가족담론을 분석한 전미경21)의 선행 연구를 참고해 본다.

"가족은 국가라는 층위에서 논의되고 있기에 대부분의 경우 '국가'라는 기호와 함께 출연하고 있다. 계몽의 계획 속에서 가족은 국

---

21) 전미경, 「개화기 계몽담론에 나타난 '가족'에 대한 단상: 대한매일신보를 중심으로」, 『한국가정관리학회지』 20-3호, 한국가정관리학회, 2002, 91~93쪽.

가를 구성하는 하나의 개별적 단위로 조망을 받는 동시에 국가는 부모와 같은 무게를 갖는다. 또 가족은 개인인 '나'로서 국가와 직결될 때에는 해체의 양상을 보이기도 한다. 어떻든 이 시대의 가족은 국가주의의 실천 단위였기에 가정의 임무는 문명한 국가를 위한 문명한 국민을 양성하는 것으로 표면화되었다." 전미경의 지적(물론 대한매일신보를 중심으로 했지만)에서 가정(가족)은 국가와 대응될 때는 개별적 단위로, '나'로서 국가와 결부될 때는 해체의 양상으로 국가주의의 실천 단위였다는 진단이다.

가정이 근대 국가주의의 실천 단위라는 사실은 부인할 수 없다. 하지만 '가정'이란 공간을 논의함에 있어 그 구성원인 백성, 또는 개개인의 관심과 존재 인식에 대한 담론의 논의도 발견할 수 있다는 점이다. 그러기에 가족의 단위를 규명함에 있어 구성원 개개인과 근대 국민국가 기획에 연계된 매개적 위치를 확인할 수 있어야 한다. 따라서 근본 바탕의 출발은 가정이라는 공간에 있지 않고 오히려 백성 개개인에 대한 관심과 인식을 우위에 두었다는 사실22)이

---

22) "몸이 츙실 ᄒ여야 싱각도 츙실ᄒ 싱각이 날터이니 엇더케 빅셩이 병 아니 나도록 정부에셔 ᄒ시ᄂ거시 곳 빅셩의게 은혜를 끼치ᄂ거시니 빅셩 병 안 나도록 ᄒ기ᄂ 경ᄒ 물을 먹게 ᄒᄂ게 뎨일이라 금 셔울 쇽에 잇ᄂ 우물 물을 분셕을 ᄒ여 보거드면 그물이 물이 아니라 거름을 걸은거시니 이런 물을 먹ᄂ 신둙에 여름이면 셜스로 ᄒ여곰 죽ᄂ 사름이 만히 잇고 열병과 학질이 만히 다니니 빅셩이 병이 만커드면 나라히 ᄌ연히 약ᄒ여지ᄂ거시라 (…중략…) 지금 남으 나라 모양으로 슈역쇼를 빅 셜ᄒ야 경ᄒ 산에셔 ᄂ려 오ᄂ 물을 보를 막어 물 져츅ᄒ는 쳐쇼를 북산 뒤나 한강 우희 ᄀ혼딕 믄드러 그물을 집집마다 쇠통으로 딕되 이일이 그리 어렵지 안호일이 니 셜령 정부에셔 돈이 업셔 즉시ᄂ 못 ᄒ드릭도 이일은 필경ᄒ여야 첫직ᄂ 빅셩이 경ᄒ 물을 먹게 될터이요 또 물이 흔ᄒ여질터이니 물을 흔이 쓴즉 사름이 ᄌ연히 정히질지라 사름이 경ᄒ즉 병이격게 나ᄂ 법이라 정부에셔 이런일 ᄒ시기 젼에 우리ᄂ 빅셩들의게 권ᄒ노니 우물을 먹드릭도 그물을 몬져 ᄊ려 식힌 후에 경ᄒ 독에 너셔 그늘진딕 두고 먹거드면 그져 먹는이 보다 얼마나 나흘터이니 좀불편 ᄒ드릭도 아모쪼록 물을 ᄊ려셔 식혀 먹기를 ᄇ라노라 뎨일 ᄋ희들을 경ᄒ게 몸 가쵹을 ᄒ여 주ᄂ거시 부모의 도리니 더운물에 목욕을 이삼일간 ᄒ번식 식이고 그져 우물

다. 다시 말해 사회 각 분야의 발전에 귀결점이었던 문명화된 근대 국가의 건설에 있어 그 과정의 초점이 구성원 즉 '백성' 지향의 일면을 발견할 수 있다는 것을 의미한다. 이에 김석봉이 지적한 근대 계몽의 내적 한계인 "계몽의 핵심이라고 할 수 있는 개인 혹은 주체의 문제가 부차적인 지위로 밀려나게 되었다"는 선행적 평가[23]에 진일보한 보완이 될 수 있을 것으로 판단된다.

'건강한 육체에서 충실한 생각(사고)이 난다'는 전제하에 정부에서 백성을 위해 해야 할 급선무는 정한 물을 국민이 먹게 하는 사업을 제일로 추진해야 한다는 주장이다. 그런데 정부의 여러 현실이 상수도("슈역쇼를 비셜ᄒ야 졍ᄒ 산에셔 ᄂ려 오는 물을 보를 막어 물 져축ᄒ는 쳐쇼를 북산 뒤나 한강우희 ᄌᆞ혼ᄃᆡ ᄆᆞ드러 그물을 집집마다 쇠통으로 ᄃᆡ되", 독립신문, 1896.5.2) 구축을 당장 할 수 없는 상황("그리 어렵지 안흔일이니 셔령 정부에셔 돈이 업셔 즉시는 못 ᄒᆞ드릿도 이일은 필경ᄒ여야", 독립신문, 1896.5.2)에 있다. 허나 이 사업은 반드시 이루어져야 백성의 몸을 온전히 보전할 것이다. 이것은 백성의 온전함이 건강한 국가를 만들 수 있다는 논리에 근거한 것으로, 백성 개개인의 '건강문제'에 대한 화두를 제공하기도 한다.

그렇다면 지금, 정부의 이러한 현실 속에서 백성은 무엇을 해야 하는 것일까. 그에 대한 혜안 제시가 바로 물을 끓여 먹는 것이다. 그런데 이런 담론이 나오기까지는 매우 심각한 국내 환경이 문제가 되었던 것도 사실이다. 서울 인근 도심의 물은 이미 형편없이 오염

에셔 가져 온 물을 먹이지말고 기여히 ᄭᅳ란 후에 그물을 식혀셔 먹이고 졋슬 난졔 닐곱 둘 후에는 만히 먹이지 안흘거시 유모의 졋시 ᄋᆞ희 난졔 닐곱 둘 후 ᄋᆞ희의게 유죠 ᄒᆞ지 아니흔 ᄉᆞ둙이라 그 ᄯᅢᄂ는 우유와 쇠고기로 조린 국이 졋 보다 빅빅가 나흐니라." 『독립신문』(논설), 1896.5.2.

23) 김석봉, 앞의 책, 52쪽.

되어 국민 개개인은 기본적 생활마저 위협받고 있었다. "거름을 걸러 낸 것이다"의 언급에서와 같이 백성의 몸을 온전히 지킬 수 없다는 판단이다. 서울의 형편이 이정도인데 타 지방의 처지는 더욱 심각했을 것이다. 이러한 현실을 직시했을까. 계몽담론은 '백성에게 그냥 물을 끓여 먹어라'는 식의 간단한 조언 차원을 넘어 아주 구체적이다.

불편하더라도 먼저 반드시 물을 끓이고 정한 독을 준비해 그곳에 담아 식혀서 그늘에 두고 이후 식수로 사용하라(독립신문 논설, 1896.5.2)는 것이다. 겨울철에는 그래도 물이 덜 위태롭지만, 날이 더워지면 물속에는 온갖 생물이 존재해 무척이나 몸을 해롭게 한다. 그 생물은 서양말로 박테리아(Bacteria)라는 세균인데, 사람의 몸속에서 각색 병을 만드는 것으로 기계(현미경) 없이 우리의 눈으로는 볼 수 없는 것이다. 이 박테리아가 괴질, 열병, 학질, 이질 등 다른 속병을 만드는데 그 생물을 제거하기는 물을 끓여 먹는 것이 제일이라(독립신문 논설, 1896.5.19)는 식의 실로 장황한 논변의 기술이다.

더불어 이후 식수 문제가 해결되면 아이들의 몸을 더운물로 정히하고 다음으로 먹이는 것을 갖춰야 한다는 부모의 도리 차원의 행동 양식을 강조한다. 이를 위해 이삼일에 한 번은 자녀의 몸을 반드시 더운 물로 씻기는 일과 유아에게 이유식을 먹어야 함을 또한 말하고 있다. 제시해 보면 모유는 적절한 시기가 있는데 이것은 생후 7개월 정도다. 따라서 그 이후에도 계속 먹이는 것은 모유에 영양이 결핍되기에 자녀에게 유익하지 않은 까닭이다. 이때는 우유와 쇠고기로 조린 국이 백배는 아이에게 낫다는 논지다.

이러한 일련의 주장은 오늘날에도 이어지는 육아교육과 의학적으로도 일치하는 내용으로 과학적 근거의 바탕이 되기도 한다. 정부가 백성을 위해 시급히 해야 할 사업이나 부모로서 알아야 할 자녀와 육아에 관한 이 같은 논지의 담론형성은 백성, 즉 국민의 생활과 삶에 대한 관심과 열정 없이는 불가능한 기술로 그 초점이 그들에게 있음을 의미한다. 더욱이 그러한 담론의 근거가 과학적 근거를 토대로 전개되고 있다는 사실에서 논지 전개의 특성과 과학적 논리의 합리성을 동시에 지니고 있다.24) 아래 지문 ①은 새 가정운

---

24) 서재필이 고국으로 돌아와 더욱 절실하게 깨달은 것은 악화일로로 치닫고 있는 고국의 현실이었다. 특히 민중의 계발, 즉 계몽이 국가의 자주 독립을 가능케 하는 초석임을 직시하고 이를 위해 관심을 갖고 추진한 사업이 신문 발간이었다. 그가 추방되기 전까지 서재필은 독립신문 창간자로서 집필을 주도 했으며, 국민의 지적 함양을 위해 생물학, 식물학, 동물학, 정치학, 사회학, 의학, 미생물학 등 실로 다양한 전문 지식을 꾸준히 독립신문에 실었다. 위에서 제시한 계몽담론은 독립신문 창간 이후 불과 한 달 전후에 발표된 논설 내용이다. 이렇게 독립신문은 서재필의 의학적 지식 기반 위에 과학적이고 합리적인 국민 위생과 생활환경에 관한 풍속 계몽담론을 담아낼 수 있었다. 우리나라 최초로 서재필은 미국으로 건너가 의과대학을 졸업했으며, 의사면허도 최초로 받았던 인물이다. 그가 한국에서 정치적으로 추방되기 전까지(독립신문의 발간 시기인 1896.4.7부터 1898.4.26까지) 실질적인 독립신문 집필가로서, 독립협회 창립자로서, 독립문 건립 등, 배재학당에서도 강연을 통해 왕성한 계몽 활동을 이어나갔다. 서재필의 귀국은 1895년 12월 말에 이루어진다. 하지만 자신이 망명을 떠나던 시기보다 국내의 실정은 더욱 악화되어 국민들은 희망을 잃고 있었다. 그는 나라의 발전을 위해서는 교육이 가장 중요하다고 생각했다. 그가 귀국 직후인 1896년 3월호 'The Korean Repositiry'를 통해 정부는 국민의 실정을 알아야 하고 국민은 정부가 하고자하는 목적을 알아야 한다고 주장하면서 이를 위해서는 교육이 중요하다는 점을 강조하는 글을 발표했다. 그리고 11월 30일에 발간된『대조선독립협회회보』창간호에 게재한 「공긔」라는 글에서도 다음과 같이 언급했다. "문명진보 하는 나라들에서는 인민교육을 제일 사무로 아는지라 미개화한 인민은 천연한 이치와 세계물종을 공부하는 일이 없는고로 소견이 어둡고 소견이 어두운 즉 의심이 생기고 의심이 생긴 즉 할만한 일도 못하고 안 할 일도 하는지라. 그러하기에 그 백성이 어리석고 나라가 약하고 가난하여 외국에 대접을 못받고 국내에 불편한 일이 많은지라." 서재필은 이와 같이 국민을 깨우치기 위한 교육과 함께 정부와 국민의 상호 이해를 위한 구체적 방안으로 신문을 발행하는 일이 가장 급선무요, 효과적인 사업이라고 생각했다. 그는 그의 자서전에서 "나는 우리나라의 독립을 오직 교육, 특히 민중을 계발함에 달렸다는 것을 확신하였기 때문에 우선 신문 발간을 계획하고"라 하여 국민의 교육을 위해서는 신문이 가장 긴요하다고 말한다. Philip Jaisohn, "What Korea Needs Most", *The Korean Repositiry*, Mar,

동과 관련한 그 특성을 확인할 수 있는 언급이며, ②와 ③의 내용은
혼인풍속과 관계된 풍속 계몽담론의 시선이다.

① 일긔가 차차 더워 오기에 빅셩들이 병 안 나기를 위ᄒ야 요긴흔 말을
조곰 ᄒ노라 (…중략…) 조곰 부지런만 ᄒ면 ᄌ긔의 몸에 병만 업슬
쑌 아니라 집안 식구가 병이 다 업슬터이요 (…중략…) ᄆ일 사름 마
다 운동을 몃시 동안식 ᄒ고 져녁에 목욕을 ᄒ고 자거드면 첫ᄌᄂ
밤에 잠을 잘 자니 죠코 둘ᄌ 음식이 잘 ᄂ릴터이니 쳬즁이 업슬터이
라 운동이란거슨 아모 일이라도 팔과 다리를 움즉이ᄂ거시 운동이니
거름 것ᄂ 것과 나무 픠ᄂ 것과 공치ᄂ 것과 말 타ᄂ 것과 빅 졋ᄂ
거시 모도 운동이니 ᄌ긔의 형셰ᄃ로 아모나 운동을 훌터이요 (…중
략…) 집을 졍케 ᄒ여야 훌터이니 암만 가난흔 사름이라도 부지런만
ᄒ면 집 안에 더러온 물건이 업서 냄ᄉ가 아니 나도록 훌터이라 집을
졍케 ᄒᄂᄃᄂ 쓰ᄂ거시 뎨일이요 문들을 열어 밧갓묽은 긔운이 들
어오게 ᄒᄂ거시 맛당 ᄒ니 (…중략…) 집 압히 졍ᄒ여야 훌터이니
집 압 졍케 ᄒ기ᄂ 우션긔쳔을 잘쳐 더런 물건이 씨셔 ᄂ려 가게 ᄒ
ᄂ거시오 길 가에 더러온 물건을 ᄇ리지 안케 ᄒ고 뒤간에도 뒤본
후에 ᄌ를 쌕리거드면 냄ᄉ가 젹어질터이요 보기에도 나흔지라 (…

1898, pp. 108~110; 김도태, 『서재필 박사 자서전』(을유문고99), 을유문화사, 1972,
241쪽; 신용하, 「독립신문의 창간과 그 계몽적 역할」, 『독립협회 연구』, 일조각,
1976, 1~80쪽; 이광린, 「서재필의 개화사상」, 『동방학지』 18, 연세대학교국학연구
원, 1978; 이광린, 「서재필의 개화사상」, 『한국 개화사상 연구』, 일조각, 1979, 93~
149쪽, 111~136쪽 부분 인용; 이만열, 『아펜젤러, 한국에 온 첫 선교사』, 연세대학교
출판부, 1985, 393~395쪽(1898.8.17), 「아펜젤러가 서재필에게 보낸 편지」 참고; 유
영익, 『갑오경장 연구』, 일조각, 1990; 정진석, 『독립신문 서재필 문헌해제』, 나남,
1996; 이정식, 『구한말의 개혁 독립투사 서재필』, 서울대학교출판부, 2003에서 인물
사 부분 참고.

중략…) 몸과 집과 문 압히 졍케 된 후에는 먹는 음식이 졍ᄒᆞ여야 홀터인즉 가난ᄒᆞᆫ 사름이 죠흔 음식은 못 먹드리도 졍ᄒᆞ게는 ᄒᆞ여 먹을터이요 푸셩귀를 여름에 먹드리도 살머 먹는거시 죠커니와 날노 먹는거슨 ᄆᆡ우 위틱흔 일이라 (…중략…) 우물에셔 나는 물은 대개 긔쳔물 걸는거시니 겨울에는 위틱ᄒᆞ기가 덜ᄒᆞ거니와 날이더워지면 그 물속에 각식 싱물이 잇는듸 그 싱물은 셔양 말노 빅테리아라 ᄒᆞᆫᄂᆞᆫ 거시라 이물건이 사름의 속에들어가 각식 병을 모도 ᄆᆞᆫ드는듸 눈으로ᄂᆞᆫ 긔계 업시는 볼슈 업스나 그 빅테리아가 괴질과 열병과 학질과 리질과 다른 속병들을 ᄆᆞᆫ드니 이 싱물을 졔어 ᄒᆞ기는 졍ᄒᆞᆫ거시 뎨일이요 음식과 물은 ᄭᅳ리면 이 싱물들이 죽을터인즉 우물에셔 온 물과 푸셩귀를 기여히 ᄭᅳ리든지 삼든지 흔 후에 먹으면 집안에 병이 업서지리라.25)

② 죠션 사름들은 당초에 안히를 엇을 ᄶᅢ에 그 부인이 엇던 사름인줄도 모로고 녀편네가 그 사나희를 엇던 사름인줄도 모로면셔 놈의 말만 듯고 혼인 흘 ᄶᅢ 샹약 ᄒᆞ기를 둘이 서로 ᄉᆞ랑 ᄒᆞ고 공경 ᄒᆞ며 밋부게 평싱을 ᄀᆞ치 살자 ᄒᆞ니 이런 쇼즁흔 약속을 서로 ᄒᆞ며 서로 보지도 못ᄒᆞ고 서로 셩픔이 엇던지 모로고 이런 약죠들을 ᄒᆞ니 이러케 흔 약죠가 엇지 셩실이 되리요 (…중략…) 사나희와 녀편네가 평싱을 ᄀᆞ치 살며 집안을 보호 ᄒᆞ고 ᄌᆞ식을 싱휵ᄒᆞ자 ᄒᆞ면셔 빅디에 모로는 사름들이 이런 약죠들을 ᄒᆞ니 실샹을 싱각ᄒᆞ면 엇지 우습지 안 ᄒᆞ리요 놈의 나라에셔는 사나희와 녀편네가 나히 지각이 날만흔 후에 서로 학교든지 교당이든지 친구의 집이든지 못고지 ᄀᆞᆺ혼듸셔 만나 만일

25) 『독립신문』(논셜), 1896.5.19.

사나회가 녀편네를 보아 ᄉ랑홀 싱각이 잇슬것 ᄀᆺ흐면 그 부인 집으로 가셔 자죠 차자 보고 셔로 친구ᄀᆺ치 이삼년 동안 지낸 보아 만일 셔로 참 ᄉ랑ᄒᄂ 모음이 싱길것 ᄀᆺ흐면 그째ᄂ 사나회가 부인ᄃ려 ᄌ긔 안히 되기를 쳥ᄒ고 만일 그 부인이 그 사나회가 모음에 맛지 안 홀것 ᄀᆺ흐면 안히 될슈가 업노라고 ᄃᆡ답ᄒᄂ 법이요 만일 모음에 합의 홀 것 ᄀᆺ흐면 허락ᄒᆫ 후에 몃 ᄃᆞᆯ이고 몃 해 동안을 ᄯᅩ 셔로 지내 보아 영령 셔로 단단히 ᄉ랑 ᄒᄂ 모음이 잇스면 그째ᄂ 혼인 퇵일ᄒᆞ야 교당에 가셔 하ᄂᆞ님ᄭᅴ 셔로 밍셰ᄒᆞ되 셔로 ᄉ랑 ᄒᆞ고 셔로 공경 ᄒᆞ고 셔로 돕겟노라고 ᄒᆞ며 관가에 가셔 관허를 맛하 혼인 ᄒᄂ 일ᄌᆞ와 남녀의 셩명과 부모들의 셩명과 거쥬와 나홀 다 졍부 문젹에 긔록 ᄒᆞ여 두고 만일 사나회든지 녀편네가 이 약쇽 ᄒᆞᆫᄃᆡ로 힝신을 아니 ᄒᆞ면 그째ᄂ 관가에 쇼지ᄒᆞ고 부부의 의를 ᄭᆞᆫᄂ 법이라.26)

③ 우리 싱각에ᄂ 계집이 되야 ᄂᆷ의 쳡이 된다든지 ᄂᆷ의 사나회를 음힝 에 범ᄒ게 ᄒᄂ 인싱들은 다만 이 셰샹에만 쳔홀 ᄲᆷ 아니라 후싱에 그 사나회와 ᄀᆺ치 디옥에 갈터이요 이런 사름의 ᄌᆞ식들도 이 셰샹에 쳔ᄃᆡ를 밧을 터이니 ᄌᆞ식을 ᄉ랑ᄒᄂ 녀편네들은 ᄂᆷ의 쳡 되ᄂ 거슬 분히 넉이고 엇던 사나회가 쳡이 되라 홀 디경이면 그 사나회가 큰 실례를 ᄒᄂ 거시니 그 째ᄂ 그 사나회를 ᄭᅮ짓고 ᄲᅢᆷ을 ᄯᆡ려 ᄶᅩᆺ차야 올혼 일이니라 (…중략…) 이왕에 모로고 잘못 ᄒᆫ 거슬 혹 용셔 홀 도리ᄂ 잇거니와 이말 들은 후에ᄂ 올혼 사름이 되랴거든 첫ᄌᆡ ᄌᆞ긔 몸들 브터 올코 졍결케 가지고 내게 ᄯᆞᆯ닌 안히와 ᄌᆞ식들을 실샹으로 ᄉ랑ᄒ고 다시 음힝을 ᄒᆞ던지 쳡을 엇ᄂ다던지 쳡이 된다던지 ᄒᄂ

26) 『독립신문』(논셜), 1896.6.6.

일이 업게 ᄒ며 만일 쳡을 엇ᄂᆫ 사ᄅᆷ이던지 쳡이되ᄂᆫ 계집들은 세계에 뎨일 쳔흔 사ᄅᆷ으로 디졉을 ᄒ여야 맛당 ᄒ더라.27)

①의 지문에서 계몽담론의 화두를 간명히 요약하자면 건강문제다. 새 가정운동의 논리 과정을 순차적으로 따라가 보면 "운동으로 체력 단련하기 → 자신의 몸을 청결하게 유지 → 집 안을 청결하게 유지 → 집 앞을 청결하게 유지 → 먹는 음식을 다스리기"의 내용을 발견할 수 있다. 앞서 살펴보았듯 새 가정운동의 풍속 계몽담론의 출발은 이른바 "백성, 사람마다, 가난한 사람이, 자기의" 등으로 표현되는 지시어를 통해 잘 배어난다. 말하자면 개인에 대한 세세한 생활사나 삶의 모습, 새로운 존재 인식의 가치 구현에 모색이다.

특히 매일 운동으로 자신의 몸을 다스려야 한다는 제언에서 운동은 생소하고 특별한 것이 아니기에 거름치는 것, 나무패는 것, 공치는 것, 말 타는 것, 배 젓는 것이 운동으로 소개되고 있다. 그리고 운동이 좋은 이유로는 밤에 숙면을 취해주고 우리 몸의 체증을 없애 준다는 효과를 함께 제시한다. 당시 '운동'을 거론하는 이 담론은 일과 운동의 명확한 분별없이 혼재되어 있다. 궁극적으로 자신의 몸을 게으르지 않게 단련해야 하는 의미적 차원에 운동 개념을 풀어 놓고 있는 것이다. 이러한 실정을 확인할 수 있는 것이 뒤에 계속되는 담론의 논지를 보면 쉽게 이해된다. 이처럼 자신의 몸을 다스린 후에 집을 청결하게 하기 위한 방편으로 집 안 환기의 중요성과 쓸고 닦는 일을 권하고 있다.

그러면 이제 이러한 과정이 끝난 후에 시선의 주목은 어디에 있

---

27) 『독립신문』(논설), 1896.6.16.

을까. 곧 집 앞을 다스려야 하는데 있다. 개천을 관리하는 것, 길가에 더러운 물건을 버리지 않는 것, 뒷간에 재를 뿌려 냄새를 없애는 것 등이다. 마치 지금까지의 일련의 과정을 제시해 보니 새 가정운동의 계몽담론이 새마을운동을 연상케 한다. 자신의 몸을 다스리고 자신의 집 안을 다스리며, 후에 이웃을 돌아보아 집 앞을 다스린다는 담론의 논리 속에 근대적 주인의식 내지 이웃과 더불어 사는 국민국가의 모형을 생각해 보게 되는 이유는 무엇일까. 달리 생각해 보면 근대라는 과도기적 변화와 불완전성, 결여성이 오히려 이런 탐구의 지향을, 고찰을 무디게 했을지 모른다.

근대 계몽지식인들은 열강의 도가니에서 생존을 위한 전략을 모색하고 있었으며, 그것은 주지하다시피 부국강병의 근대 국가주의로 모아지고 있었다. 근대 국가주의 속에서 국민국가 건설의 기획은 그 자체가 인간을 다시 만들어 내는 하나의 교육의 장으로서 일면을 찾을 때 백성 개개인은 가정과 국가를 이루는 근본 단위가 된다. 무엇보다 먼저 변화와 계몽이 필요한 또는 국민국가의 변화를 이끌어야 할 주체로서 당위적 위치를 가지게 된다. 따라서 가정(가족)과 국가를 논의 하는 담론 안에서[28] 개인의 존재 인식은 계몽담론의 근저에 있기에 부재해야 하는 혹은 부재의 대상으로 비춰지지 않는다.

---

28) 근대 계몽담론은 사회 혹은 국가의 '문명됨'은 가족의 '문명됨'을 통해 달성될 수 있다고 설명한다. '가족'은 사적 영역으로, 국민을 생산하는 기관으로 재발견되었고 계몽의 영토로 편입하게 된다. 계몽의 기획이 도달하고자 하는 최종의 목적은 국가의 성립이었고 담론은 국민의 역량에 의해 이것이 달성된다고 한다. 따라서 그 국민을 낳고 양육해야 하는 가족이 갖는 의미는 매우 중요할 수밖에 없다는 것이다. 국가를 구성하는 단위로서 '가족', '국민'을 낳은 단위로서의 '가족'은 새로운 문명의 규율에 의해 단장되어야 했다. 전미경, 앞의 논문, 95쪽.

②와 ③의 제시문은 국문신문 가운데 혼인풍속 관련의 계몽담론 중 시기적으로도 초기(독립신문이 발간되고 2개월 미만 내지 3개월 미만)의 논설일 뿐 아니라 근대 계몽지식인들의 의식을 통해 당시 사회의 변화와 인식을 구체적으로 피력하고 있어 발췌한 것이다. 더욱이 1900년부터 1910년 이후까지 국문신문을 통해 봇물처럼 쏟아지기 시작하는 풍속 계몽담론의 출발이라는 위치에서도 선두에 있기에 이목을 끈다. 제시문은 자유연애를 기반으로 하는 자유결혼, 구습 혼인과 중매의 폐단, 혼인신고와 이혼, 축첩제도 등 부부관계에 관한 폭넓은 논지를 다루고 있다.

②의 내용을 통해 핵심 전제에 해당되는 논지를 읽어낸다면 바로 '자유연애'다. 자유연애의 초점은 전적으로 자유의지에 있다. 이 자유의지의 바탕은 곧 개인의 주체적 의지에 있다. 따라서 단순히 구습의 혼인을 부정하고 서구의 결혼 모습을 지향한다는 판단은 그 타당한 논지를 간과할 수 있다. 다시 말하지만 가장 중요한 사실은 자유의지의 화두를 놓칠 수 없다는데 있다. 우선 지문을 토대로 하나의 정의 개념을 불러내고자 한다. 이것은 다름 아닌 혼인풍속 담론을 통해 본 혼인의 정의다. 말하자면 혼인이란 "서로 사랑하고 공경하고 서로 돕겠다는 둘만의 서약이다."라는 정의 속에서 발견할 수 있는 논지가 중요한데 '서로'라는 의미 속에 배어있는 즉 남녀의 대등한 주체적 행동의지의 발로다.

출발이 그러하기에 그 언약이 지켜지지 않는다면 서로(여기서는 남녀 모두 동등한 위치라는 함의), 누구나 이혼을 청구할 수 있다는 점이다. 이제 좀 더 넓은 시각에서 ②의 지문을 읽어 내자면 구습의 혼인풍속과 타국의 혼인풍속이 어느 것은 좋고 어느 것은 나쁜 것이냐, 아니면 어느 것이 긍정이고 어느 것이 부정이냐의 가부(可否)

또는 양도(兩刀)의 흑백 논리적 시선에서 한 걸음 물러날 필요가 있음이다. 생각해 보면 이러한 논의의 가능성을 어렵게 하는 것은 논설이라는 특수성에 있다. 논설의 목적 지향이 설득이라는 분명한 구획에 있기 때문이다. 허나 그런 장르적 경직성에서 눈을 돌려 논지 전개의 흐름을 따라가 보면 위 논설의 논지가 더 분명하게 다가온다.

구습의 혼인풍속과 타국의 혼인풍속을 대등한 수평적 위치에서 비교하여 현저하게 드러나는 대조적 현실 모습을 논리적 인과 관계로 이끌고 있음을 발견하게 된다. 따라서 누구나 읽으면 윤리적 차원에서의 혼인문제가 어떠해야 하는지. 스스로 판단할 만한 논의의 과정을 갖추었다고 본다. 변화무쌍하고 복잡다기한 근대라는 시점 속에 그 선택은 강제로 강요되기보다는 논설 속에서 개인의 자유의지에 의해 변화의 선택을 기다리고 있다는 점에서 변화의 단초가 되는 것이다. 실제로 자유의지의 관점에서 구습의 혼인풍속은 더이상 그 정당성을 잃어가고 있었다.

혼인의 주체는 예나 지금이나 그 당사자들이다. 예컨대 혼인이 남녀의 사랑과 존경에 대한 윤리적 계약 관계라고 한다면 이것은 남자의 입장에서든 여자의 입장에서든 평등한 위치에서 어떠한 선택을 강요받아서도 안 된다. 그 이치는 혼인은 철저히 그들의 의사에 따라 존중되어야 하는 것이 마땅하기 때문이다. 하지만 구습의 혼인풍속은 마치 관료정치의 관습처럼 경직된 고정관념의 논리[29]

---

29) 관습은 그 문화권에 있는 사람들의 행동을 일반적으로, 제재를 가하는 사회적 규범의 하나로 본다. 따라서 비교적 긴 시간에 의해 만들어진 어떤 고정관념을 의미한다. 관습이 오랜 자기수정의 시행착오를 거쳐 합리적이고 세련된 모습을 드러내게 되면 이것은 바로 그 사회에 있어 윤리 또는 도덕으로서 일정한 권위를 차지하게 되는 것이다. 그러나 사회 제반의 변화는 당연히 존중되었던 또는 묵인되었던 관습

가 팽배해 있기에 권위의 힘으로 선택을 제한 받아 압제로 봉합해 놓은 처지가 되어 온 셈이다. 이런 현실은 언제나 어떤 계기에 의해 쉽게 와해될 위험성을 안고 있기에, 그 계기나 시점이 언제이냐의 문제지. 이미 해체를 부정할 수 있는 몫은 아니라고 본다. 그 시기나 계기에 해당하는 것이 근대화라는 시기라면, 계몽지식인들에 의해 생성된 계몽담론이 계기의 발로가 되는 자리다.

③의 논지를 분석해 보면 "첩을 얻는 사람이든지, 첩이 되는 여성이든지, 음행을 하든지, 사내에게 음행을 범하게 하든지"라는 일련의 언급은 작첩행위(作妾行爲)나 음행하는 것은 어느 한 쪽의 문제가 아닌 남성이나 여성에게 모두 문제가 있다는 지적이다. 사정이 이러하기에 사내가 첩을 요구하면 여성은 그 사내를 꾸짖고 뺨을 때려 깨닫게 하라는 단호한 행동지침도 제시하고 있다. 남존여비를 바탕으로 과거 남성의 권세 있음을 자랑하던 작첩행위는 이제 음행의 수준에서 다뤄지고 선악적 존재 가치에서 철저히 비난받아야 할 악의 모습이 불가피해졌다. 그리고 이런 작첩을 근절하기 위해서는 자신의 몸부터 옳고 정결케 하는 것이 제일이고 다음은 자신의 아내와 자식을 실상으로 사랑하라고 말한다.

생각해보면, 세상 어느 누가 자신의 과년한 딸이 남의 집 첩이 된다면 좋아 할 사람이 있겠는가. 그러니 자식과 아내를 돌아보고 자신의 욕정을 절제해 근절하는 것이 실상 최선일 수밖에 없어 보인다. 이렇게 작첩문제에 대한 근절은 자신의 몸을 절제하라는 보편적 윤리 정서나 기독교적 차원에 비판의식이 분명히 노출되어 있

의 변화를 요구하는데 이 시점은 다시 새로운 윤리적 잣대의 생성으로 이어지게 된다. 김태길, 『한국 윤리의 재정립』, 철학과현실사, 1995; 김태길·심재룡·이용필, 『현대 사회와 윤리』, 박영사, 1989, 43쪽.

다. 첩이되는 여성이나 음행을 범하게 하는 사람들은 이 세상을 넘어 후생에까지 남녀 모두 지옥에 갈 것이라는 단정적 표현과 함께 그 남겨진 자식들에게도 죄가 미쳐, 이 세상에서 천대를 받게 된다고 한다. 첩이되는 여성이나 그 행위는 곧 음행과 동일한 수직선상에 있기에 세상에서 제일 천한 사람으로 취급함이 마땅하다는 논리다. 갑오개혁 실시 이후 2년 남짓한 기간이 흘러서였을까. 현실적으로 작첩행위는 여전히 횡행30)하고 있었다.

이와 같이 초기 국문신문(③은 독립신문 논설, 1896.6.16)의 담론을 통해 드러나는 계몽지식인들의 '음행'에 관련한 내용도 대한매일신보 시사평론(1908.12.20)의 시선("염라국에 ᄉ신되여 통상됴약 톄결ᄒ고 (…중략…) 엇던 옥문 열고 보니 간음ᄒ던 부녀들을 의복벗겨 세워놋코 목슈들의 나무켜듯 무수귀졸 마조서서 큰톱으로 쏘키ᄂ듸 피가흘너 랑쟈ᄒ니 한국 안에 모모음녀 죽은 후에 여긔왓고 (…중략…) 엇던문을 열냐다가 염쇠소ᄅ 놀나ᄱ니 남가일몽 황홀ᄒ다.")과31) 같은 관점에서 확인할 수

---

30) 관계적 존재로서의 인간이 원만한 사회생활을 영위하기 위하여 인간 스스로가 창조해 낸 당위의 규범으로서의 윤리는 사회적 산물로서의 특징을 갖는데, 이는 윤리가 사회의 변화와 불가분의 관계를 가지고 있기 때문이다. 이러한 측면에서 볼 때 개화기의 두드러진 특징으로 유교적 윤리의식의 해체를 지적할 수 있다. 특히 개화기 주요한 정치 세력으로 성장한 개화파 지식인들은 일본을 포함한 열강의 문물을 적극적으로 흡수하면서 서구의 잣대로 조선의 제도와 관습을 재단하면서 그 변혁을 모색하고 있었다. 그리고 그 일환으로 일련의 가족제도가 구습으로 매도되었고 그러한 가족제도 중에 하나가 축첩제이다. 이와 같은 지적은 서구를 모델로 근대화하는 과정에서 근대 계몽지식인들의 동도서기의 일면적 지향이나 새 가정운동의 담론 창출에서도 발견되는 여성의 주체적 인식의 일면과 백성, 또는 개인으로서의 주체적 인식을 고려한 차원에서는 다소 단정적 평가일 수 있다. 허나 근대라는 시기를 통해 조혼금지나 과부개가 허용, 작첩제폐지, 혼인과 관계된 여성억압이 담론으로 대두되면서 일종의 여성에 대한 인식과 그 지위가 새로운 발전적 지향이 가능했다는 사실은 주지의 사실이다. 전미경, 「개화기 축첩제 담론분석: 신문과 신소설을 중심으로」, 『한국가정관리학회지』 19-2호, 2001, 68쪽.

31) 위는 『대한매일신보』의 시사평론(1908.12.20)에 실린 글이다. 특히 대표적 민족지

있다. 실상 작첩에 대한 질타[32]의 시각이 부상하기 시작한 것은 서학에서부터 찾을 수 있다. 1784년 북경에서 이승훈이 세례를 받고 귀국해 이벽, 권일신에게 천주교 영세를 줌으로써 조선에 신앙공동체로의 교회가 탄생하게 된다.

특히 교회는 신앙 아래 인간의 평등성을 강조했는데, 당시에 여성에게 가해지는 부당한 차별적 제한이나 과부의 개가금지, 강제된 혼사와 작첩을 강력히 비난했다. 따라서 남성의 작첩행위는 교회법으로 엄금하고 신부는 작첩한 신자에게 성사(聖事)를 주지 않기도 했다.[33] 그럼에도 불구하고 작첩을 폐하지 않고 계속 유지하는 경우 신자 자격을 박탈하는 의지를 실천하기도 했다. 서재필과 함께

였던 『대한매일신보』는 '시사평론'이란 고정란에 다른 신문과는 변별된 많은 양의 계몽가사를 발견할 수 있다. 이 계몽가사는 당시의 계몽담론의 성격을 단적으로 드러냄과 동시에 계몽담론의 중추적 역할을 수행하고 있다. 이와 관련한 『대한매일신보』의 국문으로 된 시가 자료는 아래를 참고하기 바란다. 아울러 위의 내용은 계몽가사의 형식으로 운문의 리듬을 지니고 있으며 '열고 보니'의 반복을 통해 사설풀이 형식의 내용을 전개하고 있다. 그 내용은 간명하다. 꿈을 통해 염라국에 사신으로 가게 된다. 일명 국가의 해가 되는, 무수한 죄인을 벌하는 곳을 우연히 방문하게 되고 그 참혹한 광경의 체험을 기록한 것이다. 물론 이것은 남가일몽(南柯一夢)으로 돌려 현실로 돌아온다. 여기서 국가의 해가 되는 인물(긔군ᄒ던 환관비, 망국ᄒ던 척신비, 간음ᄒ던 부녀들, 학민ᄒ던 탐관비, 모해ᄒ던 쇼인비, 매국ᄒ던 역적비)들은 근대 문명지국으로 가는 걸림돌과도 같은 존재인 것이다. 강명관·고미숙, 『근대계몽기 시가 자료집』1~3권, 성균관대학교 대동문화연구원, 2000; 고미숙, 「근대계몽기, 그 생성과 변이의 공간에 대한 몇 가지 단상」, 『민족문학사연구』 14호, 1999, 124~129쪽.

32) 정부 관인에서부터 여항 백성에 이르기까지, 처첩(妻妾)두기를 좋아하여 심한 경우 정실 하나에 별방이 3-4처라고 하면서 일부이첩(一夫二妾)을 대장부의 당연한 것으로 여겼다. 더욱이 아침밥과 저녁 죽을 먹을 만한 사람이라면 누구나 첩을 두고 있다고 말한다. 상황이 이러한 이유로 쉽게 근절될 수 없는 현실이었다. 『제국신문』, 1901.1.31.

33) 샤를르 달레(Charles Dallet), 안응렬·최석우 역, 『한국 천주교회사 연구』 상권, 분도출판사, 417~418쪽; 백규삼, 「백주교의 사목서한」, 『순교자와 증거자들』, 한국교회사연구소, 1982, 313쪽.

갑오개혁을 추진한 중심인물 박영효(朴泳孝)는 일본에서 망명생활을 하는 과정에서 정부에 상소를 올렸다.

"무릇 남녀가 질투하는 그 마음은 같은데 남자는 유처취첩(有妻取妾)하면서 혹 그 아내를 속박하고 혹은 그 처를 쫓아내며, 아내는 그렇다고 개가도 못하고 이혼도 못하니 이것은 법에 있어서 여자의 간음만을 금하고 남자의 난잡함은 금하지 아니하는 까닭이라."는[34] 글에서 그는 "남녀부부의 권리가 동등하고 질투하는 마음도 같다."라는 전제를 바탕으로 남녀의 성차에 따라 차별되는 성윤리의 이중성을 지적하며, 작첩의 부당함을 정면으로 비판했다. 이러한 입장 확보는 계몽지식인들의 담론 생성에 흡수되기 충분했다. 제국신문은 "남녀는 다르나 차등의 분별을 두겠는가."라는[35] 관점에서, 대한매일신보는 "부녀자에게는 청춘과부도 정절의 윤리로 불허하면서 남자에게는 부인 외의 첩을 두는 특권"을[36] 허락하는 것은 이중성을 드러낸 모순과 불공평이라는 차원에서 작첩의 폐습을 고발했다.

이형대는 4장 '근대적 욕망의 일상화와 계몽담론의 한계'를 논의함에 있어 "계몽담론의 한계는 자명할 수밖에 없다. 성적 욕망은 주체의 내면에만 머물러 있는 것이 아니다. 서구 근대 자본주의의 문물이 이입되던 과정에서 무의식적 욕망은 새로운 방식으로 접속되고 있었다. 서구 기계문명에 의한 인쇄술의 발달은 새로이 시각적 인식의 훈육시스템을 가동시키며 좀 더 적극적인 욕망의 유통을 담당하였다. 이처럼 성적 욕망이 사회의 변화와 더불어 일상을 장

---

34) 최숙경·정세화, 「개화기 한국 여성의 근대의식의 형성」, 『한국문화연구원논총』 28집, 이화여자대학교 한국문화연구원, 1976, 331~332쪽에서 재인용함.
35) 『제국신문』, 1899.10.14.
36) 『대한매일신보』, 1907.10.2.

악해 가고 있을 때에도 계몽지식인의 성 모럴은 조선시대의 수준을 크게 넘어서지 못했다. 예교주의적 관점에 입각하여 명분에 합치되지 않는 성은 억제되어야 했고 실천 방법으로써는 개인의 수양을 강조"했다는 지적37)은 일면적 현상을 우위에 둔 시각으로 근대라는 시기의 다층적 면모와 신문이라는 매체의 '양면적 공간'의 장을 이해해야 할 몫이라 본다.

당시는 주지하다시피 성적인 측면에 계몽담론의 기획과 일면으로는 서구의 신문물 광고가 동시에 신문 매체를 기반으로 양면적 성격의 욕구 창출이 펼쳐지고 있었다. 따라서 계몽 개혁의 장으로의 측면과 물질문명의 소개와 이입으로의 대칭점을 분별할 수 없는 양면적 욕구 공간이 혼재되어 있었다. 성은 정신적 차원의 영역이기에 느리고 지속적 계도가 수반되는 행위 변화라 할 수 있다. 그러므로 성적 윤리의식은 전통적 정서의 내면성과 지속성이 우세하다. 반면에 물질문명의 광고적 유입은 서구적 기반 아래 즉흥적 흥미성과 소모성이 강한 행위 변화를 수반함으로, 그 간격도 현격하고 독자의 반응 또한 현저하다. 이러한 이유로 신문 매체의 양면적 공간은 일종의 다층적 면모를 창출하고 있기에 그 이면의 한계를 노출하고 있으며, 수용의 차원에서 현실적 간극의 격차는 문화지체의 단면을 드러내기도 하는 것이다.

---

37) 이형대, 앞의 논문, 28~29쪽.

제4장

신문의 가치 지향과 서사문학

1. 신문의 가치와 위상

대중은 사회의 대다수를 점하고 있는 사람들로 다른 많은 속성에 의해 구분되는 일체성을 지닌다. 대중은 그들이 당면한 목적에 있어 서로 차이는 있으나 사회적 계층이나 계급에 의해 또는 인종이나 성별에 의해 변별된 성향과 형태를 드러내기도 한다. 그러므로 사회 속에서 어느 하나의 특정한 집단으로 파악될 수는 없다.

아울러 정치학이나 사회경제학의 부르주아와 대립되는 개념의 프롤레타리아나 산업사회를 기반으로 자본주의적 생산 양식과 더불어 대중이 출현했다고 판단하는 의미적 개념과는 내포를 달리한다. 따라서 대중이 언제부터 출현하였는가의 개념은 실상 중요한 것이 아니며 명확히 그 시기를 구분하는 것도 결코 쉬운 일이[1] 아니다.

대중(the popular)은 사회 속에 개개인이나 또는 한 그룹만을 지칭하는 것이 아니라 다양한 사회 그룹을 일컫는 것이다. 사회적 지위나 그들이 당면한 투쟁 등에 있어서 이들은 서로 차이가 있으나 경제, 정치, 문화적으로 권력을 잡은 집단과는 확연히 구분된다. 그들의 개별적인 투쟁이 연계된다면 권력집단(power bloc)에 대항하는 대중들로 조직되어 통합될 잠재적 가능성이 있다.[2]

Tony Bennet의 언급을 볼 때 대중은 정치, 경제, 문화적으로 권력을 잡은 집단과는 확연히 구분되는 개념으로, 대중의 많은 본질과 속성(개별적인 투쟁이 연계된다면)에 의해 구분되는 특성을 지닌다. 그리고 그들은 권력집단에 대항하는 대중들로 조직되어 통합될 잠재적 가능성을 가진 대상으로 판단된다. 대중에 대한 사회 심리학적 관점에 따르면 대중은 인간의 역사와 더불어 언제나 존재해 온 것으로 간주된다. 역사적 현실의 구속에서 신분적 한계를 벗어나려

---

1) L. Lowenthal의 논의를 참고해 볼 때, 몽테뉴와 파스칼이 각각 언급한 유희적 오락 문화에 대한 평가와 대중문화를 둘러싼 현대의 논의는 그 본질에서 맥락을 같이 한다. 몽테뉴는 인간의 본능적 욕구는 변화시킬 수 없는 것을 인정하기에 그것을 발휘할 수 있는 여건을 조성하는 일이 바람직하다고 본다. 따라서 이를 위한 쾌락의 유의미를 인정하는 태도를 취한다. 하지만 파스칼은 오락과 현실도피가 본능적인 것이기는 하나 정신을 통해 이를 억누르는 것이 필요하다는 견해다. 요약해 보자면 두 사람의 관점은 새로운 자본주의적 사회가 형성되는 과정에서 기존에 존재하던 가치 질서가 흔들리고 붕괴되는 상황 속에 개인의 삶을 과연 어떠한 방식으로 조화시켜 구현할 수 있고 충족할 수 있을 것인가의 논의로 귀결될 수 있다는 것이다. Leo Lowenthal, 강현두 편, 「대중문화 이론의 역사적 전개」, 『대중문화론』, 나남, 1987의 내용을 참고 제시함.

2) Tony Bennet, "The Politics of the Popular", *Popular Culture and Social Relations*, Milton Keynes, Open University Press, 1986, p. 20.

는 대중들은 자신의 족쇄를 끊고 역사의 전면에 부상하기[3] 시작한 것이다. 이렇게 등장한 대중은 과거에는 소수를 위해 존재해 온 삶의 목록들을 그들 자신의 것으로 전환시켰고 가능성과 생명력이 어느 시기보다 충만한 무차별적인 확대[4]를 가져온다.

대중을 기반으로 한 대중사회는 기존의 전통적 권위가 소멸한 상태에서 대중적 권위를 추구하게 되는데 대중이 중심이 된 의식의 반영을 토대로 사회 지배를 지향한다. 다시 말해 일부 엘리트에 의한 권력과 지식, 정보의 독점과 같은 폐쇄성이 제거된 사회구조라 볼 수 있기에 지배 집단을 향한 개방된 통로가 존재하는 사회적 모습을[5] 드러낸다. 대중들은 동일한 하나의 관념이나 욕망을 자신과 비슷한 많은 사람들과 공유하고자 하는 강한 열망의 욕구를 지닌 것으로 파악할 수 있다.

예컨대 한편의 영화나 연극은 관객 모두가 동시에 똑같은 감동을 경험할 수 있기 때문에 대중의 상상력에 더 강한 인상을 주는 것은 없다고 볼 수 있다. 대중은 생생함에 대한 증명보다는 이를 보여주는 것에 더 친밀감을 가지고 있으며 이론의 복잡한 추론이나 언어의 정밀성보다는 반복을 통한 강화의 측면에 효과적으로 반응한다는 사실을[6] 강조 한다. 대중문화, 대중소설이라는 개념 가운데 '대중' 개념은 사회학적인 개념의 인구나 파악 가능한 개인의 종합으로서의 의미만으로 제한될 수 없으며 일종의 '효과로서의 대중'이

---

3) Serge Moscovici, 이상률 역, 『군중의 시대』, 문예출판사, 1996, 49쪽.
4) Jose Ortega y Gasset, 사회사상연구회 역, 『대중의 반역』, 한마음사, 1995, 28~50쪽 참고.
5) William Kornhauser, 홍순옥 역, 『대중사회의 정치』, 제민각, 1990, 1장 참고.
6) Serge Moscovici, 이상률 역, 앞의 책, 165쪽.

라는[7] 새로운 시각으로 파악되어야 한다.

일반적으로 대중문화라는 의미는 'Mass Culture'와 'Popular Culture'라는 용어적 모습에서 구별되지 않은 상태로 사용하는 것이 보편적이다. 하지만 이 두 가지 명명은 사실 사회 속 문화향유의 주체인 '대중'에 대한 변별된 시각 차이를 포함하고 있다. 먼저 대중문화를 'Mass Culture'의 입장에서 파악할 경우 문화 수용의 주체인 대중은 교양이 없는 무지의 존재로 전통사회의 신분체제가 붕괴된 후에야 비로소 사회 전면에 부각된 존재로 파악된다.

결과적으로 대중은 주체성을 지니지 못하고 인생의 가치적 모습보다는 삶에 대한 욕망만을 핵심으로 숭배하는 즉자적(卽自的) 존재로 평가 된다.[8] 그리고 'Popular Culture'의 입장에서도 '대중'이 사회적 실체로서 등장하는 시기는 신분제에 의한 제약이 자유로워지는 시점으로 보고 있으나 대중을 향한 평가의 측면에서는 전반적으로 가치중립적 입장을 취하고 있다. 엘리트적 관점에서 대중을 바라보고 비판했던 여러 문제점과 한계를 대중의 탓으로만 취하지 않는 태도를 지니는 것이다.

요컨대 이러한 시각을 견지하게 되면 과거 전통사회의 지배계급 문화와 피지배계급의 문화가 현재에는 모두 문화적 유산으로 수용되고 있는 모습과 같이 대중문화를 바라볼 수 있는 태도와 시야가 마련된다. 이러한 대중문화에 대한 논의는 실상 지적 엘리트들과 일반 대중 사이에 문화적 접촉이 가능해지면서 발생한 것[9]으로 이

---

7) Jean Baudrillard, 배영달 편저, 「테크놀러지, 정신분석, 페미니즘」, 『보드리야르의 문화 읽기』, 백의, 1998, 76쪽.

8) Jose Ortega y Gasset, 사회사상연구회 역, 앞의 책, 75쪽.

9) 한편으로, 대중문화의 하위 범주로 대중소설의 존재 의미를 생각해 볼 수 있는데

해할 수 있다. 이시기는 봉건 사회의 구체제 붕괴로 인해 새로운 근대 국가가 수립되는 과정과 맥을 같이 하는 것이다.

첫째, 참된 문화란 지식과 문화의 엘리트 산물이다. 그런데 이 같은 진정한 고급문화란 엘리트와 대중이 상하 위계질서 속에서 서열화되어 있는 사회에서만 풍요롭게 발전할 수 있다. 둘째, 유럽은 위계질서에 기반 한 사회가 오랫동안 지속되었기에 지식인은 고급문화(High culture)를 지키는 성스러운 사명과 이에 따르는 특권을 부여받고 있는데 반하여, 미국과 같은 공개 사회는 평등 사회로서 지식 엘리트에 대한 보호는 미약하고 따라서 문화는 저급한 경향으로 흐를 수밖에 없다. 셋째, 대중의 손이 닿는 곳에 문화는 불가피하게 더럽혀지게 된다. 더구나 대중이

일반적으로 대중소설은 다양한 대중들의 삶의 방식과 취향이 반영된 문학이라는 개념을 전제할 수 있다. 문학 작품은 인쇄기술의 발전과 더불어 대량 생산, 유포되는 상품으로서의 위치를 점유하며, 이때 독자는 해당 상품의 소비자로서 위치하게 된다는 사실을 동시에 함의하고 있다. 대중소설은 지금까지 학문적 연구과정에서 문학의 진정성을 갖추지 못한 것으로 분류되어 연구대상에서 소외되어 온 것이 사실이다. 문학이론에서 대중적인 작품은 일정한 기준치에 도달하지 못한 것으로 간주되었으며, 문학이 다루는 인생에 대한 깊이 있는 성찰을 제공하지 못한다는 평을 받았다. 그럼에도 대중소설은 대중들의 꾸준한 갈구를 기반으로 시대와 상황을 넘어 지속적으로 생산, 소비되고 있다는 사실 역시 간과할 수없는 사실이다. 이렇게 연구과정에서 소외된 대중소설이 끈질긴 생명력을 이어 올 수 있었던 것은 다름 아닌 대중소설이 지닌 특수한 요소와 이를 수용하는 대중의 상황이 상호작용을 일으킨 결과로 볼 수 있다. 그러므로 대중소설을 논의함에 있어 대중소설은 이런저런 이유로 '대중적이며, 통속적이다.'라는 평가 의식은 대중소설에 대한 기존의 관점을 반복하는 입장이라 할 것이다. 대중소설은 나름의 형상화 방식과 기법이 유기적인 맥락을 형성하고 있으며, 이러한 대중소설의 요소들은 해당 작품이 수용되는 사회 역사적 문맥 속에서 상황적 의미를 획득할 수 있었다고 판단한다. 즉, 대중소설이 드러내는 의미 맥락의 형상화 양식은 문학일반의 하위범주로서 대중소설이 지닌 특성이 될 수 있다는 견해를 수반한 것이다. 대중문학연구회, 『대중문학이란 무엇인가』, 평민사, 1995, 20~24쪽; 조남현, 『소설원론』, 고려원, 1994, 313~325쪽; 김석봉, 『신소설의 대중성』, 역락, 2005, 27~28쪽.

지식인의 안내 없이 성스러운 산물에 마음대로 접근함으로써 불경마저 범할 기회가 발생한다. 넷째, 대중적인 것은 모두 불량하다. 따라서 불량성의 정도를 따지는 일은 엘리트에게 있어서 시간 낭비일 뿐이다.[10]

서구에서 대중과 관련해 대중문화에 대한 비판적 고찰이 대두되기 시작한 것은 대중적 문예물이 출현한 18세기부터라 할 것이다. 초기 대중문화에 대한 비판의 관심은 주로 대중들이 여가 시간을 대중문화의 향유에 활용함으로써 종국에는 무료함이나 사회 여러 부문에 대한 불만, 나아가 사회적 혼란까지 야기될지도 모른다는 우려에 집중되었다. 이 같은 의식은 매스미디어의 발달과 더불어 각종 문예물 외에 텔레비전이나 영화, 스포츠 등 이른바 대중문화의 양식들이 다양하게 변화·발전했음에도 불구하고 그 비판의 핵심은 대중이 여가 시간을 의미 있게 보내는 것을 위협하는 문제성에[11] 귀결되어 왔다.

위의 예문은 J. O. y Gasset와 T. S. Eliot으로 대별되는 주장이다. 말하자면 자본주의가 밀려오는 사회에서 문화와 예술은 상품화되어가고 이에 대중문화는 자본주의 사회의 일반적인 현상이 되었다는 사실에 주목한다. 자본주의적 사회의 특징적 모습 가운데 하나로 지적할 수 있는 문화의 상업화 현상에 근거한 지배계급의 이데올로기적 지배라는 대중문화의 정치, 경제적 시각을 적시하고 있는 것으로 판단된다.[12] 비판이론가들이 중심이 된 이들의 대중문화 비판론

10) John Fisher, "The Masses and Arts", *Yale Review*, Fall 1957; 강현두 편, 『대중문화의 이론』, 민음사, 1979, 62~63쪽에서 재인용 참고.
11) Herbert J. Gans, 강현두 역, 『대중문화와 고급문화』, 나남, 1998, 23쪽.
12) T. W. Adorno and M. Horkheimer, 김유동 역, 『계몽의 변증법』, 문학과지성사,

은 예술 작품에서 흉내 낼 수 없는 이른바 고유의 고고한 분위기라 할 수 있는 아우라(Aura)의 상실을 초래할 수 있다는 점을 말한다.

그리고 대중적 사회비판의 의식 부재를 가져올 수 있다는 것을 또한 지적 할 수 있다. 고급예술이 대중문화의 이러한 부정성을 지양하고 사회와 삶에 대한 비판의식을 강화함에 비해 대중문화는 허위욕구에 기반 한 상품의 소비 형태를 띠면서 자본주의 체계를 공고히 하는데 도움을 준다는 평가에서다. 이렇게 대중을 담보로 하는 문화적 비판의 목소리는 결국 대중문화를 자본주의 사회의 특징 가운데 하나인 문화 상업화 현상이나 지배 계급의 정치, 경제적 이데올로기의 맥락에서 기인한 접근이기도 하다.

19세기 말에서 20세기 초 그렇다면 우리 민족의 현실 모습은 어떤 그림을 견지하고 있는가. 서세동점(西勢東漸)에 따른 외세의 도전과 조선왕조의 몰락은 단지 정치적 혼란만이 아닌 외래 거대자본과 문물의 투입을 가능하게 했으며, 아울러 사상의 유입을 통해 사회 전반에 걸친 제도와 의식의 변화를 가져왔다. 구시대의 몰락과 새 시대의 발흥 사이에 놓인 이 시기는 서구의 18세기를 능가하는 대중을 향한 다층적이면서도 다면적인 담론 창출의 모색을 가능하게 했던 시기였다.

이를테면 정치나 사회적 차원의 급격한 변동이 이루어지던 근대는 무엇보다 신문 탄생과 더불어 문학사의 획기적 변화를 가져오게 된다. 신문이라는 미디어의 출현은 다층의 대중 참여 기회와 담론 공간의 확장이라는 차원에서도 주목할 만하다. 더욱이 국문의 광범위한 사용을 토대로 전개된 대중 지향의 모토는 이전과는 다른 새

2001; 양건열, 『비판적 대중문화론』, 현대미학사, 1997, 85~123쪽.

로운 작자와 독자층을 형성하면서 기존 담론의 재배치와 새로운 담론 생성에 동력을 제공하며, 변화의 중추 공간을 형성하고 있었다.

근대 지식인들은 신문을 통해 사회의 여러 관계와 상황들을 이해하고 수용하며 혹은 그것을 부정하는 실천적 행위를 보여주었다. 국내적으로는 봉건적 제도와 절대 권력이 와해되고 국외적으로는 제국주의의 압력이 자국을 압박하는 초유의 위기 속에서도 계몽 지식인들은 공동체 이익을 표명하는 국민국가를 향한 담론의 확장을 통해 그들 나름의 시대적 변화를 선도할 개명과 계몽의 코드를 찾고 있었다.

그리하여 이들의 주된 관심은 공동체 이익을 보존하는 공적 담론의 창출로 요약될 수 있는데 그만큼 지식인들의 관심 방향은 개인 담론이 아니라 대중을 지향한 공적 영역의 담론으로 의론이 도모되었던 시기라 할 것이다.[13] 아울러 신문 속 글들에 내용과 지향점이 이전의 구현 양상과 다르다는 측면에서 문학 범주로 포섭할 수 있는 환경 자체가 변화와 생성을 견지한 시기였다.

공공 영역으로의 공적 담론은 특정한 시대적·역사적 시기의 정치적 입론이나 사회에 대한 비판과 성찰, 혹은 대안을 표명해야 하는 수사학적 행위로의 의미를 지니기도 한다. 과거 어느 시점의 이야기가 아닌 생생한 현장성 곧, 지금 벌어지고 있는 현실의 문제를 기반으로 하는 정치나 사회, 문화 변동의 실천적 목표를 지향했던

---

13) 동아시아에서 공적 담론과 개인 담론은 대립적 개념으로 이해되지 않는다. 장석만은 동아시아에서 개인이란 범주는 한편으로 가족과 문벌 위주의 너저분한 전통에 맞서 과거와 단절하는 효과를 발생시키고 다른 한편으로는 태초로부터 순수함을 보존해 온 민족의 구성원으로서 민족 아이덴티티를 강화시키는 일을 하였다고 한다. 장석만, 「한국 근대성 이해를 위한 몇 가지 검토」, 『현대사상』 여름호, 민음사, 1997, 129쪽.

신문이야 말로 공론 형성의 격렬한 토론장이 아닐 수 없는 것이다.

특히 근대는 사유체제 내지 관념체제가 급격히 변화하는 모럴의 격변기였다. 더욱이 일본의 제국주의는 대중을 기반으로 하는 공론 형성의 가능성을 봉쇄했으므로 국내 사정은 그리 녹록하지 않았다. 그러나 이 시기 미흡하나마 정치적 공공 영역의 발생과 계몽의 기획으로 대변되는14) 공론 형성의 토론장이 새로운 의사소통의 통로로 존재하고 있었다. 일제 통감부의 압박이 구체적으로 관철되지 않은 한일합병 이전에는 근대식 학교나 대중 집회, 특히 독립협회의 주관 아래 열렸던 만민공동회와 관민공동회, 그리고 신문 매체를 통한 공론 확충의15) 양상을 보여줬다.

사실 조선시대까지 공적 의사소통은 전근대적 한계가 노출됐기에, 왕을 우위에 두는 상명하달의 수직적 소통 구조에서 벗어날 수 없었다. 이에 반해 대중의 참여를 지향했던 공동 집회는 각 계층의 대중적 참여를 기반으로 했다. 공공의 광장에서 공개적으로, 민중이 중심에 있는 공적 의견의 수렴과 확산에 기획 일면을 담아내고

---

14) 김동식, 「한국의 근대적 문학개념 형성과정 연구」, 서울대학교 박사논문, 1999, 7쪽.

15) 제2차 만민공동회와 제3차 만민공동회 사이에는 관민공동회가 중요한 역할을 하였다. 독립협회는 개혁파 정부가 출범하자, 그때까지 여러 차례 고종에게 상소를 올려 추진하고자 했던 의회설립운동을 정부와의 협상을 통해 본격화하려고 했다. 관민공동회는 1898년 10월 27일 서울 시민 4,000여 명이 참가하여 개최되었다. 이를 필두로 10월 29일에는 10,000명이 넘는 서울 시민과 황제의 허락을 받은 정부 대신이 함께 참석했다. 독립협회뿐만 아니라 황국중앙총상회, 찬양회(순성회), 협성회, 광무협회, 진신회, 국민협회, 진명회, 보신사 등의 제(諸) 단체가 참석하여 성황을 이루었다고 한다. 여기서 독립협회가 주장해 온 중추원을 입헌군주제 유형의 상원으로 개설하기로 합의하였다. 국정과 관련하여 정부와 민간단체가 직접협상을 시도하여 합의에 도달한 것은 한국 역사상 이례적인 사건이었다. 이 집회는 현재 우리가 실시하고 있는 국가 의례적 요소가 도입된 집회였다. 관과 민이 함께 참석하여 의사결정을 내렸다는 점에서 그 의미를 찾을 수 있다.

있었다. 공권력의 영역으로 간주되던 공공성을, 대중에게 환원하고 전환시켰던 계몽 지식인들의 이 같은 노력은 정보 교환의 차원을 넘어 대중이 주체가 되는 국민국가로의 공론 창출에 핵심적 위치를 점하고 있는 것이다.

잘 알려진 대로『독립신문』(1896),『제국신문』(1898),『황성신문』(1898),『대한매일신보』(1904) 등이 일제의 외압에도 불구하고 당대의 굴절된 사회적 문제를 포함해 정부와 관의 폐해, 개화, 계몽, 교육, 학술, 풍속개량, 재판기사, 범죄, 치안 등에 이르기까지 다면적 시각을 투시하며 담론의 영역을 확충했다.16)

신문은 민족이나 사회 전체가 독자가 되고 더욱이 그러한 독자층의 전제는 작자보다 열등하다는 시선에서, 계몽 기획의 언술 방식은 분명 신문 탄생 이전과는 다른 글쓰기 변화가 아닐 수 없는 것이다. 따라서 담론의 매개로 요약할 수 있는 화두는 국가, 민족, 자강, 독립, 계몽, 국문 등의 개념이 존재 가치로 부상하기에 이른다. 근대의 신문 편집은 이러한 출발에서 오늘날과는 실재적 거리가 존재하고 있다.

이 같은 신문 편집의 변별성은 대중을 향한 전달과 계도의 효과를 높이기 위해 논설의 공간을 통해 다양한 방식의 서사 양식을 끌어오고 있는데, 이는 잡보란에서도 빈번하게 발견되고 논설이라는 하나의 장르 안에서도 다면적 차원의 서사 개입을 볼 수 있다.17)

---

16) 언론, 출판, 집회의 자유는 1907년을 고비로 제한된다. 일본은 1907년 7월 24일 언론, 출판의 자유를 금지하는 신문지법을, 7월 27일 집회, 결사의 자유를 금지하는 보안법을 대한제국 정부로 하여금 강제로 제정, 반포하게 한다. 이 법이 근거가 되어 계몽 운동 단체의 해산이 이루어지고『제국신문』,『황성신문』등이 폐간되기에 이른다.

17) 서은경은 신문 간행의 목적이 논설을 통한 계몽과 자주의 실천이라는 점에서 논설

근대 계몽기 신문의 논설란을 차지하고 있는 정치적 우화나 풍자, 역사·전기물, 몽유 형식, 토론문답체, 그리고 허구와 사실을 엮은 논설과 계몽가사 등 일련의 서사 구현 양식은 신문 탄생과 더불어 대두된 새로운 글쓰기 차원의 양식적 개념이기에 담론의 미의식을 확장하게 하는 구현 양식이 아닐 수 없다.

이것은 역사상 특정 시점에 폭발적으로 증가한 사회, 문화적 조건과 신문 탄생으로 기인한 다양한 담론의 서사 활용이라는 관점에서 태동의 맥을 같이하고 있다. 특별히 19세기 말은 저널리즘이 담론 생성의 가장 중요한 물적 부흥을 제공하면서, 공공의 여론이 조직되고 실현되는 공론 형성의 교량적 기능을 담당하게 된다. 더욱이 인쇄물의 발달이 맞물리면서 신문 논설은 연설과 강연에 못지않은 공적인 글쓰기 창출로 인식의 폭을 넓혀나갔다. 공공 영역의 발생이라는 정치적 변화 속에서 논설은 과감히 시대의 전환과 갱신을 요구하는 방식으로 역학적 소통 공간을 확보하였고, 근대 지식인들은 이 공간을 통해 시대적 위기를 진단하고 모색하는 사회적 이해의 틀18)을 확보할 수 있었다.

은 곧 신문과 등가의 무게를 지닌 것으로 판단한다. 아울러 객관성을 담보해야 하는 사건 전달의 기사나 독자투고 형식을 취한 기서 역시 그 내용 면에서 논설이 표방하던 민족의식 고취, 대중계몽, 풍속교량에 대한 것들로 논설의 변이, 확대로 볼 수 있다고 한다. 서은경, 「『대한매일신보』를 통해 본 개화기 서사의 특질과 의미 연구」, 연세대학교 근대한국학연구소, 『근대계몽기 단형서사문학 연구』, 소명출판, 2005, 166쪽.

18) 김동식, 앞의 논문, 23~26쪽. 한편 정선태는 "개화기 지식인들은 자신의 의견을 개진할 수 있는 공간을 필요로 했고, 이에 부응하여 전면에 등장한 것이 신문과 잡지라는 근대적 제도였다. 동시에 시대적 위기의 원인을 진단하고 대응책을 모색하기도 했다. 근대적인 공론(公論)의 언로(言路)로서 신문이라고 하는 새로운 미디어가 등장한 것은 1883년의 『한성순보』와 1886년에 발간된 『한성주보』가 최초의 결과물이었다."라고 말한 바 있다. 정선태, 『개화기 신문 논설의 서사수용 양상』, 소명출판, 1999, 23쪽.

근대계몽기 언론에 대한 적극적 관심과 이 같은 의미 부여는 새로운 의사소통의 출현과 근대적 공공 담론의 창출이라는 공력에서19) 가히 획기적이라 평가할 수 있다. 아울러 이 시기 언론은 사건 보도의 기능과 함께 민중을 하나로 모으고 언론의 기층을 튼튼히 하기 위한 방편으로 민지계도의 기획을 중요한 자기임무로 설정한 것이라 판단된다. 이를 위한 기초로 지방지를 아우르는 언론의 자유를 표명하였음은 물론 민지개발의 활성을 위해 신문만이 아닌 잡지의 발행이나 출판이 보다 활성화될 필요가 있음을20) 강조하였다.

근대적 국민국가를 형성하고 지향하는 과정에서 전제 조건의 하나로 베네딕트 앤더슨(Benedict Anderson)은 무엇보다 인쇄 자본주의라는 개념을 강조하고 있는데21) 이것은 상업적 인쇄기술의 출현을 바탕으로 하는 정보매체의 확산을 뜻하는 것이다. 정보를 창출하고 제공하는 매체의 힘은 각종 사전이나 다수의 문학 작품을 통하여, 한 국가 내에서 민족주의의 이념을 확립하고 강화하는 기능을 수행한다는 지적이다. 말하자면 이러한 인쇄매체의 출현과 확산의 토대 위에 언론은 근대적 국민국가에 필요한 담론의 자율적 생성을22)

---

19) 이와 관련한 논의의 언급은 정선태, 「개화기 신문 논설의 서사 수용 양상에 관한 연구」, 서울대학교 박사논문, 1999, 9~20쪽; 김동식, 앞의 논문, 17~23쪽.

20) 김민환, 앞의 책, 271~273쪽.

21) Benedict Anderson, 윤형숙 역, 『민족주의의 기원과 전파』, 사회비평사, 1996, 2장 참고.

22) "정부에셔 믄든 법률이 인민의 싱각에 맛당치 아니ᄒᆞ면 즈긔 쇼견을 신문지에 긔록ᄒᆞ든지 다른 인민의게 연설ᄒᆞᄂᆞᆫ 거슨 가커니와 난류가 되야 정부를 히ᄒᆞ든지 정부에셔 보낸 관쟝을 욕ᄒᆞ고 죽이ᄂᆞᆫ 거슨 역젹의 ᄒᆞᄂᆞᆫ 일이니 (…중략…) 인민을 ᄉᆞ랑치 안ᄂᆞᆫ 관인이 잇스면 그거슬 셰계에 리치를 좃차 셜명 ᄒᆞ면 졍부에셔도 슌ᄒᆞ 인민의 말을 더욱 두렵게 넉일 터이니 편ᄒᆞ고 슌ᄒᆞ 길을 ᄇᆞ리고 난을 니ᄅᆞ킨다든지 졍부를 협박ᄒᆞ랴 ᄒᆞᄂᆞᆫ 거슨 일도 아니 되고 즈긔의 몸도 망ᄒᆞ고 나라도 망ᄒᆞᄂᆞᆫ 힝실이라." 이와 같은 언급의 핵심은 '인민(국민)'이 중심이 되어 국가에 이바지 하는

130

도모하고 유포할 수 있었다.

근대계몽기의 배경도 이와 같은 변화의 선상에서 언론매체의 활동을 근저로 그 동안 정치적 영역에서 철저히 소외자로 머물렀던 일반 대중을 능동적 시선으로 끌어내는 중추적 역할을 펼쳐나갔다. 이러한 언론의 환경적 기반은 계몽지식인들과 언론인의 입장에서도 새로운 국가관과 가치관을 대중에게 보급할 수 있는 담론 창출의 환경 변화로 평가 되는 몫이다.[23] 근대 지식인들은 계몽의 현실화를 목적으로 교육계획의 시급한 책무가 서양 고등교육의 학문적 도입보다 동몽교육(童蒙敎育)의 기초적 확대[24]에 있음을 직시하고 이를 주장하기에 이른다.

이것은 오늘날 초등교육에 해당되는 대중교육의 출발과 견줄 수 있는 것인데, 결과적으로 갑오개혁에서 비롯된 조선의 초등교육의 근대화 정책은[25] 소학교의 설립과 확대를 가져오게 했음은 주지의

여론 형성 과정과 인민의 스스럼없는 의견 개진을 설명하고 있다는 것이다. 이렇게 신문이라는 매체는 정부와 인민을 대변하고 연결하는 가교로써 당시 새로운 담론 형성의 장을 제공하고 있었다. 『독립신문』(논설), 1896.4.11.

23) 정선태, 앞의 논문, 13쪽.

24) 일본은 개항 이후 조선에 대한 영향력을 확대하기 위한 목적으로, 낙후된 조선의 후진적 상황 원인을 대중교육의 부재로 보았다. 허나 이러한 사정은 근대 지식인들에 있어서도 마찬가지였다. 그런데 여기서 분별해야 할 것은 일본의 조선교육 부재 현상의 지적은 조선교육 개혁 과정에서 조선에 대한 자신들의 영향력을 확대하기 위해 기회로 이용했다는 것에 있다. 이에 비해 근대 지식인들의 관점은 대중교육의 확대를 통한 애국계몽과 민지 개발이라는 측면에 초점을 두었다는 사실에서 그 차이를 지적할 수 있다. 그러나 조선의 낙후된 원인을 '교육의 부재'에서 찾고 그 대안으로 대중교육의 확대를 지적한 모습은 공통된 접근성을 발견할 수 있다.

25) 교육을 기반으로 한 실력 양성이라는 관점이 힘을 얻게 되면서 정부 주도의 학교 설립만이 아니라 뜻을 같이 하는 지식인들이 이끄는 사립학교의 설립 또한 활발히 전개 되었다. 1908년 통감부 사립학교령에 의해 인가된 사립학교 수가 무려 이천여 곳에 달하고 있으며, 시설 부족 등의 이유로 비인가 된 수까지 합치면 전국적으로 오천여 곳에 이를 정도로 교육 계몽운동이 활발하게 진행 되었다. 교육 내용은 전반

사실이다. 신분과 남녀 차별이 없는 교육 기회의 부여, 전문적 교원이나 학기제 도입, 그리고 초등학교에 취학할 의무가 발생하는 학령(學齡)의 연령 개념이 최초로 도입되기에 이른 것이다.

따라서 이러한 교육기회의 확대는 무엇보다 이전 시기에 비해 문자해독 계층이 꾸준히 증가함으로서 인쇄매체를 통한 대중적 의사소통이 기층 확대의 가능성을 제공했다고 판단된다. 또한 민중을 향한 교육의 확대를 기반으로 새로운 근대 지식과 문물을 스스로 배우고 습득할 수 있게 하는 교육 기회를 제공한 차원에서도 그 의미가 발견된다. 이처럼 교육 계몽운동의 성과로 활성화되기 시작한 학교 교육의 구심점 역시 국권회복과 신장이라는 시급한 현실적 책무 속에서도 그 저변에 민중을 향한 의식의 태동이 맥락을 같이하고 있음은 주지의 사실이다.

① 독닙신문을 오늘 처음으로 출판ᄒᄂ듸 조션 속에 잇ᄂ 닉외국 인민의게 우리 쥬의를 미리 말ᄉᆷᄒ여 아시게 ᄒ노라 (…중략…) 우리가 이 신문 출판 ᄒ기ᄂ 취리ᄒ랴ᄂ게 아닌고로 갑슬 헐허도록 ᄒ엿고 (…중략…) 우리ᄂ 바른 듸로만 신문을 홀터인고로 정부 관원이라도 잘못ᄒᄂ 이 잇스면 우리가 말홀 터이요 탐관오리들을 알면 셰샹에 그 사름의 힝젹을 폐일 터이요 ᄉᄉ빅셩이라도 무법ᄒ 일 ᄒᄂ 사름은 우리가 차저 신문에 셜명홀 터이옴 (…중략…) 이 신문을 인연ᄒ여 닉외남녀 샹하귀쳔이 모도 죠션 일을 서로 알터이옴 (…중략…) 우리 신문을 보면 죠션 인민이 소견과 지혜가 진보흠을 밋노라 (…중

적으로 서양의 신학문과 사상에 관한 것이며, 관립학교에서 비중을 두지 않았던 한국어나 한국사, 한국지리 등도 비중 있게 다루었다고 한다. 노인화, 「애국계몽운동」, 『한국사』 12, 한길사, 1995, 252쪽.

략…) 우리 신문은 빈부 귀쳔을 다름업시 이 신문을 보고 외국 물졍과 닉지 스졍을 알게 ᄒ랴ᄂ 쯧시니 남녀노소 샹하귀쳔 간에 우리 신문을 ᄒ로 걸너 몃 둘간 보면 새 지각과 새 학문이 싱길걸 미리 아노라.26)

② 신문이라 ᄒᄂ 것이 나라에 크게 관계가 되ᄂ 것이 셰 가지 목적이 잇스니 첫지 학문이오 둘지 경계오 셋지 합심이라 (…중략…) 넷것을 곳치고 새것을 좃차 빅셩과 국가를 보죤케 홈을 사름마다 슬혀홀 것은 아니엇마는 엇지ᄒ면 부강의 근원이며 눔의 나라ᄂ 무슴 도리로 문명기화에 나아가ᄂᄂ고 서로 무름매 서로 몰으니 이는 빅셩이 어두온 연고라 그 어두옴을 열어쥬자면 신문에 지ᄂᄂ 것이 업ᄂ지라 (…중략…) 고금을 비교ᄒ며 그 근원을 궁구ᄒ야 신문에 긔지ᄒ여 가지고 국민의 이목을 날노 새룹게 ᄒ니 이것이 일은바 신문이 학문에 관계된다홈이오 (…중략…) 대져 공정ᄒ기ᄂ 신문에 지날 것이 업ᄂ 것은 당초에 신문이 ᄒ두 사름을 위ᄒ여 죵용ᄒ 구셕에셔 감안히 보라ᄂ 것이 아니라 셰샹에 드러닉 놋코 널니 젼ᄒ기로 쥬쟝이니 그 여러 사름들을 다 고르게 위ᄒ잔즉 말이 공평홀 수밧게업ᄂ지라 (…중략…) 틱셔 졔국이 우리를 두려히 넉여 다른 쯧을 두지 못홀지니 합심에셔 더 급흔 일이 어딕잇스리오 그러ᄒᄂ즉 샹하원근이 졍의를 샹통ᄒ며 닉외형셰를 주셰히 탐문ᄒ여다가 국즁에 반포홈과 희로익락을 일국이 굿치 ᄒ게 홈은 신문에 지나ᄂ 것이 업스니 이것이 일은바 신문이 합심에 관계됨이라.27)

---

26) 『독립신문』(논설), 1896.4.7.
27) 『매일신문』(논설), 1898.4.12.

③ 사롬들을 교육ᄒ는 긔계가 셰 가지니 교당과 학교와 신문이라 사롬
이 교를 아니ᄒ면 엇지 삼강오륜과 례의 염치를 알니요 굴네 업는
몰이 비록 명마라도 사롬이 릉히 어거치 못홀 것이요 교 업는 사롬들
이 비록 지릉이 츌즁ᄒ나 가히 쓰지 못홀 것이며 학교가 업스면 사롬
이 엇지 학문을 비화 지식을 넓히리요 단련치 못흔 쇠가 강텰이 되지
못ᄒ며 비양치 못흔 나무가 동냥의 지목이 못 될것이요 신문이 업스
면 엇지 사롬들이 문견을 넓히며 늘마다 텬하 시셰와 셰계 일이 엇더
케 되야 가는지 알 슈 잇스리요 귀 먹고 눈 어둔 사롬이 셩흔 사롬의
게 비ᄒ면 병신이라.28)

지문 ①의 독립신문(1896.4.7) 기사는 독립신문 제일권 제일호의
첫 논설에 해당되는 내용이다. 신문의 역할이나 사명과 관련한 독
립신문의 이러한 미디어적 기획 방향은 오늘날 저널리즘의 지향적
측면과 크게 다르지 않은 것으로 판단되나 한글전용 신문의 필두인
독립신문만의 독보적 행보는 이후 한글전용 신문 형성에 근원적 기
반을 제공했다고 볼 수 있다. 이제 ①의 독립신문 제일권 제일호의
논설을 토대로, 독립신문이 구현하고자 했던 당시 창간 취지를 통
해 그 변별된 행보를 살펴보고자 한다.

첫째, 지문 ①에서 "우리 주의(主義)를 알게 하려" 한다는 표명은
조선에 있는 내외국 사람들을 구독대상으로, 독립신문이 주변의 상
황에 거리끼거나 얽매이지 않고 우리의 의식을 보다 우선하여 반영
하겠다는 주장의 스스럼없는 표출을 말한다. 이러한 강성의 표명
의식에서 생각할 수 있는 것이 바로 신문의 '설득성'이다. 主義는

---

28) 『독립신문』(학문의 득실), 1899.3.1.

다름 아닌 굳게 지키는 일정한 방침이나 主旨를 삼는 신문의 중심 기조나 어떤 주의주장이 아닐 수 없기에 그 실현을 위한 현실적 기제로, 곧 설득성의 조건이 요구되는 이유다. 사실 근대 신문은 논설란이나 잡보를 통해 신문사나 편집진들의 의식과 주장이 전면에 배치되어 있음은 주지의 사실이기에 국가의 위기를 공론화하는 일이나 민중을 향한 계몽 기획은 그 일례가 된다.

둘째, 신문 창간이 영리를 목적으로 하는 것이 아니기에(취리ㅎ랴ᄂ게 아닌고로 갑슬 헐허도록 ㅎ엿고) 보다 저렴한 가격으로 되도록 많은 사람들에게 다가서고자 했던 신문의 '대중성' 고취를 읽어낼 수 있는 대목이다. 오늘날과 같이 광고가 보편화되어 큰 수요를 창출하던 시기가 아님을 생각해 본다면 가격을 저렴하게 하여 대중성에 이바지하겠다는 창간 취지는 신문사의 경영적 측면에서도 가히 파격적이라 할 만큼, 결코 쉬운 결정이 아니었음은 분명한 일이다.

셋째, 정부관원은 물론 탐관오리를 일삼는 부정적 행위와 사사롭게는 일반 백성에 이르기까지 대중을 향한 일이라면 편중되지 않은 미디어적 바른 시각을 겸비하고자 했던 사실이다. 이른바 신문의 균형 있는 '보도성'을 발견할 수 있는 대목이라 하겠다. 이것은 신문이라는 매체가 지향하는 오늘날 정치적, 사회적 감시자로서 일종의 지킴이 역할을 담당하겠다는 신문의 바른 시각과 균형 있는 보도 의식을 표명한 것이다.

넷째, 신문의 '공개성'이다. 그런데 독립신문은 이 공개성에 있어 적어도 두 가지 확실한 의미를 찾아 볼 수 있다. 하나는 공개의 대상이 누구냐 하는 것이고, 다른 하나는 공개의 내용이 무엇이냐는 것이다. 먼저 공개의 대상 설정으로 '내외남녀(內外男女)'와 '상하귀천(上下貴賤)'을 말하고 있음이다. 이같이 대상 설정은 남자와 여자를 막론하고 내국인을 넘어 외국인에 이르기까지 범국민적, 범국제적 미디어의 공개성을 표방함은 주지의 사실이다. 더욱이 신분이나 직업, 부귀와 빈천에 관계없이 상하귀천의 공개 의미를 설정한 것도 초기 신문의 형태로서 독립신문이 서구 유럽 신문29)과는 다른 괄목할 만한 지향이 아닐 수 없다. 이러한 사실은 독립신문이 우리나라 최초의 민간신문으로, 순 한글신문과 영문판을 함께 발간했다는 사실에서 그 의미 실현과 취지를 확인할 수 있는 대목이라 하겠다.

다음은 공개에 관한 범주의 내용으로 '조선의 일', 즉 국내의 현실을 서로 알아야 한다는 이 같은 주장에서 창간 당시부터 독립신문이 우위에 둔 급선무가 바로 조선의 현실을 모두 공론화하겠다는 우선원칙을 발견하게 된다. 독립신문은 국내는 물론 국제적으로 조선의 현실을 알려, 우리 민족의 지향 목표를 공개하고 현실적 위기의식을 공론화의 장으로 이끌겠다는 기획 의도를 창간호부터 분명히 견지하고 있었다. 1896년 독립신문을 창간30)했던 그해 1월에 독

---

29) 실상 19세기 초까지 신문은 기본적으로 부르주아를 주요한 독자층으로 해서 정치적 논의를 초점으로 하는 논단적인 저널리즘이었다. 그 전형은 영국의 '스펙테이터'에서 '타임즈'에 이르는 고상한 신문계보에서 찾을 수 있다. 아울러 17세기를 거쳐 18세기에 이르는 동안에도 신문은 시민의 정치적인 논의의 미디어이기 이전에 상품거래와 병행한 정보 교환의 매체이며 정부의 통제를 받고 정부의 의사를 전달하는 도구이기도 했다. 요시미 순야, 안미라 역, 『미디어 문화론』(2쇄), 커뮤니케이션북스, 2007, 94~95쪽.

30) 신용하는 독립신문의 발전과정을 다음과 같이 구분하고 있다. 제1기는 독립신문의 창간부터(1896.4.7) 1896년 7월 2일까지, 제2기는 1896년7월 4일부터 1898년 5월 11일까지, 제3기는 1898년 5월 12일부터 1898년 12월 30일까지, 제4기는 1899년 1월 1일부터 1899년 12월 4일까지, 총 3년 8개월에 걸쳐 발행된 기간을 설정하고 있다. 아울러 제1기와 제2기는 서재필(徐載弼)이 중심이 되었고 제3기는 윤치호(尹致昊)가 그리고 제4기는 아펜젤러(H. G. Appenzeller)와 엠벌리(H. Emberley)가 주필이 되어 독립신문을 이끌었다고 한다. 또한 독립신문은 후기로 접어들면서 종래까지의 논조를 원칙적으로 지속하였으나 그 내용과 표현방식에 있어서는 모두 온건하게 되었다고 지적한다. 더욱이 국가나 정부의 정책 비판보다는 주로 국민의 교육과

립협회의 서재필(徐載弼)은 미국에서 귀국하게 되는데, 그의 눈에 비친 조선의 현실은 더욱 피폐하여 결코 녹녹할 수 없었다. 외세의 열강에 점철된 불안한 국내 현실과 그로인한 조선의 열악한 모습이 이 같은 독립신문의 지향을 표방하는 창간 동기를 제공하게 했던 것이다.

다섯째, 지식 진보의 계도성이다. 이것은 신문의 기본적 사명이라 할 수 있는 사건 보도의 기능과 더불어 강조된 것인데, 조선인이 신문을 통해 조선의 국내외 현실을 살피고 스스로 의지적 삶의 판단을 수행할 수 있는 자율적 진보의 성장을 말하고 있음이다. 독립신문의 지식 진보의 개혁성은 소견과 지혜를 바탕으로 능동적 사유의 진보를 지향하고 있었다. 따라서 그 근저는 독립신문의 창간 논설에서부터 점차 나아져야 하는 곧, 진보의 계도 대상이 다름 아닌 '조선인민'이라는 보다 분명한 출발점이 드러난 것이다.

여섯째, 교육성의 고취를 찾을 수 있다. '외국물정'과 '니지ᄉ졍'으로 대별되는 독립신문의 활동 범주는 세계 인식과 국내 현실을 지적하고 있는 대목이다. 그리고 노소(老少)의 구분을 막론하고 남녀의 경계를 넘어 격일간(우리 신문을 흐로 걸러 몇 돌간 보면)으로 발행되는 독립신문이 새 지각을 일깨워 새 학문의 위치에 이르기까지 그 기획 의지가 점차 확산되고 있다. 사실 순 한글 신문으로 창간하여 영문판과 함께 발간하고 처음에는 격일간으로 펴냈던 것을 1898년 7월부터 독립신문은 매일(일간지) 발간하기에 이른다. 이렇게 독립신문은 새 지각(사물의 이치나 도리를 분별하는 능력)의 제공이라 할 수 있는 정보 차원의 영역에서부터 나아가 새로운 학문 영역으로의

계몽에 무게를 두었다고 말한다. 신용하, 『독립협회연구: 독립신문·독립협회·만민공동회의 사상과 운동』, 일조각, 1976, 45쪽.

교육적 역할을 목표로 삼았다는 사실은 근대 신문의 교육성을 가늠해 볼 수 있는 언급이라 하겠다.

다음은 지문 ②를 통해 신문의 역할이나 사명을 읽어 낼 수 있는 신문의 세 가지 목적이란 내용의 논설 부분이다. 여기서 먼저 눈에 띄는 언급은 신문과 관련한 두괄식 구성의 전제적 주장에 있다. 신문의 세 가지 목적이라는 것이 그것인데, 지문 ②의 논설 전체를 놓고 볼 때 '신문'이라는 보도 매체를 한 나라에 대응하여 그 관계를 찾아 의미를 구하고자 한 것은 과히 이례적인 모습이 아닐 수 없다. 하지만 무엇보다 당시 신문의 성격을 파악하기 위한 언급이라는 점에서 지문 ①과도 무관하지 않음을 알 수 있어 그 의미를 주목해 본다.

첫째, 신문의 이념 가치(목적) ⇒ 학문(學問)=개명, 계몽의식

둘째, 신문의 이념 가치(목적) ⇒ 경계(警戒)=정치, 사회적 계도

셋째, 신문의 이념 가치(목적) ⇒ 합심(合心)=공론화, 여론 형성

②의 내용처럼 한글전용 신문을 통해 자신들의 생각을 피력했던 근대계몽기 지식인들이 근대적 제도로서 신문의 사명을 밝히고 있는 위의 논설은 무엇보다 신문의 목적 지향을 어디에 두고 있었는가를 명확히 드러내고 있다. 먼저, 문명의 개명이나 부강의 근원을 서로 담론하는 과정에서 대두되는 현실 문제는 백성들의 무지에 있다는 사실을 원인으로 판단한다. 이에 고금(古今)을 비교하여 그 근원을 궁구하고 이목(耳目)을 새롭게 하는 방편으로써, 신문은 이른바 학문(學問)과 관계됨을 언급하고 있는 것이다. 이는 신문의 사명과 역할이 백성 계몽의 목적 지향을 분명히 한 대목임이라 할 수

있다.

다음으로, 신문이란 "셰샹에 드러닉 놋코 널니 젼ᄒ기로 쥬쟝이니 그 여러 사ᄅᆷ들을 다 고르게 위ᄒ잔즉 말이 공평홀 수밧게업ᄂ지라."라는 내용에서 우리는 정보적 차원의 공개성(公開性)과 편벽성 없는 공정성(公正性)을 엿볼 수 있거니와, 이는 신문이 여론 형성을 확산시키는데 적극적으로 기여해야 한다는 그들의 미디어적 경계 의식을 구체화한 것이라 할 수 있다.

아울러 신문의 공개성과 공정성을 토대로 백성과 국가를 온전히 보전케 하기 위한 경계(警戒)를 중심 목표로 설정했다는 것은 사회와 국가적 차원의 여론주도자(Opinion leader of us)의 역할과 책임[31]을 의미하기도 한다. 따라서 신문이 다름 아닌 여론 형성의 주체로서 공정한 여론을 공개화하겠다는 목표 의식은 앞서 언급한 백성 계몽과 함께 여론 형성의 주도적 역할을 신문이 가져야 한다는 점을 강조한 것이라 하겠다.

끝으로, 신문이 중심 목표로 설정한 것은 합심(合心)이다. 한 국가를 구성하는 동력으로 국민의 합심을 끌어내기 위한 요체는 상하원근(上下遠近)의 정의(正義)가 상통해야 할 것이고 내외형세(內外形勢)를 세세히 탐문하여 온 나라 가운데 반포하고 이를 토대로 국민의 합심을 이끌어야 한다는 논리로 요약할 수 있다. 이는 일국이 희로애락(喜怒哀樂)을 함께 할 수 있음을 뜻하는 대동의 합심을 일컫는 말이기에, 태서제국(泰西帝國)이 조선을 두렵게 여겨 저들이 다른 뜻을 도모하지 못하게 하려는 신문의 자주적 단합의 목표 의식을 확

---

31) 이와 관련해 『제국신문』 논설(황셩신문 정지) 1902년 9월 12일에는 "신문이라는 거슨 일국에 등불"이라는 주장도 이어지면서 그 사명과 책임이 한층 고조되기도 한다.

인할 수 있는 표명인 것이다.

지문 ③은 학문의 득실이라는 제목으로 독립신문(1899.3.1) 1면에 실린 글이다. 물론 여타의 논설처럼 따로 논설이란 말을 지칭하지 않았고 대신 제목은 밝혀놓았으며, 논설란을 빌어 발표되었다는 사실로나 전체적인 내용을 살펴봐도 논설임을 확인하는 일은 그리 어렵지 않다. 특별히 여기서는 사람을 교육하는 매체로 세 가지를 제시하고 있는데 이것은 사회 속에서 각각 종교적 영역, 교육적 영역, 매스미디어(Massmedia) 영역 등, 서로 다른 범주에 각기 다른 역할을 담당하고 있음에도 불구하고 동일한 등가의 가치로 위상을 논하고 있다는 사실에서 그 변별성을 평가할 수 있다.

논설의 전제적 핵심은 '교당(敎堂)＝학교(學校)＝신문(新聞)'의 등가 성립이 그것이다. 첫째, 교당은 우리가 알고 있듯이 종교 단체의 신자들이 모여 예배를 드리거나 포교를 하는 곳으로 오늘날 교회나 성당을 의미한다. 하지만 이 논설의 전개 과정을 살펴보게 되면 종교적 역할로서 예배나 포교보다는 윤리, 도덕적 교육기관으로 인륜의 도리를 강조하고 있음이 드러난다.

사실 교당의 '敎'는 주지하다시피 '종교'라는 의미 외에 학문이나 가르침의 '敎'를 나타내기도 한다. 이렇게 볼 때 교당의 '敎'는 이 논설에서 종교적 의미보다는 가르침의 '敎'를 더욱 부각시켰음을 확인할 수 있다. 그 내용에서도 교당은 '三綱五倫'과 '禮', 그리고 청렴하고 깨끗하여 부끄러움을 아는 마음의 '廉恥'라는 덕목까지 포함하는 곧 인륜의 도리를 교육하는 영역으로의 역할을 명백히 하고 있는 것이다.

심지어 논의 전개 과정에서 비록 명마(名馬)라 할지라도 또한 재능이 출중하다 할지라도 '敎' 없는 사람들은 마땅히 쓰임 받지 못한다는 논리를 교당을 통해 강조한 점은 교당이 교육적 영역의 학교와 등가 가치로 이해할 수 있는 근저를 제공한다. 이와 같은 교당의 종교적 영역으로서만이 아닌 인륜 도리의 교육적 기관으로의 의미 부여는 한편으로 생각해 보면 그리 낯선 것만은 아니다.

이것은 교당의 핵심 교리에서 발견할 수 있는 인간의 윤리나 도덕적 인륜 규약과 초기 교당의 사명이나 역할이 서로 맞닿아 있기 때문이다. 부모와 자식과의 관계, 성도의 개인적 윤리와 도덕적 관계, 그리고 이웃끼리의 인간관계와 질서 등, 교당에서 추구하는 인륜 도리의 교육적 내용과 일맥 상응하는 규약이 그것이다. 따라서 초기 교당은 종교적 영역과 함께 사람들을 교육하는 기능으로의 역할과 사명 의식이 결코 작은 부분이 아니었음을 확인 할 수 있다.

다음은 '학교'와 관련한 교육적 언급인데 학교는 무엇보다 학문을 배워 지식을 넓히는 교육의 요람으로서 정규 교육기관의 의미 영역을 벗어나지 않고 있다. 말하자면 단련치 못한 쇠는 강철이 될 수 없음과 같이, 배양(培養)치 못한 나무가 동량지재(棟梁之材)의 재목이 못됨과 같다는 비유적 설명이 이를 가늠케 한다. 이와 같은 비유적 언급은 학교 교육이 지식 배양을 바탕으로 하는 학문 추구의 과정과 인재 배출의 요체로서, 교육 역할의 근본적 의미 구현을 강조한 것으로 이해된다.

아울러 사람을 교육하는 세 가지 매체 가운데 매스미디어 영역인 신문과 관련된 언급이다. 실상 신문과 교당을 이렇게 학교라는 공식적이고 정규적인 교육기관과 등가의 가치 영역으로 의미를 부여해 피력한 것은 신문의 교육적 열망의 능동적 표출이 아닐 수 없다. 물론 이례적이라 할 수 있으나 그 내용은 단호한 논조를 취하고 있음이 드러난다. 전제(敎堂＝學校＝新聞)의 공통된 논리의 출발은 교당도 꾸준히 일정하게 '敎'를 취해야 하듯 학교의 '敎'도 쉬지 않고 궁구해야 함은 더욱 말할 것도 없는 일이 된다는 근거다.

마찬가지로 신문도 매일매일 이를테면 '날마다'의 의미 부여를 통해 "천하시세(天下時勢)의 세계 사정과 견문을 넓히고 익히지 못한다면"의 내용을 언급하면서 신문을 날마다 구독하지 않으면 결국 귀먹고 눈 어두워 '병신'이 된다는 논리로 단언하고 있음이다. 따라서 '신문=학교'라는 등가 인식은 문명을 배울 수 있다는 인식의 차원을 넘어 문명을 몸소 체험하는 공간으로서 날마다 쉬지 않고 취해야 하는 지적 영역으로, 신문의 새로운 사명을 부각시키는 함의를 피력하고 있는 것이다.

이 내용은 주지하듯 독립신문이 1898년 7월 1일(제3권 76호)부터 일간지로 전환 발행한지 8개월 정도 된 시기의 논설임을 감안해 볼 때, 무엇보다 일간지로서의 위상과 신문 편집진들의 사회 교화적 의지를 엿 볼 수 있는[32] 대목이기도 하다. 그렇다면 이제 당시 독립신문이 일간지로의 변모 양상은 어떠했는지 관련 체제의 변화 모습을 살펴보겠다.

독립신문은 발행기간 중 신문의 얼굴이라 할 수 있는 한글판 제호(題號)의 변천이 네 번의 걸쳐 일어난다. 그 첫 번째는 창간 당시 1896년 4월 7일이고 두 번째는 1896년 5월 2일 제12호부터이며, 세 번째는 1898년 7월 1일 일간지로 전환 발간하는 시기가 된다. 그리고 네 번째 시기는 1899년 9월 1일에 다시 한 번 제호의 모형 체제

---

[32] 일례로 1898년 7월 1일 1면 첫 난(欄)에 논설보다 앞서, 본사광고를 통해 독립신문을 확장하여 일간(日刊)으로 반포한다는 자부심의 언급과 함께 특별히 독립신문의 내용 중 '각국전보'와 '외국통신'이 날마다 신기하고 새로워 군자가 보기에 매우 긴요하니 신문을 구독해 달라는 당부의 말을 싣는다. 이후 이런 내용은 몇 차례에 걸쳐 계속되기도 한다. 『독립신문』(본사광고, 1898.7.1) 제3권 76호.

가 변경되기에 이른다.

여기서 간과 할 수 없는 것은 세 번째 제호 변경인데, 이때가 다름 아닌 독립신문이 이틀에 한 번씩 발행하던 과정에서 신문을 확장해 일요일을 제외하고 매일 발행하게 되는 일간지로의 전환 시기이기에 때맞춰 제호를 변경하게 된 것이다. 이 시기 제호를 설명하자면 기존의 체제는 제호 아래 일단을 두어 '조선 서울'이란 명칭으로 건양(建陽) 원년을 표기하던 모습이었다.

하지만 1898년 7월 1일 일간지로 발간하는 세 번째 제호 변경 시기부터는 독립신문이라는 제호를 중심에 놓고 좌우에 각각 별도의 줄을 두어 기획을 달리했음이 발견된다. 우측은 '大韓(제국의 의미를 부각)'이라는 말과 좌측은 '皇城(황제가 있는 서울을 부각)'이라는 말을 함께 추가 하여, 나라의 위엄과 신문의 위상을 높이기 위한 방편으로 그 틀의 제호 체제를 새롭게 했음을 알 수 있다. 또한 기존에는 제호 아래 일단을 두어 건양 원년을 표하던 방식에서 한 단을 추가 확장해 제호를 이단으로 편성하는 기획이 이루어져 독립신문의 '帝國'과 '皇帝'에 걸맞은 의미를 도모했다.

제호의 일단은 건양 원년과 '농상공부인가'의 내용을 비롯해 권, 호를 밝혔고 이단에는 대한 제국 고종(高宗)의 연호인 광무(光武) 원년을 표기하고 신문의 값을 표기하는 등, 규격화된 인쇄매체로의 면모를 갖추어 나갔다. 더욱이 세 번째 시기에 주목되는 것은 유일하게 신문의 제호 곧 '독립신문'이라는 명칭 위에 사각형 모양의 칸을 별도로 두어 일간이라는 의미에 '매일출판'이라는 명칭을 강조해 '독립신문'이라는 제호보다 상단에 배치함으로써 누구나 볼 수 있게 정형화했다는 것이다.

독립신문 내의 본지 구성에 있어서도 제1면 상단 논설보다 앞서 본사 광고란을 제일 먼저 편성해 일간지로서의 출간 반포를 연이어 자축하는 글을 제시한 것도 이례적인 일이 아닐 수 없다. 그리고 이 시기부터 신문의 내용면에서도 상단에 다시 말해 논설을 제시했던 지면보다 위쪽에, 새롭게 각국 명담(명언)을 제시한 점도 세 번째 제호 변경시기에 처음으로 시도된 것이다. 위와 같은 일련의 사실에 견주어 본다면 제호 체제의 새로운 기획을 통해 당시 독립신문 편집진들의 일간지 확장 발행에 대한 자부심과 그 위상을 능히 가늠할 수 있으리라 본다.

2. '논'과 '설'의 조명

신문 논설의 서사화를 논의함에 있어 '논설'의 의미는 적어도 두 가지 차원에서 그 의미 규정을 분명히 개념화할 필요가 있다고 본다. 하나는 근대 신문과 함께 생겨난 '논설'이란 명칭은 전대에 존재했던 전통적 문학 양식이나 글쓰기 장르 용어가 아니기 때문이며, 또 다른 하나는 서사의 결합적 의도와 특성을 파악하는 차원에서도 그 의미 개념은 불가분하다고 판단된다. 먼저 '논설(論說)'에서 '논(論)'과 '설(說)'을 분리해 각각의 본질과 함의를 조명해야 할 것이다.

'논'의 개념은 "시비(正否)를 정확히 판단하는 데 있고 현상을 구명(究明)하고 무형(無形)한 것을 추구(追求)하는 데 있으며, 단단한 것을 뚫어서 통로(通路)를 구하는 데 있으며, 깊은(深) 못에 낚시를 드리워 궁극(窮極)"[33]을 끌어내는 것이라 한다. 요약하자면, 논의 서술

---

33) 문한별은 '이념적 설득을 목적으로 하는 說 양식'이라는 내용을 통해 소설의 양식적 차원에서 '說'과 '論'의 수용을 구하고 있다. 莊子의 '莊子, 雜篇, 外物篇'과 劉勰의

지향은 시비를 정확하게 판단하고 현상을 구명하고 대상의 이치를 뚫어 서로 통하게 하고 사물의 본질을 깊이 궁구하는 유개념의 의미적 속성을 읽어 낼 수 있는 것이다.

그러면 또 하나의 인용문을 제시해 보겠다. 論의 형식을 상세히 검토해 보자면, 거기에는 많은 종류의 계통이 분화되어 있음을 알 수 있다. 즉 "정치적 논은 '議', '說'과 부절을 같이 하고 경서의 해석은 '傳', '注'와 성질이 부착되고 역사 비평은 '贊', '評'과 병립하고 설명의 문장은 '序', '引'과 동류"[34]이다. 여기서 논의 범주 개념을 포획해 볼 때, 그 속성은 "議, 說, 傳, 注, 贊, 評, 序, 引" 등의 갈래를 동위 개념으로 추출할 수 있는 것이다. 아울러 양현승[35]의 논의에서 산문 양식의 분류를 참고해 보면 논변류(論辯類)에서 논설의 의미 개념을 설정하고 있는데, 그 범주는 "論, 辯, 說, 議, 解, 難, 釋, 原, 喩, 對問" 등을 특징으로 하는 의미 구획을 설정하고 있음이 발견된다.

요컨대 이와 같은 인용문을 토대로 살펴 얻을 수 있는 '논(論)'의 개념적 속성은 '자신의 주장을 궁구하여 논리적으로 타당하게 그 이치를 밝히는 의미'를 지니고 있으며 '논(論)'은 더욱이 '설(說)'을 포함하는 상위 갈래의 범주에 위치하고 있음을 알 수 있다. 따라서 논설(論說)에는 마땅히 설(說)이 포함될 수 있음을 전제하고 있는 것이다. 그렇다면 여기서 필요한 것은 설(說)의 의미 개념을 또한 논의

'文心雕龍'의 언급을 기초로 근대 소설의 양식 규명이 시도된 바 있다. 문한별, 「한국 근대 소설 양식의 형성 과정 연구: 전통 문학 양식의 수용과 대립을 중심으로」, 고려대학교 박사논문, 2007, 30~33쪽.

34) 유협, 최신호 역주, 『文心雕龍』, 현암사, 1975, 76~77쪽.

35) 양현승, 『한국 '설' 문학 연구』, 박이정, 2001, 49쪽.

해야 함에 있다. 그래야만 논(論)과 설(說)의 개념이 좀 더 분명해지기 때문이다.

"說은 論과 큰 차이가 없다. 다만 說은 자신의 의사를 좀 더 자세하고 여유 있게 표현하기 때문에 유연한 느낌이 들게 마련이다. 評議를 하여도 直言的 표현이 아니라 寓意的 표현"[36]을 한다는 언급이다. 한문학의 문(文)을 참고해 보면 전통적 분류법에 따라 기사류(紀事類)와 입언류(立言類)로 양분할 수 있다. 이때 '설(說)'은 입언류(立言類)의 문장에 포함되는 것이다. 한문 산문의 한 갈래인 '說'은 상위 갈래인 의논체(議論體)에 속하면서 다른 동위의 갈래(論, 辯, 議, 解, 難, 釋, 原, 喩, 對問)와 함께 제자서(諸子書)에 유래하고 우언(寓言)을 위주로 하는 체(體)와 직서(直敍)의 체(體)로 구분된다. 우언의 체인 설의 경우는 어느 양식보다 쓰임과 표현이 다양하고 변용이 활발하게 이루어져 단형의 서사물로서 문학성이 높은 작품들이 많은 것[37]을 볼 수 있다.

"事實의 기록이 중요한 것이 아니라 자기가 드러내고자 하는 뜻을 효과적으로 전달하는 것이 중요할 뿐이다. 그런데 이 전달 방법으로 택한 것이 바로 우의적·설득적 방법이며, 이런 방법을 사용하는 문장 갈래가 바로 說"[38]인 것이다. 이처럼 '설(說)'과 관련해 두 개의 인용문을 토대로 설의 개념적 속성을 제시해 보면, 첫째는 자신의 의사를 자세하고 여유 있게 하는 유연한 느낌으로 설은 곧 우의적 표현에 있다는 사실을 발견할 수 있다. 둘째는 입언류(立言類)로서 자신의 주장을 효과적으로 전달하는 방식의 글의 속성을 지적

---

36) 이종찬, 『한문학개론』, 이우출판, 1981, 233쪽.
37) 민병수, 『한국 한문학개론』, 태학사, 1997.
38) 이강엽, 『토의 문학의 전통과 우리 소설』, 태학사, 1997, 37쪽.

하고 있음이다. 이것이 다름 아닌 '설(說)'의 개념이고 의미적 속성인 것이다.

여기서 잠시 '논(論)'과 '설(說)'의 논의 개념을 정리하는 과정에서 새롭게 대두된 용어가 있는데, 바로 '우의적 표현'이라는 언급이다. 우의적 표현과 관련해서 장효현의 다음과 같은 논의를 참고해 보겠다. 장효현은 '조선후기 우화소설의 현실 반영'[39]을 논의하는 과정에서 우화소설(寓話小說)과 우언(寓言)의 관계를 설명하고 있다. 그 내용을 살펴보면 '우의적 표현'의 성격이 좀 더 명확해 진다.

"우화소설은 조선후기 18~19세기에 집중적으로 문학사에 나타났으며 주로 동물에 가탁하여 인간의 세계를 빗대어 그리거나 우화(寓話)의 수법을 사용한 일군의 소설 작품으로 정의 한다. 아울러 이러한 우화소설(寓話小說)은 오랜 연원을 지닌 서사 장르의 하나인 우언(寓言)의 전통과 잇닿아 있다. 특히 우언은 직설적인 담화를 피하면서 다른 사람이나 사물의 일을 가탁(假託)하여 자신의 사상이나 의도를 전하는 수사 방식의 문학이다. 이것이 곧 자신의 사상이나 의도를 전하려는 사회적·도덕적·문화적 욕구와 어우러져 다양한

---

39) 장효현, 「조선후기 우화소설의 현실 반영」, 『고전문학 한문학연구회』, 고려대학교, 1990년에 발표한 것으로 장효현, 『한국 고전소설사 연구』(고려대학교출판부, 2002, 475~478쪽)에 재수록된 것이다. 한편, 김진영은 "〈토끼전·수궁가〉의 인물형상"을 논의하는 과정에서 초기 우언(寓言)이 구비서사문학인 민담(民譚)을 수용하면서 나타난 〈구토지설(龜兎之說)〉을 언급한 바 있다. 여기서 〈토끼전〉은 〈구토지설〉이라는 짧은 설화에서 출발한 조선 후기의 이행기라는 상황을 거쳐 판소리 혹은 소설로 확장되었다고 말한다. 더욱이 확장 과정에서 우화라는 것 자체가 가진 다의성과 역사를 바라보는 다양한 관점들이 시대적 상황을 반영하게 했다는 것이다. 또한 양반문학과 서민문학의 혼용으로 다양한 향유 계층의 이해가 맞물리면서 수많은 이본이 파생되었다는 견해다. 이처럼 우언은 민담과 소설은 물론 판소리에도 폭넓게 활용된 서사 구현의 한 형식임은 주지의 사실이다. 김진영, 「〈토끼전·수궁가〉의 인물형상」, 『판소리 연구』17집, 판소리학회, 2004, 65~66쪽. 이후 이 논문은 김진영, 『한국 서사문학 논고』, 이회, 2004에 재수록.

우언의 문학을 낳게 되었다."는 언급에서 우화(寓話)의 요소와 우언(寓言) 요소, 그리고 가탁(假託)이 곧 '우의(寓意)'의 핵심적 요체임을 알 수 있게 된다. 이와 같은 일련의 논(論)과 설(說), 우의(寓意)를 논의하는 과정에서 논설의 서사화 투영은 보다 분명한 색깔을 드러내고 있다.

장자(莊子)의 관점에서도 '설(說)'의 속성을 접근할 수 있는데 "飾小說以于縣令, 其於大達遠矣".40) 이 같은 문맥을 통해서 설이란 곧 '꾸미는 이야기'라는 의미적 함의도 설의 연장선에서 발견하게 된다. 설의 꾸밈성은 궁극적으로 표현의 측면에서 자유로움의 부여를 의미한다. 여기에 '도의성'이 담보되기만 한다면 사실 '표현성-꾸밈성'이 어느 정도 자유롭게 허용되기에, 기술적 측면으로의 '꾸밈성'이 바로 '허구성'으로 연결되는 것은 아닐지라도 다른 양식으로의 전이 가능성을 보여주는 측면41)이라 볼 수 있다.

그러므로 '논(論)'은 '설(說)'을 포함하는 유개념의 범주에 있기에 논설(論說)에서는 설이 활용되거나 설의 전통적 기반이 다양하게 구현될 수 있다는 논리를 지닌다. 이에 논(論)은 '화(話)', '전(傳)'과도 맞닿아 있으며, '우의(寓意)'적 변형과 도입이 또한 가능한 것이다. 어쩌면 당연할 수도 있겠으나 여기서 고려해야 할 것은 논설(論說)

---

40) 莊子, 『莊子(雜篇)』 外物篇은 동양 문헌에서 소설이란 어휘가 처음으로 등장하는 문장을 발견할 수 있다. 해석해 보면 "작은 이론을 꾸며내어 명성을 구해보았자, 크게 성공하는 것과는 거리가 멀다."라는 뜻이다. 이 문장에서의 '小說'은 현재의 장르적 명칭으로서의 '소설(小說)'과는 거리가 있다. 따라서 여기서는 '그다지 훌륭하지 않은, 곧 하찮은 자잘한 이론 또는 이야기' 정도의 의미가 적절하다. 물론 본 논의는 '소설 용어'의 근원을 찾고자 하는 목적이 아니므로, 그것에 관한 자세한 논의는 문한별, 앞의 논문, 22~30쪽을 참고한다.

41) 이와 관련한 내용은 문한별, 위의 논문, 34~38쪽 설(說)의 문학적 측면의 논의를 참고하기 바란다.

에서 '설(說)'을 사용하느냐, 그렇지 않느냐'는 철저히 글 쓰는 이의 판단에 매여 있다는 사실이다.

이 말은 논(論)에서 설(說)의 분량이나 강도, 위치, 그리고 설(이야기) 속, 글쓴이의 개입까지도 자유롭게 논의를 전개하는 과정에서 그 정도와 수위를 조절한다는 의미가 된다. 즉, 논설에서 설의 다양한 범주를 활용할 수 있다는 뜻을 갖는다. 이렇게 볼 때 논설의 핵심은 '논(論)'에 있음이 분명해 진다. 앞서 논의 개념을 토대로 논의 범주를 제시했지만 논설에서 '논(論)'을 통해서만도 충분이 홀로 논의 제시와 구현이 가능하기 때문이다.

허나, 꼭 그렇다고 '논'만이 논설을 온전하게 한다고 단정해 버릴 수도 없다. '설'이 포함된 논은 그만큼 논설의 질량이 달라지는 까닭에 설을 포함해야 비로소 논의의 생명력도 빛을 발할 수 있는 것이다. 이러한 과정에서 논과 설은 사실 불가분의 관계에 놓여 있다. 따라서 핵심 사항을 정리하면 다음과 같다. 논설은 이야기 전달 방식의 하나로서 "論＋說"의 근본이다. 여기서 논은 "논＝논의＋변론이다.(辯論-사리를 밝히거나 옳고 그름을 진술하는 적극적 행위)"의 의미 구조를 조명할 수 있었다. 아울러 설은 우의(寓意)적 표현으로 우화(寓話), 우언(寓言), 가탁(假託) 등을 아우른 "설＝이야기＋우의(서사화 투영)"의 면모를 담아내고 있다. 요약해 보면 설 양식이 지니고 있는 설의 문학적 성격은 자신의 주장을 드러내는 말과 글이며, 도의적인 목적성을 전제로 하며, 논리적 설득과 정서적 설득을 아우르는 표현의 자유로운 기획과 창출이 가능한 글쓰기 양식이라 말할 수 있다.

3. 논설의 서사 인식

아래에 제시한 지문은 근대 계몽지식인들의 논설에 대한 전략적 글쓰기 차원에서, 논설의 서사 활용과 관련해 이해를 돕기 위한 자료적 가치를 지니는 것이다. 글쓰기에 있어 ①의 지문을 통해 서술 이론을 적용해 보자. 서사 행위는 일종의 가치 충동에 의해 사회 현실에 대한 인식의 욕구에서 출발한다. 이러한 글쓰기의 욕구가 적극성을 드러내 허구성 내지 문학성을 이끈다. 일종의 문학적 맵시가 가해지는 것인데 이것이 리얼리티를 생산하게 된다는 것이다. 그 리얼리티가 글 속에서 일관성과 체계성, 완결성을 더하게 한다는 사실을 알 수 있다.

① 모든 서사(Narrative) 행위는 세계에 대한 인식의 욕구만이 아니라 권위와 정당성을 지닌 특정한 사회 현실의 개념을 생각할 수 있게 하는 일종의 가치적(또는 정치적이거나 이데올로기적) 충동을 드러내기 위한 것이다. 어떤 사건이나 사실을 가치화하기 위해 가미되는 허구성이나 문학성, 그리고 그것이 생산하는 리얼리티는 우리가 오직 상상할 수 있을 뿐 경험하지 못하는 일관성과 전체성, 완결성을 생산하게 된다.[42]

② Widdowson(1979)은 표층의 어휘, 문법, 명제의 전개에서 인식 가능한 텍스트에 있어서의 형식상의 구속성(textual cohesion)과 발화 행위의 기저에서 작용하는 담화에 있어서의 의미상의 결속성(discourse

---

42) 루이 밍크(Louis Mink), 윤효녕 역, 「모든 사람은 자신의 연보 기록자」, 『현대 서술 이론의 흐름』, 솔, 1997, '서술 이론의 적용' 11에서 부분 발췌.

cohesion)을 구별한다. 언어 형식과 명제 사이에 표층상의 결속과 기능상의 결속은 중요하지만, 어떤 특정의 텍스트 혹은 담화에서는 분명히 양자가 함께 작용하고 있다. 기본적인 문제는 언어의 인식 가능한 통일체 혹은 언어 흐름의 연속체를—그것이 구조적인 것이든, 의미적인 것이든, 기능적인 것이든 간에—설명하는 일이다. 이론적인 색채가 짙으나, 또 하나의 구별이 Van Dijk(1977)에 의해서 제안된 바 있다. 그에 의하면, 텍스트는 담화 속에서 구체화되는 추상적 이론의 구조물이다. 바꿔 말하면, 텍스트의 담화에 대한 관계는 문장의 발화에 대한 관계와 같다. Halliday(1978)는 이와 같은 구별을 지적하여 텍스트라는 용어를 사용하고 있으나, Van Dijk와는 반대로 텍스트를 표층의 구체화를 가리키는 용어로 사용하면서, 언어는 텍스트에서 구체화된다고 말한다.43)

③ 논설(論說)논설(論說)하니 논설(論說)이 무엇신고 성쇠(盛衰)를 논설(論說)함이오 사정(邪正)을 논설(論說)함이오 현우(賢愚)를 논설(論說)함이니 차외(此外)에 천기만서(千歧萬緖)라도 기대지(其大旨)는 권선징악(勸善懲惡)하는딕 불과(不過)호딕 직진기사(直陳其事)도 하고 위곡풍유(委曲諷諭)도 하고 견경생정(見景生情)도 하야 그 세도풍화(世道風化)를 비익(裨益)하도록 함이라.44)

④ 근일에 우리가 흔두푼 리해 상관 업시 놈 듯기 실은 말을 만히 ㅎ야

---

43) 미카엘 스터브즈(Michael Stubbs), 송영주 역, 『담화 분석』, 한국문화사, 1993, 26~28쪽; Widdowson, H. G., *Explorations in Applied Linguistics*, London: Oxford University Press, 1979; Van Dijk, T. A., *Text and Context*, London: Longman, 1977; Halliday, M. A. K., *Language as Social Semiotic*, London: Edward Arnold, 1978, p. 40.
44) 『황성신문』(논설), 1899.2.24.

감안히 안져 내 압들만 차리는 졍치가 졈잔은 량반들의게 졍신을 차
리고 시셰를 알아 달니 변통ᄒ라고도 ᄒ며 혹 졔 몸을 위ᄒ야 좀 잘
못ᄒᄂ 사름들다려 글은 일 ᄒ지 말나고도 ᄒ야 날마다 이거스로 큰
셩ᄉ를 삼으니 무엇시던지 ᄒ 가지를 가지고 여러 번 말ᄒ면 듯ᄂ
이들에게 너무 지리ᄒ야 ᄒ샹 의례건으로 ᄒᄂ 말ᄀᆾ치 되기도 쉽겟
고 ᄯ 그 졈잔은 량반은 당쵸에 신문을 잘 보지도 안치마는 혹 이런
말을 견편에 엇어 듯드릭도 이 말을 발명ᄒ야 딕답ᄒ고 섭혼 ᄆᆞ음이
오작 만흐리오 오늘은 우리가 별노히 그 량반들을 딕신ᄒ야 말을 좀
흘터이니 신문 보시ᄂ 이들은 이 말이 일시 잠이롭게 ᄒ자ᄂ 이야기
로 알고 보시오.45)

더욱이 지문 ①은 글쓰기 행위에서 서술을 기반으로 배어나는 정
치적이거나 이데올로기적 가치 구현도 생산할 수 있다는 것이다.
이렇게 서술 이론으로서 서사 행위는 글쓰기 행위에 결과물이라 할
수 있는 텍스트의 외적인 측면과 내적인 의미까지 고려하지 않으면
전반적 이해를 얻을 수 없다는 결론에 도달한다. 이것은 지문 ②를
통해서도 그 근저의 접근이 가능하다. 텍스트를 담화 속에서 구체
화되는 하나의 추상적 이론의 구조물로 보는 견해와 이와는 반대
개념으로 텍스트 안에서 언어가 구체화된다는 주장이 있다.

두 주장의 근거를 본다면 텍스트를 기반으로 담론의 의미를 구하
거나 담론의 의미 구현을 통해 하나의 텍스트를 찾거나 그 둘의 상
관성과 결속력을 부정하는 사람은 없을 것이다. 이에 어떤 탐구 대
상의 텍스트 혹은 담화에서 특정의 목적을 얻기 위한 접근은 그 둘

---

45) 『매일신문』(논설), 1898.5.14.

을 통해 배어나는 형식상의 구속력과 의미상의 결속력을 함께 고려한 시각이 요구된다. 그렇다면 이러한 사실에서 근대 계몽지식인들의 새로운 글쓰기 창출인 논설 혹은 논설란의 담론과 서사화의 활용은 어떤 지향적 의미를 견지하고 있었을까 하는 의문이 생긴다. 이제 지문 ③, ④를 기반으로 접근해 보겠다.

③의 지문은 계몽지식인들의 논설에 대한 확고한 인식과 글쓰기 태도를 확인할 수 있는 대목이다. 크게 두 가지 차원의 의미 표출을 읽어 볼 수 있다. 하나는 주제 의식적 표명이고 다른 하나는 서술 방식 내지 표현 의식과 관련된 것이라 말할 수 있다. 여기서 주제 의식이란 의미 개념은 이른바 논설이 담아내고 지향해야 하는 일종의 필요조건과도 같은 것이다. "盛衰, 邪正, 賢愚"가 그것인데, 성쇠(盛衰)는 곧 성함과 쇠퇴다. 신문 논설은 그야말로 급 변화하는 시대 실상과 흐름을 발 빠르게 집어내어 그 성함과 쇠함을 논의하고 담아내야 한다는 시의성의 현실 반영을 말하는 대목이다. 근대라는 외부 상황은 시의성의 판단이 그 어느 때보다 절실했던 시기다.

그러한 과정에서 사정(邪正)의 몫은 논설에서 핵심 주제에 해당하는 요소라 본다. 즉 논설은 논변의 논의를 통해 그릇됨과 올바름을 판단해 주는 변론자의 역할이 무엇보다 필요한 영역이었다. 그것이 가치판단의 측면에서 대중을 통해 정당성을 획득하느냐, 그렇지 못하느냐의 결과는 철저히 논설을 기술하는 작자의 논리적 설득에 차원이지만, 이러한 사정 판단을 수반하는 위치에 논설이 있었다는 것은 부정할 수 없는 몫이다. 그리고 주제 의식적 차원에서 또 하나 지적한 것이 현우(賢愚)다.

논설의 의식이 단순히 정치나 국가의 제도적 차원에만 머무르지 말고 세상 구석구석에, 달리 말하면 사회, 문화, 인간 생활의 전반적 측면에서 어진 사람과 어리석은 일을 밝혀 사리를 조명하는 것이 필요하다는 원칙이다. 이는 곧 논설의 섬세한 시각 태도를 말하는 것이라 하겠다. 그런데 지문 ③에서 논설의 이런 주제 의식의 표명과 관련해 크게 눈길을 끄는 대목이 있다. "차외(此外)에 천기만서(千歧萬緒)라도 기대지(其大旨)는 권선징악(勸善懲惡)하는되"의 언급인데, 지문에서 보는 바와 같이 이 말은 논설의 주제 의식과 관련해 뒤에 덧붙인 말이다.

이 문장이 관심을 끄는 이유는 논설의 주제 지향이 마치 문학적 차원에서 얻을 수 있는 하나의 주제 의식처럼 형상화되어 있다는 데 연유한다. 이는 논설이 천기만서를 논의하는 현실에 있으나 그 참맛은 바로 권선징악(勸善懲惡)이라는 말이 된다. 물론 사람의 인생과 도리, 이치가 모두 그러해야 한다는 보편적 인식의 차원으로 해석해 버릴 수도 있다. 하지만 이 지문이 '논설'이라는 글쓰기의 주제와 표현을 기술하려는 논설의 실재적 의도를 무시할 수만도 없다. 주지하다시피 이 논설은 논설이라는 글쓰기 장르를 통해 논설의 주제 지향과 표현 기술을 명확히 밝히고자 황성신문을 통해 발표된 내용이기 때문이다.

하지만 그렇다고 해서 논설의 주제 지향을 곧 전대의 고소설에서 발견할 수 있는 천편일률적 권선징악의 주제 의식과 동일 선상에 놓자는 말은 결코 아닐 것이다. 만약 동일 선상에서 등가의 지향을 생각해 보자. 논설이라는 글쓰기 자체가 지닌 합리적 이성을 바탕으로 하는 객관적 판단과 공정성이 균형을 잃고 무너질 수밖에 없다. 응당 내용은 선과 악이라는 이원적 대립의 흑백논리로 치우치게 되고 어느 한쪽에 무게를 두게 될 것이다. 이런 이원적 흑백논리의 시각이 문제가 되는 이유는 반드시 하나만 선택하고 다른 하나는 버려야 하는 선택 논리에 있다.

근대라는 전환기 복잡다기한 현상들이 미묘하게 얽혀있음에도 불구하고 사회 공간 속에 다양하게 거론되는 현상들에 과연 이런 절대적 선과 옳음이 존재할까. 그러면 다른 관점에서 오늘날에는 설령 그런 것들이 존재할까. 필자의 생각은 그렇지 않다고 본다. 어떤 논제나 대상에 대해 고착된 시각을 처음부터 견지하고 논설을 쓴다면 분명 하나는 선택적 논리에 의해 완전한 선이 되고 다른 하나는 논할 가치도 없는 일이 되고 만다. 즉 가치가 없기에 알아 볼 것도 논의할 것도 없는 부정이 되는 것이다. 이런 현상이나 사물이 만약 존재한다 해도 이것은 논설의 재료는 되지 못한다. 또한 처음부터 이러한 불균형의 출발이 논설이라면 그 논설은 시작부터가 균형을 잃게 되고 논설 거리도 아닌 게 되는 것이다.

누가 봐도 누가 읽어도 논리적으로 객관적으로 보편, 타당성의 견지에서 전개해야 논설의 핵심인 설득력이 예리해 지는 것이다. 이러한 과정을 통해야 진정으로 수긍하는 또는 수긍할 수 있는 혜안이 나오고 취사선택이 가능하리라 본다. 그리고 이후 수정과 보완을 토대로 고쳐 쓸 것은 고쳐 쓰고, 다시 고쳐나가는 방향 모색이 가능하다. 그러므로 지문 ③을 통해 어떤 현상이나 사물에 대해 최선의 혜안을 찾고자 하는 논설의 정당한 논의 지향적 권선(勸善)을 읽어 내야 한다. 물론 이러한 목적 추구는 서술 방식과도 일치하는 몫을 발견할 수 있다. 분명한 것은 논설이라는 하나의 글쓰기 지향이 하나의 창작적 글쓰기로서 또는 문학적 영역으로서 새로운 자리매김을 모색하고 있다는 사실에 있다. 이제 논설의 서술 방식 내지 표현 의식과 관련해 언급해 보겠다.

지문에 드러나는 서술 방식은 세 가지로 요약된다. 첫째는 직접

적 설명 방식의 하나로 일을 거침없이 드러내는 직진기사(直陳其事)
와 둘째는 세상의 사정과 곡절을 슬며시 우회하고 나무라는 뜻을
붙여 타이르는 위곡풍유(委曲諷諭)가 있다. 셋째는 마음(정서와 감정)
을 우러나게 하는 사실적 묘사의 견경생정(見景生情)이 그것이다. 정
리해 보자면 직진기사의 직언과 위곡풍유의 우회적 풍자와 그리고
견경생정의 사실적 묘사인데, 이것은 문학적 글쓰기의 측면으로 다
양한 서술 방식의 활용은 물론 서사 개입의 측면과도 맞닿아 있다.
그런데 사실 이러한 의도 표명은 황성신문에 국한된 인식만은 아니
었다.

　지문 ④의 내용과 같이 이미 이보다 일 년 전쯤, 매일신문에 의해
서도 근대 논설의 동어 반복적 계도의 한정된 주제 의식이 문제로
붉어지고 있었다. 한정 또는 제한될 수 있는 계몽의 계도성 약화를
직시한 탓일까. ④에서는 이와 관련해 적어도 두 가지 관점을 생각
해야 한다. 하나는 자칫 자신들의 주장이 의례적 표명으로 받아들
여 질 수 있다는 위기 의식적 차원의 주제에 관한 다양한 표현적
입장이고, 다른 하나는 신문을 잘 보려하지 않는 보수적 양반들을
위해 균형적 논변의 관점46)에서 인식의 발로를 찾을 수 있다. 즉
전자는 흥미를 끌기 위한 일종의 수사학적 문학적 표현으로, 후자
는 다른 독자층도 신문의 위치로서 염두에 둔 대중적 관점의 포섭
이 되는 것47)이다.

---

46) 또 그 졈잔은 량반은 당쵸에 신문을 잘 보지도 안치마는 혹 이런 말을 젼편에
　엇어 듯드릿도 이 말을 발명ᄒᆞ야 디답ᄒᆞ고 쉽혼 ᄆᆞ음이 오작 만흐리오 오늘은 우리
　가 별노히 그 량반들을 디신ᄒᆞ야 말을 좀 흘터이니.
47) 정선태는 이는 개화기의 지식인들이 같은 내용을 어떻게 말하느냐는 방식을 둘러
　싸고 많은 고민을 한 결과라 보고 있다. 서사-문학적 성격의 논설을 검토할 때 커뮤
　니케이션의 여러 행위에 관한 이론인 화행론(話行論)을 문제 삼지 않을 수 없는 것

하지만 궁극적 측면에서 검토해 보면 전자나 후자는 모두 논설이 지향하는 설득을 위해 분명히 그 가운데 독자를 주목하고 있었다는 사실을 추출할 수 있다. 아울러 이러한 매일신문과 황성신문의 자극을 받은 흔적이 1896년에 이들 신문보다 2년 조금 넘어 먼저 발행된 독립신문을 통해서도 확인할 수 있다. 독립신문 소재 서사 활용의 논설 33편 중 1896년에 2편과 1897년에 1편을 감안해 볼 때, 1898년에는 10편, 1899년에는 무려 20편이 발표된다. 특히 1898년과 1899년은 이들 총 30편 가운데, 논설 내용에서 서사와 관련된 논설 제목을 밝혀 발표한 이른바 서사 지향적 논설들이 총 18편[48]에 다란다. 이처럼 매일신문이나 황성신문의 문학적 글쓰기와 관련한 다양의 표현과 서사화 지향은 다른 국문신문의 논설에도 변화를 불러왔다.

서사를 말하고자 할 때 서사의 충족 요건은 서술자와 스토리의 존재다. 극히 단순한 스토리라 할지라도 서술자가 존재하지 않고서는 서사는 존립할 수 없으며 서사 속 다양한 성격의 화자도 궁극의 목적은 스토리를 전달하는 것이다. 서사는 서사 대상의 기호가 서사 행위의 기호보다 더 우월한 경우가 그렇지 않은 경우보다 서사

도 바로 이 때문이라 한다. 그리고 이러한 논설란에서 수용한 서사적 성격의 글들을 그 기술 방법에 따라 크게 문답식, 토론식, 일화식 구성의 논설로 대별하여 그 수용 양상을 논의하였다. 정선태, 앞의 논문 참고.

48) 『독립신문』과 관련한 서사 자료 1898년과 1899년에 발표된 30편 가운데 서사의 내용을 중심으로 논설의 제목을 붙여 발표한 작품은 다음과 같다. 장수와 난쟁이, 1898.7.20; 시소문답, 1898.10.28~29; 병뎡의리, 1898.11.23; 엇던 친구의 편지, 1898.11.24; 상목지 문답, 1898.12.2; 공동회에 디흔 문답, 1898.12.28; 청국형편 문답, 1899.1.11; 힝셰문답, 1899.1.23; 외국 사롬과 문답, 1899.1.31; 신구 문답, 1899.3.10; 지미잇는 문답, 1899.4.15~17; 경향문답, 1899.5.10; 외양 죠혼 은궤, 1899.6.9; 개고리도 잇쇼, 1899.6.12; 주미잇는 문답, 1899.6.20; 량인 문답, 1899.7.6; 일장츈몽, 1899.7.7; 모긔쟝군의 소격, 1899.8.11.

성이 더 높다. 여기서 서사 대상의 기호는 사건을 말하고 서사 행위의 기호는 사건들의 표현과 표현의 맥락을 말한다. 아울러 서사 대상만을 내용으로 하고 비교적 많은 시간 연속을 제시하는 경우나 어떤 종류의 갈등을 그리고 있는 서사물이 그렇지 않은 서사물보다 서사성이 우세[49]하다.

근대 신문을 근저로 형성된 논설의 문학적 장르는 현저히 구어체에 가까워진 문체적 특성과 표현의 현장성을 넘어 현실 인식의 과격성[50]을 지적할 수 있다. 전대의 구소설이나 서사물의 인물들은 비교적 상투적이거나 전기적(傳奇的) 과장성이 있어서 현실감을 주지 못하는, 독자 자신의 현실적 무능과 괴리에 대한 대리효과를 드러내고 있었다. 이에 비해 논설을 통해 구현된 서사 속 인물들은 독자와 심리적 거리가 좁아서 현실적으로 자신의 행동을 돌아보게 하여 반성케 하거나 특정한 의식에 기반 하는 행동의 유발을 이끌고 있었다.

서술자의 기본적인 역할은 사건을 재조직하는 일이다. 구소설이나 서사물에서 구현된 인물은 독자와의 동일시에 한계를 보이고 있었고 목적성이나 계도성이 강한 논설 장르의 특수성으로 인해 독자를 향한 교훈적 의도 자체가 현실적 사건에 대한 특정한 의견의 성격을 띠고 있었다. 따라서 인물의 현실화가 가중되었던 것이다.

① 흔 우희를 본즉 대한에셔도 졔 권리를 놈의게 쎅앗기지 안는 사름들

---

49) 제랄드 프랭스, 최상규 역, 『서사학: 서사물의 형식과 기능』, 문학과지성사, 1988, 218~222쪽.

50) 이재선 외, 『개화기 문학론』, 형설출판사, 1980, 제3장 신소설의 범죄와 폭력의 차원 참고.

이 잇는 줄을 분명히 알겟더라 남대문 밧 네거리에서 ᄋᆞ히 둘이 싸호
는디 나이만코 힘도만하 눔 보기에 업는 심슐이 잇는 듯ᄒᆞ고 ᄒᆞᆫ ᄋᆞ히
는 나이 어리고 힘도 약ᄒᆞ여 눔 보기에 눔과 말ᄒᆞ기를 슬혀ᄒᆞ는 모양
인디 그 젹은 ᄋᆞ히가 무슴 실과를 사가지고 가는디 그 큰 ᄋᆞ히가 그
젹은 ᄋᆞ히다려.51)

② 이젼에 ᄒᆞᆫ 노인이 도량이 너그럽고 지식이 광활ᄒᆞᆫ 즁 지산도 유여ᄒᆞ
고 ᄌᆞ녀손이 션션ᄒᆞ되 나희 칠십이 되도록 부지런ᄒᆞ야 줌시라도 ᄒᆞᆫ
가히노지 아니ᄒᆞ는지라 일일은 동니에 사는 ᄒᆞᆫ 소년이 그 노인을 차
자간즉 그 노인이 업는지라 그 집안 사름다려 무른즉 디답ᄒᆞ되 동산
에셔 무슴 나무를 심운다 ᄒᆞ거늘 그 소년이 동산으로 차자간즉 과연
그 노인이 씀을 흘니며 슈족에 흑을 뭇치고 짜흘 파고 조고마헌 나무
를 모종늬야 심우는디.52)

③ 어늬 고을 원 ᄒᆞ나히 일젼에 갈녀 올나와 ᄒᆞᆫ 친구를 디ᄒᆞ여 정다히
슈작ᄒᆞ는 말이 니가 갓든 고을은 원 노릇 홀 슈 업데 소위 기화라고
ᄒᆞᆫ 후로 원 늬려간 스람들이 빅셩들을 교만ᄒᆞ게만 만드럿데 그려 ᄌᆞ
리로 그 고을 민심이 순박ᄒᆞ여 원 노릇 ᄒᆞ기러 됴타고 ᄒᆞ더니 그동안
에 엇더키 그리 변ᄒᆞ엿던가 젼에는 원의 말이라면 무셔워ᄒᆞ던 빅셩
들이 지금은 관장의 말을 우습게 넉여 령갑을 세울 슈가 잇셔야 원노
릇슬 히먹지 (…즁략…) 월봉만 가지고 거긔셔 지낼 슈 잇든가 그럭
키에 자네드러 말일셰 만은 싱갓다 못허여 촌민들게 호포와 결젼

51) 『협성회보』(논설), 1898.4.2.
52) 『매일신문』(논설), 1898.7.21.

밧는데 좀더 물니려 드럿드니 이 무지흔 것들이 들고 이러나셔 법률 밧겟 일이니 아니 물겟다고 야단을 치데 그려 그릭셔 흘 수 업기에 쏘박쏘박 월봉만 먹고 잇다 갈녀 올나온즉 스원흐에 그러면 원으로 가셔 별노히 잼이 업셧갯네그려.53)

④ 예 그럿쇼 우리가 죠션 말 비오기 믹오 어렵쇼 흔가지 말이 여러 말이 오 나라 일홈도 한 죠션 대한 고려 이러케 여러 말이오 그뿐 아니지 오 쇼즁화小中華 예의지방이라고도 흐지오 (…즁략…) 귀국에셔 외 국 사름 위흐기를 본국 사름보다 더흐오 어제 밤에 남대문으로 들어 오는딕 나도 들어왓쇼 일본 인력거군도 들어왓쇼 졍동 다니던 외국 사름 다 관계치 안쇼 대한 사름은 표지 업스면 병뎡이 막쇼 기 외에 여러 규칙 잇쇼 됴약 잇쇼 대한 사름믄 괴롭쇼 외국 사름의 죠흔 일 흐오 이것이 무슴 예의오.54)

⑤ 년젼에는 감을다가 금년에는 쟝마지니 일흔일셔 슌환일싀 이젼구습 좀바리고 텬하대셰 슌히흐야 빅암향명 흐여보셰 슈화즁에 싸진격즈 바라나니 정부관인 정부대신 쏨씌기를 밤낮으로 축원이오.55)

위의 제시된 ①~⑤는 작자에 의해 인물이 형상화된 것이다. 모든 경우 인물을 드러내는 방식은 현실적 인식을 토대로 설정된 인물이 당시에 실존하거나 실존할 것으로 보이는 인물이어서 이들이 서사 텍스트 속에서 보이는 행위는 현실적으로 독자에게 작용할 가능성

53) 『매일신문』(잡보), 1898.6.13.
54) 『독립신문』(외국 사름과 문답), 1899.1.31.
55) 『제국신문』(논설), 1903.5.19.

이 높아 리얼리즘이 강조된다. 따라서 작자는 이러한 텍스트를 읽거나 접하게 되는 독자와의 간극을 좁혀 현실화56)에 이바지 할 뿐아니라 목적성과 계도성을 높일 수 있었다.

조선조의 붕괴 이후 근대 전환적 가치 의식의 혼재는 인물들을 통해 드러나는 배경적 사건도 당시 현실적 상황과 관련되어 있다. 완고의 보수적 인물들은 그들의 의지를 고수하고 개명의 근대 지식인은 신지식의 유용함과 진취성을 주창하는 구도의 갈등을 보이기도 한다. 그리고 무력하나마 유력한 자의 강권과 압제에 대항하여 무력이나 지혜의 단결로 맞서는 등, 당시에 현실적으로 나타나거나 요구되는 행동을 서사화하여 드러내기도 한다. 이와는 달리 사건이 깨달음이나 화해의 구조를 보이는 것들은 미개명한 인물이 개명한 인물의 의식을 받아들여 각성의 의지를 드러내거나 계도되는 모습을 보이기도 한다. 또한 논설의 서사 구조가 비유로 제시된 소재를 통해 우회적 깨달음을 얻는 전개를 취하고 있는데 이것은 서사 전개 이전이나 이후에 작자의 목소리로 개입이 이루어져 서사 속에서 끌어낼 수 있는 작자의 교훈이 제시되는 것이다.

---

56) 이 같은 인물 형상의 과정에서 작자의 의도를 잘 드러내려는 취지가 지나치게 작용하여 일부는 인물 형상이 과장된 성격을 드러내기도 하고 때로는 구소설에서 인물을 과장하는데 쓰던 방법을 끌어오는 경우도 있었다. 특히 이들의 경우는 서로 의식을 달리 하는 상대적이고 대립적인 인물이 설정되어야 더욱 효과적이었을 것이므로, 이러한 대조적 인물 형상의 대응은 현저할 수밖에 없었던 것으로 판단된다. 이 경우의 텍스트는 조선그리스도인회보 됴와문답(1897.5.26), 매일신문 논설(1898. 7.29, 1898.4.20), 제국신문 논설(1899.3.15, 1900.3.2), 독립신문 신구문답(1899.3.10), 경향문답(1899.5.10), 셔울 북촌 사는 엇던 친구 ᄒ나이(1899.11.27) 등이 현저하다. 인물의 구현 양상은 당시 현실을 강하게 드러내려는 의도로 인해 사건 내용에 적절한 전형성을 드러내는 경우가 대부분이었다. 곧 개화, 개명-고루, 완고/신지식-무식/서울-시골/수탈-피수탈/유력-무력 등으로 대응되는 대립각의 구축을 발견할 수 있다.

여기서 생각해 볼 것은 작자가 개입하여 일정한 의도를 직접 제시하는 경우에는 서사의 내용이 비교적 사실적인 내용을 갖출 부담이 적지만, 그렇지 않고 작자의 개입이 없거나 비교적 극도의 자제가 이루어진 개입일 경우 내용 자체가 설득력을 갖출 필요가 더욱 요구된다. 결과적으로 이러한 과정은 다양하고 창조적인 내용과 형식을 요구하게 되고 논설의 서사 텍스트는 문학적 도입과 변용이 가해진다. 더욱이 글의 도입이나 끝맺음이 없는 경우 작자의 주의 주장이 무리 없이 전달돼야 하기에, 사건의 전개나 진술 방식도 흥미를 강화할 수 있도록 배치된다.57) 따라서 이 시기 논설 텍스트의 서사 구현은 의인화나 몽유를 차용한 전환 서사 방식과 대화체의 고안, 과장된 서사의 압축 제시 등 다양한 시도를 가능하게 했다. 물론 당시의 현실이 그러했지만 세계열강의 각축 속에서 조선조 이후 근대로 나아가야 할 국가적 민족적 차원의 방향 모색과 진단,

---

57) 논설의 서사 텍스트를 볼 때 작중 화자는 대개 지은이의 주장과 같은 사고를 지니고 있어서 그 의식을 대변하게 된다. 하지만 때로는 작자의 의도를 부정하는 화자를 앞세워 반어적 수사를 통해 주장을 전개함으로써 작자의 주의주장이 강조되도록 하는 전개 방식을 보이기도 한다. 독립신문의 '힝셰문답(1899.1.23)'은 서울 사람과 시골 사람을 내세워 대화하는 형태로 그들의 이름 역시 '셔울 힝셰군'과 '시골 구사(求仕)'로 명명하여 냉소적 반어적 태도를 드러내는 문답 구조를 취하고 있다. 내용을 요약하면 시골에서 올라온 구사(求仕)하는 사람이 행세하고 싶은 욕구를 드러낸다. 이에 서울 힝셰군은 그 방법을 일러준다. 고변을 하든지, 망명죄인을 잡던지, 상소를 하든지, 공동회수죄를 하든지 하라고 한다. 여기서 고변의 내용은 시세와 세력을 보아 누가 대통령 누가 부통령 하고 꾸미면 되는 것이고, 망명죄인을 잡는다고 하고 벼슬한 뒤 못 잡아도 그만이다. 상소는 세력을 보아 유세한 이는 충신이고 미움 받는 사람은 역적이라 하면 되고, 공동회는 수그러졌으니 몇 가지 생각하여 죄를 꾸며대면 되는 것이라 말한다. 사실 읽어오는 과정에서 어렵지 않게 알게 되듯, 이 글의 작자는 터무니없고 시세와 세력에 따라 말을 꾸며 벼슬하기 좋아하는 당시의 관변(官邊) 인사의 형태를 냉소적으로 풍자하고 비난한 것이다. 그러나 문면에 작자는 그런 의도를 전혀 드러내지 않고 대화의 전후에 작자의 개입도 없어서 반어적 기법의 표현 효과를 더욱 극명하게 했다.

그리고 미래에 대한 불안한 전망은 어쩌면 첨예한 대립을 동반할 수밖에 없었던 조선의 현실적 특수성과 역사적 아픔이 있다.

③~⑤는 ①과 ②에 비해 전반적으로 서사 전개가 구어화의 효과로 인해 서사의 구성력이 부드럽게 구현된다. ③은 반어적 냉소적 기법을 근저로 고을 원의 고착화된 그간의 횡포를 고발하는 내용이고, ④는 한자어의 혼재와 조선어의 다의성으로 인한 언어 교육의 어려움과 문제의식이 우회적으로 대두되고 있으며, 또한 자국민으로서 외국 사람과 일본 일력거꾼 보다도 못한 힘거운 대접을 받고 살아가는 대한 사람의 실상이 함께 드러난다. 아울러 ⑤는 자신들의 직무에는 관심이 없고 안일한 생활에 젖어버린 정부 대신들의 나태와 고루한 의식 풍자가 율문의 성격으로 그려진다.

당시는 아직 온전한 언문일치의 정도를 이루었다고 말할 수 없으나 현실적으로 실현되는 언어를 서사 문학적 구현의 구도로 사용하려는 시도는 이루어지고 있었다. 물론 이것은 표현의 측면에서 국문으로 된 것이기도 했지만 국한문혼용의 경우에도 대화의 생동감을 살리려는 서사 구현의 모습은 언어의 구어화와 맥락을 같이 하는 것이기에 구어체의 조명이 가능한 것이다. 더욱이 텍스트의 제재적 내용의 형상화가 당시 현실 문제를 직접 다루는 형태가 다수였기에 문체 역시 표기 수단과 함께 당시에 실현되고 있던 구어를 중심으로 변화해 가고 있었다.

특히 구어화는 대화체의 표현 수법을 사용한 서사물에서 두드러진다. 대화체의 구성은 그 본질상 장면의 생동감과 현장감이 제시돼야 하기에 대화하는 양 방향의 실제 발언에 가깝게 표현되고 이것은 문체의 구어화가 진행되기에 용이 했다. 물론 게재된 간행물의 성격에 영향을 고려하지 않을 수 없지만, 다수의 대중(국민)을 대상으로 전달의 효과를 높이는 표현 의도와 더불어 표기 수단의 중심이 국문으로 이동한 현실에서 구태여 한문 어투의 문어를 사용하는 것이 효과적이라고 판단되지 않은 때문이라 본다. 이미 근대의 신문 간행은 자신들이 사용하고자 하는 문자 내지 문체에 대한 편집 의식을 표명58)하고 있으며, 이 점은 근대계몽기 문자 또는 문체 의식의 가감 없는 드러냄으로 보아도 무방할 것으로 여겨진다.

"무릉도원발견됨"이라는 부제를 달고 있는 ⑤는 제국신문 논설란에 실려 있다. 근대계몽기는 아직 운율적인 문체 의식이 온전히 극복되어 있지 않아서 일정한 구절이나 자수가 반복되는 율문의 잔존이 발견된다. 하지만 전반적인 경향은 율문과 산문의 구별이 이루어져 있고 문장의 길이도 단형화의 단계로 구현되고 있었다. 율문의 잔영은 대체로 풍자성을 지닌 글이어서 주관성이 강화되거나 과장적인 표현이 우세했고 따라서 우회적 표현과 냉소적 어조의 비판적 기술이 가능했다. 또한 일면으로 이러한 구현은 당시의 현실적 상황을 율문 형식으로 정확히 나타내는 것이 어려워졌음을 보여주기도 한다.

위의 지문 ⑤는 3.4조, 4.4조의 4음보의 기본 율격을 기초로 나태한 정부 대신들의 풍자와 고발을 수행하고 있는데 일반적인 시가의 경우와 이 지문이 다른 것은 무엇보다 이 글이 가진 서사적 내용일 것이다. 즉, 시가가 지닌 풍자와 야유, 희화화의 기능을 활용하면서 이야기를 전개하는 것이 이 글의 특징으로 결국 운문 어조의 풍자

---

58) "모도 언문으로 쓰기는 상하귀천으로 모도 보게 홈이요"(독립신문, 1896.4.7), "特히 箕聖의 遺傳하신 文字와 先王의 創造하신 文字를 竝行"(독립신문, 1898.9.5) 등과 또한 국문만 쓰면 보기를 싫어하는 곧 한문이나 읽으며 헛되이 세월만("한문이나 낡고 공산에셔 셰월을 보내리니") 보내는 보수적 한문 지식층을 포섭하려는 의미(대한매일신보, 1908.8.30)가 확인되고 부각된다.

적 기능을 살려 현실 문제에 대한 작자의 의지를 드러내고 폭로하는59) 기능을 실현하고 있다. 매일신문논설(1898.7.29)60)과 제국신문 논설(1899.3.15)61)은 이러한 연장선에서 맥락을 같이 하는데 제국신문 논설은 리듬을 갖춘 4.4조 4음보의 흥겨운 발화 방식을 통해 마치 흥보가의 놀부 심술풀이62)를 떠올리게 한다.

---

59) 당시 정부 대신들을 상기 시키는 인물(대신)들은 자신의 직무는 태만하고 안일한 생활로 일관하기에 어부들의 충고를 듣지 않고 개명의 잠을 깨지 못한 채 그들만의 무릉도원에 있다. 이에 결국은 "어부, 구경꾼, 아이, 잡놈, 초동, 이놈 저놈"들로 형상화되는 특별할 것 없는 보통의 인물들을 통해 무릉도원을 휘저어 못쓰게 만든다.

60) "신진학이라 ᄒᆞᄂᆞᆫ 사ᄅᆞᆷ은 본ᄅᆡ 미쳔ᄒᆞᆫ 사ᄅᆞᆷ인ᄃᆡ 텬품이 총민ᄒᆞ고 긔우가 헌앙ᄒᆞ며 ᄆᆡᄉᆞ에 부지런ᄒᆞ고 학문상에 대단히 유지ᄒᆞ야 높ᄒᆞᆫ 션싱이 잇다 ᄒᆞ면 불원쳔리ᄒᆞ고 차자가셔 뭇고 비호며 됴ᄒᆞᆫ 셔칙을 보면 중가를 앗기지 아니ᄒᆞ고 주고사셔 닑으며 ᄯᅩ 손지됴가 잇셔 무슴 물건이던지 ᄆᆞᆫ들면 다 졍교ᄒᆞ고 력이 과인ᄒᆞ야 두 팔에 쳔근지력이 잇고 가산이 유여ᄒᆞ야 량젼 슈만 경이 잇ᄂᆞᆫ지라 고딕광실에 금의와 육식으로 셰월을 보내ᄂᆞᆫᄃᆡ 그 친구 ᄒᆞ나이 잇스니 셩명은 구완식이라 본ᄅᆡ 명문거족인ᄃᆡ 츳츳 침쳬ᄒᆞ야 이 사ᄅᆞᆷ에 니르러ᄂᆞᆫ 일 초시도 못 엇어ᄒᆞ고 가셰가 빈ᄒᆞᆫᄒᆞ야 노복이 다 다라나고 말이 못 되엿ᄂᆞᆫᄃᆡ 그 사ᄅᆞᆷ되음이 의젓ᄒᆞ고 졈잔ᄒᆞ며 례법을 슝상ᄒᆞ고 고집이 대단ᄒᆞ야 이쳐로 곤궁ᄒᆞ야도 조곰도 변통샹이 업ᄂᆞᆫ지라 신진학으로 더브러 피츠에 졍미ᄂᆞᆫ 조곰도 맛지 아니ᄒᆞ나 ㅇ희 쌔브터 죽마고우라." 『매일신문』(논설), 1898.7.29.

61) "반가군 상인촌이라 ᄒᆞᄂᆞᆫ 싸에 ᄒᆞᆫ 빅발 로인이 잇스니 셩은 고요 일홈은 집이요 ᄌᆞᄂᆞᆫ 불통이라 위인이 견문이 고루ᄒᆞ고 지식이 별노 업셔 칠십 당년이 되도록 글닑을 ᄆᆞ음과 롱ᄉᆞ질 싱각과 장ᄉᆞᄒᆞᆯ 욕심은 늠보다 만ᄒᆞ나 힝ᄉᆞ가 ᄌᆞ긔 몸 밧긔 업고 소견이 ᄌᆞ긔 집에 지나지 못ᄒᆞ고 츌립이 ᄌᆞ긔 동리 ᄲᅮᆫ이라 그런고로 혹시 밤에 좀 업슬 재 홀노 안져 셰샹 만ᄉᆞ 마련ᄒᆞ되 집의 셔칙 셔러지면 다시 ᄉᆞ긔 어려오니 리션싱네 통감 엇어 어린 손ᄌᆞ 가ᄅᆞ칠 제 니웃 ㅇ희 다 오거던 건셩으로 닐너 주고 츌렴식나 만히 밧아 지필묵에 봇히 쓰고 문젼옥답 분깃ᄒᆞᆫ 후 일년 계량 부쥭ᄒᆞ니 김총각네 논을 졔여 맛아들이 더 붓칠 졔 동리 사ᄅᆞᆷ 일 오거던 당일 품갑 주지 말고 삼ᄉᆞ 삭을 식리ᄒᆞ여 롱긔연쟝 갈녀 놋코 만물 방에 됴ᄒᆞᆫ 물건 헐갑스로 도고ᄒᆞ야 쟝부ᄌᆞ와 동ᄉᆞᄒᆞᆯ 졔 친구들이 ᄉᆞ러와도 ᄒᆞᆫ 푼 외샹 놋치 안코 삼동갑식 부가 밧아 금은보픠 ᄯᅩ ᄉᆞ랴고 이리 뎌리 샹량ᄒᆞ며 방 안에셔 활긔치고 늠의 싱각 못ᄒᆞ다가." 『제국신문』(논설), 1899.3.15.

62) "본명방에 벌목을 하고, 잠사각에 집짓기며, 오귀방에 이사를 권하고, 삼재든 데 혼인하며, 동내 주산 팔아 먹고, 남의 선산에 묘지쓰기, 길 가는 과객 양반 재울 듯이 붙들어다 해가 지면 내쫓고, 일년 품팔이 외상 사경(私耕)에 농사지어 추수하

이러한 표현의 구현은 작자가 당시 보수적 의식을 견지한 수구적 사람들에 대해 가졌던 전적인 부정적 사고에 기인한 것이기에 두 인물의 대조적 인물 형상은 극대화될 수밖에 없었다. 따라서 부정적 인물로 묘사된 인물의 과장과 희화화는 대립각을 선명하게 할 뿐 아니라 독자(대중)로 하여금 개명 의지의 현실성을 더욱 부여하고 국가와 민족의 변화를 이끌고자 했던 작자의 의지를 간접적으로 투영한다.

아울러 이와 같이 과장되고 희화화된 인물들을 통해 독자들이 현실의 특정한 인물을 치환하여 인식할 수 있도록 제공함으로써 그들의 공과와 유무용의 가치 인식을 알게 하려는 의도를 실현하기도 했다. 결국 근대계몽기 신문이라는 논설 텍스트를 근거로 구현된 인물들은 미디어 속 '논설'이라는 새로운 글쓰기 장르를 전제로 하기에 무엇보다 리얼리즘의 실현이 주목되는 이유다. 그리고 전 시기에 비해 현저한 현실적 사건과 사고방식을 대변하여 작자의 주의 주장을 담아내는데 또한 기여했다. 더욱이 표현의 과격성과 더불어 현실화 과정이 구체화된 표현을 구현하는 방식으로 전이 되면서 대화체라는 양식을 통해 문체의 구어화가 실현되고 있었다는 점도 간과할 수 없는 몫이라 본다.

면 옷을 벗겨 내쫓고, 초상난 데서 노래하고, 역신든 데서 개를 잡고, 남의 노적에 불지르고, 가뭄 농사 물꼬 빼기, 불 붙는 데 부채질하기, 야장할 제 웨장하기, 혼인발에 바람 넣고, 시앗 싸움에 덩달아 싸우기, 길 가운데 허방 놓고, 외상 술값에 억지쓰기, 전동다리에 딴죽치고, 소경 의복에 똥 칠하기, 배 앓는 사람에게 살구 주고, 잠든 사람 뜸질하기, 내달리는 사람에게 발 내치고, 곱사등이 잦혀 놓기, 열리는 호박 넝쿨을 끊고, 패는 곡식은 모가지 뽑기."(김태준 역주, 『한국고전문학전집』 14, 고려대학교 민족문화연구소, 1995, 97~99쪽)

제5장

근대문학의 서사 양식 분화와 소통

1. 정론성과 서사성의 공존

식민치하에서 식민지인들은 특유한 심리 상태가 생기고 그것이 구조화된다고 한다. 먼저 교육 받은 사람들 사이에서 생기는데 그것은 이후 서서히 대중들에게도 전파되어 식민지 전체에 걸쳐 하나의 심리적 분위기를 형성하기에 이른다. 그 심리 상태의 가장 본질적인 요소는 자기 소외에서 온다. 곧 자기가 자신의 주인이 아니라는 의식이다. 그것은 식민지에서 자신의 의사를 뜻대로 관철시킬 수 없다는 기본적인 무력감과 좌절감에서 비롯되며, 스스로의 자기 부정[1]을 가져온다. 결과적으로 식민지인들은 자신의 인간적 존엄

---

1) 식민주의는 나 아닌 다른 사람에 대한 체계적인 부정이고 다른 사람에 대한 모든 인간적 속성을 거부하려는 확고한 결의다. 따라서 식민주의의 참혹한(wretched) 체

을 지킬 수 없게 되고 타인의 인격도 존중해 줄 수 없는 상태에 이르러 인격을 가진 인간으로서 존재할 수 없게 만든다.

이러한 현실적 상황에서는 심리 상태를 거부하고 스스로의 주인이 되고자 함은 바로 죽음이나 형벌을 의미한다. 식민지인들의 심리 상태에서 또 하나의 중요한 요소는 깊은 열등감에 있다. 식민지인들은 식민통치자들로부터 잇따른 박해와 멸시로 인해 시나브로 깊은 열등감을 갖게 되는데 장기화되면 결국 심리적으로 내면화되는 과정을 밟고 식민통치자들에 의한 문화적 공격이 가시화된다. 이에 따라 식민지 전통의 제 요소와 문화를 부정하게 되는데 그것은 낡은 것, 미개한 것, 문화적 저급함으로 몰아친다.

물론 이러한 판단 근거는 식민통치자의 힘의 논리가 적용된 것일 뿐이나 점진적으로 사회와 국가의 역사적 현실 상황이 자국 문화에 대한 거부감 내지 자부심을 잃게 만든다.[2] 심지어 자가 비하로 이어지는 결과를 낳게 된다. 근대 계몽담론은 이러한 식민지의 참상과 피폐를 무엇보다 직시하고 있었던 것으로 판단된다. 아래 논설은 근대의 정치적 차원에 있어 예리한 비평 문장으로 평가[3]할 만큼

제에서는 사람들은 항상 스스로 "정말 나는 누구인가." 하고 자문하게 되는 정체성의 혼란과 자기 소외(self-alienation), 자기 부정(self-denial)으로 이어진다. F. Fanon, *The Wretched of the Earth*, New York, 1967, p. 203.

2) 강철구, 『역사와 이데올로기』, 용의숲, 2004, 419~420쪽. 또한 제국주의와 식민주의 문화와 관련한 지배 논리의 내용은 에드워드 사이드, 김성곤·정정호 역, 『문화와 제국주의』, 창, 1995, 56쪽을 참조.

3) 김홍규는 현대 비평의 첫 단계로 애국계몽기, 혹은 개화기라 불리는 계몽적 이념의 시대를 명명하고 있다. 이 시기에 출현한 신소설, 역사·전기류의 작자들과 진보적 유학 지식인들은 당대의 상황적 요구에 부응하는 문학의 효용을 역설하였다. 朴殷植, 『瑞士建國誌』 서문 「論國運關文學」, 申采浩의 「天喜堂詩話」, 李海朝의 『花의 血』 서문, 安國善의 『共進會』 후기, 그리고 『大韓每日申報』의 논설(1908.11.18) 등 이 무렵의 대표적 비평 문장들 문학의 도덕적, 사회적, 정치적 효용성을 主旨로 삼는 점에서 일치한다. 이들에 의하면 문학(특히 소설)은 비근하고도 구체적인 경험에

진보적 현실 가치의 이념과 국가의 위기 상황을 질의응답 형식으로 정론적 담론의 강론을 이끌고 있다.

　일일은 긔쟈ㅣ 안셕을 의지ᄒ여 한가히 안즛더니 엇던 긔고을 손이 와셔 셔로 하헌을 맛친 후에 긱이 갈ᄋ딕 나ᄂ 향곡에 우민흔 사름이라 동셔렬강국의 졍치샹 쇼식이 나의 귀에 니르지 아니ᄒ며 고금 흥망의 력ᄉ가 눈에 걸니지도 아니ᄒ미 일개 귀먹고 눈먼 인노 지내더니 (…중략…) 긔쟈ㅣ 갈ᄋ딕 우리가 이 시딕에 잇셔셔 식민디의 셩질을 불가불 연구홀지며 식민지의 릭력을 불가불 알 거시로다 (…중략…) 보호국은 완젼흔 독립의 셰력이 부죡흠으로 다른 강국의 보호를 밧아셔 그 나라 에 흔두 가지 권한만 그 강국의 졀졔를 밧을 ᄲᅮ이나 식민디ᄂ 그럿치 아니ᄒ니 국가의 형톄가 도모지 업셔셔 그 샹틱가 완연히 사름업ᄂ 뷔 인 ᄯᅡ을 새로 긔쳑흔 것과 ᄀᆞ흐니라 (…중략…) 쇽국이라ᄂ 거슨 다른 강국에 뷰쇽흔 바ㅣ 되어 그 일체 정치를 모다 그 강국의 지휘딕로 홀 ᄲᅮ이어니와 식민디ᄂ 그러치 아니ᄒ니 강국의 인민이 옴겨 살아셔 본토 인죵은 일니어 멸망ᄒᄂ딕 니르ᄂ니라 (…중략…) 련합국은 약흔 나라 두엇이 강흔 나라를 항거ᄒ기 위ᄒ여 그 졍부만 통합ᄒ여 그 힘을 젼임 케 홀 ᄲᅮ이어니와 식민디ᄂ 그러치 아니ᄒ여 그 토디를 덤탈흠으로 목 뎍을 솜ᄂ니라 (…중략…) 긱이 갈ᄋ딕 그러면 그 본토 인죵은 엇더케 되ᄂ뇨 갈ᄋ딕 오호ㅣ라 긔쟈ᄂ 츰아 말을 못ᄒ겟노라 본툐ㅅ사름은 량 뎐옥답이 잇셔도 제 것이 아니오 고딕광실이 잇셔도 제 것이 아니며 광

호소함으로써 사람의 마음을 감동시키고 깨우치는 데 무엇보다 큰 효과를 발휘했음 을 지적한다. 따라서 이를 통해 인심을 맑게 하고 풍속을 계량하며 사회, 정치적 자각을 고무할 수 있다는 것이다. 이러한 논리는 문학의 효용성을 중시한 유가적 관점이 역사 전환기의 절실한 요구와 결합한 결과라 본다. 김홍규, 『한국 문학의 이해』(31쇄), 민음사, 2009, 173쪽.

산이나 어업도 가진 권한이 업셔셔 다만 흔편 모퉁이 박쳑흔 짱으로 몰녀가셔 물마른 닉에 고기와 갓치 참혹흔 경우를 당흘 쑨이니라.4)

구질서의 급속한 붕괴와 서구 문화의 충격을 체험하면서 새로운 인식의 담론 지향이 모색되던 근대계몽기는 그야말로 자기 갱신의 과제를 안고 굴곡의 극심한 역사를 헤쳐 나아가야 하는 파란의 여정이었다. 위의 논설에서 '긔쟈'는 작자의 의식을 대변하는 인물로서 '향곡의 우매한 사람(백성)'과 문답을 나누며 담론을 풀어나가는 인물이다. 전체 구조는 향곡의 우민이 질의하면 '긔쟈'는 세세한 담론을 이끌어 민족의 현실을 일깨우는 강론의 형태로 구성되어 있다. 여기서 질문에 대해 답을 하는 화자의 역할은 향곡 우민보다 많은 견문과 지식을 소유한 이른바 가르치는 위치에 있으며, 선구자적 기질의 우국과 의기를 느끼게 한다.

무엇보다 시대적 현실 속에서 민족의 장래를 걱정하기에 흥망의 역사를 궁구하고 연구(우리가 이 시뒤에 잇셔셔 식민디의 셩질을 불가불 연구훌지며 식민지의 릭력을 불가불 알 거시로다)하는 민족적 가치 추구의 면모를 읽어낼 수 있다. 논설의 목적은 식민지와 관련한 정치적 만행과 격변의 역사 앞에 선 민족의 현실을 백성에게 고취시키고자 하는 논변의 진의를 품는다. 그러한 이유로 보호국(완젼흔 독립의 세력이 부족홈으로 다른 강국의 보호를 밧아셔 그 나라에 흔두 가지 권한만 그 강국의 졀졔를 밧을 쑨), 속국(다른 강국에 뷰쇽흔 바ㅣ 되어 그 일체 정치를 모다 그 강국의 지휘뒤로 훌 쑨이어니), 연합국(약흔 나라 두엇이 강흔 나라를 항거흐기 위흐여 그 정부만 통합흐여 그 힘을 젼임케 훌 쑨이

  4) 『대한매일신보』(논설, 객창문답), 1908.11.18.

어니)의 정치 현실을 차례로 제시하고 식민지 상태와 비교하여 논의
를 이끌고 있다.

이와 같은 논변의 배경은 1905년 이후 사실상 보호국체제로 접어
드는 민족의 현실과 결코 무관할 수 없어 보인다. 점차 속국의 처지
로 표류할 수 있다는 위기의식의 표명은 피폐함 속에서 연합국의
형태까지도 고려해 보아야 하는 민족의 절박함이 배어난다. 그렇다
면 담론을 통해본 식민지의 모습은 과연 어떠한 상태를 말하고 있
는가. 내용을 제시해 보면 다음과 같다. 첫째는 국가의 형태가 도무
지 존재하지 않는 빈 땅의 처지와 같다는 것이고 둘째는 강국의 인
민이 들어와 본토에 옮겨 살기에 자국의 백성은 결국 밀려나 멸망
한다는 것이며, 셋째는 식민지의 목적은 오직 국토를 강제 점유하
고 탈취하는 것에 있다는 판단이다. 그런데 논변을 통해 드러난 식
민의 세 가지 상황은 하나의 논설적 주장으로만 판단할 문제가 아
닌 듯하다.

부언하면, 첫째는 곧 국가의 소멸이고 둘째는 국민의 멸망이며,
셋째는 국토(영토)의 상실을 의미하고 있다. 주지하다시피 이 세 가
지는 국가의 존재 유무인 제 요소에 해당하기에 영토와 국민의 상
실은 곧 나라의 주권도 없음을 말하는 것이다. 따라서 민족의 주권
과 국가의 권한이 없는 식민지 백성은(본툐ㅅ사롬은 량뎐옥답이 잇셔
도 제 것이 아니오 고딕광실이 잇셔도 제 것이 아니며 광산이나 어업도
가진 권한이 업셔셔 다만 흔편 모퉁이 박척흔 쌍으로 몰녀가셔 물마른 늬에
고기와 곳치 참혹흔 경우를 당홀 쑨이니라.) 그 나라에 존재하는 자원의
소유는 물론 개인의 사유도 **빼앗겨** 쇠약하고 참혹할 따름이다. 이
러한 식민지 참상을 인식한 향곡 우민의 심정(참혹ㅎ다 식민디쥬의여
혹독ㅎ다 식민디쥬위여/킥이 혀를 ㅊ고 탄식만 홀 쑨이라) 토로는 그야말

로 격랑의 역사를 짊어지고 가야 하는 민중의 충격과 울분, 그 자체를 대변하고 있는 것이다.

지문 ①

㉠ 향일에 엇더훈 션비 훈나이 본샤에 와셔 즈긔 몽즁에 지는 바 일을 이약이 훈거늘 우리가 근본 쑴이라 훈는 것은 허스로 알되 그 션비의 쑴이 가쟝 이샹훈 고로 그 말을 좌에 긔지훈노라.

㉡ 그 션비 글ㅇ되 내가 아셰아의 편쇼훈 동방 나라에 싱쟝ㅎ야 문견이 고루훈 고로 평싱에 구라파 셰계의 문명훈 나라 풍속을 훈번 보고져 ㅎ더니 금년 츈 三월에 츈곤을 익이지 못ㅎ야 슈간 쵸당에 북창을 의지ㅎ여 누엇슴이

㉢ 거거훈 몽혼이 잠시 간에 천만리를 힝ㅎ야 법국 파리시에 일으니 시정의 번화흠과 루듸의 쟝려흠이 평일에 울격훈 회포를 샹활케 ㅎ는지라.

㉣ 내가 그 사룸의 말을 듯고 크게 깃버ㅎ야 올타ㅎ는 소릭에 스스로 놀나 씨다르니 일쟝츈몽이라 ㅎ더라.[5)]

지문 ②

㉠ 근일 일긔가 훈증ㅎ다가 큰 비가 폭쥬ㅎ미 곤뢰ㅎ던 심스가 자연 혼미ㅎ야 침상에 의지ㅎ얏더니

㉡ 심혼이 유유ㅎ야 뎡쳐업시 가더니 한 곳을 다다르니 산슈도 결승ㅎ고 인호도 쥬밀훈데

㉢ 엇지 텬도가 무심ㅎ다 ㅎ깃는가 ㅎ고 방셩대곡ㅎ는 소릭에 놀나 씨

---

5) 『독립신문』(논설란), 1899.7.7.

다르니 침상일몽이라.

㉣ 희허탄식ᄒ고 곰곰 싱각ᄒ즉 그 나라 형셰의 급업흠을 말ᄒ는 쟈 ᄆᆡ양 파란국 ᄉ졍을 말ᄒ는 고로 심즁에 항상 남의 일을 거울ᄒ야 경계ᄒ는 바이더니 ᄭᅮᆷ에ᄭᅡ지 니겨바라지 안코 그 디경ᄭᅡ지 달흠이로다 슯흐다 당국 관민상하들이여 남의 젼감을 싱각ᄒ야 깁히 싱각ᄒ고 힘 ᄡᅥ 일들 ᄒ야 남의 젼텰을 볿지 말지어다.6)

지문 ①, ②는 꿈이라는 소재의 서사 활용을 통해 글쓴이의 의식을 드러내는 몽유형식을 취한다. 몽유형식의 창작 동기는 국가 수난기의 민족적 울분이나 사회 혼란기 지식층의 불만을 토로하기 위한 것7)으로, 몽유라는 소재의 기탁(寄託)을 통한 우의적(寓意的) 성격을 지니고 있다. 근대계몽기 계몽담론에 있어 몽유형식의 서사 활용의 면모도 몽유소설에 비해 짧은 서사임에도 일련의 몽유형식에서 관찰되는 도입몽(導入夢) 부분이나 꿈 이후에 깨달음을 얻는 각몽(覺夢)의 단계를 갖추고 있다. 즉 '현실(도입 몽의 현실 공간) → 꿈(비현실적 공간) → 현실(탈몽 이후의 각몽 현실)'의 기본 구조가 그것이다.

몽유형식은 '몽유'라는 서사의 틀 속에서 현실의 직접적인 제시보다 글쓴이가 처한 불안하고 혼란한 시기 상황을 전환 서사의 형태로 토로하는 방편을 취한다. '꿈'이라는 비현실적 공간에서 냉혹한 현실적 모습과 대응하면서 필자의 자유로운 비판적 사유와 이상적 지향을 펼칠 수 있는 자율적 사유 공간의 특수성을 부여 받게되는 것이다. 이러한 특성이 문학적 상상력이 우세한 담론의 서사

---

6) 『제국신문』(논설), 1907.1.26.

7) 서대석, 「몽유록의 장르적 성격과 문학사적 의의」, 『한국학 논집』 1~5합본, 계명대학교 한국학연구소, 1980, 512쪽.

구현을 가능하게 한다.

이미 조선 중기(16~17세기)에 이러한 몽유형식은 조선 역사의 불합리한 모순과 다양한 변모를 담아낸 일이[8] 있다. 근대라는 시기의 전환적 관점도 그 어느 때 못지않은 정체성의 혼란과 국가와 사회의 일대 변혁을 촉구하는 현실에서 이러한 몽유형식의 서사성은 가히 납득할 만한 일이라 본다. 이렇게 계몽담론에 있어 몽유의 서사성은 전대 고소설의 표현 양식과도 그 명맥이 맞닿아 있음은 주지의 사실이다.

지문 ①의 ㉠은 서사 활용의 의도가 글쓴이를 통해 서두에 직접 제시되고 있으며 ㉡은 몽유자에 대한 짧은 소개와 꿈으로의 도입이 구체화되는 부분이다. ㉢부터는 입몽이 전개되는 부분으로 몽유의 서사가 구체화되고 있다. ㉣은 입몽 후에 탈몽하여 현실로 돌아오는 상황이다. 그런데 꿈을 깬 후 깨달음을 얻은 각몽의 구체적 제시보다는 독자에게 판단을 유보한 채, 논변의 강론은 사라지고 이후 깨달음의 몫을 논설 속에서 우회적으로 독자에게 돌려주고 있다.

지문 ②의 ㉠은 지문 ①의 ㉠과는 달리, 서두에 글쓴이의 직접적 언술이 절제된 형태를 취하고 있다. 따라서 몽중의 일이 도입되는 과정에 한 문장의 짧은 언급만 있을 뿐이다. ㉡은 입몽 부분이 구체화되어 꿈으로의 비현실적 내용이 시작되는 부분이고 ㉢은 입몽 후

---

8) 장효현은 '한국 고전소설의 존재 양상'을 논의하는 과정에서 몽유록은 꿈속에서 겪은 일을 기록하는 소위 꿈을 하나의 장치로 설정하는 방식으로, 15~17세기 우리 문학사에 뚜렷한 하나의 현상으로 나타난 것임을 지적한 바 있다. 예컨대 세조의 왕위찬탈을 비난하는 내용의 〈원생몽유록〉과 임병양란의 참혹한 현상을 배경으로 하여 부패한 봉건 관료를 비난하는 〈피생명몽록〉, 〈달천몽유록〉, 〈용문몽유록〉, 〈강도몽유록〉 등은 17세기 몽유록의 특성을 이해하는 좋은 예가 된다고 한다. 장효현, 「한국 고전소설의 존재 양상」, 『한국 고전소설사 연구』, 고려대학교출판부, 2002, 4쪽.

꿈을 깨어 현실로 돌아오는 탈몽(脫夢) 부분에 해당한다. 지문 ②는 ㉣처럼, 지문 ①에 비해 탈몽하여 현실로 귀의해 깨달음(파란국-폴란드의 형세를 타산지석 삼아 우리의 나아갈 운명을 돌아봄)을 구체화하는 공간으로 각몽 부분이 설정되어 있음을 알 수 있다.

몽유의 서사 구현에 있어 지문 ②는 ㉣은 글쓴이의 의식이 꿈과 자연스럽게 융화하여 논변의 강론을 제기할 수 있는 공간이며, 서사의 결말 부분이기도 하다. 그리고 이러한 공간 설정은 조금은 허황하다 할 수 있는 몽중의 사실과 구별되는 분리 기능을 수행하기도 하고 글쓴이가 서사 활용을 통해 지향하고 촉구하려 했던 의식의 직언적 창출 공간이기도 하다. 혹여, 계몽담론의 서사 활용에 있어 몽유형식의 투영이 근대계몽기 현실과 유리된 도피적 행위로 비춰질 수 있겠다.

하지만 이 시기 몽유형식을 취하는 서사들의 몽중 내용은 지극히 세상을 근심하는 우국의 성향을 지닌 인물들이 충의가 발아되어 꿈으로 전이되는 연결 관계를 발견할 수 있기에 실재성의 상실을 가져오지는 않는다. 몽유자의 몽중 견문은 오히려 몽중 체험의 과정에서 대화도 나누고 답답한 심정을 토로하는 경험의 확대로 이어져, 몽유자에게 교훈적 깨달음을 주는 동시에 글쓴이가 독자와 함께 나누고 공유하고 싶은 논변의 장으로 작용하고 있음을 알 수 있다.

① 슯흐다 한국에 유정흔 동포들아 다른 사름은 강흔디 그디들은 약흐며 다른 사름들은 용밍흔디 그디들은 겁이 만코 다른 사름들은 지혜로온디 그디들은 어리석으며 다른 사름들은 노래흐고 춤을 츄는디 그디들은 울고 찡그리며 다른 사름들은 평안흐고 즐기는디 그디들은 근심흐고 탄식흐야 국소와 신세를 도라보고 눈물이 흐름을 금치 못

ᄒᆞᆫ도다. 이거시 과연 무슴 연고인고 총명이 뎌희만 못ᄒᆞ여 그러ᄒᆞᆫ가 ᄀᆞᆯ ᄋᆞ되 아니라 피ᄎᆞ에 귀와 눈은 ᄀᆞᆺᄒᆞ니라 혜두가 뎌희만 못ᄒᆞ여 그러ᄒᆞᆫ가 ᄀᆞᆯ ᄋᆞ되 아니라 피ᄎᆞ에 심쟝은 ᄀᆞᆺᄒᆞ니라. ᄀᆞᆯ ᄋᆞ되 그러ᄒᆞᆫ즉 ᄀᆞᆺᄒᆞᆫ 인류로 이 셰샹에 ᄀᆞᆺ치니셔 뎌 사름은 뎌러ᄒᆞ고 이 사름은 이러ᄒᆞ니 이거시 과연 무슴 연고인고 ᄀᆞᆯ ᄋᆞ되 뎌 사름은 시간의 귀즁ᄒᆞᆷ을 알고 이 사름은 시간의 귀즁ᄒᆞᆷ을 알지 못ᄒᆞᄂᆞᆫ 연고니라 대개 시간이란 거슨 싱명의 량식이며 문명진보의 근원라.9)

② 나라ㅅ 졍신을 보젼ᄒᆞᄂᆞᆫ 말 벽파ᄒᆞ라 벽파ᄒᆞ라 ᄒᆞᄂᆞᆫ 것은 션ᄒᆞ고 악ᄒᆞᆷ을 물론 ᄒᆞ고 벽파ᄒᆞ여 업시ᄒᆞ라ᄒᆞᆷ이 아니라 악ᄒᆞᆫ 쟈를 벽파ᄒᆞ고 션ᄒᆞᆫ 쟈를 보젼ᄒᆞ라ᄒᆞᆷ이며 어엿뷔고 츄ᄒᆞᆫ 것을 물론 ᄒᆞ고 벽파ᄒᆞ여 업시ᄒᆞ라ᄒᆞᆷ이 아니라 츄ᄒᆞᆫ 쟈를 벽파ᄒᆞ고 어엿분쟈를 보젼ᄒᆞ라ᄒᆞᆷ이어늘 엇던 쟈ᄂᆞᆫ 국가에 젼릭ᄒᆞᄂᆞᆫ 습관은 검고 흰 것과 것츨고 고ᄒᆞᆫ 것을 뭇지 아니 ᄒᆞ고 일체로 벽파ᄒᆞ야 ᄇᆞ리기로 쥬론ᄒᆞ니 오호라 그 쥬견이 그르도다 (…중략…) 나ᄂᆞᆫ 벽파ᄒᆞᄂᆞᆫ 독긔에 나라ㅅ 졍신ᄭᅡ지 샹ᄒᆞᆯ가 념려ᄒᆞ노라 나라ㅅ 졍신이라ᄒᆞᄂᆞᆫ 쟈ᄂᆞᆫ 무엇이뇨 곳 그 나라에 뎍ㅅ샹으로 젼릭ᄒᆞᄂᆞᆫ 풍쇽과 습관과 법률과 졔도들 즁에 션량ᄒᆞ고 아름다온 쟈가 이것이니라.10)

③ 목슈가 헌 집을 고치랴면 셕은 기동과 셕가릭를 가라 내여야 홀터인 되 그기동과 셕가릭를 ᄲᅦ여 내기 젼에 새 기동과 새 셕가릭를 쥰비 ᄒᆞ엿다가 묵은 직목을 ᄲᅦ여 내면셔 일변으로 새 직목을 되신 집어너

---

9) 『대한매일신보』(논셜, 시간의 귀즁), 1908.5.29.
10) 『대한매일신보』(논셜), 1908.8.12.

야 그집이 문어지지 안코 네기동이 튼튼히 션후에 도비와 쟝판과 류리 챵도 ᄒ고 죠혼 물건도 방과 마로에 널녀 노와야 일이 셩실이 되고 다 된 후에 사름이 살게 되ᄂ거시어ᄂᆞᆯ 만일 그목슈가 새 기동도 쥰비 ᄒ지 안코 녯 기동이 셕엇다고 그져 그 기동 ᄲᅦ여 ᄇ리기만 ᄒ면 그 보기 슬은 기동이 업서졋스니 샹쾌ᄂᆞᆫ ᄒ나 새 기동이 녯 것 딕신 드러 셔지 못 ᄒ즉 집이 문허지기가 쉬혼지라 ᄯᅩ 기동들은 모도 셕어 집이 언졔 문허질년지 모로고 집속과 마당과 문 압헤 더러온 물건이 갓득 싸엿ᄂᆞᆫ딕 그거슬 치인다든지 새기동 셰울 싱각은 아니 ᄒ고 다만 돈을 드려 쟝판과 화문셕을 깐다든지 ᄒᆞᄂᆞᆫ거슨 곳 어리셕은 사름의 일이라 문허질 집 속에 잇ᄂᆞᆫ 새 쟝판 화문셕이 몃칠이 되야 업서지며 더러워지리요 나라를 긔혁 ᄒᆞᄂᆞᆫ것도 목슈가 헌집 고치ᄂᆞᆫ것과 ᄀᆞᆺ혼지라 일이 션후가 잇고 경즁이 잇ᄂᆞᆫ거슬 싱각지 안코 뒤에ᄒᆞᆯ 일을 몬져 ᄒ다든지 경ᄒᆞᆫ 일을 즁ᄒᆞᆫ일 보다 더 힘쓴다든지 ᄒᆞᄂᆞᆫ거슨 다만 일이 안될ᄲᅮᆫ 아니라 이왕에 된 일도 업서질터이니 이경계를 모로거드면 다만 나라를 긔혁 ᄒ기ᄂᆞᆫ 시로에 셕은 나라ᄂᆞ마 셕은 딕로도 견딜슈 업슬터이니 찰아리 건드리지 안ᄂᆞᆫ거시 낫지 셧투르게 건드리ᄂᆞᆫ거슨 어셔 문허 지기를 ᄇ라ᄂᆞᆫ거시라 죠션셔 긔혁혼다고 ᄒᆞᆫ 후에 ᄒᆞᆫ 일을 보거드면 셔투른 목슈가 헌집 고치ᄂᆞᆫ것과 ᄀᆞᆺ혼지라 이 목슈들이 헌 기동은 모도 ᄲᅦ여 ᄇ리고 새 기동들은 쥰비도 안 ᄒᆞ여 노와슨즉 나라히 튼튼키ᄂᆞᆫ 시로에 졈졈 더 허슐ᄒᆞ여지니 엇지 가이업지 안ᄒ리요[11]

④ 첫ᄌᆡᄂᆞᆫ 나라를 어지럽게ᄒᆞ야 농민과 샹인이 직업을 힘쓸슈 업고 둘

---

11) 『독립신문』(논셜), 1896.5.23.

지는 정부에셔 군소를 보내는딕 부비가 대단ᄒ니 정부에 손히요 셋

지는 죠션 사름 ᄭᅵ리 싸홈ᄒ야 서로 죽이는 거시니 관민간에 누가

죽든지 죠션 사름 죽기는 맛찬가지라 올흔 손이 왼손 베는것과 ᄀᆺ흠

이니 왼손이 올흔손을 베든지 올흔손이 왼손을 베든지 필경 그히는

젼신이 모도 밧는거시니 이거슬 싱각ᄒ면 좌우 슈죡이 서로 도와 주

는거시 다만 슈죡에만 유익홀쑨 아니라 젼신이 츙실ᄒ며 강홀터이니

만일 몸이 강ᄒ면 늠이 그사름을 감히 건드리지 못홀거시라 나라 형

셰도 사름의 몸과 ᄀᆺᄒ즉.12)

근대 신문들의 공통된 관심사는 무엇보다 "어떻게 하면 '계몽'이
라는 당위적 논제"를 국민들에게 거부감 없이 효과적으로 전달할
수 있는가의 문제로 모아졌다. 그러한 이유 때문인지, 그 면면을 파
헤쳐 보자면 신문 개개의 난(欄)들은 분할이라는 말이 무색하게 "무
엇시던지 ᄒ 가지를 가지고 여러 번 말ᄒ면 듯는 이들에게 너무 지
리ᄒ야 흥샹 의례건으로 ᄒ는 말ᄀᆺ치 되기도 쉽겟고"라 할 만한 계
몽의 고착화된 대동소이의 담론들이 빈번하게 연출13)되고 있었다.

---

12) 『독립신문』(논셜), 1896.4.11.

13) 이와 관련해 최현식의 관점은 다음과 같다. 관념적 사변이 되기 쉬운 문명개화의
　내용과 동어 반복으로 인한 관심의 감소를 상쇄하기 위한 새로운 글쓰기의 요청은
　이미 예정된 것이었다. 이른바 교훈과 흥미의 동시적 전달이 문제의 초점이 된 것인
　데 이런 서사 충동을 수행할 수 있는 곳은 여러 지면 중에서 '논설'이나 '잡보'란이
　되기 쉬웠다. 후자의 경우 '잡보', 즉 온갖 소식을 모은 곳이란 명칭부터가 사실과
　허구가 명확히 변별되지 않고 뒤섞일 수 있는 가능성을 열어 놓고 있다. 전자의
　논설 또한 허구성과 문학적 의장의 수용 가능성을 내포하고 있는 개념이기는 마찬
　가지였다. '서사적 논설'은 이런 형식에의 의지가 탄생시킨 새로운 서사 양식의 대
　표적인 형태 가운데 하나였다. 최현식, 「근대계몽기 서사문학에서 민족국가의 상상
　력과 매체의 상관성: 매일신문을 중심으로」, 『한국 근대 서사 양식의 발생 및 전개
　와 매체의 역할』, 소명출판, 2005, 123~124쪽.

논설이 간접적 설득의 문학적 글쓰기 형식을 활용하면서 이에 직접적 설득이나 설명을 포기한 채, 전혀 그 시도는 보이지 않는가 하는 물음에는 결코 그렇지 않다는 대답이 옳다고 본다. 위의 지문 ①, ②는 문학적 글쓰기 인식 후 10년이 지난 대한매일신보의 논설로, 전형적 논설의 직접적 서술 지향을 드러낸 것이다. 이에 비해 ③, ④는 유추적 비유를 통한 계몽담론의 논설에 해당된다.

다시 말해 전형적 논설이라 말할 수 있는 직접적 설득 지향의 정론적 논설이나, 문학적 글쓰기의 서사 활용이, 논설 또는 논설란을 통해 여전히 공생 연출은 계속되고 있었다. 물론 논설에서 현저히 서사 활용의 측면으로 볼 수 있는 일종의 서사 충동의 문학적 글쓰기는 다양한 기획으로 그 영역을 확보해 왔다. 그렇다면 양자의 이러한 계몽담론의 논설 기획이 글쓴이의 서술 지향에 따라 어떤 차이를 드러내는 것일까. 이것은 논설이 지닌 설득적 목적성을 고려할 때 독자의 수용적 차원에서 이해의 접근이 필요한 몫이라 본다.

지문 ①에서 확인할 수 있는 바, 얼핏 서두가 장황한 듯 보이지만 논설의 메시지는 전반부에서부터 극명한 대립적 열거의 형식을 취한다. 정론적 논설 속에 강한 논변적 언술을 시도하고 있기에 마치 지금도 그 울림이 다가오는 것 같다. ②의 경우도 정론적 논설로 논변적 태도에 있어 큰 차이는 없어 보인다. 그러면 텍스트를 통해 이제 ①과 ②의 논지를 좀 더 살펴보겠다. ①의 주체는 마지막 한 문장(시간이란 거슨 싱명의 량식이며 문명진보의 근원라.)에 계몽담론의 설득적 목적을 담고 있다.

요약하면 "시간의 소중함을 아는 것이 문명 진보의 근원"이라는 말인데 이 주장을 위해 논설의 서술 형태는 대구의 대응 의미와 대조의 내용 구조를 취하고 있다. 따라서 동어 반복적 논변은 관용적

어투의 느낌마저 든다. 지문 ①의 직접적 서술의 대응 관계는 "다른 사람들은, 그대들은, 저 사람은, 이 사람은, 강하고, 약하고, ~하고, ~못하고, 있고, 없고, 이렇고, 저렇고, 그렇고, 그렇지 않고"의 표현 형식을 취함으로, 위기의식에 대한 현실 인식은 그 구체적 열거로 인해 한층 의미가 고조되고 극명해진다.

다음으로, 지문 ②의 경우는 벽파(劈破)가 화두다. 여기에도 대조적 대응 의미는 분명하게 그려져 있다. "선, 악, 어여쁘고, 추한, 검고, 흰 것, 거칠고, 고운 것" 등을 맞세운 형태가 그것이다. 그런데 논변 속에서 한 가지 간과할 수 없는 사실을 발견하게 된다. 근대 계몽담론의 지향적 모습이 서구적 답습의 일관으로 인해 타자의 시선으로만 비춰지기보다는 자국의 이러한 반성적 또는 객관적 비판의 시선도 계몽담론 속에 녹아나고 있다는 사실이다. 이미 2장 2절을 통해 계몽담론의 주체적 지향의 면면을 논의한 바 있기에 더 언급하지는 않겠으나, 지문 ②의 내용을 좀 더 살펴보자면 논변의 의식은 더욱 분명해진다. "벽파는 정신을 보전하고 올곧게 세우는 것이기에 덕사상(德思想)으로 전래되는 풍속과 습관, 법률은 그 변별된 각각의 구분이 있어야 한다."는 판단이다. 곧 일체의 무조건적인 벽파는 오히려 그 전통적 정신까지 상하게 할 수 있다는 맹목적 답습을 권계하고 있는 것이다.

①과 ②를 토대로 제시해 보았지만, 이러한 논설의 직접적 서술 지향은 근대라는 시공간 속에 '계몽 메시지의 전달'이라는 다소 제한된 유개념에서 주제의 유사성으로 인해 반복적 서술 지향이 되풀이 되는 것을 부정할 수는 없다. 하지만 이것은 분명한 입장을 전달하기 위한 방편으로, 서술 형식(대구와 대조의 반복적 열거)에서 오는 '선택적 서술 지향이 오히려 의례적'으로 평가될 수 있는 양면성을

고려해야 할 문제다. 이러한 한계에서 오는 평가 이면에는 반복적 서술로 인한 주제 전달의 효과적 측면도 부정할 수 없고 논설의 정론적 측면에서도 논변을 극명하게 드러낸다는 관점에서도 전달력을 무시할 수 없기 때문이다. 따라서 여전히 계몽지식인들의 논설이라는 텍스트 속에 사라지지 않고 그 서술 형태가 기획되고 있는 것이다.

지문 ③과 ④는 ①, ②와 같은 장르의 논설이지만 논변의 정론성이 아닌 문학적 글쓰기의 차원에서 유추적 비유를 통한 계몽담론을 전개하고 있다. 텍스트를 중심으로 문학적 글쓰기의 투영을 알아보기에 앞서 유추적 비유를 먼저 생각해 봐야 한다. 유추의 핵심은 무엇보다 '유사성'과 '추측'에 있다. 어떤 대상을 표현함에 있어 유사성이 있는 친숙한 개념이나 대상과의 대비를 통해 논지를 이끌어내는 개념이다. 즉 유사한 점에 의해 대상과 사물에 속성을 미루어 추측하는 표현 기법의 하나인 것이다. 유추를 위해 끌어드리는 사물은 대상의 형태나 속성에 있어 결정적인 유사성을 지녀야 하기에, 알기 쉽고 구체적인 사물이어야 한다. 아울러 유추는 비유의 한 영역이기에 둘 사이(대상과 사물)의 공통적 속성은 사실로서가 아닌 비유로 인정[14]되는 특성을 지니는 것이다.

③의 지문은 목수가 헌 집을 수리하는 과정의 이야기를 토대로 한 나라를 개혁하는 일도 이와 같음을 논제로 끌어낸다. 그리고 이

---

14) 비교가 같은 범주에 있는 대상과의 대비라면 유추는 서로 다른 범주에 속하는 대상들끼리의 대비로 확장된 의미의 비교라 할 수 있다. '다른 범주'라는 대상의 차용에서 문학적 글쓰기의 활용과 변형이 다양하게 결합되고 적용될 수 있는 가능성이 드러나는 표현 기법이다. 이에 비슷한 점을 기초로 한 측면에서 비교추리, 아날로지(Analogy)를 일컫는다. 이병철, 『창의적 사고와 글쓰기』, 문학사계, 2008, 116~117쪽.

논설의 궁극적 목적이라 할 수 있는 조선의 개혁 담론을 적용하는 형태로 서술이 전개된다. 따라서 서술 구조는 "유추적 비유의 적용(이야기) → 일반적 적용(한 나라를 개혁하는 일) → 구체적 적용(조선의 개혁 현실)"의 삼단 구조의 서술 형태를 발견할 수 있다. 담론의 궁극적 초점인 "조선의 현실성이 결여된 개혁 비판"은 헌 집을 수리하는 목수의 이야기(서사)를 통해 그 실상이 불거지고 논설 속에서 서사와 자연스럽게 동화된다. 여기서 유추적 비유로 활용한 이야기 화소는 일종의 글쓴이가 독자(국민)를 위해 준비한 이른바 사색의 공간(현실과 사물의 이치를 따져 스스로 깊이 생각해 보는 공간 영역)을 형성하게 한다. 그 사색의 공간이 바로 의견을 공유하고 동조할 수 있게 하는 동력이며, 담론을 읽는 독자와의 소통인 것이다.

지문 ④는 충신과 역적이라는 다소 상투적 주제가 화두로 등장한다. 근대라는 시기에서 볼 때, 어쩌면 다소 묵어서 낡은 고답적 주제인 충신과 역적을 간단하고도 명료하게 드러낼 수 있는 서술 방식은 과연 무엇이었을까. 논설의 글쓴이가 선택한 서술 방식은 열거식 구성이다. 열거식 구성은 항목들 간의 대등한 논의의 근거 제시를 토대로 한다. 또한 이러한 대등한 항목들을 중심으로 전체의 의미(주제)를 형상화하는 것이 무엇보다 중시되기에 "항목1＋항목2＋항목3＋항목4＋…" 등의 논거 나열[15]로 이루어진다. 따라서 문제에 대한 인식을 한 눈에 파악할 수 있게 하는 논의의 이점을 가져올 수 있다.

그리고 ④는 열거식 구성의 논거 제시(첫째는 직업에 힘쓸 수 없다. 둘째는 정부의 군비예산만 낭비, 셋째는 관민간의 조선인만 죽게 된다.) 이

---

15) 이병철, 위의 책, 87~88쪽.

후 유추적 비유가 뒤에 이어지는 형태를 발견할 수 있다. 여기서 유추적 비유로 활용한 이야기(서사)는 사람 몸의 수족을 포함한 신체와 관련된 비유적 적용으로, 충신과 역적이 존재하는 나라의 형세도 사람의 몸과 같다는 대응 논리다. 곧 전개 과정은 "열거식 논거의 구체화로 현실성 부각 → 유추적 비유의 적용(이야기) → 주제의 형상화"의 서술 구조로 파악할 수 있다.

이처럼 논설의 문학적 차원의 글쓰기 모색은 계몽담론의 직접적 언술에 비해 우회적 변용이 더해진 것이다. 그러므로 논설 속 이야기 구조를 따라가다 보면 논제에 대해 독자를 끝까지 담론의 화두 속으로 집중시킬 수 있는 서사의 흡입력을 확인하게 된다. 더욱이 유추적 비유로 활용한 이야기(서사) 공간의 창출은 글쓴이와 독자의 교감이 공유되는 영역으로서, 일종의 촉매 기능을 수행하게 되고 독자에게는 또 다른 사색의 공간을 제공한다는 차원에서 그 가치를 부여할 수 있겠다.

2. 논변을 지향한 서사성의 투영

논설의 전개 과정에서 서사 분량이 많고 적음을 따지기에 앞서 선행되어야 할 것은 그 서사가 한 편의 논설(텍스트) 안에서 어떻게 주제에 이바지하느냐의 문제를 생각해 봐야 한다. 논변 중심으로 서사를 활용한 논설의 담론이나 논설에서 서사 활용을 중심으로 논변의 기술을 전개한 것이나 초점은 논설에서 서사 활용이 개입되고 있다는 사실이다. 여기서 서사를 '활용'한다는 언급은 서사의 '수용'과는 변별된 어휘적 차원의 함의가 존재한다.

'受容'이든, '受用'이든지 '수용'은 받아들임, 받아씀의 수동적 내지 소극적 의미 영역이기에 활용과는 구별이 요구되는 것이다. 즉 '活用'은 살려서 잘 응용한다는 능동적, 적극적인 의미 영역의 서사 활용을 뜻하기에 그 구별이 필요하다. 따라서 논설에 있어 서사의 활용은 논설이라는 글쓰기 공간에서 조우가 아닌 근대 계몽지식인들의 적극적 인식의 기반 아래 투영된 것임을 알아야 한다.

'살려서 잘 응용한다.'는 활용의 의미 개념은 전대의 서사와 관련한 재조직이나 또는 그것을 기반으로 한 새로운 창의적 활용을 아우르는 글쓰기 지향도 포함하기 때문이다. 서사를 활용한 논설은 사실 지금까지 발굴된 것만도 그 양적으로나 다양한 서사의 실현 형태로나 실로 막대한 바가 있다. 그런데 이것을 일정한 하나의 양식적 틀로(용어 개념) 분류하여 재단하려 한다면 과연 그러한 작업이 가능할까 하는 의문마저 든다.

설령 그 틀의 유형적 구조화가 가능하다 할지라도 당시 다양한 신문의 많은 논설에 참여한 다층적 면모를 지닌 글쓴이들을, 개별적 언술에 따라, 텍스트의 주제 의식에 따라, 각종 신문에 따라, 어떤 난에 발표했느냐의 따라, 전개 양상과 유형은 천차만별이다. 또한 텍스트의 양적인 측면과 함께 전대의 문학적 양식과의 결합과 전이, 변용 등을 고려해야 하는 실정에서, 유개념의 포섭은 몰라도 유형적 용어(틀) 개념 아래 그것들을 모두 재단하고 담아내어 정형화했다고 볼 수는 없다.

이에 무엇보다 근대계몽기 신문들의 논설과 논설란을 토대로 서사가 논설 속에서 어떻게 주제와 관계되고 형상화하며, 어떤 역할을 어떤 의미로 제시했느냐의 관점에 주목해야 할 필요성이 제기되는 것이다. 이것은 계몽지식인들의 논설에 대한 전략적 글쓰기 차원에서 계몽담론의 텍스트를 통한 서사 활용과 그 의미를 고찰하는 방편으로서, 형태 결합(장르 교섭과 변이)의 제한된 논의를 위한 제언이 될 것으로 본다.

[서사 활용]

㉠ 기우당의 체험적 사실

근릭에 긔우당이라 ᄒᆞᄂᆞᆫ 사름이 사ᄂᆞᆫ 집이 굉쟝ᄒᆞ고 슈목을 만이 심엇ᄂᆞᆫ듸 ᄠᅢ가 졍히 여름이라 긔우당이 아춤을 먹은 후에 ᄯᅳᆯ에셔 완보ᄒᆞ더니 우연히 ᄯᅡᄒᆞᆯ 굽어보니 검은 줄 ᄒᆞ나히 길게 느려 노혓거늘 놀나 ᄌᆞ셔이 살펴보니 거문 긔암이 여러 쳔만 마리가 긔여가ᄂᆞᆫ듸 널피ᄂᆞᆫ 두어 치지음 되고 기리ᄂᆞᆫ 셤돌 밋히셔붓터 십여 보 밧긔 큰 괴화나무 밋ᄭᆞ지 갓ᄂᆞᆫ지라 혹 쌍으로 가며 혹 삼삼오오이 작듸ᄒᆞ야 가ᄂᆞᆫ듸 졍졍 유죠ᄒᆞ야 죠곰도 항오를 일치 아니ᄒᆞ고 일졍ᄒᆞᆫ 규측이 잇셔 ᄒᆞ나라도 차착됨이 업스며 가다가 길에 굴근 모릭든지 큰 흑덩이가 잇스면 일졔히 병력ᄒᆞ야 ᄶᅵ으러 내여 길 밧그로 내여 바리고 가ᄂᆞᆫ 길을 평탄이 만든 후 식경이나 되도록 다 간 뒤에 ᄒᆞᆫ 큰 긔아미가 영솔ᄒᆞ고 가거늘 긔우당이 이윽히 보다가 우연이 탄식흠을 ᄭᅢ닷지 못ᄒᆞ야 ᄀᆞ로듸 늬가 이왕에 긔암이가 힝진ᄒᆞᆫ다ᄂᆞᆫ 말을 글에셔도 보앗고 이약이도 들엇더니 오ᄂᆞᆯᄂᆞᆯ 이거슬 보니 과연 그러ᄒᆞ도다.

[논변]

㉡ 체험적 사실을 공유(논변의 강론이 구체화)

대져 긔암이ᄂᆞᆫ 일기 미물이로듸 그 법률과 규측이 이러ᄒᆞ거늘 사름이 규모가 업스면 엇지 사름이라 칭ᄒᆞ리오 도로혀 미물만도 못ᄒᆞ거든 ᄒᆞ물며 나라ᄂᆞᆫ 억조 빅셩이 모혀 사ᄂᆞᆫ 곳이라 그 나라 속에 법률이 업게드면 엇지 나라 노릇슬 홀 슈가 잇스리오 그런고로 무론 아모 나라던지 셰운 후에는 첫지 법률부터 작정ㅎ느니 법률이 업스면 당초에 나라라 칭홀 슈가 업는지라 그러ㅎ나 법이 오리면 즈연이 폐단니 싱기느니 이 폐단 나는 거슬 붉은 님군와 어진 직상이 잇스면 써를 따라 변경ㅎ여야 빅셩이 부지ㅎ야 스는지라 만일 그러치 아니ㅎ고 보면 그 폐단이 점졈법업는 나라이 되는지라 그런고로 우리나라에도 그러흔 념려가 잇셔 다시 량법과 미규를 갈희여 작졍ㅎ야 샹고 하포 ㅎ엿더니 그리흔 지 몃 히가 못되여 식 법은 푸러지고 옛 폐단만 남앗스나 이는 다른 연고가 아니라 법 힝ㅎ는 관원들을 그 사름을 엇지 못ㅎ고 다만 인슌ㅎ며 구츠ㅎ야 나라와 빅셩은 싱각지 아니ㅎ는 관원이 우희 잇는 신돍이라 이디로 얼마쯤 지니고 보면 지금은 이젼과 달나 빅셩들이 남의 나라에 법률이 붉고 문명흔 거슬 눈으로 보고 귀로 드른지라 나를 보고 남의게 비교ㅎ면 얼마큼 분ㅎ고 붓그러움이 잇슬 거시니 빅셩의 마음이 다 이러ㅎ고 보면 이젼 폐단과 압졔로 엇지 어거ㅎ리오 법 맛흐신 관인네들은 지극히 나라와 빅셩을 싱각ㅎ야 아모조록 실쳔 신법 ㅎ시기를 옹망ㅎ오.16)

위의 논설은 '기우당'이라는 인물의 체험을 공유하면서 서사의 활용이 드러나는 계몽담론의 논변 지향을 볼 수 있다. 그런데 서사 속 인물의 이러한 체험은 신기하고 기이한 화소의 제공이 아니다. 지극히 일반적일 수 있는 특별함이 상쇄된 생활 속 예지의 일면적 관찰을 발견하게 되는 것이다. 흥미로운 것은 서사의 활용이 허구적 이야기나 비현실성의 화소를 통한 창작의 이야기가 아닌 '근래'

---

16) 『매일신문』(논설), 1898.7.22.

라는 시공간에서 오는 '요즈음'이란 실재적 체험의 시공간에 있다는 사실이다.

따라서 기우당이라는 인물이나 그의 배경(집)과 체험도 그리고 여름이라는 계절의 시간성도 논설(1898.7.22) 텍스트라는 공간 속에서 사실성을 부여하며, 신문 논설의 현실성을 담보한 진지함이 더해진다. 그리고 ㉠의 체험적 사실을 통해 제시된 서사의 핵심이라 할 수 있는 논의의 주제 암시(정정 유죠ㅎ야 죠곰도 항오를 일치 아니ㅎ고 일정흔 규측이 잇셔 ㅎ나라도 차착됨이 업스며 가다가 길에 굴근 모릭든지 큰 흑덩이가 잇스면 일제히 병력ㅎ야 쓰으러 내여 길 밧그로 내여 바리고 가는 길을 평탄이 만든 후 식경이나 되도록 다 간 뒤에 흔 큰 긔아미가 영솔ㅎ고 가거늘)의 대목도 이후 전개될 논변과 대응하면서 논설의 전달력을 고조시킨다.

체험적 사실(개미의 이야기)과 논변의 이러한 대응 구조는 당시 우리(대한제국)의 현실 문제로 대두된 "법을 올곧게 세우는 일"인데 이것이 바로 논제의 핵심이고 논설의 궁극적 목적이라 할 수 있다. 서사 활용으로 언급한 ㉠의 부분은 신문의 실재성에 기반하는 시공간의 이야기 화소를 떠오르게 한다. 곧 간단하고 짧은 사실적 체험의 이야기는 과거의 역사적 문제가 아닌 실재적 현실 공간에서 제기되고 있는 논변의 논리를 도모하기에 우리의 현실적 문제와 대응하고 있는 것이다.

"큰 개미=임금과 어진 재상", "여러 천만 마리의 개미들=억조의 수많은 백성들", "일제히 병력을 도모=백성의 일체감 조성"이 서사 활용과 대응되는 논변의 논리다. 부언하자면, 나라를 세운 후에는 무엇보다 우선하여 법을 세워 확고히 해야 하며, 법의 폐단이 있을 시에는 잘잘못을 의논하여 그에 따라 빠르게 개정하고 어진 법률과 작은 법규라도 바르게 세워 백성이 이를 알고 실천할 수 있도록 제대로 상고하포(上告下布)해야 함을 강론하고 있음이다. 하지만 ⓛ의 논변에서 제기되는 현실(몃 희가 못되여 싀 법은 푸러지고 옛 폐단만 남앗스나) 모습은 어두웠으며 원인 또한 극명했다.

필자의 논변을 따라가 보면, 당장 나라와 백성의 안위는 생각지 않고 구차한 변명으로 낡은 인습만 고집하고 폐단을 고치고 도모하지 않는 관원들의 인순고식(因循姑息)에 근본 문제가 있었던 것이다. 그러므로 이러한 어두움의 극복을 위한 처방은 온당히 법을 담당하고 있는 관원들이 나라와 백성을 우선으로 생각하는 초심으로의 회귀와 법을 올곧게 살필 수 있는 관원을 바로 세워 신법(법률)의 공명한 실천을 꾀하는 것에 있다. 이것이 곧 일국의 기초가 되는 백성을 일사분란하게 바른 길로 나가게 하는 일체의 동력을 제공하기 때문이다. 이에 기우당의 체험적 사실을 토대로 공유하고자 했던 이 논설의 논변 지향의 핵심은 '신법 실천'이라 명명할 수 있을 것이다.

[서사 활용]

㉠ 인물 소개

엇던 학쟈님 흔 분이 머리에는 수 십년 된 큰 갓슬 쓰고 몸에는 수 삼년 된 헌 도포를 닙고 손에는 청여쟝을 집고 호즁 싸흐로브터 와셔 인스흔 후에 희희탄식ᄒ여 왈 지금 세샹이 엇지 이리 요요ᄒ고 법도 이젼 법이 아니오 의관도 이젼 의관이 아니니 이갓치 되다가 ᄂ죵에ᄂ 엇지 되랴노 ᄒ거늘

[논변]

ⓛ 변론의 구체화

내가 무러 왈 녯적에 토굴에서 살엇스니 지금 사롬도 능히 ᄒ겟ᄂᇰ뇨 그럿치 못ᄒ다 녯적에 나무 열미만 먹엇스니 지금 사롬도 능히 ᄒ겟 ᄂᇰ뇨 그럿치 못ᄒ다 녯적에 풀노 옷슬 ᄒ여 닙엇스니 지금 사롬도 능히 ᄒ겟ᄂᇰ뇨 이것도 ᄯᅩᄒ 능히 못 ᄒ리라 그러ᄒ면 지금 셰계가 녯적 셰계가 아니오 지금 사롬이 녯적 사롬이 아니어늘 셰계와 사롬 은 다 녯적이 아니고 능히 이젼 법을 힝ᄒ리오 만일 엇던 사롬이 수 빅년 젼 의관을 ᄒ고 길가에 셔셔 사롬으로 더브러 수작ᄒ면 사롬마 다 보고 놀나며 웃지 아니ᄒ리 업셔셔 일기 이샹ᄒ 물건으로 지목ᄒ 리니 수빅 년 된 의관도 금 셰샹에 능히 용납홀 수 업거든 ᄒ믈며 나라 다스리ᄂᄂ 법이리오 그러ᄒᄌᆨ 물건이 오래면 쎠러지고 법이 오 래면 폐단이 나ᄂᄂ 고로 셩인도 여셰추이ᄒ샤 션ᄒ 것만 퇴ᄒ야 좃차 힝ᄒᄂ니 시셰로 말ᄒ여도 고금이 다르고 풍쇽으로 의론ᄒ여도 고금 이 더욱 다른지라 법이라ᄂᄂ 쟈ᄂᄂ 텬리를 슌ᄒ고 인심을 좃차 시셰와 풍쇽을 침작ᄒ야 인도ᄒ면 빅셩들이 다토와 나아가 ᄌ연이 되려니와 엇지 구습으로써 빅셩의 슈죡을 결박ᄒ야 압으로 나아가지 못ᄒ게 ᄒ고 빅셩의 이목을 가리워 듯지 못ᄒ고 보지 못ᄒ게 ᄒ며 빅셩의 졍신을 쎄야 알지 못ᄒ고 싱각ᄒ지 못ᄒ게 ᄒ리오 이젼 법은 이젼 어리셕은 빅셩을 위ᄒ야 베프럿거니와 지금 인물이 날노 번셩ᄒ야 지식이 날노 열니매 구법은 ᄌ연히 폐ᄒ여 지ᄂᄂ니 지금 셰졍이 비록 변ᄒ엿다 ᄒ나 이후ᄂᄂ 지금보다 더 크게 변ᄒ리다 엇지 그러ᄒ고 소 위 야만이라 ᄒᄂᄂ 쟈ᄂᄂ 져희 동류를 잡어 먹ᄂᄂ 쟈ㅣ로대 ᄒ 번 변ᄒ야 어진 사롬이 되야셔 화평홈을 됴화ᄒ고 살해홈을 셜혀ᄒ야 ᄌ식은 아비보다 낫고 손ᄌᄂᄂ 한아비보다 나셔 후의 변홈이 젼의 변홈보다 나혼즉 법은 사롬으로 ᄒ여곰 셰쇽과 어긔지시 안케만 홀 ᄯᅮᆫ이오 만 일 셰쇽과 어긔여짐이 잇거던 곳 다스린즉 살인과 도적과 기타 여러

가지 죄법이 추추 금치 아니ᄒ여도 ᄌ연이 업서지리다 법을 잘 변ᄒ
ᄂ 쟈ᄂ 단뎡코 이젼 규모만 존즁히 녁이지 아니ᄒ며 ᄯ 이젼 사름의
말만 밋지 아니ᄒ고 범ᄉᄅ 리치에 합당ᄒ게 ᄒ야 사름마다 ᄌ유지
권를 가지고 서로 압제ᄒᄂ 폐단이 업게 ᄒᆯ 거시오 일동일졍을 이젼
규모ᄅ 좃차 셰쇽에 합지 못ᄒ게 ᄒ면 어ᄂ 날에나 사름의게 편리ᄒ
리오.

ⓒ 논변의 핵심

근일 슈규ᄒᄃ ᄉ 사름들은 ᄌ긔 혼쟈나 잘 수구ᄒ면 됴흐련마ᄂ 무
워시 부죡ᄒ야 셰상을 ᄯ 죳고 셰상을 원망ᄒ야 쳔단만단으로 셰샹을
흔ᄃᄂ고 ᄌ긔ᄂ ᄌ긔오 셰샹은 셰샹이어늘 ᄒ믈며 ᄌ긔ᄂ 풍쇽의
죵이 된 줄을 스스로 아지 못ᄒ고 오히려 영화로 녁이고 셰샹을 ᄂᄆ
라니 엇지 우습지 아니ᄒ리오 오늘날 셰샹의 힝ᄒᄂ 법이 필연 후일
에 수구ᄒᄂ 사름들도 편리ᄒ다 ᄒ리다 ᄒ니 그 학쟈님이 아모 말도
업시 가더라.17)

도입 서사의 형태로 제시되고 있는 위의 논설도 앞서 언급한 기
우당의 서사 활용과 같이 전체적인 구조는 체험적 사실을 통한 현
실 문제의 적용이라는 틀을 발견할 수 있다. 다만 위의 제시된 논설
에서 놓치지 말아야 할 것은 그 체험적 사실이 '나'라는 필자의 체험
을 토대로 '학자'의 인물과 대립되어 현장성을 더욱 극명하게 이끌
고 있다는 사실이다. 이러한 이유에서 논설의 화자라 할 수 있는
나의 존재는 직접성을 드러내며 여과 없이 비판적 논의와 변론을

---

17) 『제국신문』(논설), 1899.4.26.

체계적이고도 생생하게 마치 현장에서 목도(目睹)하듯 드러낼 수 있는 것이다.

특별히 '나'라는 화자와 대립되는 '학자(엇던 학쟈님 흔 분)'의 모습은 ㉠의 인물 제시에서부터 풍자와 비판의 희화화된 대상으로 드러나 독자의 호응을 얻어낼 수 없는 고루한 인물로 설정되어 있다. 사정이 그러함에도 학자라는 인물의 명칭에는 '-님'과 '-분'이라는 존칭의 접미사나 의존 명사를 붙여놓았다. 이것은 오히려 시대착오적인 인물의 비판적 외형묘사와 함께 풍자적 인물의 전형성을 읽어낼 수 있는 부분이기도 하다. 실상 전체 구조를 놓고 보면 나와 학자의 문답 구조를 취하고 있지만 되레 '나'라는 존재는 우월한 위치를 확보하며 '학자'라는 인물을 꾸짖고 있어 '나'의 일방향적 논변이 가능해졌다고 본다.

이러한 구조는 ㉡의 변론을 통해 구체적 상술로 그 논리를 드러내는데 이 부분이 바로 논설의 본문에 해당하는 것이다. 먼저 질의의 화법을 이용해 학자라는 인물의 허구적 실상(수구적, 보수적, 답보적, 시대착오적 구태의 결여태)을 고발하면서 새로운 시대에 맞는 법의 개념과 의미를 논제로 제시하고 있다. 즉 옛 법의 폐단으로 인해 구습과 풍습은 백성의 수족을 결박하고 이목을 가리어 결국 국민의 정신을 빼앗아 혼미하게 한다는 판단이다. 이제 시대에 합당한 법을 세워 세속과 시세에 어그러짐이 없게 하고 죄인을 법으로 다스려 사회와 국가의 안녕을 도모하며, 백성과 국가의 자유권을 보장해야 함을 강론하고 있다.

㉡의 전체 구조는 "문답식 화법의 구사(논의 제시) → 법의 개념과 의미를 상술 → 야만인의 사례를 구체화 → 법의 가치와 의미를 상술"하는 형태로 체계적이고 일방적인 논변 구조를 파악할 수 있다.

그리고 논설은 이제 '나'와 '학자'라는 인물의 대응 관계를 넘어 ⓒ의 내용을 통해 '나'의 '수구'를 향한 비판 의식과 반성적(슈규ᄒ다ᄂ 사ᄅᆷ들은 ᄌ기 혼쟈나 잘 수구ᄒ면 됴흐련마ᄂ 무워시 부죡ᄒ야 세상을 꾸즛고 세상을 원망ᄒ야 천단만단으로 셰상을 혼ᄃᆨᄂ고 ᄌ기ᄂ ᄌ기오 셰샹은 셰샹이어늘 ᄒ믈며 ᄌ기ᄂ 풍쇽의 죵이 된 줄을 스스로 아지 못ᄒ고 오히려 영화로 녁이고 셰샹을 ᄂᄆ러니 엇지 우습지 아니ᄒ리오) 촉구로 개혁을 역설하고 있다. 이러한 계몽담론의 논변 지향은 자칫 현실을 망각하고 이전의 세속을 무턱대고 좇아 다시금 자유권의 압제적 폐단을 답습하지 않기 위한 논설의 핵심을 피력하는 의지의 발산이 아닐 수 없다. 따라서 논변의 강도는 단호할 수밖에 없어 보인다.

근대계몽기 여러 신문들 속에서 형성된 논설을 고찰할 때 가장 먼저 주목되는 것은 의견의 논의적 서술, 즉 사리의 옳고 그름을 밝혀 말하는 논변의 기술 태도다. 논변의 목적은 글쓴이의 의도를 전달하는 방편으로 변론의 의미를 말한다. 설득을 지향하는 논설에서 담론 구현은 주장의 설득과 다양한 의식 전달의 효용을 위해 변론이 필요조건임을 부정할 수는 없다. 논설의 논의 전개에 있어 웅변적 태도나 연설적 변론의 성향을 지적하는 이유도 이 때문일 것이다.

더욱이 근대는 시대적 성격이 복잡하고 빠른 변화의 흐름 속에서 국가적 위기라는 대명제와 맞물리게 되면 붙좇아 의지하려는 사유와 함께 사회적 모럴의 해체나 재정립도 현실적 문제로 부상하게 된다. 이러한 국가적 위기 상황이 근대 지식인으로 하여금 지적 책임감을 발산하게 하는 배경을 제공한다. 주지하다시피, 이 시기 창작에 참여한 작자들18)의 면모는 기존 작자층을 형성해 온 한문 지식층에, 근대적 신교육의 결과로 형성된 지식인들이 더해졌다. 그

192

리고 기독교 계열의 지식층이 새롭게 가담하면서 이전에 비해 작자층의 모습도 다양한 참여와 수용을 보이고 있다.

이러한 현실에서 서로 다른 층위의 작자들은 담론 구현에 있어 당연히 자신에게 익숙한 글쓰기 형태(더불어 문자의 선택)를 취하기도 하고 독자에게 흥미를 끌기 위한 방편으로 전통적 소재에 기초한 낯익은 이야기 화소를 활용하기도 한다. 논설(論說)의 '논'은 논의와 변론의 의미다. '설'은 이야기와 우의를 포함[19]하는 서사 투영의 면모를 지닌다. 글이라는 큰 맥락에서 논설이라는 장르[20]는 무엇보

---

18) 김중하는 「개화기 소설의 문학 사회학적 연구」에서 작가 계층의 사회적 성격을 언급하는 과정에서 민족지 관계 작가들과 신소설 작가들로 나누고, 이들은 당시 혼란 속에서 공존하면서 전통 지향적 가치관과 개혁 지향적 가치관을 각각 대변했다고 한다. 그리고 전통적 가치관으로 정립된 위정척사파(衛正斥邪派)의 문학은 이 시기에 직접 신문의 내용으로 등장하지 않는다. 오히려 이 시기에 이들의 사고를 대변한 것은 이들의 영향을 받은 온건개화파 또는 일반 민중의 왕조 보위의 사고를 표현한 글들이었다. 이들은 개화파의 주장에서 현실인식의 내용을 수용하면서 그 인식 위에 자신들이 품은 방향과 전망을 제시하였다. 따라서 신교육을 받지 않았으나 새로운 의사표현의 방법으로 신문 발간에 참여하기도 하고 거기에 문학 작품을 발표하기도 하였다는 것이다. 김중하, 「개화기 소설의 문학 사회학적 연구」, 경북대학교 박사논문, 1985, 36~39쪽. 또한 이와 관련한 종합적 연구서는 김중하, 『개화기 소설 연구』, 국학자료원, 2005를 참고한다.

19) 이에 대해 김교봉·설성경은 신문이나 잡지에서 소설 문학이 게재되는 문예란은 신속히 전달되어야 할 사실들로 꽉 찬 기사들 중에서 유일하게 비사실적인 허구로 이루어져, 독자들에게 일상적 뉴스에 접하는 충격을 얼마간 완충시키는 휴식의 공간이 될 수 있었다는 견해다. 더구나 그 당시 접하게 되는 대부분의 기사들은 당시 독자들인 대한인들을 절망하게 하고 분노케 하는 소식들이 대부분이었고 이러한 소식들을 통해 대한인들의 단결을 촉구하거나 계몽시키는 내용이 주류를 이루었던 사실에 주목하고 있다. 요컨대 이러한 기사들을 통해 문예란에 게재된 소설들은 당시 어두운 상황으로부터 비참함과 실망에 빠져 있는 독자에게 새롭게 지향해야 할 가치관과 세계를 제시했을 것이라 본다. 즉 그 지향적 삶의 꿈이 행복한 성취를 이루게 하는 유일의 공간으로 기능했다는 것이다. 김교봉·설성경, 『근대 전환기 소설 연구』, 국학자료원, 1991, 34~35쪽.

20) 김윤규는 '논설란'에 실리지 않은 글들도 작가의 의도를 드러내는 글들이 자주 발견된다고 한다. 당시에 특수한 경우가 아니면 신문이나 잡지의 논설란은 발행인들이 집필한 교훈적인 글들을 실었고, 투고된 내용이나 견문에 의해 전달된 내용은

다 목적성(나→너의 지향)이 분명한 표명화된 형식이다. 근대라는 시기적 유개념에서 계몽의 성격을 경세우국 지향의 바탕이라고 할 때, 우국발로의 기반은 국제 정세를 아우른 정치나 경제, 사회, 문화의 전반에 이르기까지 계몽지식인들의 관심을 발견할 수 있는 영역인 것이다.

지문 ①

[서사 활용]

㉠ 이야기 도입 전개

심산 궁곡에 나무가 여러 만 쥬 셧ᄂᆡ 몃빅 년을 모진 바름과 악흔 비에 다 썩고 병드러 얼마 못 되면 다 쓰러질 터인ᄃᆡ 그 가온ᄃᆡ 나무 ᄒᆞ나히 잇셔 ᄂᆞ지ᄂᆞᆫ 몃 ᄒᆡ가 못 되엿스나 샏리가 든든ᄒᆞ고 중심이 단단ᄒᆞ며 곷이 번화ᄒᆞ고 닙히 번셩ᄒᆞ더니 그 여러 썩은 나무 총 즁에 잇셔ᄌᆞ연이 못된 긔운이 침노ᄒᆞ고 병긔가 샏리로 젼념이 되야 차차 속으로 버레가 싱기ᄂᆞᆫ지라 버레가 싱기더니 밧그로 탁목죠라는 싀가 와셔 부리로 찍으며 두다려 그 나무 겁질을 헤치고 버레를 ᄂᆡ여 먹으민 그 나무가 속으로 버레에 ᄒᆡ와 밧그로 싀가 쏩ᄂᆞᆫ ᄃᆡ 견ᄃᆡ지 못ᄒᆞ야 점점 조잔ᄒᆞ야 가ᄂᆞᆫ지라 곷도 격게 픠고 닙도 영셩ᄒᆞ야 아죠 보잘거시 업시 되얏더니

㉡ 이야기와 관련한 글쓴이의 개입

하ᄂᆞᆯ이 만물을 ᄂᆡ시민 지어 쵸목이라도 호싱지덕은 일반이라 양츈이

기서나 잡보 등에 실었다. 그리고 이런 글의 내용이 선택되는 경우에도 발행인의 의도는 반영되어 있어서, 당시 현실과 관련해 일정한 교훈적 의도를 지닌 글들이 실릴 수 있다는 것이다. 이 글들도 논설의 성격을 가진 것으로만 본다면 '논설란'에 실린 글들과 함께 논의할 수 있어야 한다는 것이다. 김윤규, 『개화기 단형서사 문학의 이해』, 국학자료원, 2000, 59쪽.

도라오고 화흔 바름이 불며 단비가 나리여 전에 병든 거시 일죠에
소싱ㅎ니 곳도 다시 번화ㅎ고 닙도 쏘흔 무셩ㅎ야 젼보다 더 보기가
조흔지라

ⓒ 마무리 이야기(후일담)

일노 좃차 양츈이 덕을 펴셔 만산 중에 셕고 병든 나무들이 ㅊㅊ 싱
기가 도로 나셔 몃 히가 아니 되여 나무마다 곳치 퓌고 닙히 취여셔
흔흔흔 빗치 산 가온듸 가득ㅎ고 조잔흔 형상이 업셔지니 지느는 힝
인들이 보고 놀나 말ㅎ기를 이 산 초목이 젼에는 다 쇠잔ㅎ고 겨오
흔 나무만 곳치 퓌엿다가 그도 역시 병이 드럿더니 지금 와셔 보미
나모마다 다 무셩ㅎ엿스니 이거시 엇지ㅎ야 이러흔고 아마 이 산이
왕긔가 도라완나 보다 ㅎ고 진일토록 놀고 도라 가더라

[논변]

ⓔ 이야기의 상황과 관련한 논평

대져 셰상 리치가 극히 셩ㅎ면 쇠잔ㅎ고 극히 쇠잔ㅎ면 다시 셩ㅎ느
니 사롬마다 이거슨 싱각지 아니ㅎ고 졔 강흔 것만 밋고 남의 약흔
거슬 압졔ㅎ며 졔 큰 거슬 가지고 남의 젹은 거슬 업슈히 넉임은 아
조 못싱긴 사롬이라 음우가 회명ㅎ얏다가도 광풍제월이 되고 융동상
셜이 변ㅎ야 양츈우로가 되나니

ⓜ 우리의 현실과 관련한 직접적 논변(글쓴이의 주장)

우리 대한이 지금은 쇠약흔 지위에 안졋스나 인민들이 ㅊㅊ 긔명을
쥬의ㅎ야 이젼 어두은 거슬 빅분지 일이라도 씨다르니 이 씨닷는 거
시 ㅎ로 앗츰에 활연이 통ㅎ고 보면 산천과 인물과 토지 소산이 셰계
만국에 비교ㅎ 드리도 누구만 못ㅎ리오 지금 씨가 양츈은 도라왓스
니 지극히 바라건대 젼국 우리 동포 이쳔만 형졔들은 졍신을 도져히

찰혀 아모죠록 국긔를 공고ᄒ고 부강을 힘써셔 외국이 엿보고 참노
ᄒᄂ 거슬 막아 볼 도리를 ᄒ야 봅시다 다만 말노만 그리ᄒ쟈 ᄒ면
쓸 ᄃ가 업ᄂ지라 그 확실ᄒ 목적은 두 가지니 ᄒᄂ혼 게으른 거슬
아조 바리고 ᄒᄂ혼 녯 버릇슬 일절 바리고 ᄉ로 죠혼 거슬 본밧ᄂ
밧게 업ᄂ지라 만일 그리 아니ᄒ고 보면 얼마 아니 되야 남의게 ᄆ이
여 그 사름에 ᄉ환으로 그 두 가지를 홀 터이니 그리ᄒ고 보면 엇지
셜고 분ᄒ지 아니ᄒ리오 부ᄃ 그거슬 싱각ᄒ야 아무조록 너가 홀 닐
을 남의게 ᄆ혀 ᄒ도록 마시기를 쳔만 번츅슈ᄒ오.21)

지문 ②
[논변]
㉠ 이야기 도입(비유를 통한 현실 비판적 태도)

개고리란 물건은 릉히 쒸기도 ᄒ고 릉히 울기도 잘ᄒ야 디룡이나 송
샤리보다ᄂ 얼마큼 나ᄒ나 실상은 겁도 만코 문견도 고루ᄒ야 죠고
마흔 빗암의게 죽ᄂ니 그런 고로 셰상 사름의 문견이 고루ᄒ고 스스
로 놉혼톄ᄒᄂ 쟈를 우물 밋히 개고리라 ᄒᄂ지라 즘싱 중에도 호표
시랑과 샤ᄌ와 ᄀ치 녕악ᄒ 것도 잇고 여호와 톳기와 도야지와 개고
리 ᄀ흔 것도 잇ᄂ니 오쥬 셰계에 부강ᄒ 나라들과 빈약ᄒ 나라들을
물건에 비유 ᄒ면 ᄯ흔 크고 젹은 것과 붉고 어두옴을 ᄎ뎨로 분셕홀
지라 그러면 대한국은 엇더흔 나라이라 칭홀고 우리ᄂ 망녕되히 평
론코져 아니 ᄒ나 대한 형편을 궁구ᄒ여 보건ᄃ 샤ᄌ와 호표ᄀ치 즘
싱 중에 어룬이 되리라 홀슈 업도다

---

21) 『매일신문』(논설), 1898.7.25.

[서사 활용]

ⓛ 토기와 관련한 우화

녯 말에 닐너스되 톳기들이 슈풀 속에 숨어 잇서 ㅈ긔의 몸이 잔약홈을 항샹 한탄ᄒ고 분울ᄒ야 ᄒᄂ 말이 우리가 산중에 살고져 ᄒ나 호표와 시랑이 먹으랴 ᄒ고 들에 가 살고져 ᄒ되 산냥개와 사름들이 잡으랴 ᄒ며 심지어 무지흔 독슈리ᄭ지 우리를 먹고져 ᄒ니 실노 흔 심ᄒ고 가련흔지라 구멍을 각처에 두고 이리 져리 피신ᄒ여 구구히 살냐 ᄒ니 츈풍에 깁히 든 잠은 산냥군의 총소리에 놀나 ᄭ여 간담이 셔늘ᄒ고 슈풀속에 자란 ㅈ식은 무졍흔 즘싱들이 ᄲ가 업시 잡아가니 고싱ᄒ고 사ᄂ 것이 죽ᄂ 이만 못흔지라. 쵸개 ᄀᆺ흔 우리 몸이 흔번만 죽어지면 쳔만가지 근심이 도모지 업스리니 우리ᄂ 다 물에 ᄲᅢ져 죽쟈 ᄒ고 톳기들이 쎄를 지어 일뎨히 못물을 ᄎ쟈 갈 ᄉ ᅵ 흔 곳에 이르니 언덕 우희 도화꼿은 락화가 분분ᄒ야 동셔로 날나가고 거울 ᄀᆺ흔 못물 빗츤 파도가 잔잔ᄒ야 일쳔 쳑이 깁헛ᄂ디 못가에 다 다르니 허다흔 개고리가 톳기 쎄를 보고 ᄭᅡᆷ쟉 놀나 긔급 ᄒ며 방울 ᄀᆺ흔 량편 눈이 산 밧게 쇼사나셔 이리 ᄲᅱ며 져리 ᄲᅱ여 도망ᄒ야 다 라나니 토기 즁에 길라쟝이 하늘을 울어러 크게 웃고 손벽치며 도라셔셔 뒤에 오ᄂ 톳기들을 위로ᄒ여 ᄒᄂ말이 여보시오 친구들아 우리가 평싱에 긔질이 약홈으로 여러 즘싱들의게 업슈힘 밧ᄂ 것을 일싱에 한탄ᄒ더니 오날놀 이곳에 와셔 본즉 우리를 무셔워ᄒ야 죽기로 도망ᄒᄂ 개고리도 잇ᄂ지라 우리도 무인디경 ᄀᆺ치 횡힝홀 곳이 잇스니 엇지 즘싱 즁에 젹고 약ᄒ다 ᄒ리오 젼진을 후진으로 만드러 깃분 므음으로 도라갓다 ᄒ엿스니

[논변]

ⓒ 우리의 현실과 관련한 직접적 논변(글쓴이의 주장)

일노 좃차 보건되 야만의 나라도 졍치와 법률을 곳치며 빅셩을 스랑
홀진되 문명 기화에 진보가 될 것이오 기명흔 나라이라도 졍령이 ᄎ
ᄎ 문란ᄒ며 법강이 졈졈어두오면 도로 야만국이 되리니 대한 졍부
졔공들은 이왕에 기명흔 것만 ᄌ랑 ᄒ지 말고 항샹 죠심ᄒ며 항샹
궁구ᄒ야 대한졍치로 ᄒ여금 오쥬 즁에 문명흔 나라이 되게 ᄒ면 개
고리 쫏ᄂ 톳기가 되지 안코 일빅즘싱 즁에 어룬이 되ᄂ 호표와 샤ᄌ
ᄀᆺ치 될 줄노 우리ᄂ 밋노라.22)

위의 지문 ①, ②의 논설은 글쓴이가 논변을 중심으로 서사 활용
을 전개한 담론이다. 하지만 첫 도입은 논설의 전제나 반복적 강조
의 담론이 아니다. 아마도 독자의 입장에서는 생경할 수도 있는 측
면이다. 그렇다면 이것을 글쓴이가 인식하고 있었을까. 그런 이유
에서인지 서사의 내용 구조는 짧다. 이것은 다름 아닌 동일한 정론
적 논설(서사를 활용하지 않은)과 대비하자면 그 구조는 같으나 다만,
이 짧은 서사가 곧 환기문단의 역할을 하게 된다. 마치 먹물 한 방울
이 화선지에서 번져나가듯 글쓴이의 주제 의식이 이야기를 타고 배
어나온다. 그리고 글쓴이의 서사 활용 의도에 주목해 본다면 이 도
입부의 서사는 창작된 독립적 서사의 단일 가치도 지니는 것이다.

ⓐ의 도입 부분은 심산궁곡이라는 배경이 나온다. 그 안에는 몇
백 년을 모진 바람과 악한 비로 다 썩어가는 병든 나무들이 무성하
다. 그런데 그 심산궁곡에 희망이라 할 수 있는 튼튼한 젊은 나무가

---

22) 『독립신문』(논설), 1899.6.12.

있다. 하지만 이와 같은 열악한 환경 속에서 함께 노출돼 있기에 그 젊은 나무 역시 병들어 고사해 가고 있는 실정이다. 더욱이 설상 가상으로 밖에서 날아 온 탁목조(딱따구리-열강) 한 마리가 나무를 더욱 쇠잔하게 만들고 있다. 필자는 여기서 일반적으로 지적되는 흥미, 관심유발, 표현의 다양성이라는 의미를 다시 말하자는 것이 아니다. 이러한 지적을 아우르는 하나의 논설이라는 텍스트 안에서 그 이면의 서사 활용이 지닌 의미를 찾고자 함이다.

논설에서 이 짧은 환기문단의 서사 도입으로 인해 논의 제시는 오히려 분명해지고 동시에 독자를 끝까지 담론 속에 계속 머물게 하는 효과를 기대할 수 있는 것이다. 이것은 주제의 유사성에서 오는 평이성이나 독자를 향한 글쓴이의 일방성 내지 극단성의 차원을 극복하는 통로로 사색의 공간 표출이 아닐 수 없다. 이 사색의 공간은 글쓴이와 독자가 소통할 수 있는 새로운 서사 공간을 지칭하는 동시에 문정통(文情通) 문심안(文心眼)의 공유 공간의 제공이다.

그러므로 정론적 논설에서 오는 일방성과 극단을 지양하는 새로운 의사소통의 영역이 생성되고 그 안에서 독자는 글쓴이와 교감하게 되는 것이다. 또한 독자를 향한 사유의 공간 제공으로 독자는 이야기를 통해 현상을 조망할 수 있고 궁구할 수 있는 가능성이 열리게 된다. 물론 직언의 직접적 논설을 펼칠 것이냐, 그렇지 않을 것이냐의 문제는 글쓴이와 독자와의 관계 속에서 규명해야 할 몫이나 적어도 글쓴이의 입장에서 생각해 본다면 이것은 분명 독자를 향한 새로운 글쓰기의 시도가 아닐 수 없다.

이제 지문 ①의 서사 부분을 더 얘기해 보겠다. 결론적으로 말해 ①의 서사는 해피엔딩의 구조다. 이유는 ⓛ에서 글쓴이가 서사의 반전을 가져오게 하는 매개체를 제공하기 때문이다. 그 반전의 매개적 소재는 바로 '양춘(陽春)'이다. 이 양춘의 등장으로 독자는 일종의 안도의 한숨 내지 희망의 실오리를 발견하게 되는데, 이것은 서사가 주는 일종의 쾌락적 의미와 맞닿아 있다. 이처럼 서사는 논설 속에서도 일종의 교훈(계도)과 쾌락(재미)을 동시에 발산할 수 있는 힘이 발견된다. ⓛ은 전체 서사 구조와 연장선에서 볼 수 있으나 글쓴이의 개입이 드러난 부분이기도 하다. 일단 전체 구조를 먼저 조명해야 하기에 이 양춘에 대한 논의는 뒤에서 더 자세히 고찰하겠다.

지문 ⓒ은 서사의 후일담인데 이 부분이 쾌락적 재미를 맛보게 하는 문단이다. 양춘이 덕을 펴서 만산의 나무가 제 빛을 찾고 '지나가는 행인(타국의 시선)'들로 하여금 되레 부러움을 살만큼 감탄을 자아내게 만든다. 지금까지의 서사 부분이 비록 하나의 논설 텍스트 안에서 반 정도 되는 짧은 분량이며 여러모로 미비하나 이같이 담론 안에서 서사의 활용은 이후 독립된 단일 가치의 서사 활용의 맹아를 떠올리게 한다.

ⓒ, ⓜ은 논변에 해당하는 부분인데, ⓒ은 위의 서사와 관련한 글쓴이의 논평적 언술이 중심이다. 말하자면 ⓒ은 대조적 의미의 반복적 열거를 통한 제시 문단으로 논변의 경직성이 노출되기도 하는 부분이며, 일반적 서술로 전개되고 있다. 그리고 ⓜ은 글쓴이의 주장이 여과 없이 토로되는 부분으로 논설 창작의 주목적(주제)에 해당한다. 즉 우리의 상황을 직시하여 분기충천의 국민 발기를 직설적인 논변으로 구체화하고 우리의 처지(우리 대한이, 인민이, 우리 동포 이천만 형제)로 적용 서술하는 구체적 기술이 드러난다.

요약해 보면 논변 과정은 서사를 끌어와 풀어가는 주장의 논변(일반적 기술)에서 현실적 시공간을 적용해 변화를 촉구하는 주장의 논변(구체적 기술) 구조를 발견할 수 있다. 특히 우리가 개명하고 정신을 차려, 외세의 침략을 막아내기 위하여 일종의 국민을 위한 행동 강령 "하나는 게으름을 아주 버리는 것, 또 하나는 옛 버릇을 일절 버리고 좋은 것을 본받는 것"을 피력하는 논변 내용이 있다. 돌이켜 보면 이것은 당시 근대 속에 그늘진 우리 국민의 현실적 결여태가 아닐 수 없었다.

따라서 글쓴이는 이렇듯 "부딕 그거슬 싱각ᄒ야 아무조록 ᄂᆡ가 홀 닐을 남의게 미혀 ᄒ도록 마시기를 천만 번츅슈ᄒ오."라는 언급을 통해 보호자의 마음으로 국민을 향한 신신당부의 강변23)을 아끼지 않는 것이다. 아울러 ①의 전체 논설을 이해하기 위해 주목해야 할 시점이 있다. 고종 34년(1897)에 기울어져 가는 조선을 바로 세우고자 국호를 대한제국(大韓帝國)으로 개칭하고 왕을 황제라 칭하며, 연호를 광무(光武)라 명명한 지 1년도 채 되지 않은 시기의 글이라는 사실이다. 이에 논설은 곳곳에서 그 흔적과 관련한 의식을 노출시키고 있다. 이를테면 심산궁곡 병든 숲에 모든 나무를 되살려 생명력을 꽃 피게 하고 병의 근원을 없애 숲을 변화시킨 힘의 요체요, 변화의 주체가 과연 무엇이겠는가. 그것은 다름 아닌 양춘(陽春)이다.

이렇듯 양춘을 통해 따스한 봄날의 태양이나 햇살 또는 빛의 이미지로 만물의 회소(回蘇)를 추구하는 것은24) 대한제국의 연호인

---

23) 실제로 그렇게 많은 분량이 아닌 지문 ㉤에서도 필자의 의식과 관련된 서술을 제시해 보면, ㉤ 전체에 해당된다고 해도 지나치지 않다. 그 내용은 다음과 같다. "대한이…긔명을 쥬의ᄒ야/지극히 바라건대/막아 볼 도리를 ᄒ야 봅시다./그 확실ᄒᆫ 목적은 두 가지니/만일 그리 아니ᄒ고 보면/엇지 섧고 분ᄒ지 아니ᄒ리오./부딕 그거슬 싱각ᄒ야 아모조록/천만 번 축슈ᄒ오."

24) "양춘이 도라오고, 화ᄒᆫ 바름이 불며 단비가 나리여 전에 병든 거시 일죠에 소싱ᄒ니./양츈이 덕을 펴서./융동샹셜(隆冬霜雪)이 변ᄒ야 양춘우로(陽春雨露)가 되나니./지금 썩가 양츈이 도라왓스니."

'光武'와 관련한 빛(光)의 힘을 의미한다. 곧 새로운 시대가 도래할 것을 기대하는 시대 현실을 향한 문학적 변용이 어우러져 있는 것이다. 더욱이 지문에는 직접 국호인 '大韓帝國'의 '大韓'을 '우리 대한이'라는 명칭으로 사용하고 있다. 당시 대한제국이 추구했던 안으로 외세의 간섭을 막고 국민의 자각을 통해 자주적 근대 국가를 세우고자 했던 사실과 밖으로 조선에서 러시아의 독점 세력을 견제하려 했던 정치적 지향이 글쓴이의 논변 부분25)에 잘 녹아나 있다.

①의 지문은 서사 활용에서 이야기와 관련된 글쓴이의 개입이 서사 속에 투영되고 서사의 마지막 부분은 후일담으로 마무리하는 서술 구조를 지닌다. 텍스트 안에서 서사와 논변의 기술이 대등하게 전개되고 있지만 논변의 주장을 따라가 보면 서사 구조에 글쓴이의 논평 개입을 발견하게 된다. 부언하자면, ①은 서사의 활용을 앞세워 그 전개 과정에서 일반적 기술을 거쳐 논변의 구체적 기술과 개입을 꾀해 주장을 강변하는 미괄식 논설에 해당하는 것이다. 그러므로 전체 서술은 글쓴이의 논변을 중심으로 서사 기술이 진행되고 있음을 알게 된다. 결론적으로 ②의 경우도 ①과 동일하게 글쓴이의 논변을 토대로 주장을 이끄는 서사 활용이 전개되고 있다. 하지만 ②는 서사를 어떻게 논설과 융화해 논의를 제시하고 전개하느냐 하는 서술 차이는 존재한다. 그러면 ②를 토대로 논변 속 서사의 활용이나 그 기술에 따른 텍스트의 주제 형상화를 접근해 보겠다.

---

25) "졔 강혼 것만 밋고 남의 남의 약흔 거슬 압졔흐며 졔 큰 거슬 가지고 남의 젹은 거슬 업슈히 녁임은 못싱긴 스룸이라./대한이 지금은 회약흔 지위에 안졋스나 인민들이 츠츠 기명을 쥬의흐야 이젼 어두은 거슬 빅분지 일이라도 씨다르니./국긔를 공고흐고 부강을 힘써셔 외국이 엿보고 침노흐는 거슬 막아./녯 버릇슬 일졀 바리고 서로 죠흔 거슬 본밧는 밧게 업는지라./너가 홀 닐을 남의게 미뤄 흐도록 마시기를 쳔만 번 츅슈흐오."

지문 ②의 논설은 제목(개고리도 잇쇼)이 명시되어 발표되었다. 논설에서 제목을 명시했다는 것은 논설의 주제 형상화의 측면에서 당연한 것이고 이로울 수 있다. 그러나 한편으로, 그 제목이 어떠한 것이냐에 따라 애초부터 논설의 제목만 읽고 논설 자체는 읽지도 않는 역효과가 나타난다. 그 이유로 논설에 있어 제목은 무엇보다 중요하다고 본다. 특히 근대 계몽담론은 더욱 그러할 것이다. 제목을 통해 전체가 다 공개된 것 같은 내용은 읽기도 전에 독자를 멀어지게 하기 쉽다. 그런 차원에서 ②의 지문은 성공한 셈이다.

논설 ②의 지문을 세 부분으로 나누었다. 그것은 텍스트 안에서 논변적 주제 형상화가 서사와 어떤 서술로 어우러져 담론이 전개되느냐를 살펴보기 위함이다. 결론적으로 말하면 지문 ②의 논설은 양괄식 서술 구조의 논변을 이끌고 있다. 한 편의 논설 속에 앞뒤로 글쓴이의 논변적 서술이 이어지고 그 가운데 서사가 활용된다. 따라서 앞의 논변은 논의 제시와 함께 전제적 주장이 오고 뒤의 논변은 결말인 동시에 주제 의식을 표명하여, 다시 한 번 주제를 환기시킨다.

㉠은 개구리와의 비유를 통한 현실 비판적 논의가 제기되는 서술 부분이다. 지문 ②에서 ㉠의 개구리는 논변에서 비유적 소재로 언급하지만 우리 조국을 지칭하고자 했던 것은 아니다. 글쓴이는 조국의 형편을 궁구하는 과정에서 "우리의 대한국을 망령되게 평론코자 아니한다."하여 그 논의의 선을 제기하고 이후 자신의 주장이 이어질 것을 피력하는 문단이다. 텍스트 전체 구조로 볼 때 논설을 바르게 이해하는 차원에서 분명히 해 둘 것은 제목에서 설정된 개구리는 ㉠이 아닌 ㉢과 관련된다는 사실이다. ㉠의 논변을 토대로 파악되는 개구리의 전형은 "실상은 겁도 만코 문견도 고루ᄒ야, 스스로

놉흔톄ᄒᆞᆫ 쟈"로 형상화되는 문제의 중심에 서 있는 비판적 모습26)의 대상이다.

하지만 ⓛ의 소재로 언급되는 개구리는 글쓴이가 서사(토끼와 관련한 우화) 속에서 행동이나 역할에 비중을 부여하진 않는다. 그러나 오히려 죽음을 각오한 토끼에게 또 다른 삶의 용기와 힘을 실어주고 각인시켜 주는 간접적, 배경적 존재로 파악해야 옳다. 토끼에게 있어 유약한 개구리의 존재는 서사 속에서 토끼에게 작은 깨달음(우리를 무셔워ᄒᆞ야 죽기로 도망ᄒᆞᄂᆞᆫ 개고리도 잇ᄂᆞᆫ지라)을 주어 살아 갈 희망을 불러오는 자기위안의 소재로 그려진다. 이처럼 ⓛ은 논변 사이에서 전개되는 짧은 서사이나27) 이야기의 화소로 등장하는 토끼의 현실 인식과 삶의 절망감은 그늘진 우리의 나약함을 부끄럽게 만든다.

계속해서 토끼의 우화와 이어지는 ⓒ의 갈무리 논변을 토대로 논설의 두 가지 차원의 계몽 메시지를 살펴보겠다. 하나는 범국민적 차원의 독려다. 글쓴이는 국민에게 우리보다 현실적으로 보잘 것 없는 다른 나라들을 돌아보아 여기서 좌절하지 말고 분발하여 일어

---

26) 독립협회는 먼저 언론을 통하여 민중을 일깨우기 위한 운동을 벌였고, 자주독립 의식과 근대적 지식 및 국권 의식을 고취 시키고자 했다. 이것은 강연회와 토론회의 개최라든지 또는 신문과 잡지의 발간 등을 통해 이같이 계몽성과 근대적 정치의식의 향상을 주장해 왔다. 이러한 당시의 현실을 이해하는 연장선에서 지문 ②는 대한의 정부와 정치, 법률 등과 관련해 일명 '나라 바로 세우기'의 계몽 기획을 강변하고 있는 것이다.

27) "ᄒᆞᆫ 곳에 이르니 언덕 우희 도화꼿은 락화가 분분ᄒᆞ야 동셔로 날나가고 거울ᄀᆞᆺᄒᆞᆫ 못물 빗츤 파도가 잔잔ᄒᆞ야 일쳔 쳑이 깁헛ᄂᆞᆫᄃᆡ 못가에 다다르니"의 언급처럼, 전체 텍스트에서 활용된 서사의 길이는 짧은 편이지만 그 가운데 서사적 배경 제시는 이 같이 하나의 문학적 사실 묘사가 느껴지는 표현을 찾을 수도 있다. 서술은 서사적 문학의 기술이라는 의미와 일반적으로 실상의 묘사라는 기술을 포괄하면서 이야기에 기여하고 있다.

서자는 실천적 의미를 촉구하고 있다. 그리고 다른 하나는 정부 차원의 경계다. 정부는 개명한 것, 이미 이룬 것을 자랑하기에 급급하지 말고 이룰 것을 위해 항상 궁구해야 한다는 주장과 더불어 당시 정부의 허세적 전시 행정을 꼬집어 지적하고 있다. 이것은 조국이 오주(五洲) 중에 문명을 이룬 강대국과 견줄 수 있는 위치에 서야 하는 큰 목표이기에 분기해야 하는 대의적 판단의 발로다.

이렇게 한 편의 논설 속에 투영되는 서사는 그 분량이 많고 적음을 떠나 서사 완결성을 따지기에 앞서 논설과의 결합이라는 관점에서는 성공적이라 할 수 있고 논설의 목적성에도 부합되고 기여하기에 정론적 논설과 병존할 수 있었다. 논설에서 서사의 이러한 활용 모습은 조우의 관계를 넘어 수용의 의미를 앞서는 새로운 글쓰기 차원의 투영으로 서사 기획의 의미 구현을 강조해 왔다. 정론적 논설의 지향이 너(독자, 대중)를 향한 나(글쓴이)의 논변(논의+변론)이라는 담론의 직선적 전달 목적을 직시한다면 주장은 1인칭 서술이 될 수밖에 없다. 그런데 이러한 논설이라는 공간에 서술이 활용되면 3인칭의 서술화가 자유로워진다.

글쓴이는 서사 활용을 통해 그 속에서 관찰자적(객관적 시선-서사성이 우세) 관점이나 전지적(주관성 개입-서사에 논평이 개입) 시선으로 옮겨가며 논변은 더욱 날개를 달게 된다. 1인칭의 표명화된 내가 나의 강변을 시종일관 이끄는 것이 아니기에 논변의 일반성에서 오는 반론이나 주제의 경직성도 한층 더 유연해질 수 있다. 계몽담론의 메시지 전달이라는 측면에서도 이미 앞서 언급했지만 서사의 활용은 오히려 전달력이 우세하다. 사람들은 이야기를 좋아한다. 그러기에 의식적이든 무의식적이든 이야기를 듣고 전파하고 만들어(생성과 첨가) 또 전하려 한다.

인간이 사는 동안 이야기는 계속될 것이기에 적층성이 강화되고 무한한 변용과 전이를 이어갈 것이다. 이 과정에서 차용이나 창작이 가능해지기도 한다. 이런 현실적 차원에서 무엇보다 서사는 독자의 기억 속에 더 오래 남아 전달 욕구마저 내포하고 있다. 또한 그 속(서사)에서 오는 글쓴이와 독자와의 교감이 주는 울림은 정론적 메시지보다 오래 기억될 뿐만 아니라 전파력도 우세할 것이다. 이어 논의될 서사 중심의 논변 기술은 논설의 서사 활용 측면에서도 괄목할 만한 서사적 면모와 문학적 글쓰기 차원의 계몽담론의 함의를 읽어 낼 수 있을 것이다.

3. 서사 양식의 수용과 논변의 배치

이야기는 시간적 전후 관계를 결정지어 주는 사건들의 연결, 행위들의 연결을 말한다. 사건이나 인물의 행위를 시간성 위에 놓고 조명하면 우선은 순서 개념이 성립한다. 반면에 사건이나 인물의 행위를 어떤 의미의 논리성에서 조명하면 인과율의 개념이 성립한다. 일반적으로 이야기는 순서 개념에 속하는 것으로 말할 수 있다. 문장은 연속체가 아니라 순서체이다. 연속체는 단어들이 꼭 그렇게 연속되어야 하는 것을 의미한다. 순서체는 계열에 따라 단어의 순서가 매겨진다. 순서체는 문법적 순서, 논리적 순서, 심리적 순서[28] 등을 말한다.

여기서 단어의 배열과 문장의 배열[29]이 계열에 따른 순서를 갖는

---

28) 롤랑 바르트(Roland Barthes), 김치수 편역, 『구조주의 문학 비평』, 홍성사, 1980, 111쪽.

다고 하는 것은 엄밀히 말할 때 정당한 순서 개념에 입각해 있다고
할 수가 없다. 순서는 그 계열이나 논리적 인과율을 초월하여 상태
를 있는 그대로 파악한 배치여야 하고 그 속에 임의성을 인정한 것
이다. 우리는 그것을 관찰함으로써 정해지는 순서를 말해야 한다.
부언하면 그것은 상황들이 가진 성분적 인과 관계가 아니라 관찰자
의 관찰 순서30)라고도 할 수 있을 것이다. 즉 어떤 경우이든 상황이
그렇게 배열되었다는 것은 배열에 대한 관찰자의 인식의 순서가 시
간적으로 어떤 계기적 구조를 만들고 있다는 것을 의미하게 된다.

사실상 순서라는 의미는 인과 관계의 성질 없이 성립되어 있는
것은 아니라고 하겠다. 순서라는 것은 다만 배열이라고 하는 상황
구조의 임의성을 인정한다고 할지라도 결과적으로 인과율도 창조
하고 있다고 말할 수 있다. 따라서 현상의 순서 구조의 계기란 객관
적 사실성으로의 성분에 의존하여 성립하는 것이 아니라 인간 존재
의 의식의 조명에 의해서, 곧 주관적 의미 부여에 의존하여 얼마든

---

29) 구조주의 이론의 바탕은 문법적 범주의 '문장'의 여러 성질을 언표와 담화가 똑같
이 닮아가지고 있다는 것이다. 그래서 언어학적 구조 원리들을 이야기 및 소설에
적용하려고 한다. 언어학에서 단어의 배열이 문장이 되듯 소설에서는 문장의 배열
이 담화가 된다는 뜻이다.

30) 이야기 속의 인과율과 시간적 순서에 대해 이봉채의 설명은 다음과 같다. 원인
결과라는 관찰의 양태는 먼저 있는 것이 원인이 되고 나중 난 것이 결과가 되니
시간적 계기를 만든다. 반대로 시간적 순서라는 것도 놓인 대로 보면 순서적 관찰이
지만 반드시 앞에 있는 것은 뒤의 것에 원일이라고 할 수 있는 것이다. 아버지와
아들은 순서로도 계기를 만들지만 인과 관계로도 체계를 갖고 있다. 아버지와 아들
과 같은 구속된 체계를 전제로 할 때가 아니라, 소위 우연이라고 하는 세상사들의
연쇄를 볼 때에도 그와 같은 파악이 가능한 것이다. 길에 가로수가 하나가 있고
내가 그 밑을 지났다면 그 사실은 두 개의 실재를 동시에 가질 수가 있다. 하나는
순서 또 하나는 원인 결과다. 인간 존재는 스스로 드러나지 아니하고 그 옆에 있는
가로수에 의해서 상황매겨짐으로 인해서 드디어 존재로서 드러나는 것이다. 때문에
가로수는 내가 거기 걸어가는 충분한 원인이 된다고 말한다. 이봉채, 『소설 구조론』
(2판), 새문사, 1992, 167~169쪽.

지 창조된다는 사실을 부정할 수 없기 때문이다.

이런 관점에서 본다면 객관적 사실성에 의존하여 순서가 이미 인간의 의식을 제쳐놓고 성립되어 있다고 하는 것은 오히려 비논리적, 비과학적이라고 할 수도 있다. 그 이유는 원칙적으로 세상의 존재 구조란 인간의 의식의 투영이 아니면 늘 중립적이기 때문이다. 이에 근대 계몽기 논설이나 논설란을 기반으로 활용된 서사(이야기)의 창작물도 글쓴이에게 있어 선택된 서사의 재료들이라는 것도 이와 같은 성격에서 접근할 수 있다. 이미 성격 규정된 재료로서 글쓴이가 다만 재료의 성격 때문에 이야기 구성의 필요에 따라 차용해 온다고 말할 수 없다.

그것은 글쓴이의 의식 안에서 의미 부여된 것으로서 새로이 구성의 필요성이 생기게 된다고 봐야 한다. 그렇기에 글쓴이의 의식에 들어온 상태대로 재료의 취사선택의 배치 구조인 전후 관계와 좌우 배열이 이야기를 형성하고 있는 것이다. 근대라는 시대적 변이와 신문이라는 특수한 매체 공간에서 기타 여러 상황 속에서 특별히 만들어지는 일종의 담론의 상황매김31)의 강조점을 붙좇아 보려 한다. 하나의 서사 텍스트를 통해 배어나는 논변의 기술은 계몽담론의 서사화를 기반으로 촉매 되는 주제 의식의 귀추인 것이다.

---

31) 예컨대 '나는 간다.'는 'I go.'라는 어떤 객관적 의미를 표현하고 있는 것이 아니라 '너는 지금 안 가고 있다.'든가, 강조점이 주어에 놓인 경우라면, '너는 아직 젊다.'든가, 기타 여러 상황 속에서 특별히 만들어지는 상황매김의 의미를 가지고 있는 것이다. 언어는 근본적으로 이와 같은 상황규정, 상황매김을 하는 것이다. 샤르트르가 비평가의 기능은 비평하는 것이고, 그것은 비평가 자신을 상황매겨야 하는 것이라고 말한 것은 인간의 언어적 의식의 본질에 대하여 깊이 고려한 결과 때문이라고 할 수 있겠다. 샤르트르와 관련 내용은 다음을 참고. 장 폴 샤르트르(Jean-Paul Sartre), 손우성 역, 『존재와 무(I)』, 삼성출판사, 1977.

지문 ①

흔 코기리와 흔 원숭이가 극히 친흔 벗이 되여 각각 제 능흠을 자랑ᄒ
야 말홀ᄉᆡ 코기리 글ㅇ딕 나의 몸을 보라 엇더케 크고 나의 힘은 일빅
즘ᄉᆡᆼ이 짜ᄅᆞ지 못홀 거시오 셰샹에셔 능히 나를 업수히 넉일 쟈가 업ᄉ
니 가히 닐ㅇ딕 지극히 크다ᄒᆞ거늘 원숭이가 또 딕답ᄒᆞ야 말ᄒᆞ딕 너는
그러커니와 쏘흔 나의 몸을 보라 엇더케 경쳡흔고 나의 능흠은 모든 즘
ᄉᆡᆼ이 내 엇기와 등을 ᄇᆞ라보지 못ᄒᆞ니 이럼으로 셰샹 사ᄅᆞᆷ이 다즐거이
날노 더브러 흔 가지 노니 가히 닐ㅇ딕 즐겁다ᄒᆞ며 셔로 닷토아 론난흘
ᄉᆡ 오래도록 승부를 결단치 못ᄒᆞ고 두 놈이 ᄀᆞᆺ치 부엉새의게 가셔 결단
ᄒᆞ야 달나ᄒᆞ니 부엉새가 글ㅇ딕 내가 그 의심됨을 결단코져 ᄒᆞ나 모름
즉이 나의 훈계를 좃겟ᄂᆞ냐 ᄒᆞ거늘 원숭이와 코기리가 글ㅇ딕 삼가 ᄀᆞ
ᄅᆞ침을 밧으리라 부엉새 글ㅇ딕 그러ᄒᆞ면 너희들이 하슈를 건너 큰 나
모 실과를 짜다가 나를 주면 그 일을 붉이 판단ᄒᆞ야 주겟노라 ᄒᆞ거늘
두 놈이 ᄀᆞᆺ치 하슈가ᄉᆡᆼ지 니ᄅᆞ럿시나 원숭이ᄂᆞᆫ 능히 건널 직조가 업고
코기리ᄂᆞᆫ 능히 건널 직조가 앗ᄂᆞᆫ지라 원숭이ᄂᆞᆫ 코기리 몸에 엎드려 하
슈를 건너셔 실과 나모 앞헤 다다릇ᄂᆞᆫ지라 나모가 크고 놉하 실과를 짜
려ᄒᆞ나 코기리 입은 능히 자ᄅᆞ지 못ᄒᆞ고 남게도 오ᄅᆞ지 못ᄒᆞ나 원숭이
ᄂᆞᆫ 홀연이 몸을 날쳐 나모 우희 올나셔 쒸며 실과를 짜셔 바금이에 담아
코기리 입 속에 너코 ᄀᆞᆺ치 하슈를 건너와셔 부엉새를 보고 실과를 드리
니 부엉새가 웃고 결쳐ᄒᆞ야 글ㅇ딕 코기리ᄂᆞᆫ 능히 하슈를 건너고 원숭
이ᄂᆞᆫ 능히 실과를 쫏시니 그 일을 궁구ᄒᆞ면 각각 흔가지 능이 잇ᄉᆞ니
더 자랑홀 거시 업다ᄒᆞ더라.[32]

---

32) 『그리스도신문』(논셜, 코기리와 원숭이의 니야기), 1897.5.7.

지문 ②

시골 사름이 말ᄒ기를,

우리나라 ᄀ국 이후에 업든 신문이라 ᄒᄂᆫ 것이 슈 년 이ᄅᆡ로 싱겨 정부 대신을 시비ᄒ며 빅셩다려 ᄌ유권을 차지라 압졔를 밧지 마라 외국에 가셔 류람ᄒ라 외국 학문을 비호라 ᄒ니 이것은 다 이젼에 못ᄒ든 말이라 (…중략…) 무셰ᄒ 사름이 혹 잘못 ᄒᄂᆫ 일이 잇다가 신문에 나면 벼슬이 쎠러진다던지 죄를 당ᄒ며 유셰ᄒ 사름이면 아모리 못된 일ᄒ 것이 신문에 나ᄃᆡ로도 쓸 ᄃᆡ 업스니 일노 보거드면 신문이 어두은 사름 열어 ᄀ명 식히고 민국 간에 유익ᄒ게 ᄒ기는 ᄉ로이 무셰ᄒ 사름의게 몬 격악이라 신문을 길게 두엇다가는 무셰ᄒ 사름은 살 슈 업고 또 신문 샤 형편을 드른즉 여러 쳔원식 들여가며 리 ᄒ푼 못보고 당쟝 경비에 군식히 지낸다니 신문 ᄂᄂᆫ 사름들은 지각 업ᄂᆫ 것이 내 돈 들여가며 남과 원슈되고 격악ᄒ고 무슴 ᄉ닭으로 ᄒᄂᆫ지 실노 짝ᄒ 일인데

셔울 사름이 말ᄒ기를,

여보게 자네 말이 글얼 듯ᄒ나 ᄒ나믄 알고 둘은 몰으는 말일셰 신문이 쳐음 난 것이라 (…중략…) 그 목적을 궁구ᄒ여 보면 어두은 사름을 ᄀ명식혀 나라를 위ᄒ고 빅셩을 위ᄒᄂᆫ 말이지 ᄀ긔 ᄒ나 위ᄒ 말 잇든가 신문이 무셰ᄒ 사름의게몬 격악이요 유셰ᄒ 사름의게ᄂᆫ 샹관 업단 말은 아니될 일일셰 요ᄉ이 쇼문 못 듯나 각쳐 신문샤에서 지판 당ᄒ다는 말 듯지 못ᄒ엿나 신문샤걸어 지판ᄒ는 사름이 무셰ᄒ 사름이겟나 정부 고관들도 신문에 나ᄂᆫ 것은 조화 아니ᄒᆫ다네 이것은 효험 아닌가 외국은 신문이 여러 만 쟝이나 가고 광고가 여러 十긔가 들어가거니와 지금 우리나라에셔야 불과 몇 쳔 쟝이 못 되니 의례이 밋지지 리가 남을 리가 잇나 만일 신문이 대리가 되면 누가 신문 셜시 아니 ᄒ겟나 (…중략…)

만일 신문이 업스면 빅성이 아조 컴컴ㅎ여 말이 못 될 것이요 대한이
외국에 슈치 ㅎ나를 또 엇을 터이니 내 싱각에는 각쳐 신문에셔 실심으
로 공평이 ㅎ야 대한이 기명흔 후에 일등 공로를 밧아 션싱 노릇 ㅎ기를
브ᄋ노라.[33]

지문 ①, ②는 서사 중심의 기술을 통해 계몽담론의 권면과 설득
이 구현되고 있는 논설이다. 당시 논설란의 담론 구현은 도거리로
쏟아놓는 계몽의 장을 넘어 배후에는 분명함의 욕구 지향이 있었
다. 자연적 배경이나 사회적 현실, 역사적 인식을 기반으로 하는 이
야기나 시사적 사건을 주이야기와 결합하는 형태의 서사 활용은 글
쓴이를 통해 재구성된 의식적 공간이며, 단일한 창작 서사의 버금
가는 창출 공간이라 말할 수 있다. 이를테면 새로운 변형을 위한
질서의 창조이며, 사회와 역사의 재구성과 도약 모색이라는 근대적
담론 지향[34]을 이해하는 귀추기이도 하다.

①과 ②의 논설에서 발견되는 공통점이 있다. 물론 서사적 기술을
중심으로 하고 있다는 전제에서 논설에 제목이 명시돼 있다는 것과
대화로 이야기가 전개되고 있다는 점이다. 여기서 ①은 우화의 소재
활용으로 대화가 이루어지기에 서사 속에서 간접성과 우회성, 함축

---

33) 『독립신문』(논설, 경향문답), 1899.5.10.
34) 구인환은 소설론 제3장 '소설의 성격과 담론'을 설명하는 과정에서 "소설은 현실과
    역사의 반영이고 동시에 그것의 주관적 변용이며 새로운 창조이다. 소설은 개인들이
    우여곡절을 거치면서 이루어낸 삶은 물론 그 삶들로 이루어진 사회와 역사의 수용이
    라는 점에서 현실과 역사의 반영이다. 또한 소설은 반영의 과정에서 대상을 단순히
    재현하는데 그치지 않고 현실과 역사를 재구성한다는 점에서 새로운 질서의 창조이
    다."의 언급을 통해 전자는 전통적으로 소설의 모방(imitation)이나 모사(mimesis)로
    이해할 수 있고, 후자는 소설의 창조(creation)적 특성으로 파악할 수 있다고 지적한
    다. 구인환, 『소설론』, 삼지원, 2002, 76쪽.

성의 형태로 드러나는 서술자의 태도나 목적 지향을 찾아야 한다. 반면 ②는 제목에서도 글쓴이가 명명한 것처럼 문답체 형식을 표명하기에 대화 속에서 드러나는 직접성은 ①보다 강하다. 그러므로 서사적 기술은 ①이 강하고 ②는 논설의 목적성이 우세하다. 이제 면면이 제시문의 텍스트를 살펴보겠다.

①의 지문은 대화를 중심축으로 서술을 이끌고 있으며, 서사 속에서 빈번하게 서술자의 개입이 드러나진 않으나 시점은 3인칭 전지적 시각이 우세하다. 그러니까 서사 속에서 전지적 작자의 목소리를 투영해 허구적 인물로 형상화된 형식을 취하고 있는데 그 존재가 '부엉새'다. 즉 부엉이의 마지막 말은 이 논설의 논지가 되는 것이다. 인물은 우회적 대상인 동물로 우화되고 코끼리와 원숭이, 부엉이가 등장인물이다. 공간적 배경은 숲 속에서 하수로 다시 숲 속으로 옮겨진다. 그리고 사건의 촉발은 코끼리와 원숭이의 지나친 자기 과시적 자랑에서 도화선이 된다.

이렇게 ①의 지문에서 서사의 구성 요소인 인물, 배경, 사건을 모두 찾을 수 있다. 이윽고 코끼리와 원숭이는 결론을 얻기 위해 부엉이의 가르침을 받아 우열을 가리고자 한다. 여기서 잠시 변별을 시도하는 차원에서 접근해 보면, 보통의 우화의 경우 역설(paradox)의 우의성을 토대로 모순 구조의 인물 형상과 내용이 주류를 이루게 된다. 가령 '생쥐와 사자', '양과 늑대'의 전형적 인물(동물) 배치의 역설성은 상황의 역설과 주제의 역설을 마땅히 드러내게 된다. 일종의 전혀 일어날 수 없는 역설적 교훈(생쥐가 사자를 구해주고 사자가 허세를 각성)의 전개가 이루어지는 서사(읽혀지는 이야기 측면)를 위한 서사의 형태를 지닌다.

하지만 ①의 지문에서는 우화적 서사 구조(논설이라는 목적 지향적 소재)를 활용하고 있으나 이솝의 파라독스적 인물 형상은 기대할수 없다. 오히려 철저한 현실성을 토대로 상황매김(기타 여러 상황속에서 특별히 이야기 속에서 만들어지고 활용되는 것)으로 명명할 수있는 서사적 소재로 글쓴이의 태도나 목적에 기투(企投)된 연계적속성이 강하게 드러난다고 봐야 한다. 이런 현실적 특수성에서 우화의 화소를 보는 것과 더불어 간과할 수 없는 사실은 원론적으로돌아와 "왜 이런 서사 이야기를 논설이란 글로 변별"하여 논설란에게재했는지의 목적 지향을 놓치지 말아야 한다.

이러한 문제의식은 주제 구현과도 관련되어 계몽지식인들의 목적성을 충족하는 대응 의미에 소재가 취사선택된 서사 기획의 결과로 보아야 하기 때문이다. 이 이야기 속에서 또 하나 시선을 끄는것은 주제의 중의적 권면을 발견할 수 있다는 데 있다. 인물들의훈계나 계도를 통해 드러나는 일방적 교훈 이면에 가능성이라는 희망의 메시지를 담아내고 있다는 중의적 사실이다. 서로 재주를 과시하는 과정에서 "모든 존재는 온전하지 못하다는 권면"의 훈육과아울러 모든 존재는 "각기 저마다의 뛰어난 하나의 재주가 있다"는국민을 향한 가능성의 주제 제시가 그것이다. 이제 국민들이 마땅히 도모해야 할 일(코기리는 능히 하슈를 건너고 원숭이는 능히 실과를쏫시니 그 일을 궁구ᄒ면 각각 ᄒ가지 능이 잇스니)은 각기 그 재주와기능을 함께 모아 국민국가의 동도(同道)를 추구해야 한다는 사북의종점을 밝히고 있음이다.

①의 지문을 통해 주제 구현의 중의성을 얘기했다면 ②의 지문은논설 제목에서 오는 중의적 의미 구현을 지적하고 싶다. '경향문답'이라는 논설 제목에 무슨 중의성이 있고 또 있다면 그것이 서사 구현과 관계되는 일인가라는 의혹이 제시될 수도 있을 듯하다. 이런

의혹은 제목의 '경향'과 텍스트를 통해 한 축만을 바라본 결과에서 기인했음을 지적하고 싶다. 하나의 서사 구현은 특히 논설이라는 이름으로 논의의 논변을 위한 서사 활용에서는 주제(주장)를 떠나 텍스트의 관계를 구현할 수 없기에 주제(주장)를 중심에 놓고 서사라는 또는 그 속의 문답이라는 서술 활용의 면면을 접근해야 함이 당연하다. 그래야만 논설이라는 텍스트 전체에서 지향된 주장을 발굴할 수 있다.

하지만 제목을 '경향문답'이라 했으니 "경향은 텍스트의 인물에서도 구할 수 있듯이 '京鄕'으로 인식(그 인식의 출발은 등장인물이 또한 '시골사람', '서울사람'으로 등장함에 기인한 것 같다.)함이 마땅하고 내용 형식은 문답체, 주제는 신문물 장려"로 둥글게 정리해 버렸다는 것35)에 성급함을 지울 수 없다. 여기서 ②의 지문을 이제 두 인물의 대화에 초점을 맞춰 주제(주장) 구현과 관련해 이끌어 제시해 보자면 "신문의 치우친 부정적 인식을 바로잡고 신문사에게 권고 독려함"이다.

물론 핵심의 무게는 부정적 시각에서 기인한 신문의 잘못된(객관성이 확보되지 않은 편견의 시각) 인식을 바로잡는 일이다. 그리고 그 속에서 신문사도 개명을 위해 실심으로 공평해야 함을 주장하고 있는 것이다. 서사 구현의 주제가 이러하기에 경향은 '京鄕(서울과 시골)'과 '傾向(마음, 현상, 사상, 형세 등이 한쪽으로 기울어져 쏠림, 그런 행동이나 의식지향)'으로 모두 이해가 가능한 중의성을 갖게 된다. 부언하면 '傾向'에 치우친 신문의 왜곡된 시선의 불식이지만 이 또한

---

35) 정선태, 『개화기 신문 논설의 서사 수용 양상』, 소명출판, 1999, 68~69쪽; 문한별, 「한국 근대 소설 양식의 형성 과정 연구: 전통 문학 양식의 수용과 대립을 중심으로」, 고려대학교 박사논문, 2007, 284~285쪽.

신문으로 신문을 옹호한다는 시각이 있을 수 있으므로, 논설자의 직언적 논변은 서울사람의 대화 속에 녹아나 있다.

따라서 서사의 인물 구조의 대응 관계는 '시골사람-신문의 부정적 편견을 강변, 기존의 체제 지향적, 보수적 의식'과 '서울사람-신문의 객관적 현실 인식과 필요성 논변, 시대 변화의 수용적, 근대적 의식'으로 판별할 수 있다. 그리고 주제 의식의 구현은 두 인물의 서로 다른 논변을 통해 당시 근거 없이 팽배해져 가는 신문의 부정적 인식으로의 '傾向' 또는 '傾向性'을 털어내기 위한 글쓴이의 논설 기획에 그 이유가 있는 것이다. 이런 점에서 논설 지향을 들춰 볼 필요성이 제기되는 근거라 본다.

서사 활용을 토대로 논설이라는 텍스트의 특수성을 고려하여 문답체의 특성을 논의할 때 그 특성으로 지적되는 것은 화자와 청자의 역할이 완전히 구별되어 있다는 점이다. 즉 질문을 던지고(청자) 질문에 대해 대답하는(화자) 위치나 역할이 선명하게 나누어져 있다는 것이다. 질문에 대해 답을 하는 화자의 경우 현실 인식을 바탕으로, 청자에 비해 보다 많은 견문과 지식이 갖추어져 있음은 보편적 상황36)이라 하겠다. ②의 경우 서사 분량이나 서사 속 논변의 양을 감안하더라도 균형적 서술이 느껴진다. 더욱 서사 속에 작자의 직

---

36) 문한별은 『한국 근대 소설 양식론』(2010)을 통해 독립신문의 문답체 형식을 논의한 바 있다. 문면에 화자와 청자 구별되어 있는 경우는 6편인데, "공동회에 대한 문답, 청국 형편 문답, 행세문답, 외국 사람과 문답, 신구 문답, 어느 시골 구친 하나이" 등은 화자와 청자가 문면상의 구별되어 서사를 이끌어 나가는 형태를 지니고 있다고 한다. 이에 비하여 문답체로 되어 있는 글 22편 가운데 16편의 글은 이 둘이 구별되지 않는 이야기 속에 녹아 들어간 형태를 지니고 있다고 말한다. 즉 이러한 연구 성과로 볼 때 독립신문의 문답체 서사 구성력은 서사 우위(이야기 속에 녹아 들어간 형태)의 서술 지향이 강하게 드러난다는 것을 알 수 있다. 문한별, 위의 책, 283쪽.

언적 논변 개입이 없기에 그렇게 판단할 수 있는 일이다.

그런데 ②의 논설은 전체 구조에서 균형 속 불균형이 전개되고 있다. 신문이라는 공간 속에서 신문이 신문을 변론한다는 현실을 떠나 시골과 서울이라는 표면적 명칭에서 오는 배치나 긍정 부정의 토론에서 오는 발언 기회의 불균형을 가리킨다. 발언 기회의 불균형이란 ②의 논설과 같이 하나의 주제로 두 명의 논변자가 토론을 하는 과정에서 논리적 형평성을 갖추기 위한 발언 횟수를 말하는 것이다. 예컨대 공정한 발언 기회가 적용되기 위해서는 "긍정의 발언과 주장이 10분 → 부정자의 자기주장과 긍정자에 대한 논박이 15분 → 긍정의 주장과 답변이 5분"의 구조를 지녀야 발언 횟수나 시간 안배 차원37)에서도 균형을 잃지 않게 된다.

하지만 ②의 논설의 서사 구조는 부정(시골사람)의 논변이 전개된 후 긍정(서울사람)의 부정자에 대한 세세한 논박과 주장만을 기술하고 부정자의 대한 답변과 주장은 없다. 또한 글쓴이의 개입도 없이 끝을 맺는 서술 구조를 드러낸다. 엄밀히 말해 이것은 서술 구조의 불균형이다. 그러나 딱히 글쓴이의 개입을 필요로 하지도 않는다.38) 결국 마지막 발언(서울사람)에 독자가 호응하게 되는 것은 당

---

37) 물론 이것은 정식 토론이 아닌, 논설이라는 서사 텍스트에서 일어나는 토론의 서술 지향을 말하는 것이기에 '시간'의 균등은 곧 텍스트 안에서 두 인물이 구현한 '서사 발언의 분량'으로 대체할 수 있는 차원에 이해가 적용되어야 할 몫이다. 아울러 토론의 균형을 위해 토론의 발언은 보편적으로, 긍정에서 시작해 긍정으로 끝을 맺어야 한다. 물론 드문 일이나 부정에서 시작했을 경우라도 발언은 부정으로 끝을 맺어야 듣는 청중은 발언의 내용을 균등하게 듣는 것이다. 그 이유는 긍정과 부정이 일정 시간 동안 반복되는 토론의 과정에서 긍정에서 시작해 부정으로 발언이 끝을 맺는다면 결국 청중이 마지막으로 듣게 되는 것은 긍정에 대한 부정자의 문제 제기와 부정자의 비판적 주장만을 듣고 토론이 종결되기에 마땅히 순서는 그런 규칙을 갖게 된다. 이병철, 앞의 책, 210~211쪽.

38) "셔국에 흔 농부가 잇서 하느님의 도롤 독실이 밋더니 흐로는 즈긔의 어린 아돌을

216

연한 구조이기 때문이다. 더욱 이런 서사 활용은 글쓴이의 발언이 개입되는 것보다 서사성은 오히려 우세하다.

서술 구조에서 논변 분량이 어느 정도 대등한 위치에 있을지라도 독자는 마지막 논박과 주장에 귀를 기울이게 된다. 서술 구조의 불균형의 기획 속에 논설은 중요한 사실을 놓치지 않고 있기 때문이다. 그것은 "서사가 서술자의 관점이나 목적성을 지향할 때 설득력은 강할 수밖에 없고 서사 속에서 주제는 자연스럽게 부각"된다는 점이다. 그래서 ②의 논설은 서사 속에서 글쓴이의 직접적 개입이 드러나지 않으면서도 '서울사람'의 이야기를 통해 주제(주장) 구현의 목적을 용이하게 표출할 수 있었던 것이다.

지문 ①

동도 산협 등에 흔 대촌이 잇ᄂᆞᆫᄃᆡ 그 마을 가온ᄃᆡ 우물이 잇셔 그 동리 모든 인구가 다믄 그 우물 ᄒᆞ나로 먹고 사는 비라 셔울 사ᄂᆞᆫ 셔싱이라 하는 사ᄅᆞᆷ이 산쳔을 류람홀 ᄎᆞ로 집을 써나 ᄉᆞ방으로 쥬류ᄒᆞ다가 맛춤 그곳에 이르러 흔 집을 차자 들어가 쥬인을 ᄃᆡᄒᆞ야 흔씩 유슉ᄒᆞ기를 쳥흔ᄃᆡ 그 쥬인이 손의 말을 듯지 안코 무례히 질욕ᄒᆞ며 달녀들어 ᄯᆞ리려 ᄒᆞ거늘 급히 몸을 피ᄒᆞ여 다른 사ᄅᆞᆷ을 보고 쥬인의 실셩흠을 말흔ᄃᆡ

다리고 들에 가셔 양의 무리를 구계홀식 늙은 양이 밧가에 누엇ᄂᆞᆫᄃᆡ 양의 싀기들이 어미 겻히셔 쮜놀며 젓을 먹거ᄂᆞᆯ//그 ᄋᆞ희가 오릭 셔셔 보다가 깃거ᄒᆞ야 굴ᄋᆞᄃᆡ//아범이 ᄃᆡ답ᄒᆞ되//ᄋᆞ희 물ᄋᆞᄃᆡ//아범이 굴ᄋᆞᄃᆡ//ᄋᆞ희 ᄯᅩ 말ᄒᆞ되//아범이 굴ᄋᆞᄃᆡ//그 ᄋᆞ희가 아범의 손을 잡고 감샤히 넉이더라."(『죠션크리스도인회보, 대한크리스도인회보』, 1898.3.30) 제시한 지문은 문답체 형식의 대화를 통해 내용 전달의 구체성과 호응을 꾀하며 종교적 문제를 잘 풀어내고 있다. 텍스트 가운데는 모두 아범과 아이의 주고받는 대화 형식이다. 그리고 처음과 마지막은 서사의 이야기를 이끄는 3인칭 서술이 전개될 뿐, 지문 ②의 경우처럼 글쓴이의 주제(주장)에 대한 직언적 언술은 극히 자제되는 서사 활용을 드러내고 있다.

그 사름도 또흔 경계 업시 싸리려 흐미 발명홀 곳이 업슴으로 산간에 몸을 숨겨 밤을 지늬고 가만히 동 등에 나려가 그곳 사름들의 거동을 숣혀 본즉 스오 셰 유으는 텬품을 온전히 직혀가나 긔외 쟝셩흔 즈들은 광긔를 발흐야 흔 동리 사름씨리도 셔로 욕흐고 치며 약흔 즈는 강흔즈의게 죽기도 흐는지라 셔승이 그 경광을 보고 의아 만단흐야 다시 산에 올나 동리 된 디리를 살펴보미 여러 사름의 밋친병 나는 것이 우물이 괴악흔 연고인 줄을 씌둣고 다시 나려가 금을 훗허 사름을 쐬이미 밋친 병 들닌 사름이라도 지욕은 업지 못흔고로 금을 밧고 셔싱의 지휘를 대강 듯는지라 스오 인을 다리고 명산을 차져가 수월을 머므르며 됴흔 물을 먹여 시험흐여 보미 그 사름들이 광증이 업서지고 묽은 경신이 들어 말흐기를 우리 동리 사름들이 모도 밋친 고로 사름이 나면 본릭 밋치는 법인가 밋엇더니 오늘 셔싱을 싸라 이곳에 와 여러 힝위를 보니 진실노 그 다름을 씌닷지 못홀지라 흔딕 셔싱이 웃고 말흐되 그딕의 동리 사름들이 왼통 밋친고로 셔로 흠을 몰낫스나 그딕 동등에 우물이 괴악흐야 그 물을 오릭 먹으면 아니 밋칠지 업슬지니 그딕의 오늘날 됴흔 물을 먹고 병 곳친 증거나 확실홀지라 이런 말을 동등에 셜명흐고 그 우물을 금히 업싀여 여러 사름의 묽은 경신을 회복케 흐라 흔딕 그 사름들이 빅빅 치하흐고 셔싱을 이별흔 후 동리 등에 나려가 즈셰흔 스연을 발명흐고 우물을 급히 업시흐여 다른 우물을 파셔 모든 사름의 광증을 곳치려 흔딕 모든 광인이 대로흐여 져놈이 엇던 밋친놈을 싸라 밋친 물을 먹고 쟝위가 밧고여셔 죠샹 젹붓허 몃 쳔 년 나려 오며 먹는 우물을 졸디에 곳치쟈 흐니 져놈은 죠샹을 욕흠이요 우리의게 원수라 흐여 죽이려 씌흐미 두셧 사름이 여러 광인의 형셰를 져당치 못흐여 거짓 밋친 톄흐며 밤이면 가만히 다른 물을 옴겨 먹으며 그 우물 업시흐기를 쥬야로 익스는딕 여러 광인들이 그 긔미를 알고 다른 물을 먹는다고 시비가 무

218

샹ᄒ매 ᄃ셧 사름이 싱각ᄒ되 우리가 그 우물의 병근을 ᄭ다른 바에 찰아리 성ᄒ되로 죽을지언졍 그 우물을 다시 먹고 ᄯ 밋칠수는 업다ᄒ여 이에 힝쟝을 ᄎ려 셔싱의 종젹을 ᄎ져가드라고 ᄒ니 그 하회는 엇지 되엿ᄂ지 일시 이약이로 드른 것이니 하도 이샹ᄒ기로 긔지ᄒ노라.39)

지문 ②

반가군 상인촌이라 ᄒᄂ 짜에 ᄒ 빅발 로인이 잇스니 셩은 고요 일홈은 집이요 ᄌᄂ 불통이라 위인이 견문이 고루ᄒ고 지식이 별노 업셔 칠십 당년이 되도록 글닑을 ᄆ음과 롱스질 싱각과 쟝슈ᄒ 욕심은 ᄂ보다 만ᄒ나 힝스가 ᄌ긔 몸 밧긔 업고 소견이 ᄌ긔 집에 지나지 못ᄒ고 츌립이 ᄌ긔 동리 뿐이라 그런고로 혹시 밤에 좀 업슬 ᄲ 홀노 안져 셰샹 만스 마련ᄒ되 집의 셔칙 쩌러지면 다시 스기 어려오니 리션싱네 통감 엇어 어린 손ᄌ 가르칠 졔 니웃 ᄋ히 다 오거던 건셩으로 닐너 주고 츌렴 시나 만히 밧아 지필묵에 봇히 쓰고 문젼옥답 분긋ᄒ 후 일년 계량 부죡ᄒ니 김춍각네 논을 쪠여 맛아들이 더 붓칠 졔 동리 사름 일 오거던 당일 품갑 주지 말고 삼스 삭을 식리ᄒ여 롱긔연쟝 갈녀 놋코 만물 방에 됴흔 물건 헐갑스로 도고ᄒ야 쟝부ᄌ와 동스ᄒ 졔 친구들이 스러와도 ᄒ 푼 외샹 놋치 안코 삼동갑식 부가 밧아 금은보픠 ᄯ 스랴고 이리 뎌리 샹량ᄒ며 방 안에셔 활기치고 ᄂ의 싱각 못ᄒ다가 다른 사름사는 도리 친구ᄌ식 글 닑키기와 롱스ᄒ 째 롱량 주기와 쟝스의게 밋쳔 대ᄂ 것슬 보고 이것시 다 됴키ᄂ 됴나 오랑캐의 풍속이라 엇지 쓸듸 잇스리오 ᄌ긔 ᄌ질 불너드려 ᄂ 모르게 교훈ᄒ되 속담의 닐은 말이 녯 법을 ᄇ리지 말고 새 법을 내지 말나 ᄒ엿스니 우리 죠샹 ᄒ던 일만ᄒ 지라도 이로 다 ᄒ

39) 『매일신문』(논설), 1898.4.20.

수 업거던 엇지 오랑캐의 풍속을 좃치리오 흐듸 그 이웃에 흔 소년이
셩은 박이오 일홈은 람이오 즈은 식이라 이팔쳥츈에 위인이 활여흐야
학문도 만커니와 지덕이 겸비흐야 착흔 일을 듯고 보면 본밧아셔 곳 힝
흐고 악흔 사롬 듸흐면 회기흐기 권흐더니 이 로인의 말을 듯고 쇰쟉
놀나 흐는 말이 로인이라 망녕인가 혼쟈 살고 다 죽으면 무슴 일이 쾌락
흘고 죠샹씌셔 흐던 일을 흔다 흐니 누구던지 죠샹씌셔 살인도모 흐엿
스면 그 즈손도 살인흐며 죠샹씌셔 도젹질을 흐엿스면 그 즈손도 도젹
될가 사롬마다 그 근본을 궁구흐면 시죠 이샹 죠샹들은 상놈 노릇 흐다
가 시죠 이후 죠샹들이 량반이 되얏슬 터이오 량반의 즈손들도 상놈된
이 만흘 터이니 상놈으로 죠샹 흐던 일을 흐랴며는 량반의 일도 흐려니
와 량반으로 죠샹 흐던 일을 흔다면셔 시죠 이후 량반의 일만 흐고 시죠
이샹 상놈의 일은 아니 흐는 것시 죠샹 셤기는 도리 당연흔가 죠샹에도
경즁이 잇는 지 알 수 업거니와 내ᄆ음은 공즈말슴 흐신듸로 즁국이 오
랑캐의 도를 힝흐면 오랑캐로 듸졉흐고 오랑캐가 즁국의 도를 힝흐면
즁국으로 듸졉흘 터이니 이듸로 흘 양이면 량반이 상놈의 일을 흐면 상
놈이오 상놈도 량반의 일을 흐면 량반이니 량반과 상놈을 엇지 분간흘
고 량반의 일은 착흐니 갓치 살냐는 일이오 상놈의 일은 악흐니 혼쟈
살냐는 일이라고 흐듸 로인이 발연 변싁 흐야 듸답은 못 흐나 속ᄆ음으
로 혐의는 대단히 흐더라.[40]

지문 ③

엇던 유지각흔 친구에 글을 좌에 긔지흐노라. 녯젹에 긔싱이라 흐는
사롬이 즈긔의 집 동편에 잇는 흔 방츅에 고기가 만히 잇슴을 보고 지력

40) 『제국신문』(논셜), 1899.3.15.

을 허비ᄒ여 물 근원을 묽히고 방축 가으로 슈림을 심으고 물 가온듸 연과 슈쵸를 만히 갓굼이 어족의게 위싱도 될뿐더러 츄월 츈풍에 량삼 호우로 슐과 시를 화창홀 ᄆᆞᆫ 경쳐가 되엿ᄂᆞᆫ지라 긔싱이 ᄒᆞᆼ샹 긔이ᄒᆞᆫ 고기를 보면 갑을 앗기지 아니ᄒᆞ고 사다가 방축에 너어 길음이 이웃 사 름이 감히 ᄒᆞᆫᄂᆞᆺ 고기를 여어 보지 못ᄒᆞ더니 세월이 흘너감이 긔싱은 셰 샹을 바리고 (…중략…) 빅로가 침음양구에 ᄒᆞᆫ 가지계칙이 잇스니 이ᄂᆞᆫ 내가 슈고를 대단히 ᄒᆞ여야 될지라 뎌 산 넘어 큰연못이 잇ᄂᆞᆫ듸 물이 깁허 너의 등의 은신ᄒᆞ기도 죠흘 뿐외라 어ᄌᆞ도 능히 들어오지 못홀 터 이라 슈 일ᄆᆞᆫ ᄒᆞ면 다 옴겨 너의 등의 박멸지환을 면케 홀지니 여러 목숨 을 구ᄒᆞ여 주랴면 내 엇지 슈고를 익기랴 흠이 방축 가온듸 싱쟝ᄒᆞᆫ 고기 들이 엇지 타쳐에 유람ᄒᆞ여 문견이 잇스리요 ᄒᆞᆫᄭᆞᆺ 살어날 욕심으로 그 말을 고지 듯고 닷호와 쑤여 나며 몬져 가기를 쳥구ᄒᆞ니 것은 희고 속은 아죠 컴컴ᄒᆞᆫ 빅로가 ᄒᆞᆫ 입에 두셋식 물고두 발노 오륙 긔식 움켜다가 쏠쏠 흐르ᄂᆞᆫ 시암 궁계도 엿코 바위 우에 건포도 ᄆᆞᆫ들ᄆᆞᆯ 빅로의 계교에 ᄲᅢ져 방축에 고기가 틱반이 죽엇ᄂᆞᆫ지라 (…중략…) 게가 ᄒᆞᆫ 발노 갈듸를 물고 ᄒᆞᆫ 발노 빅로의 목을 더욱 굿게 쥐고 고기 무리를 쳥ᄒᆞ여 ᄉᆞ연을 셜화ᄒᆞ니 어쪽 등이 분흠을 익이지 못ᄒᆞ여 죽기로써 빅로를 물어 죽여 원슈를 갑고. 렴냥이 업ᄂᆞᆫ 고기도 이쪽지심을 발ᄒᆞ여 분개흠을 못 익이 여 목숨을 도라 보지 아니ᄒᆞ고 원슈를 갑고 동쪽을 무마ᄒᆞ여 안보흠을 누리엿다 ᄒᆞᄂᆞᆫ듸 흠을며 사름이 이런 ᄶᆡ를 당ᄒᆞ여 밥이나 먹고 옷이나 입고 지톄 쟈랑이나 ᄒᆞ고 밤낫 업시 시긔싸흠이나 ᄒᆞ여 동포 형뎨끼리 셔로 잡아 먹으려 ᄒᆞ니 엇지 붓그럽지 아니ᄒᆞ리요 ᄶᆡ가 되엿스니 ᄭᅮᆷ들 을 ᄭᆡ시오 뎌긔 빅로 왓소 이 방축에는 게도 업나 하도 답답ᄒᆞ기로 두어 ᄌᆞ 긔록ᄒᆞ여 보ᄂᆞ니 긔지ᄒᆞ여 세샹에 혹시 분긔잇ᄂᆞᆫ 사름이 잇ᄂᆞᆫ지 알 고져 ᄒᆞ노라.[41]

지문 ①, ②는 처음과 마지막 부분에 이야기를 이끄는 화두(3인칭 서술이 전개)를 열고 이야기를 마무리할 뿐, 글쓴이의 주제(주장)에 대한 직언적 언술은 극히 자제되는 논설의 서사 활용을 드러내고 있다. 따라서 서사 텍스트의 서술을 위한 기술이지 작자의 요약적 강변은 없는 구조다. ③은 ①과 ②처럼 서두의 화두를 드러내는 방식은 같지만 글쓴이의 논변이 강하게 토로되어 우리 현실을 직언하고 있다. 요약하자면 서사 속 전개는 모두 3인칭 서술이지만 서사가 끝나는 말미의 언급이나 논변의 강변은 당연히 1인칭으로 기술된다. ①~③은 모두 논설이라고 보기에는 상당한 서사의 활용이 중심이 되어 서사 구성력을 담아내고 있다.

①~③까지 서사 텍스트를 기반으로 이제 논설이 지향하는 주제의식의 발로와 근대 계몽지식인들의 논설 속 서사 활용의 면모와 의의를 추적해 보겠다. 논의를 위해 ①의 서사 내용을 먼저 정리할 필요가 있다. '동도산협 중에 대촌'이 있다는 말문으로 구체적 배경이 소개된다. 마치 옛날 얘기의 화두를 보는 것 같다. 문제의 소재는 이 마을 사람들이 마시고 사는 몇 천 년부터 내려오던 우물에서 기인한다. 이 때 서울 사는 서생(書生)이 산천을 유람하는 과정에서 그 마을을 찾아온다. 그런데 이상하게도 마을 사람들은 원인 모를 광기를 발하고 있다.

한 동리 사람끼리 서로 욕하고 치며 약한 자는 강한 자에게 죽기도 하는 참경을 보게 된 것이다. 이윽고 서생은 마을에서 폐행의 원인을 밝혀내게 된다. 그것은 다름 아닌 바로 우물 때문이었다. 서생은 이러한 광증(狂症)을 없애기 위해 금을 주어 4~5인을 인도해

---

41) 『독립신문』(논설란), 1898.2.5.

공기 좋고 물 좋은 명산에 머무르게 하고 이제로부터 깨끗한 물을 그들에게 먹여 광증을 완치시킨다. 서생은 그들에게 말한다. "너희는 마을에 가서 이 사실을 알리고 이제 그 우물을 없애 마을의 광기를 치료하라"고 말이다. 그리고 서생은 떠난다. 그들은 서생의 가르침대로 다시 마을 사람들을 향해 발길을 옮긴다.

하지만 마을 사람들은 다섯 사람이 그동안 갑자기 사라진 사실을 의심하고 받고 온 가르침과 체험을 전혀 인정하려 들지 않는다. 도리어 해하려 할 뿐, 더 이상 그들의 진실을 돌아보지 않았다. 결국 다섯 사람마저 마을에서 죽게 되었기에, 그들마저 마을을 포기(ᄃ섯 사ᄅᆷ이 싱각ᄒ되 우리가 그 우물의 병근을 ᄲᅵ다른 바에 찰아리 성ᄒᆞᄃᆡ로 죽을지언정 그 우물을 다시 먹고 ᄯᅩ 밋칠수는 업다ᄒᆞ여 이에 힝장을 ᄎᆞ려 셔싱의 종적을 ᄎᆞ져가드라)하고 서생을 찾아 먼 길을 떠나고 만다는 내용이다. 짧지만 근대 계몽지식인들의 계몽과 교육의 현실적 어려움이 잇대어 있다는 점을 바라보게 된다.

이처럼 ①의 서사 구조는 ②에 비해 서사의 비극적 결말과 미완 구조의 이야기 전개로 텍스트 전체에 심각성 내지 진지함을 불러온다. 그렇다면 비극적, 미완의 결말은 서사 구조에 어떤 의미 배치를 보여주고 있을까. 비극(tragedy)은 인간 사이의 감정, 사고방식의 갈등과 충돌이며 국가적이거나 사회적 문제와 결부되면 거기서 파생되는 낙차도 크다는 사실에 있다. 또한 비극이 보통 사람들에게 감동을 주기 위해서는 보편적 사상과 감성으로 이야기를 끌고 가야42)

---

42) 아리스토텔레스는 『시학(詩學)』에서 비극은 어떤 것인가에 대한 고전적 정의를 내렸다. "비극은 가치 있거나 진지하고 일정한 길이를 가지고 있는 완결된 행동의 모방이다. 쾌적한 장식을 한 언어를 사용하고 각종 장식이 작품에 상이한 여러 부분에 삽입된다. 서술의 형식이 아니라 행동의 형식을 취한다. 또한 연민과 공포를 통하여 감정을 정화시키는 효과를 가지고 있다."라고 정의하였다. 비극은 무자비하고

한다. 이러한 효과는 독자에게 연민과 공포를 통하여 감정과 심리를 정화(catharsis)한다는 측면에서 아리스토텔레스의 『시학(詩學)』을 들춰내지 않더라도, 그렇지 않은 서사에 비해 효과는 자명하다. 따라서 텍스트로 환원하여, 정화의 측면은 '무지의 자각에서 오는 의지의 발아'라는 욕구를 키워낸다는 가능성의 접근을 시사하고 있는 것이다. 더욱 미완의 결말이 서사 구조에 힘을 더한다면 앞서 언급한 의지의 발아나 각성의 목소리가 한껏 고무될 수 있다.

〈허생전〉에서 허생이 국가의 이익을 도모하고 세상(북벌계획)을 향할 큰 계획과 계책을 이완 장군에게 일러 주지만 결국 그들은 개혁을 실천하기에 결여된 인물이었다. 그리고 뒤늦게 다시 계책을 구하려 허생을 찾아가나, 허생은 마치 이인(異人)처럼 홀연히 종적을 감추고[43] 없다. 여기에도 미완의 구조는 발견된다. 그렇다면, 과연 미완 이후 문제 해결의 열쇠는 누구에게 있을까. 또한 서사 속의 남겨진 그들은, 서사를 접하는 독자들은 무엇을 할 수 있을까. 선택은 분명해 보인다. 비극의 현실로 살아갈 것인가. 아니면 보편적 옳음을 위해 일어설 것인가. 이야기는 이 분명한 메시지를 서사라는 그릇에 담아 종국에는 선택도 스스로 해야 한다는 자유 의지의 몫

때로는 비극적인 운명에 의해 추구되는 것이기도 하지만 가장 고귀하고 가장 용감한 인간을 표현한다. 이러한 의미에서 인간의 낙관적인 견해를 나타낸다고 할 수 있다. 왜냐하면 인간이 운명에 의해 파멸될 때라도 그는 그것 때문에 오히려 고결하게 되기 때문이다. 모든 비극은 인간 사이의 감정, 사고방식의 갈등이나 인간과 환경 간의 갈등, 충돌을 그린다. 극에서는 운명, 성격, 상황의 요소로 주동 인물이 대립되는 세력과 투쟁하다가 비극적으로 좌절하는 모습에서 엄숙하고 진지한 긴장이 고조되는 것이다. 한국드라마학회 편, 『극의 미학 세계』, 국학자료원, 2000, 42쪽; J. L. 스타이안(Styan), 장혜전 역, 『연극의 경험』, 소명출판, 2002, 137~138쪽; 유광재, 『문학론』(上), 북타운, 2004, 279쪽.

43) 이가원, 「허생 연구」 개관 참고, 『이가원 전집 1: 연암소설 연구』, 을유문화사, 1965, 596~603쪽; 김기동·이종은, 『고전 한문소설선』, 교학연구사, 1995, 215~216쪽.

을 독자에게 요구하고 있는 셈이다. 따라서 글쓴이는 서사의 서술 외에 전혀 텍스트에서 논변의 강변(결말 제시는 이렇다. "그 하회는 엇지 되엿는지 일시 이약이로 드른 것이니 하도 이샹ᄒ기로 긔직ᄒ노라.")을 토로하지 않는다. 단지, 서사의 활용(연민과 공포를 통하여 감정을 정화하는 효과)만 있으면 되는 일이다.

서사의 내용적 구조 체계를 분석하기 위해 ①의 지문을[44] 플라톤의 계몽과 교육 철학이 녹아나는 '동굴 이야기'와 대응을 시도해 보려 한다.[45] 인류에게 있어 계몽과 교육의 이념 지향이 얼마나 슬픈 그림자를 안고 있는지. 그 무게의 현실감은 어쩌면 고대의 시기나 근대 계몽지식인들의 지향에서나 공시적 관점에서 그 속에 드리워진 분명한 그림자를 볼 수 있으리라는 기대감 때문이다. "동굴 속에 갇혀 동굴의 끝 벽만을 바라보는 사람들이 있다. 그들은 동굴 뒤에 빛의 세계에 대한 인식을 전혀 할 수 없고 어둠으로 인해 존재의 인식조차 알 수 없는 삶이다. 그런데 몇몇에 의해 동굴 밖(빛의 세계) 세상으로의 탈출이 가능해졌다. 그들은 빛의 세계에 대한 놀라운 현실을 깨닫게 되었다. 이윽고 빛의 세계로 인도되었던 사람들은 이제 자신의 체험과 그 모든 사실들을 동굴 속 동료에게 알리고 싶은 충동과 교육적 사명을 갖게 된다. 그리하여 동료들이 살고 있는 동굴 속으로 돌아가 모든 것을 전한다. 하지만 동굴 속 동료들은 그들을

---

44) 위의 예문은 ①~③은 각각 『매일신문』(1898), 『제국신문』(1899), 『독립신문』(1898) 등에 수록된 논설이다. 돌이켜보면 당시 시대적 격변 속에 신문의 논설 텍스트는 어떤 형태로든지, 이러한 현실적 태도와 그들의 의식지향을 표명하려 했다. 특히 갑오개혁(1894)이 일어난 4~5년 후에 걸쳐 실린 이 논설들은 그 개혁의 연장선에서 국가와 사회에 직면한 문제들을 다양한 글쓰기의 모색 차원에서 투사하고 있었다는 사실도 간과할 수 없는 일이다.

45) 김진, 『철학의 현실 문제들』(3쇄), 철학과현실사, 1996, 120~125쪽.

미친 사람으로 여겨 죽이려 할 뿐이다. 도리어 진리를 전하려다가 이제 무식하고 미친 사람으로 몰려 죽음을 당하게 될 것이다."

의도적이라 할 만큼 서사의 내용 체계가 플라톤의 동굴 이야기와 맞닿아 있다는 사실에 놀라게 된다. 지문 ①과 동굴 이야기의 계몽 구조를 대응해 보겠다. '동도산협(우리나라)-동굴 속 삶(무지의 세계)', '마을 사람들-동굴 사람들', '우물(광증=무지)-어둠(무지)', '다섯 사람(계몽)-몇몇 사람(계몽)' 등의 대표적 서사 호응 구조가 드러난다. 물론 이야기 내용도 서로 동일성이 판단된다. 동도산협을 떠나온 사람들이나 동굴 밖을 본 사람들이나 새로운 세계의 존재 인식(탈출)이 가능했던 도구는 다름 아닌 '교육'이다. 두 이야기 속 교육은 바로 어두움의 세계에 살고 있는 사람들을 계몽하고 의식화하면서 어두움의 세계에서 탈출하여 빛의 세계로 인도하는 도구적 존재의 가르침이다. 어느 시대를 막론하고 누가 이 원리의 지향과 갈등을 해소하고 선구할 수 있을까. 이렇게 논설을 통해 구현된 서사 속 의미 고리는 근대 계몽 선구의 배면의 그림자46)가 아닐 수 없다.

②의 서사 활용에서 담론의 중심에 놓여 있는 문학적 글쓰기 투영은 풍자다. 풍자의 본질을 생각할 때 풍자는 대상을 향한 증오와 비판의 표출이고 가치관이나 세계관, 윤리 의식의 우월함에서 기인

---

46) 좀 더 첨론해 보면, 여기서 '서생'은 누구인가. 바로 계몽의식을 겸비한 선구자적 인물이 아닐 수 없다. 우물은 깊은 산협에 사는 사람들의 고루하고도 무지한 풍습으로 변화할 수 없는 삶의 전형이다. 이것은 또한 고정된 실체로서 용납되기 어려운 당시의 어두운 현실을 상기하게 한다. 이야기 전개에서 드러나는 것처럼, 처음부터 산협에 사는 사람들은 광기를 고칠 수 없는 존재였는지 모른다. 산협(山峽)이라는 '폐쇄적 공간'과 몇 천 년을 두고 마시며 살아왔다는 '우물'의 이야기 화소가 그렇다. 이들에게 변화란 처음부터 불가능한 일이었는지 모른다. 오히려 서생으로 인해 고침(교육)을 받았던 사람들마저 죽을 처지에 놓이고 쫓겨나 결국 마을을 포기하게 된다. 이러한 어두운 현실이 계몽의 이면을 채우고 있다.

된 서술 지향으로 현실 인식에서 오는 자신감의 반영이다. 그러면 풍자 대상은 어떠한가. 삶 속에서 성격적으로 결함이 나타나며, 일그러진 가치관 속에 더 이상 긍정적 주체가 아닌 무가치적 존재로 희화화되고 있다. 그런데 이러한 시선에는 일종의 과장된 표현이 가미되어 있음에도 불구하고 어떻게 대중적 교감을 이끌 수 있을까. 원인은 글쓴이의 사적인 감정에 기반을 두었다기보다 사회적 또는 시대적 현실 인식에서 오는 공적인 분노의 대상 설정에 있기 때문이다.

만약 풍자의 대상 설정이 교감을 얻어내지 못하면 그것은 개인(글쓴이)의 사적인 감정 이상을 넘어서지 못하는 일시적 웃음거리로 전락하기 쉽다. 그러나 이러한 풍자의 구현이 문학의 근원적 존재 이유 즉 '휴머니티'의 고양과 관계될 경우 풍자는 깊은 예술적 감동, 또는 인류 역사의 발전이라는 거대한 주제에 이바지 할 수 있는 것이다.47) 한기형의 풍자에 대한 지적에서 대상을 향한 증오와 비판은 작자의 비타협적 태도를 전제로 한다. 그리고 작자의 비타협성은 세계에 대한 날카로운 이해와 사회 변화의 당위성에 대한 확고한 믿음을 필요로 하는 일이다. 이러한 준비가 미비할 때 풍자의 방향은 모호해 지고 관념화되며 비판의 칼날은 무뎌지게 되고 만다.

---

47) 한기형은 애국계몽기는 가히 '풍자의 시대'라 할 수 있으니 이는 시대의 격렬한 갈등이 문학에 여향을 미친 결과라 말한다. 『대한매일신보』의 계몽가사가 보여준 성과는 누차 지적된 바 있고 서사문학의 영역에서도 〈금수회의록〉, 〈거부오해〉, 〈소경과 안즘방이 문답〉, 〈절영신화〉, 〈향객담화〉, 〈시사문답〉 등 주로 토론 양식을 이용한 풍자 소품들이 적잖이 산출되었다. 이 시기 문학사의 현현한 이들 풍자문학의 저변에는 제국주의 침략과 구한말 지배세력의 부패함에 대한 고발 및 그 사상적, 체제적 대안으로서의 '근대 사회에 대한 전망(계몽성)'이 아로새겨져 있다. 이러한 현상을 통해 우리는 애국계몽기 문학이 여러 가지 제약과 한계에도 불구하고 진정한 근대를 향한 단단한 의지를 지니고 있었음을 확인할 수 있다. 한기형, 『한국 근대 소설사의 시각』, 소명출판, 1999, 199~201쪽.

연암의 〈호질〉이나 〈양반전〉의 풍자가 위력을 발휘하고 독자에게 상쾌한 감정을 주는 것은 양반이란 지배 집단과 중세적 이데올로기가 얼마나 타락했고 위선적인가 하는 시대적 사회적 인식이 일반인에게 인정되고 있었기에 가능한 일이다. 여기서 화이론적 세계관이 고창한 '절대적 인식론'은 힘을 잃고 가치관의 변화48)가 일어난다. 이런 점에서 풍자의 바탕은 역사적 계급적 의미를 지닌다. 루카치(Lukacs)는 "풍자가는 끝임 없이 어떤 한 계급이나 어떤 한 계급 사회와 맞서 싸우는 것이다. 풍자가 진정한 수준에 도달하려면 이 투쟁은 한 사회 조직의 중심적 결함, 정신적 폐해를 겨냥"49)해야 한다.

루카치의 지적대로 "한 사회 조직의 중심적 결함이나 정신적 폐해를 꿰뚫어 보고 형상화" 하려는 사실을 상기해 볼 때, 부정적 대상을 향한 해부 욕구가 ②의 서사 활용의 근저를 지배하고 있다. 더욱이 여기에 언어의 유희라는 희극미가 더해져 현실의 응시는 날카로운 이해와 풍자의 비판적 시각을 드러낸다. 이것이야 말로 논설의 서사 활용에 있어 근대 리얼리즘의 현현한 자국이 아닐 수 없다. 지문 ②는 무엇보다 노인의 인물됨과 인생관의 제시가 소년의 인물됨과 인생관의 서술로 맞세워져 있다.

이러한 서사 구조가 이야기 서술의 집중력을 더해 주고 이야기와 관련한 주제 의식을 자연스럽게 노출시켜 분명한 대립이 형성된다. 따라서 노인은 양반이라는 신분 사회의 결함과 그 속에서 점철된 폐해의 근원으로 신성한 증오50)의 풍자 대상이 되는 것이다. 이제

---

48) 임형택, 「박연암의 인식론과 미의식」, 『한국 한문학 연구』 11, 1988을 참조할 것.
49) 게오르그 루카치(Georg Lukacs), 김혜원 편역, 「풍자의 문제」, 『루카치 문학이론』, 세계, 1990, 62쪽.

서사의 텍스트 분석을 통해 논설이 지향하는 칼날을 끝을 따라가 보겠다. 지문 ②는 고루한 노인의 등장이 웃음을 유발한다. 특히 두 인물(노인과 소년)은 이름부터 기발하여 언어의 유희를 통한 희극미를 드러낸다. 소년은 글쓴이의 의식을 대언하는 인물로 뚜렷한 현실 인식과 함께 서슴없는 말투로 이후 노인을 향해 단호한 꾸짖음을 하는 전형성을 지닌다.

그런데 소년의 거침없는 언행은 아무리 근대라는 시기적 신분 질서의 와해를 고려해 봐도 전혀 주저함이 느껴지지 않는다. 지문에서도 제시되듯 이팔청춘(16세)의 소년이 그것도 칠십 노인을 향해 스스럼없는 질책(로인이라 망녕인가 혼쟈 살고 다 죽으면 무슴 일이 쾌락홀고)을 밝히는 모습은 이것이 실재가 아닌 허구적 이야기라 할지라도 수위 높은 발언이 아닐 수 없다. 대중성을 지향한 신문 논설이 거침없는 질책 속에 '망녕'이란 말까지 서슴지 않고 있는 것이다. 그러나 이야기 속 노인은 소년을 향해 대응이나 변명은 고사하고 마음은 불쾌하나 얼굴만 붉히는 반성적 인물로 그려진다. 그렇다면 이러한 분명함과 흐림의 문제 유형은 어디서 발아한 것인가. 그 이유는 서사라는 주기능의 연속체에 촉매 기능의 단위라 할 수 있는 인물 화소의 제세를 통해 보다 극명해진다.

먼저, 노인의 이름에서 오는 화소의 극명함이다. 성은 '고'요, 이름은 '집'이며, 자는 '불통'이다. 즉 노인의 이름은 '固執不通'이다. 반면에 소년은 성은 '박'이요, 이름은 '람'이며, 자는 '식'이다. 곧 박식한 지식의 소유자 '博覽識'이 바로 그의 이름이다. 이 얼마나 재미있는 언어의 유희이며 문학적 상상력인가. 다음은 이름 못지않은

---

50) 위의 책, 65쪽.

두 인물의 현실 인식에서 오는 삶의 지향이 전면에 노출되면서 극명해지는 요소다. 노인의 인물됨은 ㉠ 견문이 고루하고, ㉡ 지식이 별로 없고, ㉢ 욕심은 남보다 많아 다른 이의 누가 되고, ㉣ 행사가 자기 몸밖에 모르고, ㉤ 소견은 자기 집안의 이익에만 있고, ㉥ 출입은 자기 동네뿐인 인생으로 일그러진 사회의 무가치적 존재로 풀어 놓고 있다.

한편, 소년의 인물 형상은 ㉠ 학문도 많고, ㉡ 젊은 나이지만 지와 덕을 겸비하였고, ㉢ 착한 일을 듣고 보게 되면 곧 본받아 행할 줄 알며, ㉣ 악한 사람에게 회개하기를 권하는 그야말로 근대적 의식을 소유한 지식인의 전형으로서 긍정적 삶의 존재로 형상화되어 있다. 특히 이러한 삶을 추구하는 소년의 마지막 발언은 글쓴이가 독자를 향해 투영코자 했던 논평(주제)적 의식으로서 서사 속 소년이라는 등장인물을 매개로 새로운 세계가 잇대어 있다는 사실을 공감하게 된다. "량반이 상놈의 일을 ㅎ면 상놈이오. 상놈도 량반의 일을 ㅎ면 량반이니 량반과 상놈을 엇지 분간ㅎ고, 량반의 일은 착ㅎ니 갓치 살냐는 일이오, 상놈의 일은 악ㅎ니 혼쟈 살냐는 일이라"는 발언은 전통적 양반의 이념과 체제를 새로운 시각에서 조명한 근대적 패러다임이 아닐 수 없다.

이런 의미에서 양반과 상놈의 신분제적 구별은 더 이상 동의를 얻을 수 없게 된다. 내가 타인을 돌아보고 이웃이 그리고 민족이 공존하는 대동의 이념을 이끌 수 있는 인물이 진정한 양반이 되기 때문이다. 이처럼 소년의 발언은 곳곳에서 갑오개혁을 통해 조성된 봉건적 전통 질서의 붕괴와 고루한 의식을 타파하려는 근대 의식의 맹아를 발견할 수 있다. 사회적 차원에서도 신문 논설의 영향력이나 대중성을 생각해 보아도 이러한 의식의 바람은 당시의 지식인

내지 일반인에게 이미 거부감 없는 호응이 이루어지고 있다는 의미를 전제하기도 한다. 이렇게 논설이라는 장르 속 서사 텍스트를 기초로 여러 상황 속에서 연결되는 이야기 화소의 계기성은 주기능(논설)의 의식 고양과 서사 활용이라는 글쓰기 차원의 촉매 기능을 수행하고 있다.

지문 ③의 서사 활용에서 주목되는 요소는 서사 구조에 있다. 제목은 별도의 제시가 없지만 서사적 면모는 탄탄하고 '논설란'에 게재되었다. 텍스트 자체로 살펴 볼 때 논설이라고 구별하지 않으면서 잡보가 아닌 논설란에 실린 이유는 아마도 마지막 글쓴이의 논변이 연설에 못지않은 강변을 쏟아내고 있는 탓인 것 같다. ③의 서사 구조는 "서사1＋서사2＋논변"의 순서로 전개되고 서사의 서술은 3인칭 전지적 기술로 서사 곳곳에 서술자의 목소리가 서사와 관련해서만 제시되고 있다. 따라서 마지막 논변을 제외한다면 서사1, 서사2의 어디에도 작자의 논변적 목소리는 제안되고 서사 전개가 주류를 이루고 있음이 드러난다.

또한 마지막 논변도 자연스레 서사와 관련하여 시대적 현실 문제의 각성을 촉구하고 있다는 점에서 작자의 명백한 계몽적 의도를 지닌 서사의 취택을 짐작케 한다. 서사1은 '괴싱'이라는 인물의 소개와 그의 삶을 얘기하는 부분의 서사가 전개되고 서사2는 방축의 동물이야기가 중심51)이 된다. 물론 이야기를 통해 주제 의식의 표

---

51) 동물 우화는 물론 이 시기에 처음 만들어진 것이 아니라 일정한 소설사적 맥락을 지니고 있다. 근대 계몽담론에서 시도되고 있는 동물의 의인화나 우화적 기법, 또는 연설적 대화체의 활용은 몽유형식을 도입한 우회적 기법과 더불어 전대의 구소설이나 한문 단편류, 야담류에서도 시도된 바 있으며 이후 신소설과도 그 명맥이 잇닿아 있음은 주지의 사실이다. 전대의 소설에서 시도된 〈토끼전〉, 〈장끼전〉, 〈두껍전〉 등을 비롯해 한문 단편소설인 연암의 〈호질〉과 신소설 안국선의 〈금수회의록〉에서

출은 서사2가 초점이다. 서사2는 방축의 동물이 우화적 화소를 이룬다는 것과 그 이야기가 액자 형태로 전개된다는 점에서 그 특성을 지적할 수 있다. 정리하자면 사람 중심의 이야기가 동물의 이야기로 전이되어 글쓴이의 계몽담론의 논변으로 이어지는 구조인 것이다. 허구적 서사의 재현 뒤에 돋아나는 계몽 주제의 욕망은 서사속 단위들의 연결고리 맥락에서 접근이 가능한 것이다.

한기형은 우의체 단편의 성격을 전개하는 과정에서 "우의체 단편의 풍자 의식은 민족적 위기가 격화되면서 계몽적 교훈이나 충고의 수준에서 벗어나 일층 공격적이고 예리한 현실 비판의 수단으로 변화된다. 우화 양식과 토론체 양식이 결합하여 만들어진 안국선의 〈금수회의록〉(1908)에 우화의 이야기 틀이 사라지고 작자 개인의 현실 비판 의도가 전면화된 것도 이 때문이다. 간접적 교훈이나 충고로는 당대의 현실을 개선하거나 감당할 수 없다는 의식이 팽배해진 탓이다. (…중략…) '우의체 단편'의 간접성이 더 이상 효과를 발휘할 수 없다고 판단됨에 따라 그 '간접성'을 초래하는 이야기의 구조를 벗어버리고 비판 정신을 전면에 부각시켰던 것"[52]이다.

기독교 정신을 바탕으로 우화 형식을 차용하였으나 직설적인 연설의 언변을 통해 현실에 대한 비판적 계몽의식을 드러내고 있는 작품으로 안국선의 〈금수회의록〉이 있다. 하지만 이 작품은 연설체

그 특성을 쉽게 발견할 수 있다. 조선시대 우화소설에 대해서는 정출헌, 「조선 후기 우화 소설의 사회적 성격」, 고려대학교 박사논문, 1992를 참조한다. 장효현, 「몽유록의 역사적 성격」, 『한국 고소설론』, 한국고소설편찬위원회, 새문사, 1990; 신해진, 『조선 중기 몽유록의 연구』, 박이정, 1998; 김중하, 『개화기 소설 연구』, 국학자료원, 2005; 이병철, 「임제의 원생몽유록 재고」, 『한민족문화연구』 24집, 한민족문화학회, 2008, 109~139쪽을 참고.
52) 한기형, 앞의 책, 34쪽.

를 표방하면서 사람과 함께 등장인물을 동물로 설정하였을 뿐 실제 서사의 전개 형식은 우화적 형식의 기술이 아니라 다양한 현실 비판을 토대로 하는 직설적 연설이 중심을 이루고 있다. 이에 한기형의 분류 개념을 따른다면 서사 전개 상 '시사토론체 단편' 소설의 서사 형식으로 포함하는 것도 고려해 봐야 한다.

그런데 위의 언급처럼 한기형은 〈금수회의록〉을 우의체 단편으로 분류하고 "우의체 단편의 풍자 의식은 민족적 위기가 격화되면서 계몽적 교훈이나 충고의 수준에서 벗어나 일층 공격적이고 예리한 현실 비판의 수단으로 변화"되는 단계에서 "우화의 이야기 틀이 사라지고 작자 개인의 현실 비판 의도가 전면화된 것"으로 우의체 단편의 형식적 변화 형태로 이해하고 있다. 이러한 한기형의 해석에 있어 서사 형식과 내용 전개가 맺는 관계에 대해 적어도 두 가지 측면의 고민을 필요로 한다.

하나는 신문 논설의 서사 활용의 구조적 유형화를 곧바로 단편 소설의 창작 유형화로 연결함으로써 형식의 변화를 도식화하는 무리가 생긴다는 점이다. 또 하나는 '현실을 직접적으로 드러내는 시의성 있는 주제 의식'의 내용을 변화시키기 위해 이루어진 우의체 단편 형식의 변화로 보는 판단 문제다. 이러한 진단은 이 시기 직설적 논변의 문답과 연설을 주된 서사 형식으로 활용하는 시사토론체 단편의 서사 형식 자체가 지닌 내적 특질을 놓칠 수 있기에 보완이 요구된다.[53] 즉, 시사토론체 단편이 시사성이 중심 논제인 이상 예

---

53) 함돈균은 기독교 신문들의 주제 의식과 관련해 계몽 욕망과 교훈 욕망을 구분하여 그 형상화의 특성을 지적하고 있다. 계몽의 욕망은 나 아닌 타자까지 내포로 포섭하려는 동질적 환원, 지배, 외부 확장의 영토화 논리를 지닌 직선적 운동이라면, 교훈의 욕망이란 '애초부터' 존재하는 공동의 윤리를 확인하고 원초적 질서를 회복하려는 원환적 자기 운동이라고 말한다. 따라서 교훈의 서사 전략은 인물들 간의 직설적

리한 현실 비판이 전면화될 수밖에 없는 내적 속성의 서술 지향도 주목해야 한다는 사실이다.

논설의 서사 활용에서 토론체 양식은 유추적 비유를 통해 현실을 간접적으로 전개할지라도 그 서술이 논변 주체의 담론에 집중되기에 간접적 서술 지향이 확대되는 것에는 일정한 한계를 지닌다. 따라서 직접적 진술의 의견 서술이 배제될 수는 없다. 그리고 이러한 양식은 전달력 측면에서는 명료함이 우세하나 논설의 서사 구성력이나 서사 활용의 차원에서는 미비한 결여를 안고 있다. 논설이나 논설란을 토대로 형성된 서사 구현의 논설들은 비록 짧은 분량의 서사 활용일지라도 이것은 계몽담론의 논설자로서 변별된 모색의 일환이었다.

기존의 이야기를 차용하거나 또는 변용하거나 새로운 이야기를 만들어 낼 때 논설의 서술자가 개입함으로써 허구의 성격이 드러나고 일상의 논설적 언어는 문학적 재구성54)이 이루어지기 때문이다. 더욱이 논설의 목적성(설득)을 생각해 보아도 글쓴이의 계몽적 담론을 위한 당시의 문제를 깊이 있게 다룰 수 있는 취사(조선의 현실적 위기 상황을 전면화)를 읽어 낼 수 있을 것이다. 이제 지문 ③의 서사 구조를 바탕으로 계몽담론의 귀추를 포섭하기 위해 우화적 인물 형

대화나 행동을 통해 현실적 갈등 관계를 첨예하게 드러내는 서사 방식을 채택하기보다는 우화나 알레고리와 같은 우회적인 방식의 서사 전략을 통해 자기의 서사적 욕망을 전개하려는 것이 유리할 것으로 보인다는 관점이다. 함돈균, 「근대계몽기 단형 서사에 나타난 서사 전략 연구」, 『근대계몽기 단형 서사문학 연구』, 소명출판, 2005, 66~67쪽.

54) 한기형은 대중적 흥미를 불러일으킬 수 있는 새로운 형태의 계몽적 글쓰기가 필요하게 되었다는 데에 주목한다. 여기서 전래하는 일화(逸話)나 소화(笑話) 등 야담류, 혹은 우화(寓話) 가운데 일부가 차용되어 새로운 의미 부여가 행해지니, 문학적 형상성이 대중의 의식에 보다 큰 호소력이 있다고 판단된 때문이라 말한다. 한기형, 앞의 책, 30~31쪽.

상을 요약해 보겠다. 서사 속 등장인물 중 세 인물이 주목된다. 먼저 '방축의 고기들'인데 그들은 선량하고 무지한 인물들로 당시 근대화를 인식하지 못한 몽매한 백성의 모습을 담아내고 있다. 따라서 글쓴이가 자신의 의식을 전달코자 하는 대상으로서 독자층인 동시에 계몽시켜야 할 인물인 것이다.

두 번째는 '백로'다. 간사한 꾀로 자신의 야욕과 이익만을 일삼는 백로는 표리부동한 외부 세력으로 제국주의의 표상이 아닐 수 없다. 그래서 방축에 많은 고기들은 처참한 희생을 치르게 되고 후에 백로의 야심은 지혜 있는 '게'를 통해 폭로되기에 이른다. 결국 백로는 '게'와 '방축의 고기들'로부터 과보의 죽임을 당하는 존재로 그려진다. 이렇게 '백로'라는 우회적 형상은 글쓴이가 풍자하려는 대상으로서 우리 민족을 미혹하게 하는 존재로서 비판이 전면화된다. 세 번째로 제시할 수 있는 것은 '게'의 등장이다. '게'는 방축의 고기들과 끝까지 함께 하는 의리와 사리 분별력은 물론 지혜와 용기를 겸비한 인물로, 마치 근대계몽기의 민족을 위기에서 구원할 선각자적 인물로 형상화된 존재다.

위기의 상황에서도 '게'는 용감하게 결단하고 행동하여 '방축의 고기들'을 구하고 새로운 변혁과 계몽을 역설한다. 작자가 계몽담론의 강변을 통해 그의 출현을 갈구(이 방축에는 게도 업나 하도 답답ᄒ기로 두어 즈 그록ᄒ여 보닋니 긔직ᄒ여 셰샹에 혹시 분긔잇는 사름이 잇는지 알고져 ᄒ노라.)하는 이유가 여기에 있다. 글쓴이는 민족의 절박한 위기의식을 직시하여 '게'를 통해 당대 지식인을 향한 선구자적 자세와 결단을 촉구하고 행동할 수 있는 존재 가치를 구하고 있음이다. 더불어 독자(국민)를 향해서는 지도자의 표본이 어떠해야 함을 분명히 밝히고 있는 것이다. 주목해야 할 것은 서사적 성격의 논설들이 계몽담론의 이념을 토대로 허구적 재구성이 이루어졌다는 점이다. 그리고 '방축의 고기들'을 거울삼아 민족이 지녀야 할 세상을 향한 경계와 계몽 교육의 필요성을 강변하고자 했던 글쓴이의 의식을 읽어내는 일이라 본다.

근대라는 전환적 시기 담론 공간에서 계몽의 화두는 계몽지식인들에게 있어 갈급함 그 자체였다. 계몽담론의 논설이 서사 활용이라는 새로운 글쓰기 전략을 모색한 것도 이러한 현실 직시에서 오는 발로라 할 수 있다. 지금까지 정론적 논설이 논변을 이끄는 과정에서 서사를 왜 활용했느냐의 기초적 물음에서부터 누구(무엇을)를 위한 활용이냐의 문제나 '서사'의 개입 유무에 따라 어떻게 담론에 영향을 주는가 하는 의미 조망을 고찰해 보았다. 아울러 대중(독자)을 중심으로 논의의 성질은 어떤 영향을 미치는가의 문제까지 텍스트의 서사 구조와 내용을 중심으로 역사적, 사회적 영역에서 세세한 접근을 시도하였다.

새로운 글쓰기의 변화(서사 전략)에 따라 서사의 강도가 정해지고 서사의 형태(서사의 완성도나 의미 구현)도 달라질 수 있다. 그렇다고 정론적 논설(정형의 틀 속에서 오는 딱딱한 논변으로 독자에게는 전달력에 있어 단기적 호소력은 강하나 교조적 측면에서 다소 진부하고 동일한 구호의 반복적 느낌으로 인해 장기적 전달 효과는 약화됨)의 논변 포기를 말하는 것은 결코 아니다. 마치 인간에게 채소의 섭취와 육류의 섭취가 저마다 다른 의미를 부여하듯 정론적 논설과 서사 활용의 논설도 '논설'이라는 표명화된 형식적 유개념에서 공존했던 것이다. 그러므로 지금까지 논의한 계몽담론의 서사 활용을 토대로 그 의미를 정리하면 다음과 같다.

첫째, 서사를 활용함으로써 전달(설득)적 차원에서 독자에게 더욱

오래 기억되고 동시에 여운의 효과를 기대할 수 있다. 여기서 여운의 효과는 정론적 논설 지향의 극단성 내지 일방성에서 오는 직언적 언술을 넘어 문학적 글쓰기 차원의 서사(이야기)가 주는 사색의 공간(현실과 사물의 이치를 따져 스스로 깊이 생각해 보는 공간 영역)을 말한다. 이 공간은 무엇보다 독자가 스스로 깨닫게 된다는 의미 부여가 초점이다. 곧 글쓴이와 독자와의 文情通, 文心眼의 교감적 영역으로서 독자를 끝까지 담론 속에 머물게 하는 스스로의 주체적 사색 효과를 기대할 수 있는 것이다.

둘째, 정론적 논설에 비해 서사(이야기)를 활용한 논설 형식은 이야기 전달의 차원에서 독자에게 미치는 전파 효과는 더 빠르다. 이것은 항간의 떠돌아 전파되는 풍설이나 창작 이야기의 순환성을 생각해 본다면 쉽게 이해할 수 있는 몫이다. 더욱이 이러한 서사적 속성에 이 시기 저널리즘의 '특수성의 파급 효과'가 더해지면 상당한 힘을 갖는다. 당시는 이웃에 사는 사람 곁에서 신문 읽는 것을 듣기도 하고 빌려서 보기도 하였고 글깨나 아는 사람이 장날에 여러 사람에게 신문을 읽어 주기도 하였기에[55] 이러한 일면의 상황이 바로 근대 신문의 특수성이라 할 수 있다. 이 시기에는 또한 신문을 한 번 보고 마는 것이 아니었다. 보관했다가 반복 열람하는 경우가 적지 않았고[56] 애국과 계몽의 일환으로서 전국에 뜻 있는 이들이 자발적으로 설치한 '신문잡지종람소'에서도 열람이 이루어졌음[57]

---

55) 김영희, 「'대한매일신보' 독자의 신문 인식과 신문 접촉 양상」, 『대한매일신보 연구』, 커뮤니케이션북스, 2004, 347~350쪽.

56) 『대한매일신보』(긔셔), 1910.8.9.

57) 채백, 「개화기의 신문잡지종람소에 관한 연구」, 『언론과 정보』 3호, 부산대학교 언론정보연구소, 1997, 105~132쪽 참고.

을 직시할 필요가 있다.

셋째, 전이성과 적층성이다. 신문은 근대 저널리즘의 산물로 시사적인 정보나 견해를 신속히 되도록 많은 독자와 대중에게 알려야 하는 일종의 숙명을 지니고 있다. 서사의 힘은 이곳에서 저곳으로 시간과 공간을 초월하여 전이되고 그 과정에서 가감되는 변이의 산물이라고 한다면 서사(이야기)의 적층성은 필연적일 수밖에 없는 것이다. 이러한 서사의 특성이 통시는 물론 공시적 관점에서도 갖가지 이야기의 유사한 화소가 차용되고 변용되는 다양한 뒤섞임의 서사 유형을 발견하게 되는 이유가 여기에 있기도 하다.

넷째, 극단적 직언의 언술에 비해 서사 활용은 글쓴이에게 책임 소재의 회피성이 부여되고 이것으로 인해 서사 창작의 가능성은 고양된다. 그리고 서사(이야기) 활용이 빈번해지면서 계몽담론의 서사화는 논설에서 글쓰기 차원의 보편성을 확장하게 된다. 사실 이러한 부분은 또 다른 장르(단편 창작)의 영향을 창출할 수 있는 가능성의 맹아를 발견할 수 있기도 하다. 조금은 생경할 수도 있겠지만 판소리 "辭說(판소리에서 연희자가 사이사이에 엮어 넣는 이야기)"58)에

---

58) 사설과 관련한 박영주의 논의를 정리해 보면 다음과 같다. 사설의 속성은 엮음(編)으로 규정될 수 있다. 길게 늘어놓는 사상(事象)의 세부들은 일정한 공분모적 성격을 전제로 선택되어 하나의 구체적 상황이나 상태를 제시하는 차원에서 그 기능을 발휘하는 제재들인데, 이 같은 다양한 제재들을 보다 거시적인 차원으로 수렴시키며 연결해 나가는 데 사설의 '사설다운' 특징이 내재해 있는 것이다. 그리하여 이 연결의 고리들이 '엮음'이라는 속성에 의해 하나의 구조체를 형성하게 될 때 '사설'은 곧 하나의 의의 있는 언어 표현 방식으로 부각된다. 이와 같은 표현 방식에 의한 언어 구조체는 작품의 개별적 성격을 틀 지우는 중요한 특징의 하나일 뿐 아니라, 그러한 형태의 작품들이 공통적으로 내포한 가사 구성 원리의 해명에도 중요한 단서가 될 수 있다는 데 구체적 의의를 지니고 있다. '엮음'은 열거와 반복의 수사 기법을 그 기저 자질로 하여 이루어진다. 이러한 수사상의 특징은 무엇보다도 작품의 구체적 표현 효과를 가능케 하는 중요한 형식 원리의 하나로 기능할 수 있다는 것에 있다. 열거와 반복에 의해 구체적이고 사실적(寫實的)인 묘사가 이루어짐으로

서 唱과 唱 사이에 사설의 의도적 개입을 생각해 본다면 이해를 더욱 돋울 듯하다. 부언하자면 직설적, 단선적 제시보다 이야기 구조의 사설이 상황이나 배경, 또는 인물 형상에 있어 보다 효과적인 구현이 가능하고 판소리에서 더늠을 통한 구체화의 체제 기획이 전달 효과가 더 크다는 사실과 같은 이치다. 따라서 계몽담론의 논설에서 유추적 비유나 묘사의 구체화를 통한 서사 활용은 리얼리즘의 구현으로 논설의 직언성에서 오는 경직성도 극복하는 면모를 지닌다. 더욱이 더늠이나 이야기 문장 형식으로 덧붙는 사설의 효과도 이와 같은데, 논설에서 주제 의식과 관련해 글쓴이의 변별된 취택의 서사(이야기) 활용이 계몽담론에 투영되는 기획은 파급이 결코 작지 않은 것이다.

써 이러한 수사상의 특징이 내용적 사실을 강화, 확장 시키는 미적 자질로 작용하고 있는 것이 그것이다. 그런 면에서 사설은 우리의 일상적 삶 속에 내재된 사물과 현상들에 대한 하나의 시각을 재구성하여, 그 삶의 단면을 형상적(形象的)으로 제시하는 표현 효과를 가져다주는 것이라 할 수 있다. 박영주, 「판소리 '사설치레'의 개념과 속성」, 『고전시가의 이념과 표상』, 대한출판, 1991, 902쪽.

제6장

마무리와 제언

우리 민족의 근대화 과정은 민족 내부에 계층적인 모순과 외세와의 관계에서 일어난 식민지 상황 등 다양한 시대적 갈등과 개혁이 동시에 추동된 근대적 맹아의 시공간이었다. 이러한 실재의 공간은 봉건적 체제에서 근대 자율성을 지향했다는 거시적인 정치 측면만의 문제는 아니다. 사유체계와 삶의 방식, 규율과 풍속 등 사회 구성원 개개인의 신변을 둘러싼 전면적 변혁의 능동적 조응인 것이다. 신문을 통해 형성된 논설이라는 새로운 영역의 글쓰기 창출은 작자에게만 허용된 일방향의 의식 토로가 아니었다. 그 글을 읽는 독자는 물론이고 논설을 어떤 경로로든지 접하게 되고 듣게 되는 국민 모두에게 공개된 상호 공론의 가치가 기획된다는 점에서 역동성을 지닌다.

담론의 접근 논의에서 가장 큰 관심은 사회를 어떻게 개혁할 수 있는가에 있으며, 그러한 점에서 한 시대의 주요한 쟁점을 둘러싼 담론 기획은 그러한 문제의 변화와 바람을 창출하는 기제로 작용하게 된다. 근대 신문의 논설이나 논설란을 주목해야 하는 근저가 여기에 있다. 대내외적 격랑을 헤쳐 나가야 했던 계몽지식인들의 지향은 국민국가를 향한 계몽담론의 기획으로 논설을 통해 투영되었음은 주지의 사실이다. 그리고 이러한 의식의 과정은 새로운 정보 전달이나 근대 사상을 소개하는 차원을 넘어, 논설의 논변 효과를 도모하기 위한 서사 활용이라는 새로운 글쓰기 변화의 담론 구현을 발견하게 된다.

본고는 이 같은 사실을 근저로 근대계몽기 담론의 형성 과정을 살피고 국문운동의 전개와 국문신문의 역할 및 위상을 규명하였다. 민간 주도의 독립신문(1896.4.7)이 국문체를 수용하면서 그리스도신문(1897.4.1), 협성회회보(1898.1.1), 매일신문(1898.4.9), 제국신문(1898. 8.10), 황성신문(1898.9.5), 대한매일신보(1904.7.18), 경향신문(1906.10. 19) 등이 국문으로 창간되기에 이른다. 먼저 "한글 → 開明, 한문 → 虛文"의 대응 가치는 몽매한 현실 속에서 한문만을 숭상하는 고급적 식자층에게 일침의 경계가 아닐 수 없었고 한글 사용의 의의를 넘어 문자의 주체적 세계 인식의 사유체계를 형성했다. 다음은 "국문=國民精神, 富國强兵, 獨立國家"의 등가로 국문의 역할은 그 의미가 더욱 확장된 개념으로 체계화되고 있음이 드러난다. 국문을 버리고 한문을 숭상해 온 폐막(弊瘼)을 자세히 기술하고 있는데 그 속에서 이 같은 국문의 또 다른 철학적 가치 이념을 발견할 수 있다는 점은 고무적인 일이 아닐 수 없다.

국문체와 국한문체의 선택은 언어의 환경적 측면을 고려해 볼 때 표기 문제에 국한된 언어의 결정만을 의미하진 않는다. 국한문은

儒學者와 婦孺의 양측 계몽을 동시에 겨냥한 모습을 발견할 수 있었다. 즉 현실적 수용 문제와 국문체와의 보완적 배분의 차원으로서 국한문의 위치가 확인됨을 의미하는 것이다. 상대적으로 국한문이 한문과 국문 사이의 틈을 매개하는 중간 단계로서 과도기적 성격의 문체라는 진단보다 국한문의 수용은 계몽 지식인들의 이념 구현과 사회 각 계층의 정보와 지식 및 담론 욕구를 충족하고자 했던 독자적 특질을 지니고 있었다고 판단된다. 결과적으로 국한문의 기획은 지식의 상층과 하층을 모두 포섭한 현실적 기제로서 계몽담론의 수행 언어였고 근대 새로운 국민 형성이라는 목적의 독자성을 확보한 문체적 자리매김을 발견할 수 있게 한다.

신문의 탄생은 국문의 광범위한 사용을 토대로 이전과는 다른 새로운 작자와 독자층을 형성하며 기존 담론의 재배치와 새 담론의 생성 동력을 제공함으로써 변화의 중추 공간을 형성하게 된 것이 사실이다. 당시 신문의 성격을 파악하기 위한 언급으로, 신문은 곧 "學問, 警戒, 合心"의 사명을 밝히는 의미 구획이 있다. 고금을 비교하여 그 근원을 궁구하고 이목을 새롭게 하는 방편으로서 신문은 이른바 學問임을 언급하고 있는 대목이다. 이는 신문의 사명과 역할이 백성계몽의 목적지향을 분명히 하고 있음을 표명한 것이다. 또한 신문의 공개성과 공정성을 토대로 백성과 국가를 온전히 보전케 하기 위한 警戒를 중심 목표로 설정했다는 것은 여론주도자(Opinion leader of us)의 역할과 책임을 의미하기도 한 것이다. 신문이 중심 목표로 설정한 것은 合心이다. 한 국가를 구성하는 힘의 동력인 국민의 합심을 끌어내기 위한 요체로, 상하원근의 정의가 상통해야 할 것이고 내외형세를 세세히 탐문하여 온 나라 가운데 반포해 국민 합심을 이끌어야 한다는 논리로 요약할 수 있다.

계몽담론의 구현을 통해 다면적, 다층적 전개 과정을 고찰하면서 근대 계몽지식인들의 지향과 시선을 구하고자 했다. 계몽담론의 전개 과정을 고찰할 때 적어도 두 가지 측면의 이해가 모색되어야 한다. 하나는 근대계몽기 출발점에서부터 우리 계몽지식인들의 목표 지향점이 서양의 지성사와는 달랐다는 차원의 인식이고, 다른 하나는 조선이 처한 그런 시대적 상황 속에서 서양과 다른 계몽지식인들의 지향은 오히려 근대계몽기 우리 민족이 지닌 변별된 특수성의 모습을 발견할 수 있다는 접근에서다. 주체성을 기반으로 하는 하나의 인격체를 구현하고자 했던 개인적 차원의 인간상을 지향한 모습도 발견할 수 있음에 그 중요성이 있는 것이다. 여성과 남성을 수직적 관계가 아닌 수평적 관계로 이해의 폭을 재정립하고 있다는 사실에 주목해 볼 때, 무엇보다 논의의 전제는 여성이 남성보다 조금도 그 지위가 낮지 않기에 그 권리 역시 동등하다는 판단이다. 남녀평등을 바탕으로 하는 주체적 여성으로의 교육 촉구와 남녀노소는 물론 상하빈부의 경계를 허물어 한가지로 교육적 평등을 제공하는 것이 층등 없는 공평의 실현이라는 논지는 변혁에 단초가 되었다.

근대 계몽지식인들의 문명 시선은 소위 전통문화의 와해나 개조, 또는 수정의 차원이 아닌 풍속 계몽담론의 지속적 유포를 통하여 근대 국민국가의 주체인 국민의 근대적 의식 고취를 기획하고 있었던 것이다. 물론 이러한 취지는 계몽지식인들의 취택에 의해 이루어졌음을 전제한다. 우리가 선대의 전통문화라고 여겨왔던 것일지라도 당시 근대성이라고 할 수 있는 현재성에 위배된다면 단호히 계몽의 차원에서 혁신과 변화가 절실하다는 가치 판단도 주저하지 않았다. 놓치지 말아야 할 사실은 자국의 자생적 움직임이라는 역학적 면모다. 여기서 자생적 움직이란 근대 계몽지식인들의 책임감을 넘어선 사명감과도 같은 의식지향을 일컫는 것으로 근대 국민국가로 나아가기 위한 근대 국민의식의 고취라는 차원에서 철저한 현실인식 없이는 불가능한 것이라 판단된다.

국문신문들의 논설을 중심 텍스트로 하여 근대계몽기 계몽담론의 서사 활용을 논변 기술의 전개 양상과 의미 구현을 토대로 논의해 보았다. 신문이라는 근대 매체를 통해 형성된 논설이라는 담론 텍스트는 목적성이 표면화된 시대적 욕구인 동시에 글쓴이의 욕망이 공존하는 공간 영역임은 주지의 사실이다. 이에 그 속에서 생산되고 활용된 서사의 올바른 접근은 시대적 특수성을 아우른 글쓴이의 욕망과 독자와의 관계 속에서 형성된 텍스트 자체의 전제적 구획이 필요하다고 본다. 더욱이 서사의 분량이 많고 적음을 떠나 또그 양식의 변이와 결합의 장르 개념을 떠나 왜 논설이라는 담론이 서사를 어떻게 활용했느냐의 물음에 관심이 모아져야 할 몫이다. 특히 대중을 고려하지 않을 수 없기에 대중을 향한 근대 계몽교육의 기획과 민족의 현실적 특수성이 확보돼야 하고 전략적 글쓰기차원에서 계몽담론의 지향 의식과 표현 가치도 재정립의 의미 조망이 요구된다는 토대에서 논의의 필요성이 제기되었던 것이다.

論은 "논＝논의＋변론이다(辯論: 사리를 밝히거나 옳고 그름을 진술하는 적극적 행위)"의 의미를 조명해 볼 수 있었다. 그리고 說은 우의(寓意)적 표현으로 우화(寓話), 우언(寓言), 가탁(假託)을 포함 하는 "설＝이야기＋우의(서사화 투영)"의 면모를 담아내고 있다. 분명한 것은 논설이라는 하나의 글쓰기 지향이 하나의 창작적 글쓰기로서 또는 문학적 영역으로서 새로운 자리매김을 모색하고 있다는 사실에 있다. 황성신문을 토대로 볼 때, 논설의 서술 방식 내지 표현 의식은 세 가지로 요약된다. 첫째는 직접적 설명 방식의 하나로 일을 거침없이 드러내는 직진기사(直陳其事)와 둘째는 세상의 사정과 곡절을 슬며시 우회하고 나무라는 뜻을 붙여 타이르는 위곡풍유(委曲諷諭)가 있다. 셋째는 마음(정서와 감정)을 우러나게 하는 사실적 묘사의 견경생정(見景生情)이 그것이다. 정리해 보자면 직진기사의 직언과 위곡풍유의 우회적 풍자와 또한 견경생정의 사실적 묘사인데, 이것은 문학적 글쓰기의 측면으로 다양한 서술 방식의 활용은 물론 서사 개입의 측면과도 맞닿아 있다고 본다.

새로운 글쓰기의 변화(서사 전략)에 따라 서사의 강도가 정해지고 서사의 형태(서사의 완성도나 의미 구현)도 달라질 수 있다. 그렇다고 정론적 논설(정형의 틀 속에서 오는 딱딱한 논변으로 독자에게는 전달력에 있어 단기적 호소력은 강하나 교조적 측면에서 다소 진부하고 동일한 구호의 반복적 느낌으로 인해 장기적 전달 효과는 약화됨)의 논변 포기를 말하는 것은 결코 아니다. 정론적 논설과 서사 활용의 논설도 '논설'이라는 표명화된 형식적 유개념에서 공존했던 것이다. 끝으로 계몽 담론의 서사 활용을 토대로 본고에서 논의한 의미를 요약해 보면 다음과 같다.

첫째, 정론적 논설 지향의 극단성 내지 일방성에서 오는 직언적 언술을 넘어 문학적 글쓰기 차원의 서사가 주는 주체적 사색의 공간(현실과 사물의 이치를 따져 스스로 깊이 생각해 보는 공간 영역)을 제공하는 효과다. 이것은 곧 독자가 스스로 깨닫게 되는 교감의 의미 공간이기도 하다. 둘째, 정론적 논설에 비해 서사를 활용한 논설 형식은 이야기 전달의 차원에서 독자에게 미치는 전파 효과는 더 빠르다. 이것은 항간의 떠돌아 전파되는 풍설이나 창작 이야기의 순환성을 생각해 본다면 쉽게 이해할 수 있는 몫이다. 더욱이 이러한 서사적 속성에 이 시기 저널리즘의 '특수성의 파급 효과'가 더해지면 상당한 힘을 갖는다. 셋째, 전이성과 적층성이다. 신문은 근대 저널리즘의 산물로 시사적인 정보나 견해를 신속히 되도록 많은 독자와 대중에게 알려야 하는 일종의 숙명을 지니고 있다. 서사의 힘은 이곳에서 저곳으로 시간과 공간을 초월하여 전이되고 그 과정에서 가감되는 변이의 산물이라고 한다면 서사의 적층성은 필연적일 수밖에 없는 것이다. 넷째, 극단적 직언의 언술에 비해 서사 활용은 글쓴이에게 책임 소재의 회피성이 부여되고 이것으로 인해 서사 창작의 가능성은 고양된다. 그리고 서사 활용이 빈번해지면서 계몽담론의 서사화는 논설에서 글쓰기 차원의 보편성을 확장하게 된다.

'受容'이든 '受用'이든 '수용'은 받아들임, 받아씀의 수동적 내지 소극적 의미 영역이기에 활용과는 구별이 요구된다. '活用'은 곧 살려서 잘 응용한다는 능동적, 적극적 의미 영역의 서사 활용을 뜻하기에 그 구별이 제기되는 것이다. 따라서 계몽담론의 서사화 구현을 통해서도 살펴보았지만 논설에 있어 서사의 활용은 논설이라는 글쓰기 공간에서 조우가 아닌 근대 계몽지식인들의 적극적 인식의 기반 아래 투영된 것임을 알아야 한다. '살려서 잘 응용한다.'는 활용의 의미 개념은 전대의 서사와 관련한 재조직이나 또는 그것을 기반으로 한 새로운 창의적 활용을 아우르는 글쓰기 지향도 포함하기 때문이다. 이에 정론적 논설에서 오는 일방성과 극단을 지양하는 새로운 의사소통의 영역이 생성되고 그 안에서 독자는 글쓴이와 교감하게 되는 것이다. 독자를 향한 사유 공간의 제공으로 대중은 이야기를 통해 현상을 조망하고 궁구할 수 있는 계몽담론의 자율적 사유체제의 가능성을 열어 놓았다.

참고문헌

1. 기본자료

『한성순보』, 『독립신문』, 『조선크리스도인회보, 대한크리스도인회보』, 『그리
　　스도신문』, 『협성회회보』, 『매일신문』, 『제국신문』, 『황성신문』, 『대
　　한매일신보』, 『만세보』, 『경향신문』, 『공립신보』, 『대한자강회월보』,
　　『대한학회월보』, 『대한협회회보』, 『서북학회월보』, 『서우』, 『태극학
　　보』, 『대동학회월보』, 『가정잡지』, 『매천야록』, 『대한국어 문법』(대한
　　국어문법 발문, 1906).
강명관·고미숙, 『근대계몽기 시가 자료집』1~3권, 성균관대학교 대동문화연
　　구, 2000.
국어학회 편, 『국어학 자료선집』5권, 일조각, 1993.
김도태, 『서재필 박사 자서전』(을유문고99), 을유문화사, 1972.
김영민·구장률·이유미, 『근대계몽기 단형 서사문학 자료전집』(상·하), 소명
　　출판, 2003.
김옥균, 『김옥균전집』, 아세아문화사, 1979.
단국대학교 동양학연구소 편, 『박은식전서(朴殷植全書)』中, 단국대학교 출판
　　부, 1975.
신채호, 『단재신채호전집』, 형성출판, 1977.

박은식, 「흥학설(興學說)」, 『학규신론(學規新論)』, 박문사, 1904.

박은식, 『백암박은식전집』, 동방미디어, 2002.

신채호, 『단재 신채호 전집』(하), 형설출판사, 1975.

유 협, 최신호 역주, 『文心雕龍』, 현암사, 1975.

『을지문덕』, 광학서포, 1908.

장지연, 『위암문고 전(韋菴文稿 全)』, 국사편찬위원회, 탐구당, 1971.

『한국 개화기 학술지총서』, 아세아문화사, 1976.

『한국잡지백년』, 현암사, 2004.

2. 단행본

강철구, 『역사와 이데올로기』, 용의숲, 2004.

고미숙, 『비평기계』, 소명출판, 2000.

고영학, 『개화기 소설의 구조 연구』, 청운, 2001.

구인환, 『소설론』, 삼지원, 2002.

권보드래, 『한국 근대 소설의 기원』, 소명출판, 2000.

권영민, 『서사양식과 담론의 근대성』, 서울대학교출판부, 1999.

─────, 『국문 글쓰기의 재탄생』, 서울대학교출판부, 2006.

김교봉·설성경, 『근대 전환기 소설 연구』, 국학자료원, 1991.

김기동·이종은, 『고전 한문소설선』, 교학연구사, 1995.

김도태, 『서재필 박사 자서전』(을유문고99), 을유문화사, 1972.

김민환, 『개화기 민족지의 사회사상』, 나남출판, 1988.

김석봉, 『신소설의 대중성』, 역락, 2005.

김영민, 『한국 근대 소설사』, 솔, 1997.

─────, 『한국 근대 소설의 형성 과정』, 소명출판, 2005.

김영한 엮음, 『서양의 지적운동』 II(3쇄), 지식산업사, 1999.

김옥희, 『大學國史』, 순교의 맥, 1983.

김윤규, 『개화기 단형 서사 문학의 이해』, 국학자료원, 2000.

김윤식, 『한국 근대 문학 양식 논고』, 아세아문화사, 1980.

김태길·심재룡·이용필, 『현대 사회와 윤리』, 박영사, 1989.

김태길, 『한국 윤리의 재정립』, 철학과현실사, 1995.

김중하, 『개화기 소설 연구』, 국학자료원, 2005.

김 진, 『철학의 현실 문제들』(3쇄), 철학과현실사, 1996.

김진영, 『한국 서사문학 논고』, 이회, 2004.

김찬기, 『한국 근대 문학과 전통』, 국학자료원, 2002.

_____, 『한국 근대 소설의 형성과 전(傳)』, 소명출판, 2004.

김현·김윤식, 『한국 문학사』, 민음사, 1973.

김흥규, 『한국 문학의 이해』(31쇄), 민음사, 2009.

대중문학연구회, 『대중문학이란 무엇인가』, 평민사, 1995.

문성숙, 『개화기 소설론 연구』, 새문사, 1994.

문한별, 『한국 근대소설 양식론』, 태학사, 2010.

백 철, 『조선 신문학 사조사』, 수선사, 1947.

설성경, 『신소설 연구』, 새문사, 2005.

성현자, 『신소설에 미친 만청소설의 영향』, 정음사, 1985.

송민호, 『한국 개화기 소설의 사적 연구』, 일지사, 1975.

신용하, 『독립협회 연구: 독립신문·독립협회·만민공동회의 사상과 운동』, 일
  조각, 1976.

신해진, 『조선 중기 몽유록의 연구』, 박이정, 1998.

양건열, 『비판적 대중문화론』, 현대미학사, 1997.

양문규, 『한국 근대 소설사 연구』, 국학자료원, 1994.

양진오, 『한국 소설의 형성』, 국학자료원, 1998.

연세대학교 근대학국학연구소, 『한국 문학의 근대와 근대성』, 소명출판, 2006.

양현승, 『한국 '설' 문학 연구』, 박이정, 2001.

양현승 역주, 『한국 '설' 문학 선』, 월인, 2004.

유광재, 『문학론』(上), 북타운, 2004.

유병기·주명준, 『한국사』, 양문출판사, 1982.

유영익, 『갑오경장 연구』, 일조각, 1990.

이강엽, 『토의 문학의 전통과 우리 소설』, 태학사, 1997.

이광린, 『한국 개화사 연구』, 일조각, 1968.

이기문, 『개화기의 국문 연구』, 일조각, 1973.

이만열, 『아펜젤러, 한국에 온 첫 선교사』, 연세대학교출판부, 1985.

이병철, 『창의적 사고와 글쓰기』, 문학사계, 2008.

─────, 『문학과 인간』, 국학자료원, 2009.

이봉채, 『소설 구조론』(2판), 새문사, 1992.

이응호, 『개화기의 한글 운동사』, 성청사, 1975.

이정식, 『구한말의 개혁 독립투사 서재필』, 서울대학교출판부, 2003.

이종찬, 『한문학개론』, 이우출판, 1981.

이재선, 『한국 개화기 소설 연구』, 일조각, 1972.

─────, 『한국 단편소설 연구』, 일조각, 1975.

─────, 『한국 현대 소설사』, 홍성사, 1979.

이화여자대학교 한국문화연구원, 『근대계몽기 지식개념의 수용과 그 변용』(3
          쇄), 소명출판, 2008.

장석만, 「한국 근대성 이해를 위한 몇 가지 검토」, 『현대사상』 여름호, 민음사,
          1997.

장효현, 『한국 고전소설사 연구』, 고려대학교출판부, 2002.

전광용, 『신소설 연구』, 새문사, 1986.

전복희, 『사회 진화론과 국가사상』, 한울아카데미, 1996.

정선태, 『개화기 신문 논설의 서사수용 양상』, 소명출판, 1999.

_____, 『한국 근대 문학의 수렴과 발산』, 소명출판, 2008.

정진석, 『한국 언론사』, 나남, 1990.

_____, 『인물 한국 언론사』, 나남출판, 1995.

_____, 『독립신문 서재필 문헌해제』, 나남, 1996.

조남현, 『한국 현대 소설 연구』, 민음사, 1987.

_____, 『소설원론』, 고려원, 1994.

조동걸·한영우·박찬승, 『한국의 역사가와 역사학』(하), 창작과비평사, 1994.

조동일, 『신소설의 문학적 성격』, 서울대출판부, 1983.

_____, 『한국문학통사』 4권, 지식산업사, 1986.

조연현, 『한국 현대 문학사』, 인간사, 1961.

조은·이정옥·조주현, 『근대 가족의 변모와 여성문제』, 서울대학교출판부,
　　　　2001.

최기영, 『대한 제국기 신문 연구』, 일조각, 1991.

최원식, 『한국 계몽주의 문학사론』, 소명출판, 2002.

한국드라마학회 편, 『극의 미학 세계』, 국학자료원, 2000.

한국역사연구회, 『한국역사』(27쇄), 역사비평사, 2005.

한국정신문화연구원, 『한국사연표』, 동방미디어, 2004.

한원영, 『한국 개화기 신문 연재 소설 연구』, 일지사, 1990.

한기형, 『한국 근대 소설사의 시각』, 소명출판, 1999.

황정현, 『신소설 연구』, 집문당, 1997.

황호덕, 『근대 네이션과 그 표상들』, 소명출판, 2005.

홍순애, 『한국 근대 문학과 알레고리』, 제이앤씨, 2009.

홍일식, 『개화기 문학 사상 연구』, 열화당, 1980.

3. 논문집

강병조, 「신소설과 개화 담론의 대응 양상 연구」, 서울대학교 석사논문, 1999.

고미숙, 「근대계몽기, 그 생성과 변이의 공간에 대한 몇 가지 단상」, 『민족문학사연구』 14, 민족문학사연구소, 1999.

권명아, 「풍속 통제와 일상에 대한 국가 관리」, 『민족문학사연구』 33, 민족문학사연구소, 2007.

권영민, 「애국계몽운동과 민족문학의 인식」, 『한국 민족 문학론 연구』, 민음사, 1988.

김동식, 「한국의 근대적 문학 개념 형성 과정 연구」, 서울대학교 박사논문, 1999.

김민정, 「김진구 야담의 형성 배경과 의미」, 고려대학교 석사논문, 2009.

김성철, 「활자본 고소설의 존재 양태와 창작 방식 연구」, 고려대학교 박사논문, 2011.

김영희, 「'대한매일신보' 독자의 신문 인식과 신문 접촉 양상」, 『대한매일신보 연구』, 커뮤니케이션북스, 2004.

김주현, 「개화기 토론체 양식 연구」, 서울대학교 석사논문, 1989.

김중하, 「개화기 토론체 소설 연구」, 『전광용 박사 회갑기념논총』, 서울대학교출판부, 1979.

_____, 「개화기 소설의 문학 사회학적 연구」, 경북대학교 박사논문, 1985.

김진옥, 「신채호 문학 연구」, 서울대학교 석사논문, 1993.

김진영, 「〈토끼전·수궁가〉의 인물형상」, 『판소리 연구』 17집, 판소리학회, 2004.

길진숙, 「독립신문·매일신문에 수용된 문명: 야만담론의 의미 층위」, 『근대계
　　몽기 지식 개념의 수용과 그 변용』, 소명출판, 2005.

노연숙, 「개화 계몽기 국어국문운동의 전개와 양상: 언문일치를 둘러싼 논쟁
　　을 중심으로」, 『한국문화』 40집, 서울대학교 규장각 한국학연구원,
　　2007.

노인화, 「애국계몽운동」, 『한국사』 12, 한길사, 1995.

문소정, 「한국 여성운동과 모성담론의 정치학」, 『모성의 담론과 현실』, 나남출
　　판, 1999.

문경연, 「한국 근대 연극 형성 과정의 풍속 통제와 오락 담론 고찰: 근대 초기
　　공공오락기관으로서의 극장을 중심으로」, 『국어국문학』 151, 국어국
　　문학회, 2009.

문한별, 「한국 근대 소설 양식의 형성 과정 연구: 전통 문학 양식의 수용과
　　대립을 중심으로」, 고려대학교 박사논문, 2007.

박영주, 「판소리 '사설치레'의 개념과 속성」, 『고전시가의 이념과 표상』, 대한
　　출판, 1991.

박일용, 「개화기 서사문학의 일연구」, 『관악어문연구』 5집, 서울대학교 국어
　　국문과, 1980.

백규삼, 「백주교의 사목서한」, 『순교자와 증거자들』, 한국교회사연구소, 1982.

서대석, 「몽유록의 장르적 성격과 문학사적 의의」, 『한국학 논집』 1~5합본,
　　계명대학교 한국학연구소, 1980.

서은경, 「『대한매일신보』를 통해 본 개화기 서사의 특질과 의미 연구」, 연세대
　　학교 근대한국학연구소, 『근대계몽기 단형서사문학 연구』, 소명출판,
　　2005.

신동욱, 「신소설에 반영된 서구 문화 수용의 형태」, 『동서문화』 4, 계명대학교
　　동서문화연구소, 1970.

신용하, 「독립신문의 창간과 그 계몽적 역할」, 『독립협회 연구』, 일조각, 1976.

심보선, 「1905~1910년 소설의 담론적 구성과 그 성격에 대한 사회학적 연구」, 서울대학교 석사논문, 1997.

양문규, 「신소설을 통해 본 개혁파의 변혁 주체로서의 한계」, 『변혁 주체와 한국문학』, 역사비평사, 1990.

여건종, 「공공영역」, 『현대 비평과 이론』 가을·겨울, 한신문화사, 1996.

_____, 「공공영역의 수사학」, 『안과 밖』 2호, 창작과비평사, 1997.

옥선화, 「현대 한국인의 가족주의 가체에 대한 연구」, 서울대학교 박사논문, 1989.

윤홍로, 「개화기 진화론과 문학 사상」, 『동양학』 16, 단국대학교출판부, 1986.

이가원, 「허생 연구」, 『이가원 전집 1: 연암소설 연구』, 을유문화사, 1965.

이광린, 「서재필의 개화사상」, 『동방학지』 18, 연세대학교국학연구원, 1978.

_____, 「서재필의 개화사상」, 『한국 개화사상 연구』, 일조각, 1979.

이근화, 「근대계몽기 단형 서사물의 특성 연구: 개화기 신문 논설과 근대 서사 양식의 연계성을 중심으로」, 『근대계몽기 단형 서사문학 연구』, 소명출판, 2005.

이병근, 「근대 국어학의 형성에 관련된 국어관」, 『한국 근대 초기의 언어와 문학』, 서울대학교출판부, 2005.

이병철, 「임제의 원생몽유록 재고」, 『한민족문화연구』 24집, 한민족문화학회, 2008.

_____, 「연행가사의 제언과 〈연행가〉를 통해 본 전환기 조선」, 『한국사상과 문화』 52집, 한국사상문화학회, 2010.

이형대, 「풍속 개량 담론을 통해 본 근대계몽 가사의 욕망과 문명의 시선」, 『고전과 해석』 창간호, 고전문학한문학연구학회, 2006.

임형택, 「박연암의 인식론과 미의식」, 『한국 한문학 연구』 11, 1988.

_____, 「20세기 초 신·구학의 교체와 실학: 근대계몽기에 대한 학술사적 인식」, 『민족문학사연구』 9호, 민족문학사연구소, 1996.

_____, 「근대계몽기 국한문체의 발전과 한문의 위상」, 『민족 문학사 연구』 14, 민족문학사연구소, 1999.

장효현, 「애국계몽기 창작 고전소설의 한 양상」, 『정신문화연구』 41, 한국정신문화연구원, 1990.

_____, 「몽유록의 역사적 성격」, 『한국 고소설론』, 한국고소설편찬위원회, 새문사, 1990.

_____, 「근대 전환기 고전소설 수용의 역사성」, 『근대 전환기의 언어와 문학』, 고려대학교 민족문화연구소, 1991.

전광용, 「한국 소설 발달사 下」, 『한국 문화사 대계』 V, 고려대민족문화연구소, 1967.

전미경, 「개화기 축첩제 담론분석: 신문과 신소설을 중심으로」, 『한국가정관리학회지』 19-2호, 2001.

_____, 「개화기 계몽담론에 나타난 '가족'에 대한 단상: 대한매일신보를 중심으로」, 『한국가정관리학회지』 20-3호, 2002.

정선태, 「개화기 신문 논설의 서사 수용 양상에 관한 연구」, 서울대학교 박사논문, 1999.

_____, 「근대계몽기의 번역론과 번역의 사상」, 『근대어·근대매체·근대문학』, 성균관대학교 대동문화연구원, 2006.

정창렬, 「근대적 국민국가 인식과 내셔널리즘의 성립과정」, 『한국사』 11, 한길사, 1995.

정출헌, 「조선 후기 우화 소설의 사회적 성격」, 고려대학교 박사논문, 1992.

조남현, 「개화기 소설의 생성과 전개: 한국 현대 소설사」(연재 2회), 『소설과 사상』 10호(봄), 고려원, 1995.

천정환, 「한국 근대 소설 독자와 소설 수용 양상에 관한 연구」, 서울대학교 박사논문, 2002.

채 백, 「개화기의 신문잡지종람소에 관한 연구」, 『언론과 정보』 3호, 부산대학교 언론정보연구소, 1997.

최숙경·정세화, 「개화기 한국 여성의 근대의식의 형성」, 『한국문화연구원논총』 28집, 이화여자대학교 한국문화연구원, 1976.

최원식, 「제국주의와 토착자본」, 『한국 근대 소설사론』, 창작과비평사, 1986.

최현식, 「근대계몽기 서사문학에서 민족국가의 상상력과 매체의 상관성: 매일신문을 중심으로」, 『한국근대 서사 양식의 발생 및 전개와 매체의 역할』, 소명출판, 2005.

함돈균, 「근대계몽기 단형 서사에 나타난 서사 전략 연구」, 『근대계몽기 단형 서사문학 연구』, 소명출판, 2005.

4. 국외논저

게오르그 루카치(Georg Lukacs), 김혜원 편역, 「풍자의 문제」, 『루카치 문학이론』, 세계, 1990.

그레이스(Grace) E. 케언스(Cairns), 이성기 역, 『역사철학: 역사 순환론 속에서의 동양과 서양의 만남』, 대원사, 1990.

다이안 맥도넬, 임상훈 역, 『담론이란 무엇인가』, 한울출판사, 1992.

로저 파울러(Roger Fowler), *Linguistics and the Novel*(Methuen and Co. LTD.), 1977.

롤랑 바르트(Roland Barthes), 김치수 편역, 『구조주의 문학 비평』, 홍성사, 1980.

루이 밍크(Louis Mink), 윤효녕 역, 「모든 사람은 자신의 연보 기록자」, 『현대 서술 이론의 흐름』, 솔, 1997.

뤼시엥 골드만, 김현·조광희 공역,『인문과학과 철학』, 문학과지성사, 1980.

미셸 푸코, 이정우 역,『지식의 고고학』, 민음사, 1992.

미셸 푸코, 이정우 해설,『담론의 질서』, 새길, 1993.

미카엘 스터브즈(Michael Stubbs), 송영주 역,『담화 분석』, 한국문화사, 1993.

사라 밀즈, 김부용 역,『담론』, 인간사랑, 2001.

샤를르 달레(Charles Dallet), 안응렬·최석우 역,『한국 천주교회사 연구』상권,
    분도출판사, 1979.

야마베 겐타로, 최혜주 역,『인본의 식민지 조선통치 해부』, 어문학사, 2011.

에드워드 사이드, 김성곤·정정호 역,『문화와 제국주의』, 창, 1995.

폴 보베,「담론」, 프랭크 랜트리키아·토마스 맥로린 공편, 정정호 외 공역,
    『문학 연구를 위한 비평 용어』, 한신문화사, 1994.

요시미 순야, 안미라 역,『미디어 문화론』(2쇄), 커뮤니케이션북스, 2007.

월터 옹(Walter J. Ong), 이기우·임명진 역,『구술문화와 문자문화』, 문예출판
    사, 1995.

장 폴 샤르트르(Jean-Paul Sartre), 손우성 역,『존재와 무(I)』, 삼성출판사,
    1977.

존 톰린슨(John Tomlinson), 김승현·정영희 공역,『세계화와 문화』, 나남출판,
    2004.

하버마스, 이진우 역,『현대성의 철학적 담론』, 문예출판사, 1994.

Benedict Anderson, 윤형숙 역,『민족주의의 기원과 전파』, 사회비평사, 1996.

D. Macdonell(맥도널), 임상훈 역,『담론이란 무엇인가(Theories of Discourse)』,
    한울, 1992.

F. Fanon, *The Wretched of the Earth*, New York, 1967.

Georges Canguilehm, 이광래 역,『정상과 병리』, 한길사, 1996.

Halliday, M. A. K., *Language as Social Semiotic*, London: Edward Arnold, 1978.

Herbert J. Gans, 강현두 역, 『대중문화와 고급문화』, 나남, 1998.

Immanuel Kant, 이한우 편역, 「계몽이란 무엇인가에 대한 답변」, 『칸트의 역사 철학』, 서광사, 1992.

Jean Baudrillard, 배영달 편저, 「테크놀러지, 정신분석, 페미니즘」, 『보드리야 르의 문화 읽기』, 백의, 1998.

John Fisher, "The Masses and Arts", *Yale Review*, 1957; 강현두 편, 『대중문화의 이론』, 민음사, 1979.

J. L. Styan, 장혜전 역, 『연극의 경험』, 소명출판, 2002.

Jose Ortega y Gasset, 사회사상연구회 역, 『대중의 반역』, 한마음사, 1995.

Leo Lowenthal, 강현두 편, 「대중문화 이론의 역사적 전개」, 『대중문화론』, 나남출판, 1987.

Michael Foucault, *The Archaeology of Knowledge*, trans. Sheridan Smith and A.M. Tavistock, London, 1972.

Philip Jaisohn, "What Korea Needs Most", *The Korean Repositiry*, Mar, 1898.

Serge Moscovici, 이상률 역, 『군중의 시대』, 문예출판사, 1996.

Tony Bennet, "The Politics of the Popular", *Popular Culture and Social Relations*, Milton Keynes, Open University Press, 1986.

T. W. Adorno and M. Horkheimer, 김유동 역, 『계몽의 변증법』, 문학과지성사, 2001.

Van Dijk, T. A., *Text and Context*, London: Longman, 1977.

Widdowson, H. G., *Explorations in Applied Linguistics*, London: Oxford University Press, 1979.

William Kornhauser, 홍순옥 역, 『대중사회의 정치』, 제민각, 1990.

■ 지은이 **이병철(李炳哲)**

서울 출생.

고려대학교 국어국문학과 대학원 문학박사 수료, 문학박사.

한국교육진흥원, 유한대학교, 영동대학교, 세종대학교, 건국대학교, 경희대학교, 고려대학교를 거쳐 연구와 교육을 담당했으며, 지금은 신라대학교(구 부산여자대학교) 교수로 재직 중이다. 신라대학교 교수학습개발센터 부장과 사이버대학운영위, 교양교재 편집위, KCI인문사회융복합연구사업, 문학사계 문예심사위 등에 참여했다. 한국효문화연구원 이사와 한국어문화학회, 고전문학연구학회, 문학과종교학회, 국어국문학회, 한민족문화학회, 한국사상과문화학회, 청소년과효문화학회 등, 다수 이사직을 역임하면서 학회활동과 논문심사, 연구에 미력한 힘을 쏟고 있다.

■ **주요 논저**

「이효석의 작품 세계와 사상 연구」, 「병인연행가 연구」, 「근대계몽기 계몽담론의 전개와 서사 구현 양상」, 「이율곡의 사상논고」, 「춘향전의 구술연행 양상」, 「순자의 성악소고」, 「어제사도세자묘지문 소고」, 「근대계몽기 신문의 서사 수용 양상」, 「임제의 〈원생몽유록〉 재고」, 「나옹작 〈서왕가〉 일고」, 「가집 〈동가선〉의 존재 양상」, 「연행가사의 제언과 〈연행가〉를 통해서 본 전환기 조선」, 「근대 담론 형성과 국문운동 연구」, 「나옹집을 중심으로 한 나옹화상과 서왕가」, 「근대 신문의 논설 텍스트와 서사 관계」, 「교육 계몽담론과 여성의 위상」, 「근대 풍속 계몽담론 소고」, 「대중사회의 출현과 공진회의 대중성 인식」, 「신소설의 정착 과정과 문학적 성격」, 『함께하는 언어생활』(신라대학교출판부, 2007), 『보고문 쓰기와 답안 작성의 실제』(신라대학교출판부, 2007), 『교양인을 위한 글쓰기 이론』(신라대학교출판부, 2008), 『취업대비와 지성화 교육』(신라대학교출판부, 2008), 『창의적 사고와 글쓰기』(문학사계, 2008), 『금향선집』(새미, 2008), 『한국고전문학논고』(국학자료원, 2009), 『문학과 인간』(국학자료원, 2009), 『사고와 표현』(공저, 신라대학교출판부, 2009), 『사고와 표현』(공저, 역락, 2012), 『언어생활과 자기표현』(공저, 역락, 2015) 외 다수.

한국 근대서사문학의 근대성 탐구
The Modernity of Early Modern Korean Narrative Literature

© 이병철, 2015

1판 1쇄 인쇄__2015년 12월 15일
1판 1쇄 발행__2015년 12월 25일

지은이__이병철
펴낸이__홍정표
펴낸곳__글로벌콘텐츠
　　　　등록__제25100-2008-24호
　　　　이메일__edit@gcbook.co.kr

공급처__(주)글로벌콘텐츠출판그룹
　　　　대표__홍정표
　　　　편집__송은주　디자인__김미미　기획·마케팅__노경민　경영지원__안선영
　　　　주소__서울특별시 강동구 천중로 196 정일빌딩 401호
　　　　전화__02) 488-3280　팩스__02) 488-3281
　　　　홈페이지__http://www.gcbook.co.kr

값 17,000원
ISBN 979-11-85650-87-6 93810